W0291586

GUTKiND

GUTKiND
www.gutkind-verlag.de

ISBN 978-3-98941-108-1

Illustrationen: © Ivan Alex Burchak/Shutterstock (Bläschen)
Umschlag: FAVORITBUERO, München
Umschlagabbildungen: © alaver/Shutterstock (Dorf), © Yustus/Shutterstock (Bierkrug), © Ivan Alex Burchak/Shutterstock (Schaum und Bläschen)
Autorinnenfoto: © ifo-fotografie.de
Gesetzt aus der Scala Pro
Satz: Sandra Hacke, Dachau
Druck und Bindung: CPI books GmbH, Leck

Bei Fragen und Anmerkungen zum Produkt wenden Sie sich bitte an: info@gutkind-verlag.de
Gutkind Verlag GmbH · Friedrichstr. 126 · 10117 Berlin

MIX
Papier | Fördert gute Waldnutzung
FSC® C083411

PRODUZIERT MIT VERANTWORTUNG

CARINA HEER

DAS BIER KOMPLOTT

Staatsanwältin Evi Pflaum ermittelt

Kriminalroman

GUTKiND

Für meine Familie.
Ihr seid noch besser, als ich es mir
hätte ausdenken können.

KAPITEL 1

Ich wache auf von einem Quieken, gefolgt von einem Knall – und plötzlicher Stille, von der ich genau weiß, was sie bedeutet: Rosi ist nicht mehr.

Rosi ist eine der letzten verbliebenen Säue auf dem Hof meiner Eltern. Und die Geräuschkulisse, wenn wieder einmal ein Kinderliebling den natürlichen Weg aller Mastsäue geht, ist mir wohlvertraut, seitdem meine Schwester und ich vor Jahrzehnten jeden Herbst wieder im Badezimmer kauerten, lauschten und mit wohligem Entsetzen durch die Rolloritzen beobachteten, was wir eigentlich nicht sehen durften, und dabei die Augen zusammenkniffen, weil wir es eigentlich auch gar nicht sehen wollten.

Während Rosi draußen mit dem Flammenwerfer abgeflammt wird, weil Borsten auf der Schweinebratenkruste einfach nur ekelhaft sind, starre ich an die Wand meines Kinderzimmers. Leonardo DiCaprio lächelt mir entgegen, aber der von damals, als er noch jung und schlank und süß war. Ich hadere mit meinem Schicksal.

Gibt es etwas Schlimmeres, als mit 32 Jahren im eigenen Kinderzimmer aufzuwachen? Nicht weil Weihnachten ist. Oder weil das Auto kaputt ist und man es am Abend nicht mehr nach Hause in die eigene, schöne, perfekt erwachsen eingerichtete Wohnung in München geschafft hat. Sondern weil man wieder zu Hause eingezogen ist, nachdem man sich von seinem erfolgreichen, superreichen (»250 000 im Jahr – Boni nicht eingerechnet, Süße!«), ursprünglich eigentlich ebenfalls aus Franken stammenden Staranwaltsfreund getrennt und wieder in die Heimat zurückgekehrt ist? Ohne Haus. Ohne Auto.

Wobei ich zu meiner Verteidigung sagen muss, dass ich das eigentlich anders geplant hatte. In die Heimat zurück wollte ich zwar schon seit Jahren, der Beschluss fiel aber relativ spontan erst vor drei Monaten – die Info, dass es wirklich klappt mit der Versetzung, die gab es sogar erst letzte Woche. Und in der Einliegerwohnung meiner Eltern wäre sicherlich genug Platz für mich gewesen – wäre darin noch Platz gewesen. Denn obwohl meine Mutter mit ihren nicht einmal sechzig Jahren durchaus nicht der Nachkriegsgeneration angehört, zeichnet sie sich aus durch erstens einen ausgeprägten Hang zum Hamstern – und zweitens ständige Gewichtsschwankungen, hervorgerufen durch mal mehr oder weniger erfolgreiche Diäten und dem damit verbundenen mal mehr oder weniger grausamen Jo-Jo-Effekt.

Eine verhängnisvolle Kombination, die dafür sorgt, dass sich dort, wo ich hoffte, zumindest provisorisch und ehrbewahrend meine Zelte aufstellen zu können, Kleiderstangen drängen mit Klamotten in den unterschiedlichsten Größen, für den Fall, dass meine Mutter doch mal wieder in Kleidergröße 36 passt. Und den Platz, der nicht mit den alten Klamotten meiner Mutter oder irgendwelchen anderen Kisten vollgestopft ist, nimmt ein ausrangiertes Solarium ein, das meine Eltern in den Neunzigern angeschafft haben, um sich dreimal die Woche zu grillen. Es verbreitet noch immer den penetranten Geruch von Ozon und steht rum für den Fall, dass hausgemachte Bräune wieder in Mode kommt.

Was nicht heißt, dass mein Kinderzimmer, in dem ich nun Obdach gefunden habe, verschont geblieben wäre vom Hamsterwahn meiner Mutter. Unter meinem Bett reihen sich Nudelpackungen aneinander, deren Ablaufdatum ich mir lieber nicht näher anschaue. In meinem Bücherregal stapeln sich neben *TKKG* und den *drei ???* Gaskocher (»Die gab's bei Aldi im Angebot – man weiß ja nie«). Wüsste man doch nur, wo die passenden Gaskartuschen hingekommen sind. Die gab's nämlich auch dazu.

Rosis Todesschrei ist schon vor mindestens fünfzehn Minuten verklungen und ich bin noch immer nicht aufgestanden. Stattdessen zähle ich die in den zwei untersten Fächern des Regals aufgereihten Dosen mit Sauerkraut. Es sind 32 große und 7 kleine. Skorbut kriegt hier im Fall eines dritten Weltkriegs niemand.

Von draußen dringt Gelächter an mein Ohr. Die Nachbarn sind da. Schlachtschüssel zieht einfach immer. Die perfekte Gelegenheit, sich schon am Vormittag einen Schnaps zu genehmigen. Für die Verdauung. Is klar.

»Evi, bis du wach?«, gellt es von unten hoch zu mir. Die Einliegerwohnung hat sie für mich nicht ausgeräumt, aber in Sachen Menschenantreiben hat meine Mutter es sofort geschafft, wieder in den Mamamodus zu schalten. »Du kommst noch zu spät an deim ersten Tag!«

Ja. Mein erster Tag.

In meinem Traumjob.

Seit ich bei meiner Großmutter viel zu früh *Ein Fall für zwei* schauen durfte, träumte ich davon, entweder Privatdetektivin oder Rechtsanwältin zu werden. Ich wurde weder das eine noch das andere – stattdessen wurde ich Staatsanwältin. Weil aber mein fünfjähriges Ich – wie 90 Prozent der Menschheit – nie begriffen hat, was denn jetzt der Unterschied zwischen Rechtsanwalt und Staatsanwalt ist, wäre es vermutlich dennoch ziemlich zufrieden mit mir.

Staatsanwältin bin inzwischen seit etwa fünf Jahren – aber nachdem ich viel zu lange Zeit in München darauf gewartet habe, dass sich meine Studienliebe Ferdinand endlich dazu durchringt, mit mir wieder nach Franken, den wunderschönen Norden des Freistaats, zu ziehen, bin ich jetzt endlich da, wo ich hinwollte, wonach ich mich so lange gesehnt habe: bei der Justiz meiner Heimatstadt.

Und allein.

Doch keine Zeit, sentimentalen Gedanken nachzuhängen. Meine Mutter schreit. Schon wieder.

»Evi Pflaum!«

»Ich komme, Mama!«

Ich habe mich inzwischen aus dem Bett, ins Bad und in meine Klamotten gequält. Ich hüpfe die Treppe hinunter in die Küche. Mein Körpergedächtnis erinnert sich nur an die Kinderart, diese Treppe hinunterzugehen, und will sich so gar nicht auf ein resigniertes Erwachsene-Anfang-dreißig-Schlurfen einstellen.

Ich öffne den Kühlschrank. Bis auf einen Behälter mit selbst gemachtem Joghurt herrscht gähnende Leere. Ich öffne das Brotfach: nichts.

»Sag mal, habt ihr nichts zu essen hier?«

»Es ist noch Joghurt da!«, flötet meine Mutter, während sie in ihre Jacke schlüpft, um was weiß ich wohin zu fahren. Sie ist im Grunde immer im Stress. Was sie wirklich macht, weiß kein Mensch.

»Aber Joghurt allein macht doch nicht satt!«, halte ich verzweifelt dagegen.

»Du kannst dir ja noch ein paar Leinsamen drunterrühren!«, schlägt sie mir vor, und meine Gesichtszüge entgleisen.

»Mama, ich habe heute einen anstrengenden Arbeitstag vor mir. Ich muss was Richtiges essen.«

»Warte du nur mal, bis du sechzig bist, dann kannst du auch nur noch einmal täglich richtig essen«, gibt meine Mutter noch zurück, während sie die Tür hinter sich zuzieht. Na, Mahlzeit!

Dabei ist meine Mutter durchaus nicht richtig dick, wie man jetzt vielleicht meinen könnte. Sie wiegt einfach mal 10, mal 20 Kilo mehr als die 45 Kilo, die sie übrigens auch nach meiner Geburt wieder gewogen hat: »Eine Woche nach deiner Geburt bin ich hoch zur Waldkapelle gejoggt.« Zur Einordnung: Ich bin noch nie in meinem Leben irgendwohin gejoggt. Wenn meine Mutter gerade mal wieder unter 55 Kilo wiegt, nennt mein Vater, der alles essen kann, was er will, und trotzdem aussieht, als könnte er Werbung für die Welthungerhilfe machen, sie »knochig«. Das stört sie nicht: »Ich bin ja nicht für dich schön, sondern für mich.« Super emanzipiert eigentlich – wenn dadurch nur der Kühlschrank nicht so schrecklich leer wäre …

Mein Handy vibriert. Jana. Meine beste Freundin schon seit Kindertagen, selbstständige Friseurin und die einzige Person, die mir an diesem Morgen ein Lächeln aufs Gesicht zaubern kann:

Alles Gute. Denk nicht an den Spacko Ferdinand und denk daran: Das heute ist dein Traumjob seit der Grundschule. Ich bin so froh, dass du wieder da bist und ich dich jetzt jeden Tag haben kann. Meinen Fängen entkommst du nicht.

Es piept erneut.

Der letzte Satz sollte keine Drohung sein.

Und ein weiteres Mal.

Oder vielleicht doch? Vergiss nicht: Morgen Kerwa!

Ich grinse. Wie könnte ich das vergessen? Schon seit zwei Wochen, als ich Jana unter Freudentränen mitgeteilt habe, dass es für mich wieder nach Hause geht, liegt sie mir in den Ohren, dass ich mir »den Kerwasdienstag unbedingt freihalten muss«. Ferdinand hatte die Erfüllung meiner Träume gar nicht mehr mitbekommen – er hatte schon auf die schiere Tatsache, dass ich vor einigen Monaten endlich Nägel mit Köpfen gemacht und die Kopie meines Versetzungsantrags auf seinem höhenverstellbaren Eiche-Titan-Schreibtisch deponiert hatte, nur mit den Worten »Du bildest dir aber nicht ein, dass wir eine Fernbeziehung führen?« kommentiert.

Auch eine Art, Schluss zu machen.

Geht klar. Wenn ich heute überlebe. Hab dich lieb!, texte ich zurück. Für mehr bleibt keine Zeit. Irgendetwas zum Frühstücken muss her. Ich spüre, wie ich in den Unterzucker falle. Das scheint so ein Familiending zu sein. Ich weiß nicht, wie oft ich meinen Vater schon kreidebleich Marmelade löffelnd in der Küche angetroffen habe. Der Arzt sagt übrigens, er ist kerngesund. Wahrscheinlich sind wir einfach total verfressen.

Wie gut, dass heute Schlachtschüssel ist. Da gibt es auf jeden Fall Brot. Und wenn ich Glück habe ...

»Evi!«, schallt es mir entgegen, als ich über den Hof schlappe und mich durch die offen stehende Tür des Alten Stalls in den Kreis unserer Schlachtschüsselgäste geselle. »Du bist abber groß wordn!« Ich dachte ja, den Satz hätte ich auch langsam hinter mir gelassen. Aber vermutlich ist das nur die höfliche Variante von »Die Falten hattest du früher auch nicht«.

Alle sind sie da. Obwohl ich sie alle quasi seit meiner Geburt kenne, weiß ich nicht, wie sie wirklich heißen, sondern kenne sie nur unter ihren Hausnamen. Der Spicksn Alois, die Dümmers Sophie, der Bienakönigs Fritz. Die Hausnamen gehen meist auf irgendein Ereignis oder irgendeine Person in der Familiengeschichte zurück, an die niemand sich mehr erinnert. Die Namen aber sind geblieben. Und ich weiß ja nicht, wie unsere Nachbarn das hinkriegen, aber in Sachen Work-Life-Balance scheinen sie einiges richtig zu machen. Nicht mal neun Uhr und auf dem Tisch steht schon der Willi.

»Habt ihr keine Arbeit, oder wie?«, grinse ich.

»Mer lebbt net, bloß um zu ärbern!«, lautet die lapidare Begründung, und mehr der Worte braucht es nicht, als ich mich mit an den Tisch setze, der im alten Stall neben dem blubbernden Kessel steht.

Vielleicht aber sollte ich die Räumlichkeiten meines Elternhauses noch ein bisschen erklären. Beim Hof der Familie Pflaum handelt es sich um einen klassischen Dreiseitenhof mit Wohnhaus, Scheune, Kuhstall und Schweinestall. Einen Teil des Wohngebäudes bildet das alte Wohnhaus meiner Großeltern mit dem alten Stall, der nach dem Bau des neuen Stalls überflüssig war und in eine Art Mehrzweckraum zum Waschen, Schlachten, Gemüseputzen verwandelt wurde. Daran angebaut wurde vor der Heirat meiner Eltern – die übrigens verdächtig knapp gefolgt wurde von der Geburt meiner Schwester Sylvia – das Haus meiner Eltern.

In den letzten Jahren hat mein Vater alles ordentlich hergerichtet. Der Hof ist schön gepflastert, wilder Wein rankt sich am Fachwerk empor, der Misthaufen, in dem so viele meiner wenig erfolgversprechenden Fahrradfahrversuche ein jähes Ende gefunden haben, ist verkleinert und hinter einer malerischen kleinen Mauer versteckt worden, sodass alles sehr sauber und adrett aussieht, wenn nicht wie heute ein Rinnsal aus Blut und Wasser den Berg hinunterläuft und Robert, seines Zeichens Mann meiner Schwester und Leiter des örtlichen Schlachthofs, in den Misthaufen pinkelt.

»Tatar is noni fertich!«, ruft er mir durch die Tür des Alten Stalls zu, während er sich den Hosenstall wieder zuzieht. Mir entgleisen die Gesichtszüge. Muss ich tatsächlich mit einem Frühstück aus blankem Brot zu meinem ersten Arbeitstag? »Aber ich hab von gestern noch a bissla was mitgebracht«, fährt Robert fort, und ich beginne zu strahlen. Ich wusste es doch! Mein Schwager kennt einfach meine fleischlichen Gelüste.

»Setz dich her, ich bring der Omma noch schnell des Gehirn nei«, verzichtet mein Vater auf große Worte und macht sich auf in die Küche, wo unsere durch irgendwelche glücklichen Umstände oder schauspielerisches Talent auf Pflegegrad 3 eingestufte Oma an ihrem Tisch thront und die ganze Verwandtschaft nach ihrer Pfeife tanzen lässt. Zu ihr schau ich ein andermal rein. Bei ihrem ausgeprägten Redebedürfnis komm ich hier sonst nie mehr zu meinem Frühstück. Vor allem habe ich heute keine Lust darauf, wieder aufs Brot geschmiert zu bekommen, dass die Grafn Angela schon mit dem dritten Kind schwanger ist – »dabei hat sie doch zwa Jahr nach dir Kommunion ghabt«.

Mir läuft das Wasser im Mund zusammen, als Robert die Schüssel vor mich stellt und ich das rohe, gewürzte Fleisch zentimeterdick auf die knusprige Brotscheibe schmiere. Vielleicht ist an diesem Tag ja doch nicht alles schlecht.

Da kommt ein großer schwarzer Mercedesbus die Hofeinfahrt hinaufgeschossen und reißt mich aus meiner Fleischmeditation. Chromfelgen, 224 PS. Der Motor heult, die Reifen quietschen, als eine zierliche blonde Frau die Handbremse anzieht und, noch während sie den Motor abwürgt, aus dem Monstrum springt und ihre dreijährige, ganz in Cord und Filz gekleidete Tochter Lotta-Luisa aus dem Kindersitz zerrt. Darf ich vorstellen: meine Schwester Sylvia. Mutter, Macherin und wie immer in Eile. Warum diesmal?

»Sorry, Papa. Der Georg-Linus hat gerade einen Riesenkacki in seine Windel gemacht. Gerade als wir loswollten. So ein Stress. Und der Gestank! Das macht die elende Fleischfresserei. Danke, dass du die Lotta-Luisa nimmst – das ist immer so ein Theater, wenn sie bei den Vorsorgeuntersuchungen dabei ist!« Kaum hat meine Schwester ihre Tochter auf den Boden gestellt, spratzelt Lotta-Luisa los, stolpert durch die Tür in den Alten Stall, umarmt kurz mein Bein und wuselt dann weiter in die Küche zur Oma. Mit kindlich sicherem Instinkt weiß sie, dass dort etwas ganz besonders Feines auf sie wartet. Sylvias Blick fällt auf mich – und das Tatar-Brot, das ich in der Hand halte. »Evi, spinnst du? Wie kannst du nur die Rosi essen?«

Sylvia hatte schon immer die unglückliche Neigung, ihr Herz allzu sehr an Tiere zu hängen, die bei uns auf dem Hof für den Verzehr bestimmt sind.

»Das ist doch nicht die Rosi, sondern irgendeine Nachbarssau. Und wenn ich sie nicht ess, isst sie ein anderer. Außerdem war's doch dein Mann, der das arme Schwein ermordet hat«, grinse ich meine Schwester an, die als Kind gemeinsam mit der Oma in der Küche gesessen und ums Gehirn gestritten hat, jetzt aber Veganerin ist. »Aus Überzeugung«, wie sie sagt. Ich verrate Sylvia nicht, dass Lotta-Luisa in der Küche vermutlich schon mit der Oma an Rosis Gehirn nascht.

»Hör auf, Salz in meine Wunden zu streuen«, verdreht Sylvia die Augen. Meine Schwester hat wirklich das Talent zur Dramaqueen. Kein Krippenspiel um die Jahrtausendwende in Schweinsbrunn, in dem sie nicht die Hauptrolle innehatte. Egal ob Maria, Verkündigungsengel oder der Gelbe unter den Drei Königen – Sylvias Rolle machte aus jeder Rolle *ihre* Rolle. Doch bei aller Neigung zum Drama muss ich doch sagen: Dass ihr Mann gelernter Metzgermeister und Leiter des Schlachthofs ist und bei Hausschlachtungen gerne bis zu den Ellbogen in Presssackteig steckt, trägt Sylvia mit erstaunlicher Fassung. Ist doch schön, wenn die Liebe stärker ist als alle Ideale.

»Na, schon aufgeregt?«, streut sie jetzt Salz in *meine* Wunden. Rache ist Blutwurst. Sie kennt mich gut genug, um zu wissen, dass es mir schon seit Tagen vor Aufregung im Bauch herumgeht. »Was gäb ich darum, wieder zur Arbeit zu dürfen!«

Aufgepasst! Das ist eine rhetorische Falle, wie sie meine Schwester gerne für ihre arglosen Mitmenschen aufstellt. Wenn ich jetzt antworte: »Na ja, so schön ist Arbeit jetzt auch nicht«, wird sie mir mit wehleidigem Blick erklären: »Du weißt gar nicht, wie schön es ist, wenn man seinen Kopf ganz allein für sich und nicht ständig Kinder um sich kreischen hat!« Wenn ich aber sage, dass sie ja demnächst wieder anfangen kann zu arbeiten, dann erwartet mich ein Vortrag darüber, wie unverantwortlich es ist, Kinder in so einer wichtigen Phase der frühkindlichen Entwicklung fremdbetreuen zu lassen. »Du kannst dir gar nicht vorstellen, wie da die Bindung drunter leidet! Und die Intelligenz sowieso!«

Also brumme und lächle ich nur mitfühlend, während ich mir das zweite Tatarbrot schmiere.

»Wann geht eigentlich dein Bus?« Babämm. Sylvia scheint heute wirklich glänzend gelaunt zu sein. Denn die Sache mit dem Auto ist eines der Dinge, die das Potenzial haben, mir den Tag zu versauen – und an die ich noch nicht gedacht habe. Also grundsätzlich schon. Aber heute noch nicht. Bis jetzt: Ich muss mit dem Bus zur Arbeit fahren.

»Um Viertel neun«, antworte ich zwischen zwei Bissen. Ich werde mir nicht anmerken lassen, wie wenig Bock ich darauf habe. Ja klar, Sprit sparen und so: Yeah! Aber mit dem Bus in die Stadt ist so was von 2008 – ich denke, damit ist meine Rückverwandlung in mein Teenager-Ich vollständig abgeschlossen.

Der Grund, weshalb ich kein Auto habe, bei an die 600 Personenkraftwagen pro 1000 Einwohnerinnen und Einwohnern in Deutschland – Kinder mit einberechnet? Die Antwort lautet wie so oft: München. Und mein Ex Ferdinand. Als es uns beide in die Landeshauptstadt zog, war ich stolze Besitzerin eines süßen kleinen Twingos mit Tieferlegung und weiß-blauer Sonderlackierung. Mein Vater – ein gelernter Automechaniker – hatte das Auto mit seinem Schwager und besten Freund aufgemotzt und mir zum Achtzehnten geschenkt.

Doch der Flitzer, für den mir beim Abi noch neidische Blicke zugeworfen worden waren und mit dem Ferdinand sich im Studium bereitwillig von mir hatte herumchauffieren lassen, war meinem Freund, der sich in München über Nacht in einen im P1 Fizz und Spritz süffelnden Großkanzleisnob verwandelt hatte, einfach nur peinlich. Wenn wir jetzt bei der Bodenwelle auf Höhe Holledau mit 180 Kilometern pro Stunde kurz aufsetzten, lachte er nicht mehr, sondern schimpfte auf meinen geliebten Twingi. Und als mein weiß-blauer Liebling von einem besoffenen SUV-Fahrer so angefahren wurde, dass er ein wirtschaftlicher Totalschaden war, machte Ferdinand drei Kreuze und gab meinen Liebling dem Schrotthändler mit. Fortan waren Carsharing und Mietwagen unsere Zauberwörter – und ich kann versichern: Ein Twingo war da nicht mehr darunter.

Mir brannte das Herz.

Wie auch jetzt bei dem Gedanken daran, mit dem Bus in die Stadt zu fahren.

Was nicht heißt, dass es bei uns auf dem Hof nicht genug fahrbare Untersätze gegeben hätte. Meine Mutter hat ihr eigenes Auto. »Aber das brauche ich, Evi, das verstehst du doch.« Zum Einkaufen. Oder einfach so in der Gegend Rumfahren. Ist ja klar. Mein Vater ist ein regelrechter Autonarr, der seine halbe Jugend auf der Gokart-Bahn verbracht hat und noch immer seine Runden dreht, wenn ihm mal nicht gerade wieder Hüfte, Schulter oder ein anderer Teil seines schlecht gepolsterten Fahrgestells wehtut. Deshalb hat er sogar zwei Autos: ein Liebhabercabrio, das er nur bei passender Stimmung und perfektem Wetter fährt – also nie. Und sein Dreckauto, bei dem er auf nichts achten muss und das so abgeranzt und dreckig aussieht, dass ich damit niemals an meinem ersten Tag zur Arbeit gefahren wäre. Davon, dass mein Vater es mir nie geliehen hätte, weil er es noch mehr liebt als sein Liebhaberauto, einmal ganz abgesehen.

Noch eine halbe Stunde bis zum Bus. Wenn ich das zweite schnell aufesse, ist doch locker noch ein drittes Brot …

Tutuuuu! In diesem Moment drängt ein weiteres Auto sich in unsere nicht schmale Einfahrt. Was ist denn hier los? Ein Verkehr wie am Stachus!

»Pflaum, du Pflaume! Wir müssen in einer halben Stund im Büro sei und du sitzt da und frisst.«

Was für eine Überraschung!

»Beder? Was machst du denn hier?«

KAPITEL 2

Was Peter hier macht?

Absolut keine Ahnung.

Beginnen wir doch mit der viel einfacher zu beantwortenden Frage, wer Peter eigentlich ist.

Entgegen der klassischen Dramaturgie ist Peter nicht mein Ex-Liebhaber, mit dem ich mich, sobald die alte Leidenschaft in Kapitel 4 wieder aufgeflammt ist, spätestens ab Kapitel 12 durch die Kissen wühle. (Gab es in der Vergangenheit vielleicht ein Missverständnis, das ausgeräumt werden muss? Eine alte Wunde, die nur durch Liebe geheilt werden kann?)

Peters Mutter Maria ist die allerbeste Freundin meiner Mutter – weshalb sie für Sylvia und mich nicht etwa nur »Maria« heißt, sondern sogar den Ehrentitel »Tante Maria« bekommen hat. Peter und Sylvia wurden schon als Babys im Zwillingskinderwagen miteinander durch die Gegend gekarrt – wenig später schoben sie mich durch die Straßen und Gassen von Schweinsbrunn. Ich trug Peters Hosen auf, weil Sylvias Strumpfhosen zu sehr zwickten. Wir pinkelten gemeinsam im Kälberstall in den leeren Milupa-Eimer, wenn meine Mutter gerade aufwusch und wir nicht ins Haus durften. Wir stiegen ins leer stehende – und einsturzgefährdete – Dümmershaus ein und klauten, was nicht niet- und nagelfest war.

Diese Kinderfreundschaft fand ihr natürliches Ende, als Sylvia und Peter mit 15 beschlossen, »miteinander zu gehen«. Ich weiß nicht, ob echte Zuneigung oder ein Mangel an anderen potenziellen romantischen Alternativen der Grund für dieses plötzlich aufflammende Interesse war. Drei Monate ging das gut, dann traf Sylvia bei der 125-Jahr-Feier der Birnbacher Feuerwehr den feschen Robert, und Peter gehörte der Vergangenheit an.

Der trug es mit Fassung. Die alten Zeiten waren jedoch unwiederbringlich verloren. Ich ging ans katholische Mädchengymnasium, freundete mich mit Jana an, feierte bei ihr Übernachtungspartys und ging lieber in der Stadt in die Clubs und Discos und verwendete keinen großen Gedanken an Peter und Schweinsbrunn. Bis er mir nach einem exzellenten Abi (meinerseits – er war inzwischen einmal durchgefallen und nach verspätetem, aber erfolgreichem Abschluss zwei Jahre durch die Welt getingelt) in Erlangen im Studium wiederbegegnete, und es war, als hätte es all die Jahre dazwischen nicht gegeben.

Entgegen allen Erwartungen stellte Peter sich im Jurastudium gar nicht so dumm an. Ich wunderte mich nur kurz. Er hatte schon immer alles besser gewusst und Menschen auf ihre kleineren und größeren Vergehen hingewiesen. Wir verstanden uns sofort wieder hervorragend und pendelten am Wochenende gemeinsam nach Hause. Ich fand ihn sexistisch, klugscheißerisch bis fies und politisch nicht immer ganz korrekt, aber er war und ist wie das Auto, das noch immer mit laufendem Motor bei uns in der Hofeinfahrt steht: ein bisschen zu dick, ein bisschen zu aufgedreht und aufgemotzt, aber man sieht sofort, dass man sich damit wohlfühlen wird.

Doch ein zweites Mal machte uns die Liebe einen Strich durch die Rechnung. Gleich zu Beginn des Hauptstudiums setzte sich Ferdinand, groß, blond, blauäugig, in der ersten Vorlesung Öffentliches Recht in die Reihe hinter mich und verliebte sich im selben Augenblick (ich zitiere hier wortwörtlich, nicht dass es heißt, ich gebe an) »unsterblich« in mich. Das beeindruckte mich so nachhaltig, dass ich mich gar nicht lange querstellte, mich meinerseits in ihn verliebte, irgendwann alle Brücken hinter mir abbrach und nach dem Ersten Staatsexamen von ihm breitschlagen ließ, es doch mal in München zu versuchen. »Solche Noten muss man doch zu Geld machen«, stellte er als Sohn eines Raiffeisenbankvorstands fest und wurde Anwalt in einer Großkanzlei für Bank- und Kapitalmarktrecht.

Während ich dort fünf lange Jahre darauf hoffte, mit Ferdinand in die Heimat zurückzukehren, schrieb Peter Schneider in Erlangen Staatsnote (zwei Jahre nach mir; Peter war zwar gut, aber ich war besser!) und bekam in unserer Heimatstadt sofort eine Stelle bei der Staatsanwaltschaft – kurz »StA« genannt – mein Traumjob.

Damit wäre also die Frage geklärt, wer dieser Peter denn eigentlich ist, und wir nähern uns auch der Antwort auf die eigentlich gestellte Frage, was Peter denn nun hier macht. Klar habe ich damit gerechnet, ihn im Büro zu treffen, schließlich sind wir fortan Kollegen, aber hier?

»Was machst du hier?«

Peter reagiert nicht sofort auf meine Frage. Er ist genervt. Das merke ich nicht, weil ich ihn so gut kenne, sondern weil er ungeniert die Augen verdreht. Es ist Montagmorgen und die ganze Welt ist mal wieder viel dümmer als er.

»Wonach schaut's denn aus, Pflaume? Ich hol dich ab!« Jetzt scheint mein Blick Bände zu sprechen, denn er fährt fort: »Ich hab doch die Omma gestern angerufen. Wir sollen um Viertel neun drin sein. Das schaffst du nie mit dem Bus.«

»Die Omma?«, verdreht Sylvia nun ihrerseits die Augen. »Die macht nur noch Sachen, die sie will. Und ganz sicher gibt sie keine Nachrichten weiter.«

»Dann muss das Evilein mal lernen, an ihr Handy zu gehen«, gibt Peter zurück und grinst mich jetzt an. »Und nicht nur damit Candy Crush zocken.«

»Halt einfach die Klappe!« Ich schnappe mir meine Tasche und nehme einen extra großen Bissen von meinem Tatarbrot, während ich mich auf den Beifahrersitz von Peters BMW gleiten lasse. Meine Füße sind noch nicht mal in das Meer aus Redbull-Dosen, das sich unter dem Beifahrersitz gebildet hat, eingetaucht, da drückt mich schon die Beschleunigung in den Sitz.

»Die Omma hat erzählt, du bist den Schnösel los.«

Habe ich schon erwähnt, dass Peter eine ziemliche Klatschtante sein kann? Wahrscheinlich hat er sich gefreut, als er mich am Handy nicht erreicht hat und stattdessen die Oma anrufen konnte. Diese etwas unmännliche Neigung zu Klatsch und Tratsch hat er von Tante Maria.

»War das eine Frage?«, gebe ich auf seine Bemerkung nur schnippisch zurück. Ich hasse Ferdinand auch, aber ich brauche niemanden, der mir unter die Nase reibt, was für eine schlechte Wahl ich getroffen habe. Peter macht es trotzdem.

»Du hast schon immer auf die geschniegelten Jungs gestanden. Lass die Finger davon. Die tun dir nicht gut.« Er grinst: »Und falls es dir mal nach ein bisschen Wärme und Nähe ist: Unter meiner Decke ist immer ein Plätzchen für dich frei!«

Ich verschlucke mich vor Lachen am Rest meines Tatarbrots. »Wir sind jetzt Kollegen«, ermahne ich ihn.

»Was in der Staatsanwaltschaft passiert, bleibt in der Staatsanwaltschaft«, gibt Peter mit anzüglich wackelnden Augenbrauen zurück.

Eine passende Antwort fällt mir darauf nicht ein. Selbst wenn ich wollte, könnte ich Peters Angebot nicht ernst nehmen. Sein strohiges Blond und der leichte Ansatz eines Doppelkinns sorgen in meinem Bauch für alles andere als Schmetterlingsgeflatter. Wobei wir wieder beim Thema wären.

»Parken wir direkt beim Gericht?«

»Du musst vor Aufregung aufs Klo, oder?«

Peter kennt mich seit meiner Kindheit. Ich hasse ihn!

»Ne, wir müssen uns einen Parkplatz suchen. Die paar freien sind um die Uhrzeit meistens voll. Nur die Cheffen bekommen feste Parkplätze.«

Inzwischen haben wir uns ins Stop and Go der ewigen Baustelle auf dem Ring eingereiht. Die kenne ich deshalb, weil sie schon da war, als ich noch in der Schule war. Wir sprechen hier von einem Zeitraum von über zehn Jahren.

»Wieso gibt es für meine Begrüßung eigentlich einen extra Termin?«

»Der LOStA will dich kennenlernen.«

Nein, Peter meint keinen Lobster, sondern den LOStA – den Leitenden Oberstaatsanwalt. Der ist so etwas wie der Chef der Staatsanwälte. Über ihm steht der »General« – also der Generalstaatsanwalt, die Schnittstelle zum Justizministerium – unter ihm die Abteilungsleiter. Und eigentlich hätte mich – wenn überhaupt – ein solcher begrüßen müssen.

»Gibt es irgendein Problem? Gibt's keinen Abteilungsleiter, der zwischen Tür und Angel Hallo sagen kann?«

»Genau das ist das Problem«, gibt Peter zurück, und in meinem Bauch quakert es mit einem Mal noch viel mehr – dass Peter in diesem Moment eine Vollbremsung macht, hilft der Sache nicht. Er lässt das Fenster runter – auf der Beifahrerseite – und brüllt Spucke sprühend über mich hinweg: »Du blinder Spacko! Es gibt auch Radwege!«

Der Radfahrer zeigt uns nur den Mittelfinger und schlängelt sich weiter durch den nur zäh fließenden Verkehr. Und tatsächlich:

Wo rechts immer lange Reihen von Autos parken durften, ist jetzt alles als Radweg ausgezeichnet.

»Ja, krass, wo sind denn die ganzen Parkplätze hin?«, entfährt es mir. »Wo parkt ihr jetzt?«

»Hier«, gibt Peter zurück, während er den BMW direkt auf dem Radweg abstellt und ein Schild aus dem Handschuhfach holt: *Staatsanwaltschaft im Einsatz.*

»Was schaust du so? Bin ich Staatsanwalt oder nicht? Bin ich im Einsatz oder nicht?« Er grinst. »Jetzt komm schon. Wird Zeit, dass du aufs Klo kommst.«

Ich schaffe es nicht mehr aufs Klo.

Es ist Punkt 8.15 Uhr, als Peter und ich die Etage der Staatsanwaltschaft erreichen. Ein Mann stapft mir entgegen. Er ist an die zwei Meter groß, gut gelaunt, Grinsen, Gönnermiene, Händeschütteln, jovial – ein Unsympath vor dem Herrn.

»Na, Herr Schneider, da haben Sie uns gar nicht verraten, was für eine besondere Schönheit die liebe Frau Pflaum ist.« Er lacht laut und dröhnend. Von Sexismus am Arbeitsplatz hat dieser Platzhirsch vermutlich auch noch nichts gehört. Er legt noch eins drauf. »Optisch eine große Bereicherung für die Abteilung!« Ich überlege, ob ich ihn gleich nach dem üblichen Gang einer Dienstaufsichtsbeschwerde fragen soll. Er beweist seinen Mangel an Feingefühl, indem er meine gerunzelte Stirn völlig falsch deutet: »Na, wer wird denn schüchtern sein. Komplimente muss man auch annehmen können!«

Und manche Sachen sollte man einfach für sich behalten.

Peter steht neben mir und grinst sich eins.

»Ich bin Helmut Söllner, der Leitende Oberstaatsanwalt, und darf Sie heute anstelle von Herrn Weidmann begrüßen. Er ist eigentlich Ihr Abteilungsleiter. Aber er ist heute krank.« Hinter dem Rücken von Söllner formt Peter mit seinen Fingern imaginäre Anführungsstriche beim Wort »krank«.

»Leider ist Herr Weidmann gesundheitlich sehr anfällig. Deshalb ist es umso besser, dass wir mit Ihnen eine in vielen Bereichen erfahrene Kraft aus München gewinnen konnten.«

Mein Bauch beginnt erneut zu quakern und ich bin so damit beschäftigt, einen Angstpups zu unterdrücken, dass ich die Gelegenheit verpasse, dem LOStA zu widersprechen. Ich bin sicherlich kein Neuling, ja – aber in München habe ich in erster Linie Verkehrsrecht gemacht. Von »in vielen Bereichen erfahren« kann also durchaus nicht die Rede sein. Doch zu spät. Söllner hat mein Schweigen ein weiteres Mal falsch interpretiert und als Zustimmung gedeutet. Er fährt fort. »Und weil Herr Weidmann heute nicht da ist, dürfen Sie sich auch gleich ins Gefecht stützen. Ich habe eine Liste mit den heutigen Verfahren und die zugehörigen Akten in Ihr Büro bringen lassen, dann haben Sie noch Zeit, sich einzulesen, bevor es«, Blick auf die sehr große, sehr silberne Armbanduhr an seinem haarigen Handgelenk, »in einer halben Stunde losgeht!«

Wie bitte?

Eine halbe Stunde?

Hinter Söllner steht Peter und grinst mich an – sein Gesichtsausdruck ist eine Mischung aus mitfühlend und schadenfroh. Er zuckt mit den Schultern. *Das hab ich jetzt auch nicht geahnt*, soll das wohl heißen. Danke schön. Davon kann ich mir jetzt auch nichts kaufen.

»Und nun zu Ihnen, Schneider«, wendet sich der LOStA so schnell um, dass Peter sich sehr beeilen muss, um sein Mienenspiel wieder in den Griff zu bekommen. Ganz schön schnell, der Söllner, für seine mindestens 130 Kilogramm Lebendgewicht. »Wir haben gestern wieder ein paar Störer aufgegriffen. Straßenblockaden, das Übliche. Der Ermittlungsrichter hat sie schon in U-Haft genommen. Da machen wir heute ein paar Schnellverfahren, um dem Gesindel einen Denkzettel zu verpassen.« Bei seinen letzten Worten hat er sich schon umgedreht und ist halb zur Tür hinaus. »Dann verabschiede ich mich mal! Termine! Termine!« In meinem Kopf dreht sich alles angesichts der Geschwindigkeit, mit der der LOStA unterwegs ist.

Der geht jetzt ratschen, formen Peters Lippen in meine Richtung, bevor er sich zu Söllner umdreht und ihm kriecherisch hinterherwinkt. »Alles klar, Chef! Einsperren und Schlüssel wegwerfen! Wird gemacht!«

»Störer? Ihr macht nicht im Ernst immer noch Schnellverfahren für die Klimakleber, oder?« Ich verdrehe die Augen. »Was war das in München jedes Mal für ein Heckmeck. So was darfst du nur machen, wenn du sicher sein kannst, dass der Sachverhalt feststeht und du keine querulatorischen Rechtsanwälte hast, die dir ans Bein pinkeln wollen.«

»Wieso sollte da der Sachverhalt nicht feststehen? Die Leute haben ganze Fahrbahnstücke an ihren Händen kleben.« Peter verschränkt die Arme und lehnt sich lässig gegen die kalkweiße Wand des Flurs.

»Ich weiß ja nicht, was die hier für Verteidiger haben. Aber bei uns wurden ständig Beweisanträge gestellt. Haben sie denn den Verkehr wirklich behindert? Und waren die behinderten Leute tatsächlich dagegen? Vielleicht haben sie sich ja gar nicht genötigt gefühlt? Und greift bei einem Notstand wie der Klimaerwärmung nicht das Widerstandsrecht? So trivial ist das nicht. Wir saßen bei meinem letzten ›Schnellverfahren‹ bis nachts um drei. Ich glaube einfach, es gibt geeignetere Sachen für Schnellverfahren. Und wie erklärst du der Öffentlichkeit, dass wir in solchen Verfahren mit so einer Härte vorgehen und andere Fälle jahrelang nicht vorankommen? Das lässt uns ziemlich parteiisch aussehen!«

»Pflaume! Bist du etwa eine Grüne?« In gespieltem Entsetzen hat Peter die Augen aufgerissen. »Reg dich ab. Es geht um andere Störer. Wenn du dein *Fränkisches Tagblatt* ordentlich lesen würdest, wüsstest du, dass bald Bürgermeisterwahlen anstehen.« Er hebt oberlehrerhaft die Hand, als ich erwidern will, dass ich sehr wohl weiß, dass in genau vier dreiviertel Wochen gewählt wird. Habe ich schon erwähnt, dass Peter ein Klugscheißer ist? »Und bei den Veranstaltungen des aussichtsreichsten Kandidaten bildet sich regelmäßig ein blökender Mob aus Bauern und Umweltspinnern und blockiert mit Traktoren die Straßen.«

»Dann gilt für die trotzdem das Recht auf freie Meinungsäußerung«, gebe ich zu bedenken.

»Schön und gut. Straßen dürfen sie trotzdem nicht blockieren«, wischt Peter meinen Einwand beiseite. »Und das ist echt ein super Typ. Carsten Denglein. In seiner Mälzerei ist alles bio, baut sein Braugetreide zum Teil selbst an. Die Mitarbeiter sind total divers. Fünfzig Prozent der Belegschaft sind anerkannte Flüchtlinge. Das ist gelebte Integration. Aber jetzt heulen die Umweltspinner wieder: ›Aber wenn er seine Produktion ausweitet, schiebt er vielleicht das Naturschutzgebiet weg.‹ Und die Bauern haben ja sowieso immer nur Angst um ihre Kohle.«

»Ich dachte, du kommst vom Dorf?«, versuche ich es mit Sarkasmus, da Argumente nicht mehr ziehen.

»Ich mach einfach das, was der Chef will. Und das solltest du auch machen. Sonst hilft dir dein hübsches Gesicht beim Söllner auch net.«

Fuck. Fuck. Fuck. Verzweifelt stolpere ich die hallenden Gänge des Gerichtsgebäudes entlang.

Auf dem Klo war ich inzwischen, aber in 15 Minuten beginnt die erste Verhandlung und ich habe mein Büro immer noch nicht gefunden. Nach unserer Auseinandersetzung hat Peter mich mit den Worten »Es gibt Leute, die arbeiten müssen« einfach stehen lassen. Dieses Sackgesicht.

Ich halte stolpernd inne. 2214. Da ist es endlich: mein Büro.

Als ich die Tür öffne, glaube ich, mich trifft der Schlag. Über Fischgrätparkett streben weiße Wände drei Meter in die Höhe, das Fenster ist mindestens eineinhalb Meter hoch, die Wände offenbar einen halben Meter dick wie in einer Burg. Dieses Büro ist wunderschön. Und eiskalt. Obwohl wir, wenn schon nicht Sommer, dann doch zumindest goldenen Herbst haben, liegt die Temperatur in dieser Eiskammer bei höchstens 14 Grad. Vielleicht 16. Doch das Schlimmste ist nicht etwa die Kälte, die mir durch meine dünne Bluse dringt, sondern die Akten, die sich im ganzen Raum stapeln. Auf dem Schreibtisch, der Ablage und den Regalen.

Einige Akten thronen sogar auf meinem Schreibtischstuhl. Das ist vermutlich der Haufen, den mir der LOStA bereits angekündigt hat. Bingo! Eine Liste zeigt mir an, dass ich in genau achteinhalb Minuten am anderen Ende des Gebäudes sein muss. Mit einem gemütlichen Kaffee am ersten Tag wird es heute wohl nichts.

Oder vielleicht in der Verhandlungspause?

Doch falsch gedacht! Welche Pause?

Die Richterin – das hat mir die Protokollantin zugeflüstert, als ich schließlich völlig außer Atem mit einem Stapel ungelesener Akten in den Sitzungssaal gestolpert bin – ist Mutter eines fünfzehnjährigen Sohnes, und der erwartet, dass Mama da ist und ihm sein Essen kocht, wenn er um zwei Uhr von der Schule kommt. Oder erwartet Mama das von sich selbst? Was soll nur aus dem Bub werden, wenn ihm niemand bei den Hausaufgaben hilft? Also zieht Mama – die natürlich Vollzeit arbeitet, das Gebäude aber offenbar trotzdem jeden Tag um 13.45 Uhr verlässt – die Verhandlungen durch. Wer Pausen macht, ist nur zu faul zum Arbeiten.

Entsprechend geht es Schlag auf Schlag. Betrunken auf dem Rasenmähertraktor am Ersten Mai? Ich plädiere auf eine Geldstrafe und Führerscheinentzug. Für einen gewerbsmäßigen Ladendieb gibt es acht Monate Freiheitsstrafe ohne Bewährung. Das Verfahren gegen einen Jobcenterbetrüger wird eingestellt, weil wir ihm glauben, dass er seinen Nebenjob nur aus Fahrlässigkeit nicht angegeben hat.

Mensch, das läuft doch. Ich blicke auf die Uhr. Noch zehn Minuten bis zum nächsten Termin. Perfekt! Das reicht für eine Pinkelpause und einen klitzekleinen Snack am …

Snackautomaten.

Verdammt. Verdammt. Verdammt.

Snacks kosten Geld. Weil meine Robe (als Staatsanwältin trage ich natürlich eine solche) aber keine Taschen hat, habe ich meinen Geldbeutel nicht einstecken. Und jetzt stehe ich hier, vor mir die leckersten Müsliriegel der Welt, und werde trotzdem verhungern. Ich spüre schon, wie der Unterzucker kommt. Wird mir etwa schon schwarz vor Augen? Und dieses Kribbeln im Nacken. Ich glaube, ich fange an zu heulen.

»Na, Hunger?« In meinem Hungerdelirium habe ich gar keine Schritte näher kommen hören. Ich fahre herum. Voller Hoffnung. Vielleicht muss ich ja doch nicht sterben.

»Beder! Gott sei Dank. Bitte, leih mir zwei Euro! Ich brauch unbedingt was zu essen. Die Verhandlung geht gleich weiter.«

»Hat dir dei Mama kein Pausenbrot geschmiert, Raupe Nimmersatt?« Peter grinst.

Ich mache mir nicht die Mühe, auf seine Sticheleien einzugehen, sondern verfolge mit gierigen Augen, wie er seinen Geldbeutel aus der Hosentasche zieht und einen Blick ins Münzfach wirft.

»Sorry, hab leider nichts. Aber das schadet dir nicht, wenn du mal einen Tag weniger isst. Ich mag Frauen, bei denen man die Knochen ein bisschen sieht«, sprach's und dreht sich um, nur um mir über die Schulter noch zuzurufen: »Ich mach jetzt ganz lang Mittagspause und geh ein bisschen in die Stadt. Meld dich, wenn du fertig bist. Dann nehm ich dich wieder mit raus. Außer du willst Bus fahren!«

»Du Arschloch!«

»Reiß dich zusammen, sonst läufst du heim!« Schon ist Peter um die Ecke des Flurs verschwunden. Verzweifelt lasse ich mich gegen die Wand sinken. Ich glaube, jetzt fange ich tatsächlich an zu heulen.

Wenn ich meine Tränen ablecke und das Wasser und das Salz meinem Organismus wieder zuführe, dann ist das doch besser als nichts, oder? Und vielleicht könnte ich …

»Kann ich vielleicht helfen?«

Wenn ich nicht schon längst am Rande einer Ohnmacht getaumelt wäre, dann würde ich es jetzt tun. Verdammt. Wie schaffen es in diesen hallenden Gängen nur alle, sich so verdammt leise anzuschleichen? Oder war ich schon so im Unterzucker, dass meine Außenwahrnehmung völlig …

Ein Räuspern. »Ich habe nur gehört, dass Sie zwei Euro für den Automaten brauchen. Ich würde Sie Ihnen geben.«

Als ich mich umdrehe, setzt mein Gehirn einen kurzen Augenblick aus. Ich denke nicht mehr an meinen nahenden Tod, an die verlockenden Müsliriegel, die allein mich vor dem Verschmachten erretten können. Vor mir steht der schönste Mann, den ich je in meinem Leben gesehen habe – und das liegt sicher nur zum Teil daran, dass ich mich eisprungtechnisch gerade im fruchtbarsten Teil meines Zyklus befinde und dieser große dunkelhaarige, grünäugige, jungenhaft lächelnde Fremde jene zwei Euro in der Hand hält, die ich brauche, um die gläserne Wand, die zwischen mir und der Erfüllung meiner Begierden steht, zu überwinden.

An seinem erwartungsvollen Blick erkenne ich, dass ich noch immer nicht geantwortet habe. Uppsi.

»Das wäre wirklich wunderbar!« Ich zerschmelze förmlich vor Dankbarkeit und etwas anderem, das ich hier nicht genauer ausführen möchte. »Ich ...«

»Frau Pflaum, die Verhandlung geht weiter!«, schallt es da den Gang entlang.

Mist. Ich vergaß. Mama hat es eilig.

Ich nehme die zwei Euro aus der Hand des Fremden (die übrigens genau die richtige Temperatur hat: nicht zu warm, nicht zu kalt, trocken, aber nicht rau) und wähle den größten und schokoladigsten Müsliriegel, den ich finden kann.

»Sie haben mir das Leben gerettet«, hauche ich noch einmal dankbar.

Er grinst nur: »Na dann guten Appetit, Frau Pflaum.«

Es ist 21 Uhr, als ich schließlich nach Hause komme. Nach dem Zusammentreffen mit dem großen grünäugigen Fremden, den ich im Folgenden nur noch Clark Kent nennen werde, weil er so eine biedere Superman-Streberart an sich hatte, die ich ungemein sexy finde, traf mich zurück im Gerichtssaal der Groll der Vorsitzenden Richterin mit finsterer Wucht.

»Sie sind zu spät.«

Also konnte ich nur ein klitzekleines Stückchen von meinem Müsliriegel abknabbern, bevor wir uns daranmachten, eine alte Omi zu verknacken, die schon zum fünften Mal beim Ladendiebstahl erwischt worden war.

Kleiner Scherz am Rande, natürlich haben wir sie nicht verknackt. Hätten wir aber gekonnt. Siehe unseren gewerbsmäßigen Ladendieb. Stattdessen bekam Frau Sternheim von uns eine Geldstrafe. 90 Tagessätze à 10 Euro. Eine Strafe, die sie nicht bezahlen können wird, weil sie ja sowieso kein Geld hat. Wenn sie aber die Strafe nicht bezahlt, sitzt sie ein. 90 Tagessätze, das macht 45 Tage Haft. Aber keine Sorge, auch das wird natürlich nicht passieren.

Als die Alte aus dem Gerichtssaal gehumpelt ist, habe ich ihr ans Herz gelegt, den Bedarf an Lebensmitteln vielleicht doch lieber bei der örtlichen Tafel zu decken, und ihr ein Kärtchen von einem Verein mitgegeben, der solche Strafen wie ihre mithilfe von Spenden bezahlt. Ich hoffe, dass ich Frau Sternheim nicht mehr wiedersehen muss.

Den Rest des Nachmittags habe ich damit verbracht, mir einen Überblick über das Chaos in meinem Büro zu verschaffen. Um acht Uhr rief Peter schließlich an, dass er jetzt wirklich genug Zeit totgeschlagen habe, und wenn ich mit ihm nach Hause fahren wolle, dann aber jetzt. Subito. Keine Ahnung, wo er das Wort herhat. Wenn ihr mich fragt, sieht Peter eher aus wie ein Friese als wie ein Italiener.

Eine halbe Stunde konnte ich noch heraushandeln. Dann saß ich wieder auf dem zugemüllten Beifahrersitz von Peters BMW und versuchte, ihn über Clark Kent auszuquetschen. Auf meine dezenten Nachfragen zu einem »sehr großen, dunkelhaarigen, grünäugigen« Kollegen bekam ich jedoch keine befriedigende Antwort, was mich befürchten lässt, dass heute ein verurteilter Straftäter bei mir für Herzklopfen gesorgt hat. Weshalb sonst sollte jemand, der weder Richter noch Staats- noch Rechtsanwalt ist, auf den Fluren des Gerichts herumlungern? Ich werde heute Abend beim Einschlafen also besser nicht an grüne Augen denken. Das lässt sich vermutlich mit meinem Amtseid nicht vereinbaren.

Zum Denken bleibt mir aber sowieso nicht viel Zeit. Ich bin brettlfertig und todmüde, als ich in mein altes Kinderzimmer torkle. Nicht einmal Leos Lächeln kann mich jetzt noch aufmuntern. Sogar einen Einschlaf-Willi habe ich abgelehnt. Alois, Sophie und Fritz sitzen nämlich immer noch unten im Alten Stall. Ob sie zwischenzeitlich mal zu Hause waren, weiß ich nicht.

Was ich aber weiß, ist, dass sie inzwischen angefangen haben zu singen. Die letzten Takte des Frankenlieds schallen an mein Ohr und ein Gefühl von Heimat erfüllt mich. Mein Kopf pulsiert, meine Füße schmerzen, mein Nacken brennt und ich frage mich, ob so ein Traumjob nicht doch irgendwie überschätzt wird.

Aber als das Lied verklingt, kann ich mir ein kleines Lächeln nicht verkneifen.

KAPITEL 3

»Eviiiii!«

Meine Mutter scheint dem Konzept Handywecker einfach nicht zu trauen.

Natürlich habe ich von grünen Augen geträumt. Von grünen Augen, die mir einen Großteil der Nacht ein bisschen neugierig, ein bisschen amüsiert und ein bisschen ich-weiß-nicht-wie gefolgt sind. Wie die Augen eines Kriminellen sahen diese Augen gar nicht aus. Aber wie sehen kriminelle Augen überhaupt aus?

Zu meiner Verteidigung muss ich sagen, dass ich nicht nur von grünen Augen geträumt habe. Unter anderem erinnere ich mich daran, dass meine Mutter mich mit reichlich Sonnenblumenöl einmariniert und auf der Solariumsbank gegrillt hat, während sie »Knackig-knusprig, lecker braun« zur Melodie von *Hänschen klein* vor sich hin gesungen hat. Irgendwann scheine ich mich doch befreit zu haben, denn kurz darauf bin ich auf dem Rücken der – wie durch ein Wunder – wieder lebendigen Rosi über Kartoffelfelder geritten und habe einen überdimensionierten Müsliriegel vertilgt.

Erklär mir das mal einer, Freud!

»Eviiiiiiii!«, kreischt meine Mutter ein zweites Mal. Offenbar habe ich beim ersten Mal vergessen zu antworten. Der Lautstärke ihres Geschreis nach könnte es auch sein, dass sie schon das dritte oder vierte Mal nach mir ruft. Andererseits hat meine Mutter auch einfach eine kurze Zündschnur.

»Bin wahach!«, gebe ich zurück, bevor sie nach oben stampfen und gegen meine Zimmertür wummern kann. Als ich fünfzehn und auf dem Höhepunkt der Pubertät war, hat meine Mutter meine Zimmertür sogar einmal eingetreten. Wir wissen beide nicht mehr den Grund. Sie sagt nur rückblickend, ich hätte sie provoziert. Nun ja. Ich provoziere sie heute lieber nicht.

Ich bin schrecklich müde und fühle mich kein bisschen ausgeschlafen. Vermutlich liegt das am Alter – meinem oder dem meiner durchgelegenen Matratze –, dass an meinem Körper so ziemlich alles wehtut, was nur wehtun kann. Außerdem habe ich Hunger. Ich hoffe nur, meine Mutter hat sich meine Klagen von gestern zu Herzen genommen und etwas zu essen besorgt. Ja, ich weiß. Auch wenn ich wieder in meinem alten Kinderzimmer wohne, wäre ich mit 32 Jahren durchaus in der Lage, selbst einkaufen zu gehen. Aber was soll ich sagen? Der Stress?

Die Strafe für meine Faulheit folgt auf dem Fuße, als ich mich endlich angezogen und nach unten in die Küche geschleppt habe.

»Guten Morgen!«, trällert meine Mutter ekelhaft gut gelaunt. Ihre Genervtheit von eben ist so schnell verflogen, wie sie gekommen ist. Das Geheimnis: eine rigide Morning-Routine. Aufstehen um fünf. Leichtes Work-out im Wald – egal bei welchem Wetter. Danach ein Glas Wasser. Punkt. Meine Mutter könnte jeder Selfcare-Influencerin Konkurrenz machen. Doch das Schlimme ist nicht ihre gute Laune – nein: Sie hat eingekauft. Aber was nur! In einer Schale, die ich ihr vor 25 Jahren zum Muttertag getöpfert habe, quellen Haferflocken in probiotischem Joghurt vor sich hin. Und nein – den Honig hat sie nicht vergessen. Der fehlt aus Prinzip.

»Wenn du schon so früh essen musst, dann wenigstens was Gsundes«, kommentiert meine Mutter das karge Frühstück. Offenbar habe ich meine Gesichtszüge nicht wirklich im Griff. Wie will ich in der Justiz weiter aufsteigen, wenn meine Mimik jeden Lügendetektor überflüssig macht und ich mit den Angeklagten nicht Böse Staatsanwältin, Gute Staatsanwältin spielen kann?

Ich versuche mich trotzdem an einem »Danke, Mama, das wär doch nicht nötig gewesen!«, bevor ich mit spitzen Zähnen beginne, die gelblich braune Pampe zu essen.

»Du, Mama«, versuche ich es, nachdem ich zwei pappige Löffel Haferschleim mit Kamillentee heruntergespült habe. (»Selbst gemacht! Das schmeckt man, oder?« Und wie man das schmeckt. Bäh!) »Wann kann ich denn in die Einliegerwohnung? Soll ich die Tage mal mit ausräumen helfen?«

»Evi, du hast es aber eilig, von mir wegzukommen!« Habe ich schon vom Talent meiner Mutter erzählt, angemessene Bitten mit unangemessenen Vorwürfen zu parieren?

»Als ob ich wieder zurück nach München ziehen würde. Ich will euch nur nicht zur Last fallen.«

»Da unten is schrecklich viel auszusortieren und ich hab unglaublich viel zu tun.« Meine Mutter ist seit 35 Jahren Hausfrau und Mutter in Vollzeit, und während das bis vor ein paar Jahren wirklich ein aufreibender Siebzig-und-mehr-Stunden-Job war, genießt sie jetzt ihre neuen Freiräume, auch wenn sie das nie zugeben würde. Es sei ihr gegönnt – nur die Einliegerwohnung, die könnte sie schon langsam mal in Angriff nehmen …

»Ich kann das für dich machen.«

»Ich muss des alles selber durchsehn«, weicht meine Mutter keinen Zentimeter zurück. »Außerdem brauchen wir die meisten Vorräte noch.«

»Die Zeit der Corona-Lockdowns is vorbei, Mama«, wage ich einzuwerfen.

Doch meine Mutter verdreht nur die Augen angesichts der Naivität ihrer jüngsten Tochter: »Die nächste Krise kommt bestimmt.«

Oje. Ich sehe schon, worauf dieses Gespräch zusteuert – wie 95 Prozent aller längeren Gespräche, die ich mit meiner Mutter führe: die nächste Weltwirtschaftskrise, den dritten Weltkrieg und den damit verbundenen Rückfall in die Anarchie und in den Kampf jeder gegen jeden. Ich glaube, meine Mutter hat immer irgendwie darauf gehofft, dass ich als Staatsanwältin eine Waffe führen und in ihrem Nachtkästchen deponieren darf – für den Fall der Fälle. Eine Enttäuschung, die sie immer noch nicht ganz verwunden hat. Doch ich beschließe, ihr diesen – und andere Zähne – heute nicht zu ziehen. Ich entscheide mich für Flucht statt Diskussion. »Du, Mama, ich muss los!« Leb wohl, Einliegerwohnung – hallo, Kinderzimmer!

»Der Bus fährt doch erst in einer halben Stund?«

»Der Beder nimmt mich wieder mit!«

»Ach, des is aber nett von ihm.«

»Noch netter wär's, wenn du mir dein Auto leihen würdest.« Hatte ich nicht gerade beschlossen, für heute alle Kämpfe mit meiner Mutter aufzugeben?

»Du weißt doch, dass ich des Auto brauch!«, gibt sie zurück, während sie an der Küchentheke in den aktuellen Prospekten blättert und sorgfältig die attraktivsten Angebote umkreist. Ja, ich weiß schon, warum meine Mutter ihr Auto selbst braucht. Um an jedem verdammten Wochentag in irgendein anderes Geschäft zu fahren, um Angebote zu shoppen, die keine Sau braucht, nur um die Einliegerwohnung vollzustopfen, die ich wiederum sehr wohl brauchen würde.

Bin ich ein undankbarer Fratz? Ja, vielleicht. Aber meine Mutter zwingt mich dazu.

Dass Peter gleich kommt, war nicht einmal gelogen. Ich stelle die noch halb volle Müslischüssel in die Spülmaschine. Die Pampe unter den Augen meiner Mutter in den Müll zu kratzen, wage ich nicht. Also muss ich darauf hoffen, dass mich niemand bei dieser Sauerei erwischt. Mein Vater hasst Essensreste in der Spülmaschine. Wen wundert's – er ist ja auch derjenige, der den Schmodder aus den Ritzen und Ecken herauskratzen darf.

Sorry, Papa! Vor Mama habe ich einfach mehr Angst als vor dir.

Ich stehe schon vor der Haustür bereit, als Peter mit seinem Auto hupend in die Hofeinfahrt gebogen kommt.

»Wie wäre es, wenn du erst mal schaust, ob ich da bin, bevor du mit deiner Huperei die ganze Nachbarschaft aufweckst?« Wenn ich meiner Mutter schon nicht Kontra geben kann, muss er als Prellbock herhalten.

»Wir sind hier nicht in München. Die sind alle schon längst wach und ausgeschlafen!«, gibt Peter grinsend zurück. »Du allerdings net, oder? Siehst scheiße aus!« Jaja, der Peter. Ein Gentleman, wie er im Buch steht.

»Schlecht geschlafen.«

»Du darfst die Arbeit net so an dich ranlassen«, klugscheißert Peter.

»So wie du?«, beiße ich zurück.

»Ja, so wie ich.« Dieser Mann ist wirklich durch nichts zu treffen. »Was steht für heut an?«

Ich erkenne ein Versöhnungsangebot, wenn ich es sehe. »Bisschen Akten durcharbeiten. Und nachmittags wär noch eine Sitzung, die ich übernehmen muss, falls der Abteilungsleiter noch nicht wieder da ist.«

»Da kannst du Gift drauf nehmen. Unter einer Woche macht der's net. Geht auch immer gleich zum Arzt, um sich länger krankschreiben zu lassen. Mindestens eine Woche pro Monat – im

Herbst und Winter gerne auch mal zwei.« Eines muss man Peter ja lassen. Bescheid weiß er über die Kollegen.

»Hat der irgendeine chronische Krankheit?«

»Ne, der ist einfach ein unkündbarer Beamter ohne weitere Aufstiegsambitionen. Und für heut hat er mir schon Bescheid gesagt, dass ich seinen Parkplatz haben kann. Deshalb weiß ich sicher, dass er net da ist«, Peter grinst. »Konäktschens sind alles, weißt du, Pflaume!«

Ich checke mein Handy, während Peter mansplaint, was ich in Sachen Networking offenbar alles falsch mache. Punkt eins vermutlich: Nicht zuhören, wenn er mir etwas erzählt.

Ist mir egal. Ich lese lieber die Nachricht von Jana.

Ab wann bist du heute am Start?

Da ist heute aber jemand richtig wild auf Kerwa.

Ich hab heute Mittag noch Verhandlung
und muss dann noch zum Kaffee zur Sylvia.
Danach gehöre ich ganz dir.

Ich weiß, dass Jana diese Ansage nicht befriedigen wird, aber im Gegensatz zu ihr, die seit zehn Jahren ihr eigenes Friseurgeschäft führt, bin ich nicht mein eigener Chef.

Später als sechs wird es nicht, füge ich noch hinzu, bevor ich beginne, Peter wieder zuzuhören, der offenbar das Thema gewechselt hat und derart gehässig über eine Kollegin schimpft, die das dritte Kind bekommen hat und nun schon seit sechs Jahren in Elternzeit ist, dass ich seine Worte hier nicht niederschreiben möchte.

»Du bist so ein Arschloch, Beder«, gebe ich nur müde zurück, als wir in die Einfahrt des Gerichtshofes rollen. Bei Peter ist wirklich manchmal Hopfen und Malz verloren. Fragt mich nicht, warum ich immer noch mit ihm befreundet bin. Wahrscheinlich aus reiner Sentimentalität. Und weil er ein Auto hat.

Als er gerade die Zugangsmarke an die Schranke hält, klopft es gegen das Wagendach. Eine hübsche, blonde, hochgewachsene Polizeibeamtin steht neben dem Auto.

»Morgen, Herr Schneider«, grüßt sie freundlich. »Haben Sie sich schon wegen der Durchsuchung Gedanken gemacht? Die Chats, die wir ausgewertet haben, sind wirklich ergiebig, aber ich will keinen Antrag beim Richter stellen, wenn Sie denken, dass wir uns da zu weit aus dem Fenster lehnen.«

»Morgen, Frau Starklauf«, mit einem Mal wirkt Peter regelrecht seriös. Ich traue meinen Augen kaum. »Bei mir ist gerade total Land unter, aber ich schau mir das Ganze so bald wie möglich an.«

Die Polizistin nickt und will schon weitergehen, da ruft Peter ihr hinterher: »Am Wochenende hab ich aber noch nichts vor. Vielleicht wollen wir uns da mal unterhalten?« Das ist schon eher der Peter, den ich kenne.

Eine Augenbraue der Beamtin schießt nach oben. Sie lässt sich Zeit mit ihrer Antwort und betrachtet ihn, als würde sie ihm heute zum allerersten Mal begegnen. Ich versuche Peter mit ihren Augen zu sehen. Klar ist sein Haar dünner und grauer als früher und die ehemals sportliche Durchtrainiertheit eines C-Klasse-Fußballers ist einer etwas behäbigen Schwere gewichen, die aber immer noch recht fit wirkt. Und es gibt ja Frauen, die auf den Teddybärentyp zum Anlehnen stehen. Ich mag es lieber groß und schmal. Trotzdem überrascht es mich nur ein bisschen, als sie schließlich lächelt: »Ich schick Ihnen meine Nummer!«

»Mensch, da hat es einer noch voll drauf«, feiert Peter sich selbst, als das Auto durch die Schranke rollt.

Während ich innerlich schmunzeln muss, ziehe nun ich die Augenbrauen hoch, beide auf einmal – das Coolness-Level des

Einzelne-Brauen-Hochziehens habe ich leider nie erreicht. »Das ist aber ganz schön unprofessionell!«

»Wieso«?« Peter weiß wieso, aber er liebt es, sich dumm zu stellen. »Ich bin doch net ihr Vorgesetzter.«

»Na ja, nicht disziplinarrechtlich. Aber du kannst ihr Anweisungen geben. Das halt ich schon für bedenklich.«

»Oh yeah! Ich hoff, dass ich ihr bald ein paar Anweisungen geben darf!« Peter grinst anzüglich. Himmel, rette mich vor diesem Dreizehnjährigen im Körper eines Mannes.

Die spärlichen Erfolge, die ich gestern im Kampf gegen die Aktenstapel eingefahren habe, sind über Nacht vom diensthabenden Justizwachtmeister zunichtegemacht worden: Er hat direkt neue Stapel unbearbeiteter Akten auf meinem Schreibtisch abgelegt. Ob ich's will oder nicht, heute Vormittag muss ich wohl eine Runde »auf Einstellung« lesen, also gezielt nach Argumenten suchen, aufgrund derer das Verfahren eingestellt werden kann – zum Beispiel wenn zwei Gruppen von Besoffenen aneinandergeraten und sich gegenseitig ordentlich aufs Maul hauen. Gruppe 1 – nennen wir sie »Junggesellenabschied« – sagt, Gruppe 2 – Kegelbrüder – habe angefangen. Die Kegelbrüder sagen, die JGAler waren schuld. Alle Beteiligten waren hackedicht und sind gleichermaßen verletzt worden. Von den Zeugen war ebenfalls keiner unter zwei Promille. Angezeigt hat einfach jeder jeden. Und weil nur angeklagt wird, wenn die Wahrscheinlichkeit einer Verurteilung höher ist als die eines Freispruchs, sind solche Fälle die perfekte Gelegenheit, um eine paar Verfahren plattzumachen – in diesem Fall sogar gleich vier auf einen Schlag. Der Traum einer jeden überlasteten Staatsanwältin.

Ich habe schon sage und schreibe zehn ähnlich gelagerte Verfahren eingestellt, als plötzlich Peter mit strahlenden Augen durch meine Bürotür tritt.

»Du glaubst net, was mir gerade passiert ist!«

»Frau Starklauf bringt noch ihre sexy Freundin mit zu eurem Date?« Ich verdrehe genervt die Augen. Wenn ich schnell bin, schaffe ich noch zwei Verfahren vor dem Mittagessen.

»Nein! Viel, viel besser! Ich hatt gerade diese Akte aufm Schreibtisch«, er winkt mit einem Wälzer so dick wie ein Backstein. »Kneipenschlägerei mit gefährlicher Körperverletzung. Zwanzig Beteiligte. Aussage gegen Aussage. Rockerclub, also alles alte Bekannte, sodass ich net einfach einstellen kann.«

Mir zieht sich bei Peters Ausführung der Magen zusammen. Verdammt, das klingt nach scheiß viel Arbeit. Wie kann Peter angesichts dessen so gut gelaunt sein? Ich muss nicht fragen, er verrät mir den Grund gleich selbst: »Und dann geb ich die Namen im Zentralregister ein und seh: Die werden in Nürnberg gerade wegen gewerbsmäßigem Diebstahl angeklagt, und mit dieser Begründung kann ich das Verfahren hier direkt erledigen.«

Wie bitte? So ein verdammter Glückspilz!

Denn das ist ein weiterer möglicher Grund, um ein Verfahren einzustellen: Wenn nämlich eine Person für eine andere Tat im gleichen Zeitraum bereits von einer anderen Staatsanwaltschaft verfolgt wird. Das heißt jetzt nicht, dass jemand nicht wegen Mordes angeklagt wird, weil irgendwo ein Verfahren wegen Ladendiebstahl läuft, aber bei ähnlich gelagerten Fällen ist das durchaus möglich. Wobei ich hier auch schon das Haar in der Suppe sehe ...

»Aber willst du wirklich eine gefährliche Körperverletzung einstellen, weil die wegen *Diebstahl* verfolgt werden? Das kommt mir nicht so verhältnismäßig vor.« Ich weiß, dass Peter mich dafür hassen wird.

»Ach, die haben zwar mit Maßkrügen zugeschlagen, aber das Opfer war nur zum Nähen im Krankenhaus. Dem geht's gut. Und außerdem erfährt der Typ, der die angezeigt hat, doch gar net, weshalb die woanders angeklagt werden.« Peter gibt sich weiter überzeugt, aber ich sehe, dass sein Strahlen nachlässt.

»Aber trotzdem«, hake ich nach. »Da muss sich doch irgendwie dein Rechtsempfinden regen!«

»Es kann net jeder so ein Streber sein wie du.«

Wenn der wüsste! Mein Gewissen piekst mich ein bisschen in die Seite angesichts des »Eingestellt«-Stapels, den ich neben meinem Computer errichtet habe.

»Mach, was du für richtig hältst«, wende ich mich wieder meiner Akte zu.

»Du bist so eine Spielverderberin!«, knurrt Peter und schlägt die Tür hinter sich zu.

Gleichstand, würde ich sagen.

Zwei weitere plattgemachte Verfahren später recke und strecke ich mich in freudiger Erwartung eines kalorienreichen Mittagessens. Wenn ich mir das jetzt nicht verdient habe, dann weiß ich auch nicht. Endlich bekomme ich von meinem Schreibtisch mal die verdammte Tischplatte zu sehen.

Ich will gerade in meine Jacke schlüpfen, um in kulinarische Gefilde aufzubrechen, als mein Telefon klingelt. Es ist die Nummer des LOStAs und ich wäge ab. Tue ich mir sein joviales Gesabbel jetzt an oder verderbe ich mir nach dem Essen damit die gute Laune? Ich würde das Ganze ja gerne aufschieben, aber ich kann einfach nicht aus meiner Haut.

»Staatsanwaltschaft. Pflaum am Apparat.«

»Da ist sie ja, unsere Münchner Geheimwaffe. Wie gut, dass ich Sie erreich, Frau Pflaum«, dröhnt es mir gönnerhaft entgegen.

»Herr Söllner?«

»Wir haben hier eine Leiche. In der Jeckstraße. Da müssten Sie mal hin.«

»Ein Leichenfund?«, quietsche ich überrascht. »Macht das nicht die Kripo?«

»Natürlich macht das die Kripo!« Donnerndes Gelächter. »Es geht darum, sich zu zeigen. Kennenlernen. Networking, liebe Frau Pflaum. Fahren Sie am besten gleich los. Einsatz wird immer gerne gesehen.« Wieder völlig zusammenhangloses Gelächter. »Ich muss dann auch. Mahlzeit, Frau Pflaum!« Er legt auf.

Mahlzeit. Am Arsch die Räuber.

Ich sinke frustriert auf meinen Stuhl und starre immer noch vor mich hin, als Peter eintritt, ohne sich die Mühe zu machen, zu klopfen.

»Ich verzeihe dir, du Pflaume, auch wenn ich durch dich jetzt drei Wochen Arbeit mehr hab. Gehn wir essen?« Sein Blick fällt auf mein Gesicht: »Was ist denn los?«

»Nix mit Essen. Eine Tote in der Jeckstraße. Ich soll sofort hin.«

Peters Gesicht beginnt zu strahlen. »Oh! Im Puff! Ich fahr dich!«

»Ist bei dir nicht Land unter?«

»Ach«, Peter macht eine wegwerfende Handbewegung. »Das ist alles nur Marketing. Wer net jammert, hat offenbar noch Kapazitäten. Und wer Kapazitäten hat, der kriegt so schnell was aufs Auge gedrückt, dass du net bis drei zählen kannst.« Er grinst. »Genau wie die übrigens, die immer ans Telefon gehen. Bei mir hat der LOStA auch angerufen. Ich bin einfach net ran.« Ich beschließe, Peter zu ignorieren, aber das hat ihn noch nie vom Reden abgehalten. »Mensch, so ist es wirklich perfekt. So schau ich mal wieder im Puff vorbei, ohne die Verantwortung übernehmen zu müssen. Wirklich ideales Timing! Ich hol schon mal den Wagen!«

Peter ist zur Tür hinaus, bevor ich überhaupt zustimmend nicken kann. Ich schlüpfe in meine Jacke, in der Jackentasche spüre ich zwei Euro. Auf dem Weg nach draußen nehme ich einen kleinen Umweg über den Snackautomaten. Wenn ich schon nicht in die Mittagspause darf, muss ich mir anderweitig behelfen.

Wenigstens etwas.

Im Auto sehe ich, dass Jana zurückgeschrieben hat: Punkt 18 Uhr – und keine Minute später. Sonst kann ich nicht garantieren, dass ich dich noch erkenne.

Ich schmunzle. Jana scheint heute Abend Großes vorzuhaben.

»Ein Verehrer?« Peter ist tatsächlich einer der neugierigsten Menschen, die ich kenne.

»Jana!«, gebe ich zurück. »Sie ist heiß auf Kerwa.«

»Sauber! Unter der Woche saufen«, gibt Peter sich empört.

»Tu doch nicht so. Gehst du etwa nicht?«

»Ich war am Wochenende schon. Das ist ein bisschen eskaliert und ich hab mit der Alten vom Sportvereinsvorstand geknutscht.«

»Ui. Hat euch jemand gesehen?«

»Es war in der Außenbar, auf der Theke.«

Langsam verstehe ich, weshalb Peter heute keine Lust auf Kerwa hat. »Fuck. Hat er's gesehen?«

»Ne, der war schon daheim. Total besoffen.«

»Ich glaub nicht, dass irgendeiner es ihm erzählt«, gebe ich zu bedenken.

»Ich auch net – aber sehen will ich ihn in nächster Zeit trotzdem lieber net.«

»Da magst du recht haben.« Wobei Peter vor unserem Sportvereinsvorstand in körperlicher Hinsicht eigentlich nichts zu befürchten hat. Peter ist mindestens 15 Zentimeter größer als er – was keine Kunst ist, denn sogar ich kann dem rothaarigen Schlumpf problemlos über den Kopf spucken. Aber man weiß ja nie, ob er ihm nicht doch die örtliche Ringerabteilung auf den Hals hetzt – Schweinsbrunn ringt nämlich auf Bundesliganiveau.

»Außerdem hast du ja jetzt die Frau Starklauf. Vielleicht hat die ja Lust, mit dir auf der Theke zu knutschen, um den Gerüchten den Wind aus den Segeln zu nehmen«, stichle ich, als der Wagen langsamer wird.

Peter hat offensichtlich keine Lust, sich weiter von mir aufziehen zu lassen, und bringt den Wagen zum Stehen.

»Sind wir etwa schon da?« Panik steigt in mir auf. »Ich hab noch nicht gegessen.« Wie um meine Worte zu untermalen, halte ich meinen Müsliriegel in die Höhe, während ich mich abschnalle und aus dem Auto steige.

»Mach hinne!« Peter steigt aus.

»Willst du etwa mit rein?«

»Natürlich. Ich bin dein Plus-Eins!«, stellt Peter sich dumm.

»Ich brauch doch keine Begleitung. Bin ich im Kindergarten, oder was?« Ich gehe im Stechschritt auf das Gebäude zu, an dessen Giebel ein rotes Neonherz blinkt, stoße die Tür auf und stapfe das enge Treppenhaus nach oben. Peter folgt mir auf den Füßen.

»Bist du etwa beleidigt?«, fragt Peter, als er vor der Eingangstür zum Puff schnaufend neben mir zum Stehen kommt. »Dass ich net dich um ein Date gebeten hab?«

»Wie bitte?«, ich fahre herum – die Faust bereits zum Anklopfen erhoben, in der Hand immer noch meinen Müsliriegel. Komme ich denn hier nie zum Essen?

»Na, ob du sauer bist, dass ich mit der Frau Starklauf ein Date ausgemacht hab?«

»Spinnst du? Ich würde doch nie mit dir ausgehen wollen.« Ich versuche, meinem Gesicht einen neutralen Ausdruck zu verleihen, um meinen Worten die Schärfe zu nehmen. Ich will den armen Kerl ja nicht verletzen. Sein Haar ist wirklich ziemlich schütter, wenn ich vom Treppenabsatz auf ihn herunterschaue.

Aber da habe ich mir wohl umsonst Sorgen um sein Selbstwertgefühl gemacht. »Vielleicht traust du dich nur net, ehrlich zu mir zu sein«, gibt Peter zu bedenken.

Ein Lachen bricht aus mir heraus. Ich kann nicht fassen, dass sich Peter tatsächlich gerade Gedanken macht, dass er mein Herz bricht: »Gerade zu dir kann ich ehrlich sein. Jedem anderen würde ich eine Ausrede auftischen, aber zu dir kann ich einfach sagen: Nein, danke! Ich habe so was von keine Lust!«

Möglicherweise habe ich doch schon geklopft, denn in diesem Moment schwingt die Tür des Etablissements auf und fünf Augenpaare sind auf uns gerichtet. Ein Polizeibeamter blickt auf mich herab, die Uniform sitzt perfekt, sein Gesichtsausdruck ist undurchdringlich, er scheint der Inbegriff bayrischer Korrektheit zu sein.

»Die Tür war offen. Wie kann ich helfen?«

»Staatsanwaltschaft. Pflaum. Ich bin hier wegen des Leichenfunds«, schnauze ich, als wäre ich der Hauptmann von Köpenick. »Und du verpisst dich jetzt mal schön und wartest im Auto«, fahre ich Peter halblaut an, der überraschenderweise ein einziges Mal das tut, was ihm geheißen wird.

Ein anderer Mann tritt auf mich zu. Weniger groß. Weniger gepflegt. Bestimmt sein Vorgesetzter: »Kaiser von der Kripo. Was wollen Sie denn hier?«

Wusst ich's doch.

»Der LOStA hat mich geschickt. Ich soll mir hier alles mal anschauen.«

»Kontrollieren wohl eher.« Ich zucke angesichts des verständlichen Unmuts des Kriminalbeamten nur mit den Schultern. Ich säße jetzt auch lieber in meinem Büro. »Der LOStA hat immer Angst vor schlechter Presse. Kommen Sie mit, ich zeige Ihnen die Leiche«, gibt sich Kaiser dann doch kooperativ. Während wir zum anderen Ende des Raumes laufen, beiße ich eilig in meinen Müsliriegel. Wer weiß, was ich gleich zu sehen kriege. Am Ende habe ich dann keinen Appetit mehr.

Ich knurpse und kaue offenbar derart laut, dass sich Kaiser zu mir umwendet: »Essen können Sie hier aber nicht. Sie verunreinigen mir noch den Tatort!«

Eilig schiebe ich mir den Rest des Müsliriegels in die Backen. »Tatort? Reden wir von Mord?« Ich muss aufpassen, dass ich keine Brösel spucke.

»So ganz klar ist das nicht.« Kaiser wirkt ratlos. Oder er gibt sich so. Er ist offenbar nicht der Typ, der sich in die Karten schauen lässt. »Aber dazu kann uns dieser Herr bestimmt mehr sagen.«

Ich hätte mich weniger auf meinen Müsliriegel als auf meine Umgebung konzentrieren sollen, denn vor mir steht plötzlich ein großer schlanker Mann mit schwarzem Haar und den wunderschönsten grünen Augen, die ich doch schon kenne – heute jedoch verborgen hinter einer schwarzumrandeten Brille, die ihn noch ein bisschen mehr wie Clark Kent aussehen lässt.

»Was machen Sie denn hier?«, nuschle ich mit immer noch nicht ganz leer gegessenen Backen. In meinem Kopf gebe ich mir selbst die Antwort: Gestern haben sie ihn vielleicht auf Bewährung freigelassen – und heute kommt er gleich wieder mit dem Gesetz in Konflikt. Ein Mord. Oder zumindest Mordverdacht. Ganz sicher aber ist er Stammkunde im Bordell, wenn er hier als Hauptzeuge befragt werden soll. Evi, Evi, dein Männergeschmack lässt wirklich mehr als zu wünschen übrig.

Der große, dunkle Fremde lächelt mich an – nicht weniger überrascht als ich, allerdings offenbar im Gegensatz zu mir ganz und gar nicht entsetzt: »Frau Pflaum!«

»Dafür kommen Sie jetzt aber ganz sicher in den Knast!«, entfährt es mir, und wenn ich nicht stehen müsste, würde ich mir jetzt selbst gegens Schienbein treten. Am Ende gelte ich als befangen, wenn ich ihn anklagen muss. Oje, bin ich nicht schon längst befangen?

»Wie meinen?«, fragt Kaiser nach – offenbar in Gedanken schon längst woanders.

»Wir kennen uns vom Gericht«, antwortet der Mordverdächtige überraschend selbstbewusst. Woher nimmt er nur die Ruhe? Am Ende besteht Fluchtgefahr. Warum trägt der Typ denn keine Handschellen?

»Ah so. Dann muss ich gar nicht groß vorstellen: Dr. Rosenbeet, von der Gerichtsmedizin«, stellt Kaiser Clark Kent dennoch vor, bevor er sich wieder seinen Beamten zuwendet, und ich spüre, wie alles Blut erst aus meinem Gesicht weicht und dann mit voller Wucht wieder zurückströmt.

Fuck. Fuck. Fuck.

Gerichtsmedizin.

Er war nicht als Angeklagter, sondern als Gutachter bei Gericht.

Mein Gehirn ist ein großes schwarzes Loch und kann sich nicht entscheiden, ob ich froh sein soll, dass ich doch nicht schuld daran sein werde, dass Superman den Rest seines Lebens hinter Gittern verbringen wird (wobei er streng genommen ja selbst schuld daran wäre), oder ob ich vor Scham im Boden versinken soll. Letzteres überwiegt in diesem Moment und wird nur dadurch abgemildert, dass der Kommissar mein Missverständnis überhaupt nicht begriffen hat. Dr. Rosenbeet – Clark Kent – jedoch umso mehr. Das Kräuseln seiner – übrigens sehr hübschen – Lippen sieht weniger nach freundlich-kollegialem Lächeln als nach unterdrücktem Lachanfall aus. Vermutlich sollte ich ihm dafür noch dankbar sein, dass er sich zusammenreißt und mich nicht vor all den neuen Kollegen bloßstellt.

Während mein Gehirn immer noch überlegt, was ich tun und sagen soll, tue und sage ich einfach nichts und stehe herum wie ein Depp, bis die sich hinziehende Stille langsam peinlich wird und Clark Kent – ich bleibe jetzt einfach dabei – sich erbarmt.

»Kommen Sie. Ich zeige Ihnen die Leiche«, sagt er endlich und zieht einen Vorhang beiseite, der zu einer Art Separee führt.

Ich rümpfe die Nase. Was riecht denn hier so seltsam? Nicht dass es stinken würde. Es riecht eher ... vertraut. Ich habe im Laufe der Jahre ja doch ein paar Tote gesehen – zum Teil auch wirklich eklig zugerichtet. Aber diesen Geruch habe ich in diesem Zusammenhang noch nie gerochen.

»Sie riechen es auch, oder?« Das Schmunzeln ist verschwunden. Mr Kent ist jetzt ganz cooler Gerichtsmediziner. »Das ist ...«

»Malz«, falle ich ihm ins Wort. Eindeutig. Es riecht nach Malz. Jahre der Kindheit, in denen ich mit meiner Oma Blockmalz gelutscht habe, gehen nicht spurlos an einem vorüber.

»Richtig.« Da ist es wieder. Das Lächeln. Ich muss wegschauen. Lange halte ich den Blick in diese Augen nicht aus. »Und es kommt definitiv von der Leiche. Wundern Sie sich nicht. Sie sieht etwas ... ungewöhnlich aus.«

»Ungewöhnlich« wäre nun vielleicht nicht das Wort, für das ich mich entschieden hätte. »Schleimig« hätte es vielleicht getan. Oder »flutschig«, »grünschimmlig« oder einfach nur »eklig«. Mit einem seltsam grünlichen feuchtschimmernden Flaum überzogen liegt eine weibliche Leiche auf der samtroten Bank des Separees.

»Keine Sorge. Sie ist tot«, flachst Clark Kent hinter mir, als ich auf die Verstorbene zutrete.

So ein Scherzkeks. Das ist mehr als offensichtlich. Trotzdem scheint der grüne Flaum nicht Teil des Verwesungsprozesses zu sein. Denn darunter wirkt die Leiche ganz frisch und hübsch.

»Wie normale Verwesungsspuren sieht das aber nicht aus.« Ich halte den Blick weiter stur auf die Leiche gerichtet.

»Sie haben recht. Sie ist noch nicht so lange tot. Sechs Stunden, vielleicht acht.«

»Anzeichen von Drogenkonsum?« Oh! Ich kann selbst nicht glauben, wie professionell und nüchtern meine Stimme klingt, während ich mich über die Leiche beuge und aus den Augenwinkeln auf Clark Kents Hände schiele. Lange, schlanke Klavierspielerfinger – für alle, die es genauer wissen möchten. Hände, mit denen man bestimmt nicht nur hervorragend in Leichen wühlen, sondern auch ganz andere aufregende Dinge anstellen kann.

Evi!

»Es gibt Anzeichen – geweitete Pupillen, das Übliche. Allerdings kommt mir der Flaum extrem seltsam vor. Ich will das im Labor prüfen und dann kann ich Ihnen Genaueres sagen.«

Wenn ich ihn jetzt nicht langsam mal wieder anschaue, wirke ich wie ein totaler Freak. Ich drehe mich um. Sein grüner Blick trifft mich. Es ist im Gegensatz zum Flaum auf der Leiche ein sehr schönes Grün. Wie ein heller Goldfischteich mit dunkelgrünen Seerosenblättern drauf, wenn ich einen Augenblick poetisch werden darf.

»Es tut mir leid«, entfährt es mir da.

»Was?«, fragt er. Aber an dem Schmunzeln, das jetzt in seinem rechten Mundwinkel auftaucht, erkenne ich, dass er genau weiß, wovon ich spreche.

»Dass ich Sie für den Verdächtigen gehalten habe.« Jetzt muss auch ich grinsen.

»Ich finde das ziemlich schmeichelhaft. Gemeinhin gehe ich nicht als der klassische Badboy durch.«

»Sind Sie auch nicht. Aber seit *Zwielicht* wissen wir doch, dass es eher die süßen Oberministranten sind, die zu den schlimmsten Dingen fähig sind.«

Oh. Mein. Gott. Habe ich das gerade wirklich gesagt? *Süßer Oberministrant?* Er muss mich für eine pädophile Perverse halten. Wie will ich wieder ins Dating einsteigen, wenn ich potenziellen Sexualpartnern so zweifelhafte Komplimente mache? Nicht dass ich Clark Kent für einen potenziellen Sexualpartner halten würde. Dienst ist Dienst und Schnaps ist Schnaps. Ich heiße ja nicht Peter Schneider.

Vielleicht steht Clark Kent ja auf sexy Pfarrer-Ministranten-Rollenspiele, denn er lächelt weiter: »Vielleicht haben Sie heute nach der Arbeit mal Lust, mit mir was trinken zu gehen, um herauszufinden, ob ich eher Badboy oder süßer Ministrant bin?«

Wie bitte? Fragt mich dieses Bild von einem Mann etwa nach einem Date?

»Das wär aber ganz schön unprofessionell!«, klingt es in diesem Augenblick hinter dem Vorhang des Separees hervor, und Peter stört unsere Zweisamkeit mit einer Leiche. »Die Geschäftsstelle hat angerufen. Deine Verhandlung wurde vorverlegt. Du musst in einer halben Stunde am Gericht sein«, erklärt er, während er mit demonstrativ verschränkten Armen zu uns tritt und seinen vorwurfsvollen Blick zwischen mir und Clark Kent hin- und herwandern lässt.

»O nein! Wie kann das sein?«, fahre ich herum. »Ich muss los!«

»Sie muss los!«, wiederholt Peter meine Worte, während Clark verwirrt zu verstehen versucht, was der andere dicke Staatsanwalt hier plötzlich will. Verwirrt sieht er sogar noch ein bisschen süßer aus, was mein Herz angesichts der Tatsache, dass das gerade schon eine Frage nach einem Date war, noch ein bisschen höherschlagen lässt. Von wegen Dienst ist Dienst und Schnaps ist Schnaps, Evi. Du alte Heuchlerin!

»Heute habe ich leider Geburtstag«, erkläre ich eilig, schon halb zum Gehen gewandt. »Also nicht ich. Kindergeburtstag. Aber nicht mein Kind. Meine Nichte.« Ich schüttle den Kopf angesichts meines verbalen Totalausfalls. Ich sollte lieber schnell und schmerzlos verschwinden. »Aber klingeln Sie gerne durch, wenn Sie mehr wissen in Sachen Flaum«, rufe ich noch, und schon fällt der Vorhang hinter mir.

»Hmm, grüner Flaum. Wie romantisch!« Peter lässt sich Zeit, während ich mit einem schnellen Gruß zu Kommissar Kaiser zur Tür sprinte und das Treppenhaus hinabeile.

»Was soll jetzt dieser Stress?«, hechelt Peter mir hinterher.

»Du hast doch gemeint, die Verhandlung ist vorverlegt worden?«

»Warum sollten sie? Nein! Ich hab dich nur von diesem geschniegelten Typen losgeeist, der dich gerade sexuell belästigen wollt.« Peter lässt sich selbstzufrieden auf den Fahrersitz seines BMWs fallen.

»Belästigen? Spinnst du?«, fahre ich ihn an, während ich mich anschnalle. So nah war ich schon seit Jahren nicht mehr an etwas, das sich nach Bauchkribbeln angefühlt hat. »Halt einfach das Maul und fahr!«

KAPITEL 4

Eines muss man Peter lassen: Auch wenn er sich peinlicherweise als der große Bruder geriert, den ich mir nie gewünscht habe, verschafft er mir durch sein nervtötendes Eingreifen immerhin genug Zeit, um mir vor der Verhandlung noch etwas zu essen zu besorgen. Und ich weiß schon, wonach mir der Sinn heute steht: Salzbrezen. Herrliche weiße Brezen mit ganz viel feinem Salz.

Hier in Franken geht es sowieso recht herzhaft zu. Janas Oma macht einen Gerupften – so nennt man bei uns in Franken das, was man in München als Obatzten bezeichnet –, der so würzig ist, dass er allen Menschen, die nicht schon in der Familie Schreinerbanger aufgewachsen sind und über Jahrzehnte hinweg immunisiert wurden, die Tränen in die Augen treibt. Sein Salzgehalt ist so hoch, dass er dem Toten Meer Konkurrenz machen könnte. Dabei sind wir ja nicht blöd, klar wissen wir: Salz ist der neue Zucker und so. Aber die fränkischen Salzbrezen sind einfach legendär. Sie sind im Idealfall weich und knusprig zugleich und ohne den brechreizerregenden Natronlaugenüberzug, in die die Münchner Brezen vor dem Backen getaucht werden.

Ich beiße genüsslich in meine Salzbreze, als ich mich zurück im Büro der Fallakte für die Verhandlung widme, die jetzt am frühen Nachmittag ansteht. Und die Akte sieht gut aus – oder was man als Jurist so als »gut« bezeichnet. Es geht um häusliche Gewalt. Eine junge Frau, die mit ihrer Freundin zur Polizei gekommen ist, um ihren Freund anzuzeigen, der sie verprügelt hat. Und wie.

Eine Platzwunde an der Stirn, die offenbar von einem stumpfen Gegenstand stammt, ein komplett zugeschwollenes Auge, Netzhautablösung, Hämatome am ganzen Körper. Die Beamten haben sofort Fotos gemacht und die Frau zur Untersuchung zum Amtsarzt geschickt. Auch ältere Verletzungen wurden gefunden. Die Beweislast ist erdrückend. Ebenso die Aussage der Frau: Offenbar war sie später als verabredet von einem vorweihnachtlichen Treffen mit ihrer Freundin nach Hause gekommen, weil sie am 23. Dezember in der Innenstadt kein Taxi bekam. Eine Tatsache, die sogar ich so bestätigen könnte. Wer es je geschafft hat, am 23. nach dem obligatorischen Klassentreffen, wenn alle in der Heimat sind, ein Taxi zu bekommen, ist ein echter Glückspilz und sollte mit dem Lottospielen beginnen. Der Freund glaubte ihr aber nicht und hielt es wohl für richtig, seiner Freundin mal eine ordentliche Lektion zu verpassen. Was für ein Weihnachtsgeschenk!

Ich blättere weiter durch die Akte. Das Ganze ist jetzt fast zwei Jahre her. Ich schüttle den Kopf. Klar sind die Gerichte überlastet – ich denke mal, dass nicht alle nur Falschangaben in Sachen Auslastung machen wie mein fauler Freund und Kollege Peter –, aber 24 Monate für einen so glasklaren Fall. Na, ich weiß nicht.

Ich betrachte das zerschundene Gesicht der jungen Frau und beiße genüsslich in meine Breze. Von der Arbeit habe ich mir erst selten den Appetit verderben lassen. Apropos Appetit verderben: Meine Gedanken wandern wieder zur Leiche in der Jeckstraße. So etwas wie diesen grünen Flaum habe ich noch nie gesehen. Ich kenne mich in Sachen Drogen und Vergiftungen ja nicht aus – aber ich habe noch nie von etwas Vergleichbarem gehört.

Außerdem bist du gespannt, ob sich Clark Kent mit den Informationen direkt bei dir melden wird, flüstert ein freches Stimmlein ganz hinten in meinem Gehirn. Genauer gesagt: rechts überm Ohr, fast schon im Nacken.

Von wegen!, bringe ich die Stimme sofort zum Schweigen. Eine Beziehung kann ich gerade so was von gar nicht gebrauchen. Außerdem hat Peter recht: Die Geschniegelten tun mir nicht gut. Im Grunde muss man sich ständig für die verstellen. Muss so tun, als würde man lieber in die Oper statt ins Musical gehen. Man muss im Winter Ski foan, statt einfach nur die Lieblingsserie zum dritten Mal zu schauen – an einem einzigen Wochenende. Und man muss Laugenbrezen statt Salzbrezen und Leberkäs mit süßem Senf statt mit Ketchup essen. Geht's noch?

Nein, danke!

Tatsächlich bräuchte ich einen Mann wie Peter, der mich, meinen ängstlichen Bauch und meine sonstigen Macken und Vorlieben schon seit Jahrzehnten kennt und trotzdem nicht abstoßend findet. Oder nur ein bisschen – ein Freund von Leberkäs mit Ketchup ist Peter auch nicht. Allerdings ist Peter zu hinterfotzig, zu frauenfeindlich und ein bisschen dichteres Haar dürfte es auch gerne sein. Am liebsten ganz dunkel. Und oben etwas zu lang. Mit einer langen schmalen Nase und grünen Augen ...

Mein Blick fällt auf die Uhr.

Ver...flixt und zugenäht!

Nur noch zehn Minuten bis zur Verhandlung und ich muss noch aufs Klo.

Ich bin pünktlich, aber die Letzte, die den Gerichtssaal betritt. Der Angeklagte sitzt schon bereit und sieht aus wie ein Engel. Rosige Wangen, sauber rasiert. Ist das Haar etwa gescheitelt? Und sind das Bügelfalten in seiner Jeans? Jochen Gerscher sieht aus wie ein braver Schulbub – als könnte er kein Wässerlein trüben.

Kaum habe ich Platz genommen, eröffnet der Richter Jablonski, ein Mann wie ein Berg, ehrfurchteinflößend und verlässlich, die Verhandlung. Ich verlese die Anklageschrift. Die Angaben zur Person werden überprüft.

»Wollen Sie zur Sache aussagen?«, fragt Jablonski schließlich.

Der Angeklagte antwortet nicht. Stattdessen erhebt sich sein Verteidiger und dröhnt pathetisch in den Raum, als stünde er vor Barbara Salesch und 900 000 Menschen schauten an den Fernsehgeräten zu: »Mein Mandant zieht es vor, sich schweigend zu verteidigen.«

Nun gut. Vermutlich hätte er zu seiner Verteidigung auch nicht viel zu sagen. Ich blicke auf die Uhr. Wir sind perfekt in der Zeit. So schaffe ich es auf jeden Fall rechtzeitig zum Kindergeburtstag.

Die Freundin des Angeklagten wird in den Zeugenstand gerufen, ihre Personendaten werden abgefragt. Marie Andretzki. Sie antwortet mit fester, ruhiger Stimme. Ihre Verletzungen sind vollständig abgeheilt. Sie wirkt gefasst, die Schultern leicht gebeugt. Anstatt dem Blick des Angeklagten auszuweichen, sucht sie ihn geradezu. Mich überkommt ein mulmiges Gefühl.

»Sind Sie mit dem Angeklagten verwandt oder verschwägert?«, fragt Jablonski in diesem Moment mit geschäftsmäßiger Stimme.

»Wie sind verlobt«, antwortet die junge Frau schüchtern. Ich fahre herum.

»Dann darf ich Sie über Ihr Zeugnisverweigerungsrecht belehren. Als Verlobte des Angeklagten müssen Sie in der Sache keine Angabe machen. Wenn Sie aber aussagen, müssen Sie sich an die Wahrheit halten.«

Die Frau nickt. Sie sucht wieder den Blick des Angeklagten. Es ist wie ein Unfall, ein Zug, den man entgleisen sieht. Man weiß genau, wo das jetzt hinführt – und kann nichts dagegen tun. Sie öffnet den Mund und bestätigt meine schlimmsten Erwartungen: »Ich möchte nicht aussagen.«

Das kann doch nicht wahr sein! Ich melde mich zu Wort: »Ich beantrage, zu überprüfen, ob ein echtes Verlöbnis mit festen Heiratsabsichten besteht oder ob hier aus verfahrenstaktischen Gründen eine Verlobung nur vorgeschoben wurde.« Der Zug ist vom Gleis und donnert dem Abgrund entgegen. Ich bin nicht dumm. Ich weiß, dass ich im Grunde nichts mehr tun kann. Aber versucht haben will ich es.

Jablonski seufzt, weil er genau weiß, dass ich weiß, was er weiß, kommt aber meiner Bitte pflichtschuldig nach. Aber was heißt schon »echtes Verlöbnis« und »feste Heiratsabsichten«? Wie soll man das seriöserweise überprüfen?

»Wann hat die Verlobung denn stattgefunden?«

»Im Sommer, im Urlaub«, gibt die junge Frau zurück.

»Wissen noch andere Leute von der Verlobung?«, bohrt Jablonski nach.

»Natürlich, all unsere Freunde und die Familien«, bestätigt die junge Frau. Ihr Blick klebt förmlich an ihrem »Verlobten«. »Er hat mir diesen Ring geschenkt.« Sie hebt die Hand. »Ist er nicht schön?«

Der Ring ist wirklich schön. Verdammt. Dass der Arsch ihr tatsächlich einen Ring gekauft hat, ist der Todesstoß. Das erkennt auch Jablonski.

»Ich entlasse die Zeugin. Sie dürfen nach draußen gehen, sich aber auch nach hinten in den Zuschauerraum setzen.«

Marie Andretzki steht auf und lässt sich in der letzten Bankreihe nieder. Ihr Blick sucht erneut ihren Freund. Er nickt ihr zu. Gut gemacht. Von wegen! Jablonski wendet sich an mich: »Das ist Ihre Anklage, Frau Pflaum. Wie wollen wir weiter vorgehen?«

In seinen Augen lese ich es so deutlich, als blinkten Neonbuchstaben über seinem Kopf: »Einstellen!« Doch mein Blick wandert zu dem Angeklagten und ich erkenne die freudige Erregung in seinem Gesicht. Dieses Aufblitzen. Die begeisterte Gewissheit, noch einmal davongekommen zu sein.

Jablonski deutet mein Schweigen genau richtig: »Der Tatnachweis ist schwierig. Was wollen Sie machen? Einen Gutachter zu den Verletzungen befragen?« Er runzelt väterlich die Stirn. »Wir wissen alle, wie das ausgeht. Bei Ihnen stapeln sich sicherlich auch die Akten. Geben Sie sich einen Ruck.«

Bevor ich überhaupt antworten kann, mischt sich der Verteidiger ein, der pathetische Lackaffe: »Ich beantrage, das Verfahren ohne Auflagen einzustellen.« Er hat noch immer nicht überrissen, dass wir hier nicht im TV-Gericht sind.

Jetzt ist da doch tatsächlich ein Grinsen auf dem Gesicht des Angeklagten. Und in mir legt sich ein Schalter um. Wenn er freigesprochen wird, dann soll es so sein – aber einer Einstellung des Verfahrens werde ich unter keinen Umständen zustimmen.

»Die Freundin!«, rufe ich. »Frau Andretzki war mit einer Freundin bei der Polizei. Ich beantrage, die Freundin der Angeklagten zum Sachverhalt zu vernehmen.«

Jablonski verdreht die Augen. Vorbei ist es mit dem väterlichen Wohlwollen, wenn das Frollein nicht so macht, wie es dem Papa passt.

Ohne mich eines weiteren Blickes zu würdigen, verkündet er: »Die Freundin der Angeklagten wird geladen. Ein neuer Termin wird im Bürowege festgelegt«, und beendet die Sitzung. Er schaut mich nicht mal mehr an. Auch Marie Andretzki hält den Blick abgewandt, als sie an mir vorbei aus dem Gerichtssaal geht.

Wütend stampfe ich vom Gericht zu Bushaltestelle und fluche nicht so wirklich leise vor mich hin. Natürlich hätte ich etwas Besseres zu tun, als mir noch einen Verhandlungstermin in den Kalender zu quetschen, aber hat Jablonski sich die Bilder in der Akte überhaupt angeschaut? So ein Unrecht kann man doch nicht einfach zulassen.

Und einmal mehr frage ich mich, wie man überhaupt Strafverteidiger werden kann. »Unschuldige verteidigen«, »Verfolgte zu ihrem Recht verhelfen« – pfff. Dieser Anwalt weiß genau, was für eine kleine Bazille sein Mandant ist, und hilft ihm dabei, mit so einer Scheiße davonzukommen. Ich halte kurz inne und atme tief ein und wieder aus, sonst explodiere ich hier und jetzt mitten in der Fußgängerzone.

Wie heißt es doch so schön: Immer positiv denken. Dadurch, dass wir in dieser Verhandlung zu absolut gar nichts gekommen sind, erreiche ich auf jeden Fall den Bus nach Hause, um mit nicht allzu großer Verspätung zu Lotta-Luisas Geburtstagskaffeekränzchen mit den Müttern und Freundinnen aus Familie und Nachbarschaft zu kommen. (Die richtige Party gibt es morgen mit den sechs besten Freundinnen aus dem Kindergarten.) Doch ich brüte weiter vor mich hin, während der Bus für eine Strecke, für die man mit dem Auto maximal 15 Minuten benötigen würde, 45 Minuten braucht, weil er Umwege über 100 000 Käffer fährt, in denen sowieso niemand ein- oder aussteigt. Wenigstens ist es schön ruhig. Obwohl die Hälfte der Businsassen unter achtzehn ist, herrscht andächtige Stille. Gelobt sei die neue deutsche Handykultur. Meine Sitznachbarin ist höchsten zwölf und hat von ihrem Handy nicht einmal aufgeschaut, als ich mich neben sie habe fallen lassen.

Das Geschenk für Lolu, wie ich Lotta-Luisa nenne, wenn meine Schwester nicht hinhört, habe ich auch schon besorgt. Und zwar nicht in der Bio-Manufaktur, die Sylvia mir so ans Herz gelegt hat und wo sie sogar einen Geschenkkorb hat aufstellen lassen. Es mag ja sein, dass Lolu gerne mit pädagogisch wertvollem Lernspielzeug aus Bioholz spielt – aber wenn man nur solche Sachen zum Geburtstag bekommt, dann ist das schon ein bisschen langweilig, oder? Deshalb habe ich ihr ein kleines glitzerndes Schminkköfferchen gekauft. Ich habe sogar darauf geachtet, dass die Farben nicht allzu viel Gift enthalten und für Kinderhaut geeignet sind. Wenn sie die Sachen nicht aufisst, sollte ich also auf der sicheren Seite sein. Ich selbst habe als Kind immer davon geträumt, so ein hübsches Köfferchen mit ganz viel Schminke mein Eigen zu nennen, aber meine Mutter – oder das Christkind – hat mir aus Prinzip oder Vergesslichkeit nie eines geschenkt. Und wofür sind Kinder denn da, wenn nicht dafür, um unsere eigenen unerfüllten Kinderträume auf sie zu projizieren?

Tatsächlich treffe ich mit meinem Geschenk direkt ins Schwarze. Lolu überschlägt sich fast, als sie mir die Tür öffnet und ich ihr das Beautycase in die Hand drücke. Unverpackt. Voll nachhaltig, oder? Außerdem kann ich nicht gut Geschenke einpacken. Das scheint auch ein Talent zu sein, das man erst entwickelt, wenn nach der Geburt des ersten Kindes die Milch einschießt.

»Nimm's lieber gleich mit nach oben in dein Zimmer«, rate ich ihr, und schon ist Lolu wieder die Treppe hochgestürmt. »Aber mal keine Wände damit an«, schicke ich – ganz verantwortungsvolle Tante, die ich bin – hinterher, bevor ich mich in die Höhle des Löwen begebe.

Es gibt für Nicht-Mütter nichts Schlimmeres als ein Kaffeekränzchen mit Müttern. Denn da geht es nur und ausschließlich und die ganze Zeit um Kinder. Das meine ich nicht als Vorwurf und auch gar nicht abfällig. Ich stelle das nur ganz nüchtern und sachlich fest. Denn es ist ein Fakt.

Jana regt sich immer tierisch auf, dass man mit mir und meinen Kollegen ja überhaupt nichts unternehmen könne, weil wir ständig nur über Jura redeten. Was soll ich sagen? Sie hat recht. Mir macht es unglaublichen Spaß, mich mit anderen Juristen über Fälle auszutauschen, strittige Fragen zu erörtern, fragwürdige Rechtsmeinungen auseinanderzunehmen und über die aktuelle Stellenpolitik zu lästern. Jura ist – entgegen landläufigen Vorurteilen – alles andere als langweilig, sondern aufregend, knifflig, überraschend, ja manchmal geradezu witzig. Auch wenn man das als Außenstehender vermutlich nicht nachvollziehen kann. Aber ist es nicht immer so, wenn ein Nicht-Fachmann einem Gespräch von Fachleuten lauscht? Oder – um die Brücke wieder zu Muttikaffeekränzchen zu schlagen – in diesem Fall dem Gespräch von Fachfrauen?

Solche Unterhaltungen sind im besten Fall langweilig. Häufig versteht man nichts und im schlimmsten Fall sind sie einfach nur abartig und eklig. Wie zum Beispiel genau in diesem Moment, als ich Sylvias Wohnesszimmer betrete, grüßend in die Runde winke und nicht mehr als ein schnelles Lächeln von allen Anwesenden bekomme, denn es geht um ihr Lieblingsthema: Geburten.

Birgit, die Trauzeugin meiner Schwester, ist dran: »Und ich nur noch so: Oh nein! Das war noch nicht das Baby. Ich hab gekackt, oder? Ich kann's doch riechen!«

Schallendes Gelächter, eine Stimme überschlägt sich aufjuchzend. Da erzähl mir mal einer, Frauen hätten nichts übrig für Fäkalhumor.

Weiter geht es Schlag auf Schlag. Die meisten der Frauen hier kenne ich schon seit 25 Jahren und länger. Mindestens die Hälfte der Geschichten habe ich schon mal gehört. Sie selbst kennen sie *alle*. Und zwar in- und auswendig. Aber es geht dabei nicht um Neuigkeiten. Hier geht es um geteiltes Leid – und um Traumaverarbeitung.

»Ich bin aufgerissen wie ein Strumpf, den man über ein zu fettes Bein zieht. Eine Stunde nach der Geburt war ich immer noch nicht mit dem Nähen fertig, aber vom Lachgas so hinüber wie nach zwei Flaschen Sekt.«

Keine Sorge! Da geht noch was!

»Ich lag zwei Tage im Kreißsaal. Als der Kopf schon raushing, kamen keine Wehen mehr. Also lieg ich da, die Kleine kitzelt mir mit ihrem Kinn am Arsch, während sich die Hebamme und die Ärztin auf meinen Bauch legen und versuchen, das Baby aus mir auszupressen wie die Reste aus einer Zahnpastatube.«

Wenn ich selbst einmal Kinder will, darf ich vorher mindestens ein Jahr nicht zu solchen Veranstaltungen kommen, damit ich diese Bilder in die Untiefen meines Unterbewusstseins zurückdrängen kann. Ich überlege, ob ich – wenn wir schon bei ekligen Themen sind – nicht von der Leiche erzählen sollte. Die war auch so grün wie das Fruchtwasser, von dem Sylvia in diesem Augenblick erzählt. Aber vermutlich würde das als unpassend empfunden werden. Außer ich erzähle auch gleich von den grünen Augen – da hätte ich die Aufmerksamkeit des ganzen Tisches sicher.

Neue Männer sind in dieser Runde viel zu selten das Thema. Ihre eigenen kennen die Damen hier schon in- und auswendig. Und sie kennen durchaus nicht nur ihren eigenen Mann, sondern auch die der anderen. Das hat mit Swingern ganz und gar nichts zu tun, sondern ist der schlichten Tatsache geschuldet, dass, wer sich auf dem Dorf ausleben will, eben nur auf ein begrenztes Männerangebot zurückgreifen kann. Mit dem Mann von Nadine, die links von mir sitzt, habe ich mit zarten fünfzehn Jahren mal geknutscht. Was soll ich sagen? Ich hatte nicht das Bedürfnis, es noch einmal zu wiederholen. Und ich hatte sogar schon mal was mit einem Cousin von mir. Zu meiner Verteidigung muss ich anführen, dass er lange auf dem Internat war und ich ihn quasi gar nicht kannte. Und nein, das ist rein juristisch betrachtet kein Inzest und nicht verboten.

Der staubtrockene Kuchen auf Basis von Sojamilch und Dinkelflocken spricht mich nicht wirklich an, also nehme ich eines von den Häppchen. Die sind vegan und mindestens so eklig wie die Gesprächsthemen. Ich finde ja, es muss nicht immer Wurst und Fleisch sein – obwohl die Wurst meines Lieblingsschwagers Robert ganz hervorragend ist (ich meine das wirklich und ganz allein im wortwörtlichen Sinne – mit ihm hatte ich nämlich noch nie was, nicht einmal ein bisschen Fummeln im Jugendclub). Aber so ein paar tierische Proteine – Frischkäse, etwas Ei – hätten dieser Häppchenplatte gutgetan. Fünf Sorten Hummus sind eben einfach doch nur so geil, wie sie sich anhören.

Ich versuche, das Gespräch auf ein anderes Thema zu lenken. »Wie laufen denn eigentlich die Vorbereitungen für den Junggesellinnenabschied von Simona?«, bringe ich den Gesprächsstein ins Rollen und kann mich entspannt zurücklehnen. Ganz anders, als es bei diesem Thema in München üblicherweise der Fall war. Da kamen nämlich mit an Sicherheit grenzender Wahrscheinlichkeit die verrücktesten Vorschläge auf den Tisch.

»Ein Kurztrip nach Barcelona?«

»Eine Woche Paris?«

»Shoppen in London?«

(Prag kam natürlich nie infrage. Prag ist nur was für Assis.)

Ein derart ... anspruchsvolles JGA-Programm stellte angesichts der dann in der Toskana/Südfrankreich/Kalifornien stattfindenden Hochzeit nicht nur vor finanzielle Probleme, sondern forderte auch einen Einsatz von mindestens fünf, wenn nicht acht Urlaubstagen. Wer das anspricht – so wie ich –, bekommt von der hochengagierten und ob der Einwände zutiefst verletzten Trauzeugin die Antwort: »Aber man heiratet schließlich nur einmal im Leben.«

Ich habe mir in der Regel verkniffen zu antworten, dass diese Annahme schon ganz grundsätzlich nicht stimmt. Und selbst falls ich wirklich nur einmal in meinem Leben heiraten sollte, dann habe ich sehr, sehr viele Freundinnen, die auch heiraten – allein in dem Jahr, in dem ich dreißig wurde, waren es sieben Stück. Das macht mal fünf Urlaubstage 35 Tage, die man sich freinehmen muss, um auf alle Junggesellinnenabschiede und Hochzeiten zu reisen. Ja – für die siebte Hochzeit in jenem Jahr musste ich mich wirklich und wahrhaftig krankmelden.

Hier aber läuft der Hase ganz anders. Simona hat nämlich schon Kinder. Keine Ahnung, wie das in diesem erzkatholischen Teil Frankens sein kann, obwohl sie ja noch nicht verheiratet ist (und es auch noch nicht war – zumindest für sie stimmt *noch* der Teil mit dem »man heiratet nur einmal im Leben«). Und das Beste: Der Großteil der restlichen Gäste hat auch schon Kinder. Das heißt, wir werden das alles viel, viel langsamer angehen, schließlich wollen abends alle zu Hause bei den Kindern sein. Im Zweifel ist mindestens eine Kandidatin darunter, die noch stillt und die spätestens nach zwölf Stunden daheim sein muss, damit ihr die Brüste nicht explodieren.

Und nein – abpumpen hilft da nichts. Wer sich dafür interessiert, kann sich gerne erzählen lassen, wie meine Schwester auf dem letzten JGA mit einer Handpumpe wie eine Perverse auf der Behindertentoilette saß, um erfolglos ihre Brüste auszupumpen, die inzwischen die Größe – und Festigkeit – von Handbällen angenommen hatten. Aber das erspare ich uns jetzt lieber.

Wir suchen hier also einen Ort, an dem wir uns ungehemmt und ungestört von Nachbarn und Verwandten besaufen können, von dem aus wir aber gut ins eigene Bett kommen, um früh den Kindern das Frühstück zu richten (in meinem Fall: um mir von meiner Mutter das magere Frühstück richten zu lassen). Die Augen glühen, die Ideen werden sich zugespielt wie vor zehn Minuten die Berichte über Geburtsverletzungen. Das wird ein Selbstläufer und ist die perfekte Gelegenheit, um mich kurz in die Küche abzusetzen, um im Kühlschrank nach wirklich Essbarem zu suchen. So eine Salzbreze ist zwar außergewöhnlich lecker, aber mehrere Stunden hält sie nicht vor – vor allem weil ich für heute Abend noch eine Grundlage brauche.

Jana ist on fire.

Mein Schwager Robert fährt ertappt vom Kühlschrank zurück, als ich in die Küche trete. Sobald er mich erkennt, sacken seine Schulter vor Erleichterung herunter.

»Ah, du bist es.«

»Yeap. Keine Angst. Hast du Kühlschrankverbot?«

Er lacht. »Nene. Sylvia mag's nur net, wenn ich zwischen den Mahlzeiten Wurst nasch.«

»Ist auch nicht gesund!«, grinse ich und angle mir eine große Handvoll Salamibrezen aus dem Wurstfach.

»Klar gibt es gesündere Sachen«, er verdreht die Augen und holt sich selbst eine lange, dunkle Pfefferbeißer aus dem Kühlschrank. Die hätte mich auch angelacht. »Aber ich bin Metzger. Net weil ich gern Tiere umbring, sondern weil ich das Produkt mag. Das wusste sie ja auch schon, als sie mich kennengelernt hat.«

Ich nicke nur. Mit vollem Mund.

Er rechtfertigt sich weiter. Das ist auch typisch für diese Gegend: ein ausgeprägtes schlechtes Gewissen. Das muss unser katholisches Erbe sein. »Und ich find ja gut, wie sie sich für Tiere einsetzt. Bei uns im Schlachthof werden jetz auch nur noch glückliche Tiere gschlachtet. Freilandhaltung, Bio-Futter, das volle Programm.«

»Wobei es ja eigentlich netter wär, unglückliche Tiere zu töten als glückliche«, grinse ich, und mit zwei Sekunden Verzögerung lacht Robert pflichtschuldig. Meinen Witz hat er ganz sicher nicht begriffen. Er ist zwar ein herzensguter Mensch, aber die hellste Kerze auf der Torte ist er nicht. Wobei ich bei Ferdinand ja auf Intelligenz gesetzt habe. Vielleicht ist Intelligenz ja überbewertet und es reicht wirklich, wenn ein Mann einfach nur freundlich ist? Der prügelt seine Freundin dann auch nicht krankenhausreif.

»Danke, Robert! Du hast mir das Leben gerettet!« Ich winke ihm mit der letzten Salamibreze zu, bevor ich mich wieder zum Kaffeekränzchen begebe.

Robert will zum Abschied grüßen, muss aber rülpsen. Wohl bekomm's!

Das Thema hat gewechselt. Es geht – um mich.

»Sylvia hat erzählt, dass du dich von Ferdinand getrennt hast«, Birgit wendet sich mir mitfühlend zu. »Das muss schrecklich sein! Dann musst du jetzt quasi mit dem Nächstbesten Kinder kriegen, wenn du noch schwanger werden willst!«

Ich glaube nicht, dass sie es böse meint. Vielleicht ist Intelligenz ja doch nicht überbewertet.

»Das werde ich dann wohl«, gebe ich mich nachdenklich. »Aber sag mal, apropos schwanger: Was du vorhin über Dammrisse erzählt hast, das war unglaublich interessant. Kannst du das noch mal genauer ausführen?«

KAPITEL 5

»Evi, du treulose Tomate! Es ist fünf nach sechs!«

Jana ist so angetrunken, dass ich überrascht bin, dass sie überhaupt die Uhr im Blick behalten hat. Zu meiner Entschuldigung muss ich sagen, dass sich das Dammrissthema als viel interessanter herausgestellt hat, als ich dachte. Als ich mich schließlich losreißen konnte, wusste ich en détail darüber Bescheid, dass der Scheidenpilz, den Birgit immer wieder zu haben glaubte, eigentlich eine alte Geburtsverletzung war, die bei Kälte ziepte. Statt Creme halfen also warme Socken. Ist das nicht verrückt? Wieder was gelernt.

Aber damit brauche ich Jana jetzt überhaupt nicht kommen. Sie ist derart im Partymodus, dass mich jetzt bloß noch zwei schnell geexte Shots retten. Nur so kann ich uneingeschränkte Freundinnensolidarität zeigen, nachdem ich in unverzeihlicher Nachlässigkeit tatsächlich sieben Minuten zu spät gekommen bin. Aber darauf, dass sie sich um zwei Minuten geirrt hat, werde ich sie ganz sicher nicht hinweisen.

Ich habe Glück. Statt Jägermeister, dem Shot des Grauens, bestellt Jana uns Sambuca. Leider ohne Kaffeebohne (das wäre hier an der versifften Kerwasbar auch wirklich zu viel erwartet), dafür glücklicherweise auch nicht angezündet. Jana hat inzwischen den Zustand erreicht, dass sie den Scheiß runterkippt, ohne das Zeug vorher auszublasen. Und das gibt der Symptomatik »Magenbrennen infolge übermäßigen Alkoholgenusses« eine ganz neue Facette.

Aber vielleicht ist es an der Zeit, für alle Nichtfranken das Konzept »Kerwa« einmal zu erläutern. Beginnen wir am besten mit dem Begriff an sich, dann sind wir schon mal einen großen Schritt weiter. »Kerwa« ist die fränkische Kurzform von »Kirchweih«. Wobei das nicht ganz stimmt, in Unterfranken sagt man nämlich »Kerm«, aber wir wollen uns ja nicht in Details verlieren.

Was also feiert man an der Kirchweih? Richtig! Dass die Kirche geweiht wurde. Und das feiert man nun alle Jahre wieder. Weil das so schön ist, feiert man aber nicht allein, sondern aus allen umliegenden Dörfern kommen die Menschen, um mit dem jeweiligen Dorf die Kerwa zu feiern. 1866 wurde das den Obrigkeiten in Bayern zu wild. Die hatten die Schnauze davon voll, dass sich jede Woche alle auf irgendeiner Kerwa volllaufen ließen – und zwar nicht etwa nur am Sonntag, sondern gleich mehrere Tage lang. Die eigenen Kirchweihen der Dörfer wurden deshalb abgeschafft und eine Allerweltskirchweih eingeführt. Und zwar am dritten Sonntag im Oktober.

Überall in Bayern? Nein. Oder vielleicht doch, und in Franken hielt sich einfach keiner daran? Für mehr Details müsste man vermutlich einen Historiker zurate ziehen. Was feststeht: In Franken wird weiter individuell Kerwa gefeiert, und deshalb stehe ich heute an diesem Dienstag, der durchaus nicht der dritte Sonntag im Oktober ist, an der Bar und exe meinen dritten Kurzen. Robert sei Dank, dass ich das nicht auf nüchternen Magen tun muss.

Tatsächlich feiert Schweinsbrunn die Kerwa derart exzessiv, dass es nicht verwunderlich ist, dass die Obrigkeiten sich im 19. Jahrhundert gezwungen sahen, das Ganze etwas einzugrenzen. Die Kerwa beginnt am Donnerstag bei Sonnenuntergang mit dem Ausgraben der Kerwa – die Dorfjugend, die als Kerwasburschen und -madla den Spaß organisiert, hat natürlich schon in den

Wochen und Monaten zuvor gewissenhaft geplant und trainiert, um in dieser herausfordernden Zeit auch verlässlich seinen Mann/ihre Frau zu stehen. Am Freitag begießt das ganze Dorf die Kerwa ohne großes Tamtam. Am Samstag wird der Kerwasbaum, ein langer Nadelbaum, der mit bunten Bändern geschmückt ist und nicht mit den bayrischen Maibäumen verwechselt werden darf, von der Kerwasjugend aufgestellt und weitergetrunken – vorzugsweise erneut das ganze Dorf zusammen, aus zwei bis zehn Maßkrügen. Am Sonntag ist schließlich der Höhepunkt der Kerwa – und damit meine ich nicht den Gottesdienst um halb zehn, den zwar alle Dorfbewohner besuchen, bei dem bis auf die Kinder aber keiner nüchtern ist. Nein – es geht um den Kerwasumzug. Über das ganze Jahr hinweg sind von denunziatorisch veranlagten Geistern sämtliche Schandtaten der Dorfbewohner gesammelt worden, die nun von der am helllichten Tag betrunkenen Kerwasjugend auf fahrenden Wagen dargestellt werden. Und während ich früher mit großer Leidenschaft auf der Wagenbühne agiert habe, verbindet mich heute mit allen anderen die Angst, auf dem Kerwaswagen zu landen – wie jene legendäre Bewohnerin der Marktstraße, die doch tatsächlich am Fenster ge… Geschlechtsverkehr hatte und prompt zum Star der nächsten Kerwa wurde. (Sie war davon so verletzt, dass die Sache sogar ein juristisches Nachspiel hatte.)

Am Montag erholt sich das Dorf kurz von diesem Kraftakt, um am Dienstag noch einmal Vollgas zu geben. Das ganze Dorf? Nein – alle, die noch schulpflichtig sind, gehen in die Schule. Dafür trinken die Eltern schon ab 10 Uhr Sekt aus Eimern, bis die Kinder von der Schule kommen. Vollprofis buchen in weiser Voraussicht großelterliche Betreuungskräfte bis zum nächsten Tag, denn zwar hört um 14 Uhr die Band im Saal auf zu spielen, dafür übernimmt aber der DJ in der Außenbar und es folgt der orchestrierte Totalabsturz, bevor die Kerwa für ein weiteres Jahr vergraben wird.

Und ich bin jetzt mittendrin.

»Warst du vorhin noch bei Sylvia?«, frage ich Jana. Wir stehen im Durchgang zur Straße, hier muss man fast gar nicht brüllen, um sich zu verständigen.

»Spinnst du? Ich bin gleich nach der Arbeit hierher«, Jana verdreht die Augen. »Unverantwortlich, an so einem Tag Geburtstag zu feiern.« Sie schüttelt den Kopf. Offenbar kann sie diese Ignoranz und Dummheit gar nicht fassen. Ich verkneife mir den Hinweis, dass heute tatsächlich Lolus Geburtstag ist und der Termin nicht willkürlich festgelegt wurde.

»Dann bist du seit zwei hier?« Dafür wäre Jana tatsächlich gar nicht so sehr betrunken.

»Ich hab heute um eins schon das Geschäft abgesperrt und bin sofort rüber.«

Das »Geschäft« ist, wie man sich vermutlich denken kann, Janas Friseursalon, aber vielleicht ist es an der Zeit, auch zu meiner besten Freundin ein paar Hintergrundinformationen loszuwerden.

Ich habe Jana im Gymnasium lieben gelernt. Eine Unbekannte war sie zu diesem Zeitpunkt für mich jedoch nicht. Ihre Großmutter lebt in Schweinsbrunn, und so kannte ich sie bereits von den unterschiedlichsten Gelegenheiten, bei denen sie die liebe Oma Schreinerbanger, Großmutter väterlicherseits, besuchte. Und selbst als wir später unsere Jugend in den Clubs und Kneipen der »großen Stadt« verschwendeten, waren Jana und ich trotzdem bei jedem größeren Fest in Schweinsbrunn am Start:

Als wir 2010 einen ersten Platz bei *Unser Dorf soll schöner werden* belegten.

Bei jeder Kerwa, seit ich denken kann.

Bei der 999-Jahr-Feier unseres Dörfchens – in die Annalen eingegangen als »Schnaps-Jahr«.

Bei der 1000-Jahr-Feier, bei der wir langsam schon genug hatten vom Feiern.

Bei der 1001-Jahr-Feier ganz im Zeichen von 1001 Nacht, bei der Jana und ich im zarten Alter von gerade mal zwölf Jahren mit der örtlichen Zumbagruppe als Bauchtänzerinnen unseren Babyspeck in Schwingungen versetzten.

Als ich nach dem Abi zum Studium nach Mittelfranken aufbrach – weit genug weg, um nicht zu Hause wohnen zu müssen, nahe genug, um die Wäsche von Mama waschen zu lassen und mich jedes Wochenende zu Schweinebraten und Klöß einzuladen –, packte Jana ihr Säckchen und zog nach Berlin. Dort machte sie sich nach einer Ausbildung als Kosmetikerin ziemlich schnell als Stylistin einen Namen. Groß veränderte sie sich dabei nicht – ihre Haare hatten schon immer in allen Facetten des Regenbogens geschimmert, mal gleichzeitig, mal nacheinander – und wir blieben die besten Freundinnen. Wie mich zog es sie immer wieder nach Hause, und so wurde Schweinsbrunn unsere feste Freundinnenbase.

Auf der Kerwa – oder war's beim Après-Ski, das wir in Schweinsbrunn fast genauso exzessiv feiern, auch wenn hier so gut wie nie mehr als zwei Zentimeter Schnee liegen? – bandelte Jana passenderweise mit Jan an, Spielmacher bei der DJK Schweinsbrunn und durchaus nett anzuschauen. Was folgte, war eine Fern-On-off-Beziehung, die schließlich – gerade als Jana das Angebot bekommen hatte, das Musical *Hairspray* auf seiner Deutschlandtournee als Chefstylistin zu begleiten – in einer ungeplanten Schwangerschaft endete.

Jana trieb nicht ab, sondern zog die Sache mit der ihr eigenen Sturheit durch. In der 40. Schwangerschaftswoche und den Bauch zum Platzen gespannt absolvierte sie die letzte *Hairspray*-Show, brachte keine 24 Stunden später ihren Sohn Nils zur Welt und zog zu Oma Schreinerbanger nach Schweinsbrunn.

»Warum nicht zu ihren Eltern?«, könnte man jetzt fragen, aber auch darauf gibt es eine Antwort.

Während Janas Vater aus Schweinsbrunn stammt, kommt ihre Mutter Peggy aus Cottbus und hat am 9. November 1989 beschlossen, die Freiheit, die ihr so überraschend geschenkt wurde, auch tatsächlich als Geschenk zu betrachten und zu nutzen. Deshalb sind die Schreinerbangers, als Jana klein war, jede – und zwar wirklich jede – Ferien irgendwohin gefahren. Hauptsache weg. Und seitdem Janas Eltern in Rente sind, sind sie ständig auf Reisen. Der Weg ist das Ziel und so.

Aber vielleicht sollten wir besser fragen: »Warum eigentlich nicht zu Jan?« Am besten lassen wir Jana selbst zu Wort kommen: »Der Jan, der passt schon.« Aber mehr eben auch nicht. Vielleicht haben Jana und ich als Teenies zu viele *Julia*-Heftromane gelesen, die wir aus der Nachtschublade von Oma Schreinerbanger geborgt hatten, aber wie ich träumt Jana von ihrem Traummann. Gutaussehend. Witzig. Intelligent. Der einen mindestens so sehr liebt wie man ihn selbst. Und wenn der nicht kommt, dann bleibt sie lieber allein. Mit Jan fühlt sich Jana immerhin so verbunden, dass sie zusammen Eltern spielen und sonst mehr oder weniger offen ihr eigenes Ding machen. Damit waren jahrelang alle zufrieden.

Bisher.

Als Nils ein halbes Jahr alt war, beschloss Jana, die Schwarzarbeit aufzugeben und nicht mehr im Badezimmer ihrer Großmutter Haare zu schneiden. Sie würde expandieren. Die leer stehende Garage wurde aus- und umgebaut und ein Salon nur für Jana eingerichtet. Der heißt auch nicht *Vorhair Nachhair, Haar-a-kiri* oder *Well-Kamm*, sondern einfach nur ganz lässig *Jana Schreinerbanger*. Und weil Jana ganz hervorragend ist im Kontakte-Knüpfen und Kontakte-Halten, wurde ihr kleiner Laden so etwas wie ein Geheimtipp unter den Hipstern dieser Welt. Berlin vermisste seine Jana. Also kam Berlin zu ihr nach Schweinsbrunn. Die Abgeschiedenheit scheint den Salon dabei noch beliebter gemacht zu haben. Der Sinn des Spruchs »Willst was gelten, mach dich selten« hat sich mir zwar nie wirklich erschlossen – aber er scheint tatsächlich zu stimmen.

Und während Oma Schreinerbanger als einzige Mietbedingung ausgehandelt hat, dass für die Ortsansässigen Normalpreise gelten, gehen Janas aus ganz Deutschland angereiste Kunden auf jede noch so abstruse Forderung ein – nicht nur finanzieller Natur. So arbeitet Jana zum Beispiel nur von Dienstag bis Freitag von 8 bis 14 Uhr. Schließlich braucht Kreativität auch Ruhephasen – außerdem kommt der kleine Nils dann vom Kindergarten nach Hause. Ein Arrangement, mit dem alle eine ganze Weile mehr als zufrieden waren, bis Jan plötzlich auf den Trichter gekommen ist, man müsse doch endlich mal Nägel mit Köpfen machen.

Apropos.

»Ist Nils bei Jan?«, frage ich.

»Ja. Die Omma wollte heute selbst mal ein bisschen auf die Kerwa. Und er war ja schon am Freitag und am Samstag übelst voll. Der braucht heute nicht den nächsten Absturz.« Jana verdreht die Augen.

»Was los?« Normalerweise ist es Jana schnurzpiepegal, ob oder wie hart Jan feiert. Auch so ein Vorteil, wenn man sein Herz nicht an einen Mann hängt.

»Er nervt wieder. Ob wir nicht doch endlich heiraten oder wenigstens zusammen bauen wollen.«

»O nein!« Jetzt ist es an mir, die Augen zu verdrehen. »Du hast ihm doch gesagt, dass das für dich nicht zur Debatte steht.«

Als Jan im letzten Jahr mitbekommen hat, wie viel Geld Jana mit ihrem Salon verdient, hat sich seine Abneigung gegen jede feste Bindung schlagartig in Luft aufgelöst. Auf einmal ist Jana für ihn »die Liebe seines Lebens«, mit der er endlich sesshaft werden will. »So ungeklärte Verhältnisse können wir unserem Bub doch net antun«, argumentiert er. Was ziemlich hinterhältig ist, weil er vorher nie Probleme hatte, den »Bub« außerhalb einer staatlich zementierten Beziehung aufwachsen zu lassen.

»Der braucht a Dumme, die mit ihm den Kredit stemmt und sein Klo putzt.« Ich weiß nicht, wie oft Jana und ich schon über dieses Thema gesprochen haben. »Freilich habe ich ihm wieder gesagt, dass ich mich bei der Omma wohlfühle und dass ich irgendwann das Haus übernehme. Und dass er sein eigenes Ding machen muss.« Jana trinkt von ihrem Cola-Weizen. Das hat sie zusätzlich zu ihrem Schnaps, damit sie nicht dehydriert. Total schlau. Sie fährt fort: »Und natürlich war ich dann gleich wieder die ›kalte Kuh‹.«

Das schafft nur Jan – von »Liebe meines Lebens« auf »kalte Kuh« in drei Sekunden. Er war bei der DJK Schweinsbrunn schon immer für seine Schnelligkeit berühmt. Ich nicke mitfühlend. Es gibt nichts, was zu diesem Thema nicht schon gesagt worden wäre. Jana weiß, was sie will. Mehr als Beistand braucht sie von mir nicht.

»Er kotzt mich so an. Ich will heute einfach Dampf ablassen. Und vielleicht ein bisschen rumknutschen.«

»Hier?«, jetzt bin ich doch etwas überrascht. Auch wenn ich es besser weiß, werden die beiden in Schweinsbrunn als Paar betrachtet.

»Na und! Erstens wird's ihm sowieso keiner sagen. Und zweitens ist mir das wurscht.« Jana verdreht die Augen. »Aber jetzt lass uns von was anderem reden. Sonst bestehen wir nie den Bechdel-Test.«

Jana liebt den Bechdel-Test. Der war eigentlich ein Witz einer Comicautorin, die auf Geschlechterklischees in Filmen hinweisen wollte. Dabei geht es darum, zu prüfen: 1. Gibt es in dem Film mindestens zwei Frauenrollen? 2. Sprechen sie miteinander? 3. Unterhalten sie sich über etwas anderes als Männer? Jana wendet den Test auf alle Bereiche ihres Lebens an. Wenn eine Kundin bei ihr im Salon nur über ihren Ex abhatet, schafft sie es geschickt, das Gespräch auf irgendetwas anderes zu bringen, das absolut gar nichts mit Männern zu tun hat. Sie ist eine echte Meisterin darin, Alternativthemen zu finden! So auch jetzt – wobei das in meinem Fall wirklich keine Kunst ist.

»Wie läuft's auf der Arbeit?«

»Joaaah«, ich weiß nicht, wo ich anfangen soll. »Es ist verdammt viel zu tun. Mein Schreibtisch ist unter all den Akten gar nicht zu erkennen. Beder ist so klugscheißerisch, als wäre er immer noch zwölf. Und mein Abteilungsleiter ist offenbar dauerkrank, deshalb muss ich lauter Fälle von ihm übernehmen.«

Jana lauscht aufmerksam, das ist das Schöne an ihr. Mit ihrem Beruf ist sie da voll der Profi. Aber bei ihr habe ich wirklich das Gefühl, dass sie sich für mich interessiert. So sehr, dass sie auch gar nicht mehr so betrunken wirkt. Auch wenn ihr rechtes Augenlid verdächtig hängt – das Jana-Betrunkenheits-Barometer.

»Gute Fälle oder schlechte Fälle?«, fragt sie interessiert nach und nuschelt fast gar nicht.

»Krasse Fälle. Ich hatte heute eine Leiche. Die war ganz mit grünem Flaum überzogen. Mega widerlich.« Ich verziehe das Gesicht. Zur Hälfte ist die Abscheu nur gespielt. Ich mag eklige Sachen. Ein bisschen. Pickelausdrückvideos zum Beispiel. Aber das ist meine geheime Leidenschaft und niemand weiß davon.

»Geil widerlich?« Okay, Jana weiß davon.

»Faszinierend widerlich. Sie sah ganz normal aus, war aber überall grün.« Apropos grün. »Der Gerichtsmediziner will sich so schnell wie möglich melden, was es damit auf sich hat.«

»Ist er heiß?« Jana grinst und winkt dem diensthabenden Kerwasburschen für einen weiteren Shot.

»Wer?« Ich stelle mich dumm.

»Der Gerichtsmediziner. Ist er heiß?«

»Wie kommst du darauf?«

»Du hast weggeschaut, als du ›Der Gerichtsmediziner‹ gesagt hast. Wieso solltest du wegschauen, außer aus dem Grund, dass ich sonst in deinen Augen lese, wie heiß er ist?« Jana grinst. Habe ich schon mal gesagt, wie sehr ich es hasse, dass ich offenbar für all meine Mitmenschen wie ein offenes Buch bin? »Hör auf zu leugnen und sag, wie er heißt!« Meine beste Freundin kann ziemlich bossy sein. Muss man als selbstständige Unternehmerin vermutlich auch.

»Er heißt Rosenbeet«, rücke ich mit dem Namen heraus. »Aber du liegst total falsch. Und denk an den Bechdel-Test. Wir sollten nicht immer nur über Männer reden. Vor allem über Männer, die uns gar nicht interessieren. Ich habe vorhin bei Sylvia etwas super Interessantes über Geburtsverletzungen gehört …«

»Uiuiui.« Jana, die mir schon gar nicht mehr zuhört, hat ihr Handy aus der Tasche geholt und zu googeln begonnen. »Der ist aber Zucker. Den würde ich auch nicht von der Bettkante stoßen.«

Ich weiß nicht, ob ich grinsen oder die Augen verdrehen soll. Stattdessen unternehme ich einen weiteren Versuch, das Thema zu wechseln: »Apropos stoßen.« Ich merke schon: schwierige Überleitung. »Ich hatte heute eine Frau, die wurde von ihrem Freund total verprügelt. Weil sie zu spät nach Hause gekommen ist.«

»Wie bitte?« Jetzt gehört mir Janas Aufmerksamkeit wieder voll und ganz. »Waren das Assis?«

»Nein! Total normale Leute.« Ich schlucke. »Als wäre sie eine Freundin von uns.«

»Na ja, wirklich überraschend ist es trotzdem nicht«, gibt Jana zurück.

Ich bin entsetzt. »Wieso nicht? Jan hat dich doch noch nie angefasst, oder?«

»Nein – aber herumbrüllen kann er wie verrückt.« Jana wirkt nachdenklich. »Und ehrlich gesagt würde ich für keinen betrunkenen Mann die Hand ins Feuer legen. Die meisten Männer sind uns körperlich überlegen – und so was kann schnell gehen.« Jetzt ist Jana in ihrem Element. »Wusstest du, dass jeden dritten Tag in Deutschland eine Frau von ihrem Partner umgebracht wird?«

»Das brauchst du mir nicht zu erzählen. Wir hatten die Statistiken im Studium. Jede Stunde werden zehn Frauen von ihren Partnern geschlagen.«

Jana grinst: »Wir sollten keine Angst vor dem Einbrecher haben, der nachts in unser Haus eindringt, sondern vor dem Typen, der neben uns im Bett liegt.«

Wider Willen lache ich laut auf. Ich liebe Janas Galgenhumor. »Es pisst mich einfach so an. Der Richter hätte das Ganze einfach eingestellt, weil die Frau nicht mehr aussagen wollte.«

»Und jetzt?«

»Ich lass die Freundin aussagen.«

»Na schau, dann hast du doch gemacht, was du kannst.« Jana legt mir den Arm um die Schulter. »Und nun aber weg mit den blöden Gedanken in den Schrank und Tür zu. Jetzt trinken wir Asbach!«

Ich fürchte, Asbach ist inzwischen das uncoolste Getränk, das man sich vorstellen kann. Während wir als Jugendliche noch *Wir sind alles nur nicht uralt*-T-Shirts getragen haben, hat mir meine zwanzigjährige Cousine unlängst erzählt, dass heute an der Kerwa maximal zwei Flaschen Asbach getrunken werden. Das muss man sich mal vorstellen! Zwei Flaschen – bei einem fünf Tage dauernden Dorfbesäufnis.

Da stimmt doch was nicht, oder?

Alle sind umgestiegen auf Jägermeister, Bacardi, Havanna oder all diese Lulligetränke wie Aperol, Lillet und Hugo. Bäh.

Dabei ist Asbach meiner Meinung nach das beste Getränk der Welt – natürlich mit Cola. Er legt sich beim ersten Schluck um deine Schultern wie eine wärmende Decke und krault dir den Nacken. Er schenkt dir gut gelaunte Betrunkenheit und am nächsten Morgen ist selbst der verkaterte Nachgeschmack so süßlich, dass man auch nach dem schlimmsten Absturz niemals vollends Abstand zum Asbach nehmen muss, wie es mir unter anderem schon mit Jägermeister, Wodka-O und Tequila passiert ist.

Obwohl ich mindestens jedes zweite Jahr einmal auf Asbach brechen muss, kitzelt mich der Duft, der aus dem Becher aufsteigt, verführerisch in der Nase. Jana weiß einfach immer genau, was ich brauche. Während ich mir einen großen Schluck genehmige, beginnt sie im Takt von *Schüttel deinen Speck* im Kreis zu hüpfen und ihren Hintern zu schütteln. Ich fange an zu wippen. Noch ein Asbach und sie hat mich.

Da spüre ich ein Vibrieren an meinem Hosenbein. Klingeln höre ich nichts – aber das ist bei der Musik keine echte Überraschung. Verdammt. Das ist die Nummer der Polizei. Was will die denn von mir? Ich hab doch gar keinen Bereitschaftsdienst. Einfach ignorieren? Nein, das kann der Streber in mir einfach nicht.

»Ich muss da ran!«, brülle ich Jana entgegen. Wann ist die Musik eigentlich so laut geworden?

»Kein Problem. Ich geh pissen!« Ui. Wie gut, dass Oma Schreinerbanger nicht in der Nähe ist. Diese Wortwahl! Jana scheint doch betrunkener zu sein, als ich dachte.

Eilig kämpfe ich mich nach draußen auf die Straße. Ich gehe ran. Gerade noch rechtzeitig: »Pflaum?«

»Guten Abend, hier Hornung«, dringt es durch den Hörer. Ich erkenne die Stimme des Beamten mit dem undurchdringlichen Gesicht. Auf eine Antwort wartet der Anrufer nicht. »Entschuldigen Sie, dass ich störe, aber Kommissar Kaiser hat mir aufgetragen, Sie anzurufen. Ich habe Ihre Privatnummer von der Notfallliste für den Bereitschaftsdienst. Weil Sie sich doch für den Fall in der Jeckstraße so interessiert haben.«

Aha. Kommissar Kaiser hat ihm das aufgetragen. Von wegen kooperativ und versöhnlich. Das ist wohl seine kleine, feine Art der Rache, mich nach Feierabend mit drei Shots und einem Asbach Cola auf meinem Privathandy anrufen zu lassen.

»Worum geht es denn?«, gebe ich mich dienstlich. Lalle ich? Nein. Wenn, dann nur ein bisschen. Könnte auch an der Verbindung liegen. Ich versuche mich zu sammeln – den ersten Teil der Antwort habe ich schon verpasst.

»… und das findet der Dr. Rosenbeet irgendwie komisch. Aber wenn er weitere Analysen vornimmt, würde das über die Standardkostentabelle hinausgehen, deshalb wollte er von uns eine Genehmigung. Aber vorher möchte Kommissar Kaiser von Ihnen eine kurze Einschätzung.«

Ich könnte jetzt einfach sagen: »Geht klar. Ist genehmigt. Er soll die Analyse schon mal anfangen. Ich bringe das morgen auf den Weg«, aber vielleicht sollte ich vorher noch einmal kurz mit Clark, äh, Dr. Rosenbeet sprechen. Sicher ist sicher. Steuergelder sollen ja nicht einfach sinnlos verprasst werden. Ich meine: Ich habe keine Lust, nächstes Jahr im Schwarzbuch Steuergeldverschwendung namentlich angeführt zu werden.

»Vielen Dank für Ihren Anruf. Ich kläre das mit Dr. Rosenbeet direkt. Einen schönen Abend Ihnen noch, Wachtmeister Hornung.« Ich lege auf und bin mir zu 99 Prozent sicher, dass er mein Abschlusshicksen nicht gehört hat. Oder sagen wir zu 80.

»Wohoooo!«, brüllt mir Jana ins Ohr. Sie scheint die Herrentoilette benutzt zu haben. Bei den Frauen wäre sie niemals so schnell fertig gewesen. Oder sie hat hinter ein Auto gepinkelt. Das würde ich ihr in ihrem aktuellen Zustand auch zutrauen. »Ich kläre das mit Dr. Rosenbeet direkt!«, äfft sie mich nach. »Habt ihr den Mörder geschnappt?«

Ich unterdrücke ein weiteres Hicksen. »Ne, aber offenbar gibt es komische Befunde.«

Jana grinst. »Da ist es bestimmt besser, du rufst den süßen, süßen Gerichtsmediziner selbst mal an, oder?«

»Lass mich in Ruhe, du blöde Kuh!«

»I wanna lay you down on a Beet of Roses!«, singt Jana laut und falsch, während ich sie umdrehe und zurück in Richtung Außenbar schubse.

»Du bist so peinlich. Such dir einen Fußballer!«, lache ich.

Sie dreht sich noch einmal um und wackelt anzüglich mit den Augenbrauen, bevor sie im Durchgang verschwindet. »Dein Wort ist mir Befehl! Lass dir Zeit!«

Ich laufe noch ein Stückchen die Marktstraße entlang, um mich weiter vom Lärm zu entfernen, während ich die Nummer heraussuche. Mein Herz klopft, als müsste ich beim Finanzamt anrufen. In meinem Bauch rumort es. Ich wünschte, das wären Schmetterlinge. Dieser verdammte Asbach. Alkohol wirkt wie ein Katalysator für meine nervöse Verdauung.

Ich entscheide mich für die Augen-zu-und-durch-Taktik und drücke so schnell den *Wählen*-Knopf, dass ich keinen Rückzieher machen kann. Mal sehen, ob Mr Kent um diese Zeit noch im Büro ist.

»Rosenbeet?«

Habe ich schon erwähnt, dass Clark Kent auch wirklich eine sehr, sehr schöne Stimme hat? Gar nicht mal so tief, mit annähernd perfektem Hochdeutsch, sodass es fast ein bisschen versnobt klingt. Als wüsste er alles besser als der Rest der Welt – und als wäre das auch wirklich so.

Peter hat recht, ich stehe total auf die Geschniegelten.

»Pflaum hier. Hauptmeister Hornung hat mich angerufen. Sie bräuchten eine Genehmigung für eine weiterführende Untersuchung.« Wow? War das gerade meine Stimme? Nicht nur Jana kann Big Boss.

»Frau Pflaum?«, er klingt ehrlich überrascht. »So war das nicht geplant. Ich wollte Sie auf Ihrem … Kindergeburtstag nicht stören.« Hört er etwa, dass im Hintergrund gerade *Shots* läuft, während die Kerwasburschen und -madla unter lautem Johlen vermutlich gerade selbige in einer langen Schnapslaolawelle trinken? Verdammt. »Ich hätte eigentlich nur von Kommissar Kaiser ein Okay gebraucht.«

»Herr Kaiser war so freundlich, mich in die Entscheidung miteinzubeziehen.«

»Wie nett vom ihm«, antwortet er.

Und wie schön von dir, dass du meine Ironie sofort verstehst, denke ich und grinse dümmlich vor mich hin.

»Worum geht es denn genau?«, versuche ich mehr schlecht als recht, mich weiter professionell zu geben.

»Im Grunde ist es keine große Sache. Aber in der Leiche habe ich Spuren eines bestimmten Stoffs gefunden, die ich mir nicht erklären kann. Ich möchte sichergehen, dass das kein Messfehler war – aber dazu bräuchte ich ein bestimmtes Testverfahren.«

»Wenn die Kosten trotzdem einigermaßen im Rahmen bleiben, können Sie es gerne machen.« Wow. Ich könnte dieser Stimme noch stundenlang zuhören. Er hört sich wirklich an wie ein Lord. Obwohl ich eigentlich nicht weiß, wie ein Adeliger klingt. Aber so muss der süße Alexander aus *Bibi und Tina,* in den ich mit vierzehn so verknallt war, sich als Erwachsener anhören. Hoffentlich beobachtet mich gerade niemand. Ich grinse wie ein Honigkuchenpferd.

»Das sollte klappen. Entschuldigung noch mal, dass das bei Ihnen gelandet ist.« Ja, wie schade.

»Ach, kein Problem. Ich hab mich sehr gefreut, Sie anrufen zu können.« Evi! Mensch! Bist du bescheuert?

»Es hat mich auch gefreut, dass Sie angerufen haben.« Ha! Mir tun vor Grinsen die Backen weh. Eine Antwort darauf fällt mir nicht ein, aber ich werde ganz sicher nicht als Erste auflegen.

»Dann bringe ich das noch auf den Weg und dann sollten wir morgen früh Ergebnisse haben. Vielleicht wollen Sie ja um zehn vorbeikommen? Kommissar Kaiser freut sich bestimmt, wenn ich Sie auf dem Laufenden halte.«

»Na dann. Bis morgen.«

Ich grinse, als ich schließlich auflege.

Ich grinse, als ich beschwingt zurück in die Bar laufe.

Ich grinse, als ich Jana auf den Schultern eines äußerst attraktiven, höchstens 25-jährigen Fußballers sitzen sehe.

Ich bin zu gut gelaunt, um jetzt nach Hause zu gehen. Einen klitzekleinen Asbach gönne ich mir noch.

Schlafen könnte ich jetzt sowieso nicht.

KAPITEL 6

Kennt ihr diese Tage, an denen ihr auf eine unfassbar tolle Party geht – Musik perfekt, Leute super, Pegel passt –, aber ihr wisst: Ihr müsst morgen früh raus, in der Arbeit gibt es ordentlich was wegzuschaffen und bei dem, was die anderen schon intus haben, fällt es sowieso nicht auf, wenn ihr jetzt geht? Also trinkt ihr aus, schweren Herzens, aber in dem guten Gefühl, das Richtige zu tun, geht nach Hause, kuschelt euch frisch geduscht ins nach Waschmittel duftende Bett und schlaft selig bis zum nächsten Morgen?

Nun ja, so ein Abend ist heute nicht.

Ich weiß nicht, woran es liegt. Vielleicht daran, dass ich statt einem doch noch drei Asbach getrunken habe. Oder daran, dass mir heute kein nerviger Ferdinand im Nacken sitzt, der alles nur »voll Dorf« findet und mir mit seiner überheblichen Fresse schon so manches Fest in der Heimat versaut hat? (Wobei Ferdinand streng genommen immer der größere Bauernfuffzger von uns beiden war. Er stammt aus einem 125-Mann-Kaff in der Fränkischen Schweiz. Sein Kinderzimmer war früher der Schweinestall gewesen. Vielleicht hatte er es deshalb so eilig, alle Fesseln der Vergangenheit abzustreifen. Es hätte mir eine Warnung sein sollen.)

Egal, was es ist. Als ich das nächste Mal auf die Uhr schaue, ist es fünf vor drei. Der DJ hat aufgehört zu spielen, jemand hat das Putzlicht eingeschaltet und irgendeinem genialem Menschen kommt *die* Idee: »Und jetzt schau mer noch kurz zum Cinzano!«

Cinzano ist unser Ortsbäcker, der jeden Tag außer Sonntag ab zwei Uhr in der Früh in der Backstube steht und die allerleckersten Salzbrezen der Welt backt. Und wer nach Schützenfest, Kerwa oder Tausendjahrfeier bei ihm vorbeistolpert, der bekommt mit an Sicherheit grenzender Wahrscheinlichkeit nicht nur noch eine ofenwarme Breze, sondern auch einen Asti Cinzano, das Getränk, dem der immer gut gelaunte Mann, der eigentlich Herbert heißt, seinen Spitznamen verdankt.

»Auf jeden Fall!«, grölt jemand begeistert. War das gerade meine Stimme?

Uppsi.

Ich wache auf.

Keine Ahnung, was mich geweckt hat. Vielleicht das gleißende Licht, das durch das Fenster auf mein Gesicht fällt und sich durch meine wunden Augenlider direkt in mein Gehirn brennt. Oder mein Gehirn selbst, das ächzt und pulsiert und nach Wasser schreit.

Auf meinen Lippen habe ich den Geschmack von Asbach Cola, vermischt mit etwas Aschigem. Ich versuche, mein Gehirn wieder zum Arbeiten zu bringen. Etwas zu trinken, wäre hilfreich, aber wenn ich jetzt aufstehe, weiß ich, dass das meinem Kreislauf gar nicht gut bekommt. Ich presse meine nackten Fußsohlen gegen die kalte Fensterscheibe über meinem Bett. Die Socken sind offenbar das Einzige, was ich gestern Nacht noch ausgezogen habe. Ansonsten stecke ich noch in meinem versifften, von oben bis unten mit Schweiß und verschütteten alkoholischen Getränken vollgesogenem Partyoutfit, das gestern irgendwann noch Bürokleidung war.

Ich fahre mir übers Gesicht. Abgeschminkt habe ich mich auch nicht. Meine Wimpern klappern beim vorsichtigen Öffnen und

Schließen der Augen wie vertrocknete Spinnenbeine, ich spüre förmlich, wie unter dem Make-up die ersten Pickel in den verstopften Porten zu gären beginnen.

Wie lange war ich gestern unterwegs?

Wie bin ich heimgekommen?

Wer bin ich?

Kleiner Scherz. Viel wichtiger: Wie viel Uhr ist es?

Mühsam drehe ich den Kopf in Richtung Radiowecker. 9.57 Uhr.

Neben dem Wecker liegt säuberlich im rechten Winkel dazu angeordnet mein Handy. So besoffen scheine ich also nicht gewesen zu sein. Es zeigt mir fünf verpasste Anrufe von Peter an, der mich heute wieder mit zur Arbeit nehmen wollte. Verdammt. Das wäre jetzt mal seine Gelegenheit gewesen, bei der Oma anzurufen, damit sie mich aufweckt. Und wo ist eigentlich meine Mutter, die sich doch sonst um alles kümmert?

Peter hat drei Nachrichten geschickt.

Schlaf dich aus, du Suffkopf.

Und:

Ich hab übrigens bei der Oma angerufen, aber
sie meinte, deine Mutter hätte schon versucht, dich
aufzuwecken, und kriegt dich nicht wach.

Und:

Du Assi.

So viel dazu. Das erklärt auch den Eimer neben meinem Bett. Der übrigens leer ist. So sehr Teenager bin ich dann doch nicht mehr.

Lassen die mich also einfach alle bis kurz vor zehn schlafen. Und so was nennt sich verantwortungsvolle Eltern. Na egal, dann komme ich heute einfach ein bisschen später ins Büro. Ich sinke zurück in die Kissen. Der Raum um mich herum dreht sich immer noch leicht.

Verdammt, was und vor allem wie viel habe ich gestern getrunken?

Zehn, sagt da mein Gehirn.

Und noch einmal: *Zehn.*

Da war doch was. Da war doch was.

Fuck!

Ich springe aus dem Bett, stoße mir den kleinen Zeh am Bettpfosten und humple heulend und fluchend Richtung Bad, um eilig zu duschen. Habe ich vorhin gesagt, dass mein Kreislauf es nicht aushalten würde, wenn ich zu schnell aufstehe? Tut er auch nicht. Ich knie auf allen vieren in der Duschwanne, während mir lauwarmes Wasser auf den Rücken prasselt, und versuche, weder ohnmächtig zu werden noch mich zu übergeben. Bröckchen aus dem Haarsieb zu fieseln ist mit die ekligste Aufgabe, die man sich vorstellen kann. Außerdem habe ich dafür jetzt wirklich keine Zeit.

Zehn Minuten später kann ich wieder stehen, bin angezogen und großzügig geschminkt, um die Spuren des gestrigen Abends aus meinem Gesicht zu tilgen, was mir eher schlecht als recht gelingt. Mit dem Rouge, das meine Leichenblässe überdecken soll, sehe ich aus wie ein Clown. Doch mich damit genauer auseinanderzusetzen, habe ich keine Zeit. Jetzt ist Klugheit gefragt. Der nächste Bus fährt erst wieder um zwölf, das heißt, ich brauche ein Auto. Meine Mutter wird mir ihres niemals leihen. Mein autonärrischer Vater seines auch nicht. Aber was er nicht weiß, macht ihn nicht heiß.

Der Schlüssel hängt nicht am Schlüsselbrett, aber seit meiner Kindheit mit herausragendem kriminalistischem Instinkt ausgestattet, weiß ich natürlich, wo mein Vater die Dinge zu verstecken pflegt, die niemand anderes in die Hände bekommen soll. Es dauert genau sechseinhalb Minuten, bis ich den Cabrioschlüssel hinter dem Toffifee-Stapel im Naschschrank entdeckt habe. Wenn ich es schlau angehe, merkt mein Vater nicht einmal, dass ich mir den Wagen ausgeliehen habe. Das Auto steht nämlich in der unteren Garage, dem ehemaligen Kartoffelkeller, den mein Vater nur aufsucht, wenn er sich mit Sissi – so heißt das Cabrio – ein bisschen unterhalten will.

Ich fühle mich wie eine Schwerverbrecherin, als ich aus der Haustür trete und erst einmal die Lage checke. Der Traktor ist weg, das heißt, mein Papa ist im Wald, um Holz zu machen und – wie meine Mutter immer wieder befürchtet, wenn er allein loszieht, um die dicksten Buchen umzusägen – sich von einem Baum erschlagen zu lassen. Ich drücke die Daumen, dass Letzteres auch heute nicht eintritt, und danke meinem Schöpfer, dass er mir offenbar auch mein letztes Hindernis aus dem Weg geräumt hat, als ich sehe, dass das Auto meiner Mutter nicht im Hof steht. Freie Bahn!

Stellt sich nur noch die Frage, ob ich fahrtauglich bin. Die lässt sich leicht beantworten: Natürlich nicht. Die andere Frage ist, ob das heute überhaupt ins Gewicht fällt. Die Sonne scheint, die Sicht ist gut, der dichte Verkehr wird dafür sorgen, dass ich nicht zu schnell rase, ich werde Vordermänner haben, an denen ich mich orientieren kann – einen Unfall werde ich heute also sehr wahrscheinlich nicht bauen. Kontrolliert werde ich als Frau an einem Mittwochmorgen auch nicht, also würde ich nach dieser gründlichen Risikoabwägung sagen: Los geht's!

Und das als Staatsanwältin?

Gerade als Staatsanwältin! Das ist wie mit den Apothekern – die müssten es eigentlich am besten wissen und lassen trotzdem nicht die Finger vom Medikamentenschränkchen.

Es ist schon fast elf Uhr, als ich schließlich auf dem Parkplatz der Gerichtsmedizin ankomme. Da ich die Handynummer von Clark Kent nicht habe, habe ich versucht, ihn unter seiner Büronummer zu erreichen – gleich nachdem ich die Adresse der Gerichtsmedizin gegoogelt habe, um herauszufinden, wo ich überhaupt hinmuss. Zweimal war besetzt, danach habe ich es aufgegeben, weil ich schon nüchtern nicht so richtig multitaskingfähig bin. Mit Restalkohol und beim Autofahren wird das Ganze nicht wirklich besser. Nun, er wird von allein gemerkt haben, dass ich zu spät dran bin.

Ich kann mich selbst riechen, als ich schließlich durch das kahle Treppenhaus nach oben steige. Oberflächlich dufte ich nach frisch gewaschener Wäsche und Bodylotion, aber ich spüre, wie darunter der fade Geruch frischer Alkoholabbauprodukte aus jeder Pore suppt. Außerdem würde ich den Geschmack in meinem Mund und die ungewöhnliche Intensität meiner Kopfschmerzen bei genauerer Betrachtung darauf zurückführen, dass ich dämliche Kuh gestern auch noch geraucht habe. Offenbar kann man auch mit 32 noch so blöd sein wie mit 14.

Ich stecke mir ein Kaugummi in den Mund, als ich durch die Tür der Gerichtsmedizin trete, was ungefähr so ist, als würde man versuchen, das Leck der Titanic mit einem Stück Tesafilm zuzukleben. Das Büro, das mir der Raumplan am Eingang aufzeigt, finde ich erstaunlich schnell. Dennoch schlägt es gerade elf Uhr, als ich schließlich an die schlichte weiße Tür klopfe, und in diesem

Moment explodieren hunderttausend Gedanken in meinem Kopf, der die letzte halbe Stunde im Stromsparmodus verbracht hat.

Hier eine kleine Auswahl:

Es wäre besser gewesen, einfach abzusagen.

Hast du eine Vorstellung, wie du aussiehst?

Und wie du riechst?

Du hast dir überhaupt keine Zeit genommen, aufgeregt zu sein.

Warum bist du nicht aufgeregt?

Verdammt!

Letzterer Gedanke ist der Startschuss zu einem Bauchgrummeln, wie ich es zuletzt bei meinem Zweiten Staatsexamen erlebt habe. In mir beginnt alles zu quackern und zu rumoren. Doch es gibt kein Zurück.

»Herein.«

Augen zu und durch. Ich verzichte auf jede Begrüßung und stürze mich ins Gespräch: »Entschuldigung. Ich bin schrecklich spät dran. Ich habe noch versucht, Sie zu erreichen, aber es war besetzt.«

Zwei grüne Augen leuchten auf, als sie zu mir aufblicken, und ein kleines Grübchen erscheint in seinem rechten Mundwinkel. Verdammt, immer wenn ich dachte, ich hätte jetzt ausreichend gewürdigt, wie unfassbar toll dieser Mann aussieht, wird es noch viel besser. Und warum leuchten seine Augen so herrlich? Ist er etwa gar nicht sauer? »Kein Problem. Ich habe tatsächlich leider fast ununterbrochen telefoniert. Was war denn los? Eine neue Leiche?« Er schmunzelt.

»Das wüssten Sie eher als ich.« Mit diesen Worten lasse ich mich erleichtert auf den Sessel ihm gegenüber fallen.

Er schaut wirklich ganz hervorragend aus, wie er mir gegenübersitzt, schwarzer Pullover über dunkelgrauem Hemd – das wird mir bewusst, als seine Augen nur einen Sekundenbruchteil über meine Erscheinung huschen und er schließlich fragt: »War wohl ein harter Kindergeburtstag gestern?«

»Welcher Kindergeburtstag?« Ich habe überhaupt keine Ahnung, wovon er spricht.

»Sie hatten doch gestern Abend keine Zeit, weil Sie auf einen Kindergeburtstag mussten.« Er wirkt verwirrt. Was übrigens unglaublich süß aussieht. Und er hat ja recht. Allerdings hat mein Totalabsturz gestern den Kindergeburtstag komplett aus meinem Gehirn geschwemmt.

»Ach, *der* Kindergeburtstag«, ich beginne herumzudrucksen. »Sagen wir, es gab noch so eine Art Afterparty.«

Er blickt mich an, überlegt, und ich sehe in seinen Augen den Gedanken aufblitzen, dass ich ihm mit dem Kindergeburtstag einen Bären aufgebunden habe, um stattdessen wie ein Oberassi unter der Woche abzustürzen. Was ja eigentlich nicht stimmt, aber meine Monsterfahne sagt mir selbst, wie unglaubwürdig das alles auf einmal ist. Mist. Hätte ich mir doch einfach irgendeine bescheuerte Ausrede ausgedacht und wäre morgen gekommen.

Er nickt kurz. Während ich krampfhaft überlege, was ich sagen soll, ohne dass es sich wie billige Ausreden anhört, dehnt sich das Schweigen zwischen uns aus. Mein Blick huscht durchs Büro. Neben den zwei frischen Tassen auf dem kleinen Bistrotisch in der Ecke liegt ein Müsliriegel. Genau so einer, wie es sie am Snackautomaten im Gericht gibt. Hat er etwa …

»Die Ergebnisse sind da«, bricht Clark Kent schließlich das Schweigen. Sein Ton wirkt kühler, aber nicht unfreundlich. Er lächelt sogar, aber das Grübchen im rechten Mundwinkel ist verschwunden. Doppelmist.

»Großartig!«, versuche ich mich enthusiastisch zu geben, obwohl sich in mir alles zusammenzieht. Das Herz. Und die Eingeweide.

Und zwar nicht nur, weil ich den Müsliriegel jetzt ganz sicher nicht bekomme.

»Vielleicht sollte ich kurz noch ein bisschen ausholen, ich weiß nicht, wie firm Sie im Betäubungsmittelbereich sind.«

Ich winke ihm souverän mit der Hand, gerne ausführlich zu werden. Wenn er mich schon für eine unzuverlässige Kuh hält, dann für eine professionelle.

Er nickt. »Der Stoff in ihrem Blut, den wir gestern gefunden haben, nennt sich Honey. Es ist eine synthetische Droge, die die besten Eigenschaften aus Cannabis und Opioiden vereint.«

Ich muss – trotz meiner deprimierten Grundstimmung – fast ein bisschen grinsen. Er hört sich an wie ein Honey-Vertreter. Tatsächlich habe ich von dem Zeug schon gehört: »Aber ist das Problem bei Honey nicht, dass es bei der Einnahme zu starken Immunreaktionen kommt? Beim Sniffen kommt es zu schmerzhaften Schwellungen der Schleimhäute, beim Rauchen zu asthmatischen Anfällen? Deshalb ist das Zeug auch nicht so verbreitet?«

»Absolut richtig.« Er lächelt wieder, aber das Grübchen hält sich versteckt. »Manche versuchen, es sich zu spritzen, aber auch hier kann das Immunsystem komplett durchdrehen, sobald man nur ein bisschen zu viel erwischt – und das geht schnell. Das Ganze ist dann übrigens nicht mehr so leicht als Honey-Vergiftung zu erkennen, sondern sieht aus wie ein schlichter anaphylaktischer Schock, weil Honey, einmal im Organismus, recht schwer nachzuweisen ist. Allerdings hat mich der grüne Flaum so irritiert, dass ich genauere Untersuchungen gemacht habe und auf die Honey-Spuren gestoßen bin, die mir die Analyse heute Nacht noch mal bestätigt hat.«

Er schaut mich an und ich nicke als Zeichen, dass ich ihm noch folgen kann.

»Das Ding ist nur: Ich habe absolut keine Ahnung, wie der Stoff in den Körper gekommen ist. Die Schleimhäute und die Lunge sind sauber, bleibt die Spritzen-These – allerdings habe ich den kompletten Körper abgesucht und keine Einstichstelle gefunden.«

»Außerdem ist doch grüner Flaum jetzt nicht typisch für eine Honey-Vergiftung«, wende ich ein.

»Da haben Sie vollkommen recht.« Er scheint sich zu freuen, dass das, wovon er mir erzählt, nicht nur böhmische Dörfer für mich sind. Ich wachse bei seinen Worten gleich um zwei Zentimeter. »Tatsächlich müsste die Tote dann eher einen roten Ausschlag haben. Allerdings kommt der grüne Flaum auch von etwas anderem – das ist die zweite Sache, die ich herausgefunden habe. Erinnern Sie sich an den Malzgeruch?«

»Er war sogar ziemlich intensiv«, bestätige ich.

»Wir haben alles abgesucht. Im Magen der Toten haben wir kein Bier oder Ähnliches gefunden. Auch im Raum stand nichts rum. Dennoch habe ich Malzspuren im Blut gefunden. Doch im großen Stil bin ich auf der Haut fündig geworden. Und zwar kam es dort offenbar zu einer Reaktion zwischen dem Malz auf der Haut, das übrigens selbst auch für allergische Reaktionen, das sogenannte Malzfieber, sorgen kann, und dem aufblühenden Honey-Ausschlag – und das hat zusammen offenbar den grünen Flaum hervorgerufen.«

Jetzt ist Clark Kent total in seinem Element – und ich gleich mit. Malz auf der Haut – wie kann das sein?

»Wer schmiert sich denn mit so was ein? Kann das eine spezielle Bodylotion gewesen sein?«, überlege ich laut.

»Eine Bodylotion war es nicht. Ich vermute, dass es sich um Malzstaub handelt, der bei der Malzverarbeitung entsteht und der sich auf der Haut abgesetzt hat«, gibt er zu bedenken.

Ich starre aus dem Fenster. Malzstaub. Der Geruch von Malz, der alles umgibt. Plötzlich erinnere ich mich, wie Sylvia, Peter und ich als Kinder im Garten gespielt und von der Oma frische Karotten aus dem Garten bekommen haben. Irgendwann beschwerte sich Peter: »Eure Gelben Rubn schmecken total eklig«, und die Oma erklärte, dass nicht die Karotten seltsam schmeckten, sondern dass der Wirt unten im Dorf gerade braute und deshalb die Luft geschwängert war mit Malzgeruch.

»Kann das aus der Bierherstellung kommen?« Wie ich zu dieser Überlegung gekommen bin, verrate ich nicht. Dass Peter ein alter Freund von mir ist, binde ich Clark Kent lieber nicht auf die Nase. Ich bin schon tief genug in seiner Achtung gesunken. Oder vermutlich sollte ich besser Dr. Rosenbeet sagen. Es ist Zeit, dass ich mich von meiner Traumvorstellung verabschiede.

Er nickt – begeistert davon, dass meine Gedanken sich auf denselben Bahnen bewegen wie seine, wobei meine Überlegung bei Tageslicht betrachtet wohl doch recht naheliegend ist – vor allem in einer fränkischen Bierstadt: »Ja, Brauereien, Mälzereien, Destillerien – alle Malz herstellenden und verarbeitenden Betriebe.«

Ich hole mein Notizbuch hervor. »Ich werde Kommissar Kaiser sagen, dass er die entsprechenden Unternehmen in der Stadt und im Landkreis checken lassen soll!«

Und da wird er einiges zu tun haben. Schon in der Stadt selbst gibt es allein 15 Brauereien und 2 Mälzereien. Wir haben damit eine höhere Pro-Kopf-Dichte an entsprechenden Betrieben als Sankt Pauli Stripclubs. Andererseits sind Brauereibesichtigungen eine der Lieblingsbeschäftigungen der Franken – ich hätte Kommissar Kaiser also schlimmere Aufträge geben können. Und so hat er wenigstens keine Zeit mehr, mir seine Beamten auf den Hals zu hetzen.

»Jetzt habe ich Ihnen gar keinen Kaffee angeboten«, reißt Dr. Rosenbeet mich aus meinen Gedanken. »Ich muss jetzt leider los zu einem Termin, aber vielleicht möchten Sie den hier noch essen.« Er greift nach dem Müsliriegel und streckt ihn mir hin.

Er schenkt ihn mir doch! Ist das ein Versöhnungsangebot? Heißt das, dass er mir verzeiht?

»Das ist ja nett. Vielen Dank!« Ich strahle ihn dankbar an – so sehr man mit einem Kater wie dem meinen strahlen kann. Mein Bauch quackert erneut.

»Keine Ursache. Sie sehen ein bisschen verkatert aus. Vielleicht hilft das«, sagt er und steht auf. Er will mich offensichtlich loswerden.

»Also«, beginne ich zu stottern. »Wir können sehr gerne mal etwas zusammen unternehmen.« Jetzt geht es in meinem Bauch drunter und drüber.

Er lächelt, höflich und nicht kalt, aber das Grübchen bleibt weiter verschwunden. »Sie brauchen wirklich nicht höflich zu sein, Frau Pflaum. Lassen Sie uns einfach als Kollegen zusammenarbeiten. Ich vertrage ein Nein.«

Ich will ihm antworten, aber in diesem Moment sagen mir meine Eingeweide, dass ich jetzt gehen muss, wenn ich hier irgendwie gesichtswahrend rauskommen will. Ich nicke knapp – zu mehr bin ich nicht fähig, als ich so beherrscht wie nur möglich den Raum verlasse und erst lossprinte in Richtung Toilette, als ich die Tür zu seinem Büro leise, ganz leise hinter mir zugezogen haben.

Der Rest des Tages vergeht in einem Nebel aus Kopfschmerzen, Dehydrierung und Selbsthass.

Um 16 Uhr klingelt schließlich mein Handy. Es ist Jana, die noch ganz aufgedreht ist, denn natürlich ist es für sie gestern Abend nicht beim Knutschen geblieben. Während ich am Schreibtisch sitze und noch immer gegen den Brechreiz kämpfe, erzählt sie mir in blumiger Ausführlichkeit von ihrem sexuellen Erlebnis und rühmt die Ausdauer und Standhaftigkeit von 23-Jährigen. Wobei ich sagen muss, dass ich mich in der Hinsicht in Sachen Ferdinand nie beschweren konnte. Anderseits waren Jana und Jan ein typisches Besoffen-Bums-Pärchen, da kann es gut und gerne dann doch mal Probleme in der Hinsicht geben. Aber wo wandern meine Gedanken da hin – ich muss wirklich aufpassen. Die Kotzerei ist eventuell noch nicht ausgestanden.

Schließlich fällt Jana ein, dass ich doch nur recht einsilbig auf ihre Schwärmereien antworte: »Und bei dir? Alles gut? Bist du schlimm verkatert?«

Ich nehme diese Frage als Startschuss, um ihr mein Herz auszuschütten und ihr meine Malaise zu erklären. Dass Clark Kent offensichtlich nicht mein Superman sein will, hat mich hart getroffen.

»Du bist ja auch dämlich. Warum gehst du auch so zu ihm hin?« Ich kann förmlich hören, wie sie die Augen verdreht.

»Aber wenn ich nicht gekommen wäre, hätte er mich doch für noch bescheuerter gehalten«, wage ich einzuwenden.

»Dann hättest du dich im Nachhinein irgendwie herausgeredet – aber mit diesem Kater des Todes warst du für ihn heute vermutlich so attraktiv wie ein Sack vergammelter Kartoffeln.«

Darauf antworte ich nicht. Jana hat vollumfänglich recht. Was soll ich da widersprechen?

»Bist du nach dem Kotzen noch mal rein zu ihm?«

Ich schweige weiter. Natürlich nicht.

Jana weiß mein Schweigen einzuordnen. »Hätte ich auch nicht gemacht.«

»Was soll ich denn jetzt machen?«, jammere ich ins Handy. Ich habe beschlossen, mich ganz und gar gehen zu lassen. An Arbeit ist heute sowieso nicht mehr zu denken.

»Na ja, das Problem ist, dass er offenbar ziemlich schlau ist. Und wenn du Pech hast, war er als Kind auch noch nicht so scharf.«

Ich verkneife mir den Einwand, dass ich hoffentlich nie ein Kind als »scharf« empfinden werde. »Das heißt, wenn er früher eher so der Typ ›ungebumster Nerd‹ war, dann kann der das jetzt gar nicht fassen, dass eine Traumfrau wie du sich für ihn interessiert.« Jana sagt das tatsächlich völlig unironisch – einer der Gründe, warum sie meine allerallerbeste Freundin ist. »Und dann wird er sich auch nicht weiter um dich bemühen.«

Hmpf.

Für ihre nüchtern-pragmatische Art liebe ich Jana weniger.

Ich danke Jana für diese umfassende Analyse und beschließe, nach Hause zu fahren. Ich will heim. Ich will duschen. Ich will im Bett liegen, Chips essen und dabei auf dem Laptop *Ungeküsst* schauen, den ich immer schaue, wenn ich mich selbst hasse, auch wenn der Film in puncto Mode wirklich schlecht gealtert ist und ich mir nicht mehr so richtig sicher bin, ob ich den Lehrer, in den sich Drew Barrymore in dem Film verliebt, während sie vorgibt, eine Schülerin zu sein, immer noch scharf finde.

Er ist zwar wirklich unfassbar süß, aber mit dem Gedanken, dass ich dunkles Haar dunkelblondem Haar definitiv vorziehe, schlafe ich schließlich am Abend in meinem Jugendbett voll pieksender Chipskrümel ein.

Donnerstag und Freitag vergehen in einem grauen Nebel aus Postkaterbeschwerden. Der einzige Lichtblick ist, dass es mir zwei weitere Male gelingt, Sissi aus dem Kartoffelkeller zu stibitzen, und ich nicht mit Peter ins Büro fahren muss. Für das Wochenende habe ich absolut gar keine Pläne und langsam beginne ich wieder, mich wie ein normaler Mensch zu fühlen. Ich dachte ja immer, die Behauptung, ein Kater dauere ab dem dreißigsten Geburtstag nicht mehr einen, sondern drei Tage, sei reine Übertreibung, aber irgendwie scheint da doch etwas dran zu sein.

Von meinem Erfolg beflügelt, dass mein Vater weder am Mittwoch noch am Donnerstag oder Freitag gemerkt hat, dass ich mir sein Auto ausgeliehen habe, beschließe ich am Montagmorgen, Sissi fortan zu meinem Hauptfortbewegungsmittel zu machen. Weil ich früh dran bin, finde ich sogar einen Parkplatz im Innenhof des Gerichts und erreiche fast schon beschwingt meinen Arbeitsplatz.

Der Abteilungsleiter ist offenbar immer noch krank, Kommissar Kaiser und Konsorten haben sich am Wochenende nicht bei mir gemeldet – Dr. Rosenbeet leider genauso wenig. Aber wieso auch? Technisch gesehen handelt es sich bei der Toten aus der Jeckstraße schlicht um eine Drogentote – auch wenn fraglich ist, wie das Gift überhaupt in ihren Körper gelangen konnte und was es mit dem Malz auf sich hat. Aber solange es hier keine neuen Erkenntnisse gibt, brauche ich mich gedanklich auch nicht damit zu beschäftigen – erst recht nicht, wenn ich keinen Vorgesetzten im Nacken sitzen habe, der mir Druck macht. Mit diesem Gedanken schiebe ich das Thema in einen finsteren Winkel meines Gehirns und schlage sehr bestimmt die Tür dahinter zu.

Mein Schreibtisch ist zwar wieder gut gefüllt, allerdings schaut ein mindestens DIN-A4-großes Stück Tischplatte zwischen den Akten hervor, was ich als ersten Triumph über das System betrachte. Ich könnte – fast – nicht zufriedener sein, als ich den PC hochfahre und in die neue Arbeitswoche starte.

»Morgen, du Pflaume!«, unterbricht mich Peter von der Tür aus, gerade als ich die erste Akte öffne.

»Morgen, Beder!« Ich hebe nicht mal den Blick. Wenn ich mich kurz angebunden gebe, habe ich vielleicht schnell meine Ruhe. Doch nein, Peter hat ein Leberkäsbrötchen dabei – er hat Zeit und will ratschen.

»Wenn dein Vadder rauskriegt, dass du mit seinem Cabrio durch die Gegend fährst, kriegst du so was von Ärger.«

»Wieso denkst du, dass er's mir nicht erlaubt hat?«, gebe ich schnippisch zurück, ohne von der Akte aufzuschauen.

»Weil er das niemandem erlaubt. Außerdem weiß ich, dass der Wagen gar net auf dich versichert ist.« Gibt es eigentlich irgendetwas, das Peter nicht weiß?

»Warum ist es dir so wichtig, dass ich mit dir fahre?« Ich gebe auf und schaue hoch zu ihm.

»Ich ratsch einfach gerne.« Er grinst. »Zum Beispiel darüber, wie besoffen du letzte Woche warst. Ihr wart noch beim Cinzano? Bist du dafür net langsam zu alt?«

»Und ich bin gern unabhängig und liebe meine Ruhe«, schieße ich zurück. »Bist du nicht zu jung, um eine derartige Tratschtante zu sein?«

»Wissen ist Macht!«, grinst Peter. »Ich weiß zum Beispiel auch, dass du mir sehr dankbar sein wirst, weil ich dir helf, dich ein bisschen weniger aufs Saufen und mehr auf die Arbeit zu konzentrieren.«

Alles klar – und das von Mr. Drei-Räusche-am-Wochenende persönlich. »Auf die Arbeit konzentrieren?« Auf alles andere gehe ich gar nicht erst ein.

»Heut Morgen ist wieder Wahlkampfveranstaltung von Carsten Denglein, dem Malzbaron. Da kommen die Bauern bestimmt wieder, um mit ihren Bulldogs die Straßen zu blockieren und gegen seine Kandidatur als Bürgermeister zu protestieren. Ich bin sicher, dass es heute ein paar Schnellverfahren gibt. Und ich habe dem Söllner schon gesagt, dass ich total im Stress bin und leider nicht übernehmen kann. Deshalb hat er entschieden, dass jetzt mal unsere Münchner Geheimwaffe einspringt.« Peter setzt sich mit einer fleischigen Pobacke auf meinen Schreibtisch und beginnt alles vollzubröseln.

»Ach ne, du«, ich ächze. Wegen der Brösel – ich bin eben doch ein Kind meines Vaters – und angesichts der Aussicht, heute ein Schnellverfahren durchprügeln zu müssen, von dem ich nichts halte. »Wieso kannst du nicht?«

»Date mit der Susi – also Frau Starklauf. Wir waren am Wochenende joggen und heute Abend wollen wir zusammen in die Boulderhalle. Beim letzten Mal hat sich das sogenannte Schnellverfahren bis Mitternacht gezogen – darauf habe ich heute ja absolut keine Lust.« Peter zuckt mit den Achseln. »Sorry, sonst immer gerne.«

»Ja, klar«, ich glaube ihm kein Wort. »Was sind denn das für Powerdates? Geht man heute nicht mehr ins Kino?«

»Ach, Evi, du bist so was von 2018. Man merkt, dass du scho seit Ewigkeiten kein Date mehr hattest! Mit Kino lockst du heut nur noch die Hässlichen, Fetten hinterm Ofen vor.« Peter stopft sich den letzten Rest seines Brötchens in die eine Backe und nuschelt: »Also tschüssi – und viel Spaß beim Bauern-Einkasteln!«

Verdammt. Scheint, dass der chillige Morgen nur die sprichwörtliche Ruhe vor dem Sturm war. Aber so ganz verstanden habe ich die Problematik immer noch nicht. Was haben die Bauern nur für ein Problem mit dem Bürgermeisterkandidaten?

Ich beginne zu googeln.

Tatsächlich stoße ich relativ schnell auf einige Artikel über die Diskussion und auf ein Interview mit einem der Anführer der Gegenbewegung.

Offenbar stellt die Mälzerei Denglein nicht nur Malz her, sondern ist auch tatsächlich führend im Anbau von speziellem Biobraugetreide in der Region, genauer gesagt von Braugerste. Und nachdem sich dieser Carsten Denglein in den vergangenen Jahren mit großem Engagement für die wirtschaftliche Entwicklung starkgemacht hat, bewirbt er sich dieses Jahr für den Posten des

Oberbürgermeisters. Seine Erfolgsaussichten sind dabei nicht schlecht. Allerdings gibt es wohl schon seit Längerem Diskussionen um die Ausweitung der Anbauflächen der Mälzerei Denglein. Das ist deshalb so brisant, weil es konkret um ein Naturschutzgebiet geht, das den Anbauflächen für Braugetreide weichen müsste – was Naturschützer natürlich extrem stört. Darum geht es den Bauern allerdings weniger. Die haben vielmehr Angst, dass Denglein ihnen ihr eigenes Braugetreide nicht mehr abnimmt und dass durch die Ausweitung seiner Produktion die Preise gedrückt werden, sodass der Anbau für sie nicht mehr rentabel ist. Peter hatte also recht – den Bauern geht es tatsächlich um Geld. Aber geht es das nicht immer?

Schon seit zwei Jahren wogt die Diskussion um das Naturschutzgebiet im Stadtrat offenbar hin und her – aber die Aussicht, dass Denglein selbst Oberbürgermeister werden und in dieser Position Druck machen könnte, hat Naturschützer und Bauern gleichermaßen auf die Straße gebracht, die nun mit schöner Regelmäßigkeit bei Veranstaltungen zum Thema aus Protest die Straßen mit Traktoren blockieren und den gesamten Verkehr in der Innenstadt lahmlegen – insbesondere eben bei Wahlkampfveranstaltungen von Carsten Denglein. »Es ist nur noch eine Frage der Zeit, bis der Lebensraum von Moorfrosch und Kammmolch dem Mammon weichen muss«, zeichnet der Wortführer der Gegner, Anton Kampmaier, ein kleiner, dicker Mann mit einem Bart wie der Weihnachtsmann, aber offenbar Professor für Bioethik an der hiesigen Universität und Hobbybiobauer aus Leidenschaft, ein düsteres Bild.

Na, da bin ich ja gespannt, was da auf mich zukommt.

Tatsächlich ist es noch nicht mal elf Uhr, als das Telefon klingelt: Der LOStA Söllner persönlich ist am Apparat: »Frau Pflaum. Herr Schneider hat Ihnen Bescheid gesagt, oder?«

Er lässt mir kaum Zeit, seine Frage zu bejahen.

»Schön, schön. Wir brauchen heute ein Schnellverfahren für die neuesten Blockierer. Der verantwortliche Richter ist Herr Hofmann. Die Anklageschrift habe ich ihm schon geschickt. Sie wissen Bescheid. Jetzt zeigen Sie mal, was Sie können!« Sprach's und knallt den Hörer auf. Wie gut, dass ich keine Nachfragen habe.

Als ich den Gerichtssaal betrete, sitzen die fünf Angeklagten wie Schulkinder in einer Reihe – im Bewusstsein ihrer Taten, aber trotzig und fast ein bisschen aufmüpfig. Zwei davon sind Frauen, einer der Männer ist der Bioethikprofessor, den ich gerade erst im Interview gesehen habe.

Richter Hofmann eröffnet die Sitzung, überprüft die Personalien und ich beginne, die Anklage zu verlesen. Offenbar haben Naturschützer und Bauern Hand in Hand gearbeitet und mit ihren Traktoren diesmal die Zufahrten zum Veranstaltungsort blockiert, damit möglichst niemand an einem Autokorso zugunsten des Bürgermeisterkandidaten teilnehmen konnte. Entsprechend lautet die Anklage auf Nötigung.

Na, ich weiß ja nicht. Die Leute hätten doch problemlos aus ihren Autos steigen und zu Fuß weitergehen können. Da ist der Begriff der Nötigung aber reichlich weit gefasst.

Ich lese weiter vor. In seiner Anklageschrift treibt der LOStA das Zweite-Reihe-Prinzip auf die Spitze – es seien ja nicht nur die Menschen in den aufgehaltenen Autos genötigt worden, sondern auch all jene in den Autos dahinter und auch die, die auf die Busse warten mussten, die aufgrund dessen im Stau standen. Na, das ist aber schon ein bisschen an den Haaren herbeigezogen. Wie ich es hasse, als Sitzungsvertreter derartigen Kollegenmist dem Gericht gegenüber vortragen zu müssen. So wie sich das liest, könnte man die Leute für ein gutes Jahr einsperren. Vor allem aufgrund der Wiederholungsgefahr. Als ich fertig vorgelesen habe, bin ich erst einmal fassungslos.

Wie soll ich diesen Quatsch nur durchbringen?

Wobei: Vermutlich gelingt mir das sogar. Schließlich wird in Sachen Blockierer schon seit geraumer Zeit extrem streng geurteilt. Obwohl da die Fälle dann doch ein bisschen anders gelagert sind.

Aber will ich das?

Stumm verfolge ich, wie der Richter die Angeklagten belehrt und fragt, ob sie sich zu den Vorwürfen äußern möchten. Die zwei Frauen und die zwei jüngeren Männer entschließen sich zu schweigen, doch der Professor ergreift das Wort: »Mit Verlaub, Frau Staatsanwältin. Das Ganze ist jetzt doch ein bisschen überspitzt dargestellt. Die Menschen hätten doch jederzeit umkehren können.«

Ich nicke unwillkürlich, während er spricht. Er hat absolut recht. Der Stau ist erst dadurch entstanden, dass die Leute darauf beharrt haben, unbedingt zum Treffpunkt des Autokorsos zu wollen. Sie hätten jederzeit in andere Richtungen abbiegen können.

»Und dass ein Bus nicht kommt, gehört doch eher zu den allgemeinen Problemen des Alltags und fällt nicht unter Nötigung, oder?«, fährt der Biobauernprofessor fort, und wieder hat er recht. Außerdem wären die Busse nicht blockiert worden, wenn die Bürgermeisteranhänger nicht darauf beharrt hätten, diesen speziellen Weg – und nur diesen – zu fahren.

Das hier fühlt sich unglaublich falsch an. Ich frage mich, was ich tun soll. Will ich wirklich in die Beweisaufnahme gehen und zehn Polizisten befragen, obwohl mir selbst die Anklage völlig widersinnig vorkommt?

Peters Worte von letzter Woche klingen mir in den Ohren: »Mach, was der Chef will, sonst hilft dir dein hübsches Gesicht beim Söllner auch net.« Wie bestellt fängt mein Bauch an zu grummeln. Ich verfluche die Tatsache, dass ich als Staatsanwältin den Weisungen von Vorgesetzten unterstellt bin – wie herrlich wäre es, wenn ich mich wie ein Richter einfach auf meine richterliche Unabhängigkeit berufen könnte.

Und trotzdem, so einen Mist kann und will ich nicht vertreten. Ich melde mich zu Wort: »Vielleicht sollten wir auf die Beweisaufnahme verzichten. Tatsächlich kommt mir die Sache nicht so gravierend vor. Ich schlage vor, die Verfahren wegen Geringfügigkeit einzustellen.«

Der Richter sieht mich an, als könnte er sein Glück kaum fassen. Statt bis Mitternacht zu dauern, biegt dieses Verfahren nach genau 13 Minuten und 47 Sekunden völlig überraschend auf die Schlussgerade ein. Die Angeklagten schauen, als wäre ich geistig beschränkt. Klar – erst so eine Anklageschrift vorlesen und dann einstellen. Na ja, das ist ein Kreuz, das ich tragen kann.

Als die Angeklagten der Einstellung ebenfalls zugestimmt haben und der Richter die Sitzung beendet hat, trete ich zu den Angeklagten, während die Protokollantin gerade ihre Sachen zusammenräumt. Ich habe nicht das geringste Bedürfnis, dass sich diese Situation so bald wiederholt. Ein weiteres Mal werde ich mir das nicht leisten können. Ich werde für die heutige Aktion schon so was von den Arsch aufgerissen bekommen.

»Heute konnte ich das noch machen, aber immer geht das nicht. Ich halte nichts davon, Leute wegen solcher Sachen einzubuchten, aber wenn wir das bei den Klimaklebern machen, dann müssen wir das über kurz oder lang auch bei Ihnen.« Ich hebe die Augenbrauen, um meine Worte zu unterstreichen. »Ich empfehle Ihnen, Ihre Protestformen zu überdenken. Vom Blockieren sollten

Sie absehen. Aber wenn Sie vielleicht etwas ... verlieren, wenn etwas vom Mistwagen fällt – dann kann Ihnen da so leicht keiner einen justiziablen Vorwurf draus stricken.«

Ich warte keine Antwort ab und wende mich zum Gehen. Doch aus den Augenwinkeln sehe ich das Grinsen des Professors. Er scheint mich verstanden zu haben.

KAPITEL 7

Ich bin noch keine zehn Minuten wieder in meinem Büro, da steht Peter in der Tür. Schon wieder.

»Sag mal, hast du kein eigenes Büro?«, schnauze ich ihn an.

»Ich dachte, Frauen mögen es, wenn man sie mit Aufmerksamkeit überschüttet«, gibt Peter grinsend zurück.

»Nicht, wenn es mich vom Arbeiten abhält.« Ich starre weiter auf den Bildschirm. Vielleicht verschwindet Peter dann von allein. Hat schon beim letzten Mal nicht funktioniert, funktioniert auch diesmal nicht.

»Ich bin schwer beeindruckt!«, ignoriert er meine Nicht-Beachtung. Ich schweige hartnäckig. »So schnell bin nicht mal ich letzte Woche mit den Störern fertiggeworden. Da wird Söllner aber beeindruckt sein. Vielleicht wirst du ja unser aschbraunes Fallbeil.«

Hier muss ich kurz unterbrechen. Nachdem Peter jetzt schon an verschiedenen Stellen über mein Aussehen gelästert hat, möchte ich klarstellen, dass ich wirklich nicht schlecht aussehe. Auf jeden Fall sehe ich definitiv besser aus als er mit seinen zehn Kilo Übergewicht und seinem immer lichter werdenden Haar. Ich bin weder ungewöhnlich fett noch außergewöhnlich farblos und hässlich.

Ich habe etwas stramme Wadeln, aber das gilt mancherorts ja sogar als Schönheitsideal. Und natürlich habe ich früher davon geträumt, größer, blond und untergewichtig zu sein, aber mittlerweile fühle ich mich mit meinem kastanienbraunen Haar (von wegen aschbraun!), meiner leicht bräunenden Haut und meinen Nutellaaugen sehr, sehr wohl.

Nachdem ich das klargestellt habe, zurück zu meinem Gespräch mit Peter. Den werde ich aber ganz sicher nicht darauf hinweisen, dass ich mich in der Sitzung durchaus nicht als »Fallbeil« erwiesen habe – aschbraun oder kastanienfarben hin oder her. Die Geschichte wird mich sowieso schnell genug einholen. Da brauche ich sie nicht gleich der größten Tratschtante der Justiz auf die Nase zu binden.

»Wenn du dachtest, ich wär noch in der Sitzung, was willst du dann hier?« Ich wende mich nun doch zu ihm um und mein Blick fällt auf das Handy in seiner Hand. »Wolltest du mir Katzenvideos zeigen oder mein Ladegerät klauen? Ist dein Handy leer und du kannst der süßen Susi nicht schreiben, dass du dich superdupi auf heute Abend freust?« Ich ziehe eine Schnute und verdrehe gespielt mitfühlend die Augen.

»Bist du dir ganz sicher, dass du net doch eifersüchtig bist?« Peter grinst selbstgefällig. Tut er eigentlich je etwas anderes? »Nein, ich bin gekommen, um dir das Jourdiensthandy zu geben.«

Ich bin überrascht: »Ich? Ich bin doch erst im Dezember dran.«

Tatsächlich habe ich bei Arbeitsantritt mit Wohlwollen festgestellt, dass ich erst Ende des Jahres – und da nicht einmal über die Feiertage – für den Bereitschaftsdienst der Staatsanwaltschaft eingeteilt worden bin. Das ist ziemlich unüblich, normalerweise werden den Neuen, die bei der Verteilung noch nicht anwesend sind und sich nicht wehren können, die beschissensten Dienste aufs Auge gedrückt.

Vielleicht sollte ich aber kurz erst noch erklären, was es mit diesem Jourdienst eigentlich auf sich hat.

Während die Gerichte nur tagsüber arbeiten, greift die Polizei nicht nur zwischen 9 und 17 Uhr Straftäter auf. Und damit das auch alles rechtens ist, was die Polizei so macht, muss sie in vielen Punkten mit der Staatsanwaltschaft Rücksprache halten. Tagsüber ist das keine große Sache – aber auch nachts müssen Wohnungen durchsucht und Verbrecher verhaftet werden. Und da kommt der Jourdienst ins Spiel. Der diensthabende Staatsanwalt trägt das Handy eine Woche lang immer mit sich herum und kann jederzeit von der Polizei angerufen werden. Leider ist das auch der Fall, wenn um die Mittagszeit alle Staatsanwälte »zu Tisch« sind – oder ein Kollege recht lange auf dem Topf sitzt, mit der Geschäftsstelle flirtet oder aus irgendeinem anderen Grund nicht an sein Telefon geht.

Dieser Bereitschaftsdienst läuft parallel zum normalen Tagdienst – das wissen zum Teil selbst manche Polizisten nicht. In München hat mich doch tatsächlich mal ein Polizeibeamter, der sich in seiner Nachtschicht langweilte, zum Quatschen angerufen, weil er dachte, mir ginge es genauso. Ich habe ihn nicht ganz so freundlich darauf hingewiesen, dass er mich gerade aus einem wirklich sehr schönen Traum über eine Süßigkeitenfabrik gerissen hatte und ich am nächsten Morgen ganz normal wieder im Büro stehen musste.

So viel also zum Thema »Jourdienst«. Das beantwortet jedoch nicht meine eigentliche Frage: Warum ich? Warum heute?

Peter klärt mich auf: »Du bist erst im Dezember dran. Aber der Weidmann hat ab heute Nachmittag Dienst – und weil du ihn vertrittst, bekommst du auch das Jourdiensthandy. Um 16 Uhr geht's los. Viel Spaß damit!«

Was. Für. Ein. Unglaublicher. Spaß.

Tatsächlich klingelt das Handy allein auf der Heimfahrt nach Schweinsbrunn zwei Mal. Einmal geht es um eine Hausdurchsuchung bei einem der Verhafteten von der Blockieraktion heute Morgen, die ich zurückweise – immerhin ist das Verfahren gegen sie wegen Geringfügigkeit eingestellt worden –, beim anderen Fall will sich der Beamte die Genehmigung für eine Alkoholblutentnahme einholen.

»Wieso rufen Sie mich da an? Das darf doch die Polizei seit einiger Zeit selbst entscheiden?«, frage ich irritiert – und vielleicht ein klitzekleines bisschen genervt.

»Wir halten hier bei uns trotzdem immer gerne Rücksprache mit der Staatsanwaltschaft. Sicher ist sicher«, gibt der Beamte gut gelaunt zurück.

Jaja. Sicher ist sicher – und das hier ist ganz offensichtlich eine Arbeitsbeschaffungsmaßnahme.

Das Handy klingelt weiter in regelmäßigen, kurzen Abständen. Während ich mir mein Abendessen richte. Während ich auf der Toilette sitze und ein echt schwieriges Candy-Crush-Level spiele. Während ich dusche.

In den meisten Fällen kann ich meine Entscheidungen allein treffen, doch wenn es um die Genehmigung einer Hausdurchsuchung oder um einen Haftbefehl geht, muss ich Rücksprache mit dem Bereitschaftsrichter halten. Der führt im Gegensatz zu mir das reinste Chillerleben. Die meisten Dinge, die passieren, kriegt er – oder ich sage besser sie, denn sehr viele Richter und Staatsanwälte sind tatsächlich Frauen – gar nicht mit, weil ich ja das meiste schon abblocke, lenke, Weisungen gebe – und nur in Einzelfällen mit ihr Rücksprache halten muss. Und von neun Uhr abends bis sechs in der Früh hat der Jourdienst bei den Richtern Pause, sodass ich alles allein entscheiden kann.

Die Nacht wird hart.

Immer wenn ich gerade eingeschlafen bin, klingelt das Handy. Sein Läuten frisst sich derart in mein Hirn und mein Unterbewusstsein, dass meine Ohren mir einmal sogar Phantomhandyklingeln vorgaukeln und ich verstört aus dem Schlaf hochschrecke, obwohl das Handy friedlich neben mir liegt und erst klingelt, als ich gerade wieder am Eindämmern bin.

Ich erinnere mich noch, wie Sylvia sich in den ersten Monaten nach Lotta-Luisas Geburt beklagt hat, die kleine Prinzessin sei unersättlich und wolle nachts alle eineinhalb Stunden an die Brust.

So muss es sein, ein Baby zu haben.

Andererseits klingelt mein Handy noch ein bisschen häufiger, nämlich ungefähr jede Stunde. Außerdem will ein Baby nichts als Liebe, Geborgenheit und Milch, während mein Handy von mir erwartet, dass ich von 0 auf 100 hellwach bin und zum Teil kompliziertește juristische Entscheidungen treffe, die im Notfall auch vor Gericht Bestand haben.

Als ich am nächsten Morgen aufwache, fühle ich mich, als hätte mir jemand die Haut abgezogen. Wie soll ich das nur eine ganze Woche aushalten?

Mein Vater ist schon weg, das habe ich am Tuckern des Traktors erkannt, der schon vor sieben Uhr vom Hof gerollt ist – wahrscheinlich gibt es auf dem Holzplatz oder anderswo irgendwelche unaufschiebbaren Dinge zu erledigen. Meine Mutter kruschelt im Keller, sodass ich die herrliche Ruhe am Frühstückstisch in vollen Zügen genießen kann.

Ich habe den Verdacht, dass sie mir nicht nur meine Ruhe lassen will, sondern dass sie selbst auch ihre Ruhe haben möchte. Ich halte das Empty-Nest-Syndrom für eine perfide Erfindung der Boomer, um uns Kindern einmal mehr ein schlechtes Gewissen zu machen (wie damals mit dem einfühlsamen Spruch: »Du isst dein Kohlrabigemüse nicht und woanders verhungern die Kinder!«). Eigentlich aber feiern es unsere Eltern total, dass sie endlich die Bude für sich allein haben und jeden Morgen Sex haben können auf dem Küchentisch, an dem ich jetzt meine Kellogg's Frosties mampfe.

Bäh!

Wobei die Frosties ziemlich lecker sind. Die habe ich seit zwanzig Jahren nicht mehr gegessen, aber gestern – als ich auf der Heimfahrt noch einen kurzen Abstecher in den Supermarkt gemacht habe – sind mir die Maisflocken mit Zuckerüberzug förmlich ins Gesicht gesprungen. Normalerweise esse ich nicht so ungesund, aber die Umgebung meiner Kindheit lässt mich wohl auch essenstechnisch zurückfallen in kindliche Verhaltensmuster.

Wobei man sich auf dem Land durchaus nicht so gesund ernährt, wie man denken könnte. Zumindest nicht immer. Das ist stark von der Jahreszeit abhängig. In den Sommern meiner Kindheit konnte es vorkommen, dass Sylvia und ich den ganzen Tag nichts als Obst und Gemüse gegessen haben – einfach alles, was Garten und Äcker so hergaben. Einmal haben wir zum Abendessen einen kompletten Johannisbeerstrauch leer gefressen. Andererseits aßen wir, wenn es im Winter kein frisches Gemüse gab, zur Brotzeit manchmal tagelang als einziges Gemüse eingelegte Gurken.

Tatsächlich zieht mein Vater auch sterile Supermarkteier aus der Käfighaltung den freilaufenden vom Nachbarn vor. Nachdem er als Junge bei seinem Frühstücksei mal ein angebrütetes Ei mit Schnabel erwischt hat, ist es ihm lieber, wenn die Hühner, die seine Eier legen, absolut nullkommakeinen Kontakt zu anderen Hühnern haben.

Wie hat der Polizist gestern doch so schön gesagt? Sicher ist sicher.

Als ich eine Stunde später Papas Cabrio in eine winzige Parklücke gleich hinter dem Gerichtsgebäude einfädle und mich selbst für meine Einparkkünste feiere, klingelt das Jourdiensthandy zum ersten Mal seit einer gefühlten Ewigkeit.

Über meinem Kopf drängen sich dunkelgraue Regenwolken. Hoffentlich schaffe ich es noch trocken ins Gericht, denn natürlich habe ich keinen Schirm dabei. Ich bin einfach zu faul, so ein Ding ständig mit mir herumzuschleppen.

»Guten Morgen, Frau Pflaum«, schallt mir die Stimme von Wachtmeister Hornung durchs Telefon entgegen, als ich den Anruf annehme, während ich aussteige. »Perfekt, dass Sie heute Jourdienst haben. Ich hab da vielleicht was für Sie.«

Ich versuche, einen Laut von mir zu geben, der sich nach Begeisterung anhören soll. Offenbar klinge ich ausreichend interessiert, sodass der Beamte fortfährt.

»Wir haben hier zwei Typen aufgegriffen, die sehr wahrscheinlich Honey dabeihaben. Weil das Zeug ja doch recht selten ist, dachten wir, das könnte für Sie interessant sein.«

Da hat er recht, der Herr Wachtmeister. Das hört sich wirklich sehr interessant an. »Sehr gut, versuchen Sie aus ihnen herauszukriegen, wo sie das Zeug herhaben!« Mir kommt ein Gedanke: »Wie haben Sie die beiden aufgegriffen? Sind sie Auto gefahren?«

»Nein, wieso?«, gibt Wachtmeister Hornung zurück. »Sie waren vorher auf Rollern unterwegs, aber die hatten sie schon vor einer Weile abgestellt.«

»Mich würde interessieren, ob sie das Zeug auch selbst genommen haben.« Ich überlege. »Wir machen eine Blutentnahme – wir lassen das Ganze über die Schiene ›Verdacht auf Drogen im Straßenverkehr‹ laufen. Und ansehen will ich mir die zwei auch mal. Ich kann ja vielleicht ein bisschen zuschauen, wenn Kommissar Kaiser das Verhör macht.«

»Geht klar, Frau Staatsanwältin«, Wachtmeister Hornung scheint mein Plan zu gefallen. »Ich habe Dr. Rosenbeet schon angerufen, dass wir ihm bald was zur Analyse schicken, aber dann sag ich ihm, er soll gleich schnell für die Blutentnahme in der Wache vorbeikommen.«

Nun gut, so war das nicht geplant. Aber wenn sich mir so überraschend die Gelegenheit bietet, in diese herrlich grünen Augen zu versinken, sage ich durchaus nicht Nein. Auch wenn ich nach Janas fachfraulicher Analyse von dieser Seite nicht mehr allzu viel zu erwarten habe ...

»So machen wir's. Ich bin in zehn Minuten bei Ihnen«, antworte ich und schaue wehmütig auf mein perfekt in die Winz-Parklücke gequetschtes Cabrio, während ich meinen Schlüssel wieder aus der Tasche ziehe. Das wäre auch zu schön gewesen, um wahr zu sein ...

Ich beobachte Kommissar Kaiser durch eine Einwegscheibe hindurch, wie er die beiden Männer, die heute Morgen aufgegriffen worden sind, in die Mangel nimmt. Bisher ohne besondere Ergebnisse.

Viel ist hier nicht zu erwarten. Die Mengen an Honey, die sie dabeihatten, waren verschwindend gering – außerdem muss ich noch einmal gründlich prüfen, ob das überhaupt für eine Anklage nach dem Betäubungsmittelgesetz reicht. Denn natürlich kann ich nur anklagen, was auch verboten ist – viele neumodische Drogen stehen jedoch häufig noch gar nicht im Gesetz, während sie in der Szene schon fröhlich kursieren. Wie so häufig hinkt der Gesetzgeber in solchen Fällen hinterher. Doch selbst wenn es für eine Anklage nicht reicht: Vielleicht kann uns der

Honey-Fund wichtige Hinweise für unseren ungeklärten Todesfall liefern.

Die beiden Männer sehen derart windig aus, dass sie in jeder Personenkontrolle sofort herausgepickt werden würden. Und das hat nichts mit Racial Profiling zu tun – die beiden sind Schwarz –, sondern liegt an ihren bunt gefärbten Haaren, beim einen grün und rot, beim anderen gelb und blau, bei denen beim braven bayerischen Polizisten gleich sämtliche Alarmglocken läuten.

Ich blicke genervt durch die Terrassentür nach draußen, während ich über die Sprechanlage weiter Kommissar Kaiser lausche. Angeblich haben sie das Zeug von einem Typen, den sie weder kannten noch beschreiben können.

Wer's glaubt, wird selig.

Gerade als ich mich frage, ob es nicht langsam Zeit für mich ist zu gehen, kommt ein Radfahrer um das Straßeneck gesaust und mein Gehirn braucht maximal 0,01 Sekunden, um zu erkennen, dass es sich dabei um Dr. Rosenbeet handelt.

Hui, ich wusste ja gar nicht, dass ich auf Rennradfahrer stehe. Aber während ich wie eine alte neugierige Oma durch die Glastür beobachte, wie er sich in einer fließenden Bewegung von seinem Rad schwingt und mit der langen schlanken Hand durch sein vom Fahrtwind verwuscheltes Haar fährt, obwohl das Rad noch nicht einmal richtig zum Stehen gekommen ist, finde ich Dr. Rosenbeet einfach nur mega heiß.

Um ihn nicht noch länger untätig anzustarren, klopfe ich gegen die Fensterscheibe und bedeute ihm, dass er durch die Terrassentür reinkann und nicht um das Gebäude herum zum Haupteingang laufen muss. Er antwortet mir mit einem Lächeln. Bilde ich mir das Grübchen nur ein oder ist es doch wieder da? Nein! Es ist zwar nur klitzeklein, aber unverkennbar da. Mein Herz macht einen Satz.

»Guten Morgen, Dr. Rosenbeet.«

»Guten Morgen«, seine Wangen sind ganz rosig, als würde er jeden Tag brav einen Apfel essen. »Ich habe gehört, dass Sie Blut entnehmen lassen wollen?«

»Drogen im Straßenverkehr«, frohlocke ich. »Man weiß ja nie.« Ich wende mich zur Sprechanlage. »Dr. Rosenbeet ist da. Wir könnten die Blutentnahme jetzt machen.« Ich drehe mich wieder zu ihm: »Vielleicht können Sie auch einen Abstrich machen? Damit wir herausfinden können, ob die beiden das Zeug auch auf der Haut haben.«

Clark Kent – o nein, so wollte ich ihn doch nicht mehr nennen! – braucht keine fünf Minuten, um von beiden Männern Blut und Hautabstriche zu nehmen. Eigentlich habe ich jetzt wirklich keinen Grund mehr zu bleiben, aber ich liebe es, diesen Händen bei der Arbeit zuzusehen.

Damit das nicht allzu sehr auffällt, gebe ich mich wieder professionell. »Wie schnell werden Sie die Ergebnisse haben?«, frage ich Clark, nachdem er seine Utensilien zurück in den Rucksack geräumt und wir beide uns von Kommissar Kaiser verabschiedet haben, der uns wieder zur Terrassentür hinauslässt.

»Wenn alles gut läuft, heute Abend«, antwortet er. »Ich mache so schnell wie möglich.«

»Vor allem sollten Sie jetzt schnell radeln, damit Sie trocken wieder zurück in die Gerichtsmedizin kommen. Ich befürchte, es geht gleich los mit dem Regen!« Besorgt blicke ich zu den dunklen Wolken über uns, die sich genau in diesem Moment auftun und einen Regentusch auf uns herabschicken.

Verflucht! Warum bin ich nur immer zu faul, mir einen Schirm einzupacken?

Dr. Rosenbeet lacht, während er sich seine Jacke über den Kopf zieht. »Ich glaube, der Zug ist abgefahren.«

»Soll ich Sie fahren?«, kommt der Vorschlag über meine Lippen, bevor ich überhaupt darüber habe nachdenken können. »Ich bin mit dem Auto da.«

So naturburschig Dr. Rosenbeet wirkt, darauf bis auf die Knochen durchnässt zu werden, hat er ganz offensichtlich auch keine Lust: »Das wäre wirklich großartig! Wenn es für Sie kein allzu großer Umweg ist?«

»Ob ich in zehn oder zwanzig Minuten im Büro bin, darauf kommt es jetzt auch nicht mehr an«, rufe ich und renne los zu meinem Cabrio, dessen Verdeck ich wohlweislich schon heute Morgen beim Losfahren geschlossen habe.

In perfekter Synchronizität reißen wir die Türen auf und lassen uns erleichtert in die trockenen Sitze fallen. Ich starte den Motor, schalte die Heizung ein und wohlige Wärme beginnt mich einzuhüllen – und ein Hauch von nasser Hund. Ich hasse den Geruch von regennassen Wollpullis. Aber das hätte ich ja heute Morgen beim Anziehen wirklich nicht ahnen können. Dr. Rosenbeet wiederum riecht gar nicht nach nassem Hund, sondern nach einer Mischung aus Aftershave, Desinfektionsmittel und Weichspüler. Ein Duft, in den man sich hineinkuscheln könnte.

»Sie sehen müde aus«, sagt Dr. Rosenbeet in diesem Moment, und ich weiß nicht, ob ich mich freuen soll, weil ihm so etwas auffällt, oder mich ärgern, weil ich dann offensichtlich ziemlich kacke aussehe. »Gab es gestern wieder einen wilden Kindergeburtstag?« Er schmunzelt.

»Schön wär's!« Ich beschließe, mich weder zu freuen noch zu ärgern, sondern das Ganze anzunehmen als nettes Gespräch unter Kollegen. »Ich habe aktuell Jourdienst. Und mein Handy hat heute Nacht ununterbrochen geklingelt wie ein plärrendes Baby, das man am liebsten gegen die Wand klatschen möchte«, erkläre ich, während ich mich in den Verkehr einfädle.

Verdammt, habe ich das wirklich gesagt?

In der Gegenwart dieses Mannes leide ich doch tatsächlich immer unter Sprechdurchfall. Für wie bescheuert muss er mich halten?

»Also nicht, dass ich Kinder an sich hasse. Ich liebe Kinder. Ich hätte am liebsten fünf Stück!«

Super, Evi – das war jetzt auf jeden Fall besser. So viel zu netten Gesprächen unter Kollegen. Er muss dich für eine totale Psychopathin halten.

Schweigen. Ich wage nicht, den Blick nach rechts zu werfen, weil ich nicht sehen will, ob er mich gerade stumm auslacht oder voll Panik versucht, die Kinderverriegelung zu überwinden, um vor mir zu flüchten.

»Haben Sie Kinder?«, durchbreche ich die Stille.

»Du.« Nun blicke ich doch kurz irritiert zu ihm. Er lächelt. Mit Grübchen. »Ich bin Niklas.« Hmmm, das passt gut zu ihm. »Weder Frau noch Kinder. Meinetwegen können Sie also so viele Babys in der Nacht an die Wand klatschen, wie Sie wollen.«

Ui.

Ich muss aufpassen, dass ich nicht lospruste.

»Und womit verbringst du deine Zeit stattdessen? Also außer Rad fahren, wenn der Wetterdienst eine 95-prozentige Regenwahrscheinlichkeit meldet?«

»Es gibt kein schlechtes Wetter, sondern nur schlechte Kleidung!«, gibt er im gestelzten Altherrenton zurück, und ich kann das Grübchen regelrecht hören.

»Das sagt meine Oma auch immer. Aber mit den Klamotten wärst du ganz sicher nicht trocken in der Gerichtsmedizin angekommen.«

»Na, so ein Tag Krankmachen hätte mir auch mal gefallen. Obwohl ich meine Arbeit eigentlich ziemlich mag.«

»Oh! Ein Workaholic. Das darfst du nicht zu laut sagen, sonst werden dir noch die Bezüge gekürzt«, lache ich, während ich auf den Hof der Gerichtsmedizin fahre.

»Verpetz mich nicht«, grinst er und öffnet die Autotür. »Ich melde mich, wenn ich etwas finde.«

»Ich bin heute nur bis nachmittags im Büro. Wenn du willst, kann ich dir meine Handynummer geben – dann brauchst du nicht den Umweg über die Polizei zu gehen.« Ja, Evi, das ist genau der Grund, weshalb du ihm deine Nummer gibst.

»Sehr gerne. Steht wieder eine Party an?«, er zieht eine Augenbraue hoch. Eine. Dieser Profi.

»Yeap. Der Geburtstag meiner Oma.«

»Die mit den weisen Kleidungsratschlägen bei Schlechtwetter? Eskaliert das heute dann wieder so?«

»Mal sehen, was der Schnapsschrank so hergibt.« Ich grinse so breit, dass mir die Backen wehtun.

»Na dann, viel Spaß!«, sagt Niklas zum Abschied und schlägt die Autotür zu. Ich gönne mir genau drei Sekunden, um seinen Duft bis in die letzten Verzweigungen meiner Bronchien zu inhalieren. Als mir schwindelig wird, lasse ich das Auto an und fahre weiter.

Das Gericht wartet.

Der restliche Tag verläuft ruhiger. Kein einziger Anruf auf dem Jourdiensthandy reißt mich aus der Arbeit. Ich gerate in einen regelrechten Flow, während ich ein Verfahren nach dem anderen einstelle. Ein Kollege von mir in München meinte einmal, wir seien keine Strafverfolgungs-, sondern eine Strafeinstellungsbehörde. Was soll ich sagen? Er hat wohl leider recht.

Um 15 Uhr lasse ich den Stift fallen und zum ersten Mal, seitdem ich hier angefangen habe, sieht mein Schreibtisch aus, wie er meiner Meinung nach ausschauen sollte: komplett leer, bis auf meine Wasserkaraffe und die Computermaus in perfekt paralleler Ausrichtung zur Tastatur.

Mich erfüllt ein Gefühl tiefer Befriedigung, wie ich es nur von der professionellen Zahnreinigung kenne. Jetzt noch schnell nach Hause und in meinem Kinderzimmer frisch machen und dann rüber zur Oma, wo diese schon den ganzen Tag wie eine dicke Spinne in ihrem Netz sitzt und darauf wartet, dass die Fliegen zu ihr geflogen kommen. Wobei das wirklich ein gemeines Bild ist, das ich da von meiner Großmutter zeichne. Sie ist eigentlich ganz nett, aber eben unfassbar neugierig, unfassbar übergriffig und unfassbar schnell beleidigt, wenn man sie nicht regelmäßig besucht, was bei mir quasi Dauerzustand ist.

Als Geschenk bringe ich ihr eine Schachtel Asbachpralinen mit Zuckerkruste – die Sucht ist stark in meiner Familie. Außerdem bin ich wild entschlossen, ihr mindestens dreißig Minuten ununterbrochen zu lauschen, während sie mir Geschichten über Leute erzählt, die ich nicht kenne, und mich fragt, weshalb ich denn immer noch keine Kinder habe.

Ich weiß nicht, wie alt meine Großmutter genau wird, aber sie hat inzwischen jenes biblische Alter erreicht, bei dem jedes Jahr Vereinsabordnungen vorbeikommen, um ihr die Ehre zu erweisen, weil es ja dieses Jahr das letzte Mal sein könnte, dass … ihr wisst schon Bescheid. Vielleicht liegt es aber auch an der exzellenten Verpflegung, dass der Bürgermeister seit mindestens fünf Jahren wirklich an jedem Geburtstag auftaucht. Die Rosi hat nämlich durchaus für einen höheren Zweck ihr Leben gelassen – und zwar um die Gäste an Omas Geburtstag in Form von Blutwurst, Presssack und Leberwurst zu erfreuen.

In Omas kleiner Küche stoße ich auf Sylvia, die mit gerümpfter Nase Wurstketten neben Schwarzbrot und Senf auf einer Holzplatte arrangiert, um sie den Gästen in der überheizten Guten Stube vorzusetzen.

»Na, schon Feierabend?«, begrüßt sie mich. Ich ahne, was jetzt kommt. »Ein Leben hast du.«

Ich verkneife mir, während ich hinter ihr in die Stube dackle, die Frage, was sie heute schon gearbeitet hat, weil eine Mutter ja sowieso immer im Dienst ist. Während Sylvia ununterbrochen an mir herumsticheln darf, wird jedes Wort, das von mir kommt, auf die Goldwaage gelegt.

Sylvia selbst isst natürlich keine Leichenteile der armen Rosi, sondern hat einen veganen Kuchen gebacken, der so trocken ist, dass ich für jeden Bissen mindestens drei Schluck Sekt trinken muss, um das Ganze herunterzuwürgen.

So scheint es auch der Pflugs Gretel zu gehen, die offensichtlich schon mehr als nur ein Glas Rotkäppchen halbtrocken intus hat, so wie sie im Gespräch mit der Oma mit den Armen wedelt, während sie sich gegenseitig ins Ohr schreien. Die beiden ratschen und lästern, als wären sie allein. Stört mich nicht, so habe ich mich nach einer kurzen Begrüßung an den unter Kuchen ächzenden Wohnzimmertisch zurückziehen können, ohne mir ihr obligatorisches Gejammer anhören zu müssen: »Wieso schaust du denn net öfter bei mir rein?«

»Ich würde ja gerne, Omma. Aber ich hab kein Bock.«

Das würde ich natürlich nie sagen. Ich bin ja ein liebes Enkelkind. Allerdings ist das allerliebste Enkelkind Sylvia. Die alte Schleimsau. Die frisst aber nicht einmal ihren eigenen staubtrockenen Kuchen, von dem ich mir aus Höflichkeit ein Stück reingedreht habe, sondern die leckeren Geschnittenen Hasen von Tante Renate, ein in Schmalz gebackenes Mürbeteiggebäck mit dick Kristallzucker drauf. Keine Ahnung, wer das Zeug so irreführend benannt hat.

»Nix mit vegan heute, was?«, kann ich mir die Bemerkung nicht verkneifen.

»Diesen Whataboutismus kannst du dir so was von sparen!« Als echte Veganerin weiß Sylvia natürlich genau, wie sie damit umgeht, wenn sie auf eigenes inkonsistentes Handeln hingewiesen wird. »Ich bin so platt. Der Georg-Linus hat mich heute Nacht drei Mal geweckt.«

Ich nicke einfach nur mitfühlend und halte meinen Mund. Dass ich heute Nacht mindestens fünf Mal aufgeweckt worden bin, würde Sylvia sowieso nur mit den Worten abtun, dass ich das alles erst richtig verstehe, wenn ich mal selbst Kinder habe.

»Bist du übrigens morgen Abend daheim, dass du auf die Omma schauen kannst?«, wechselt Sylvia das Thema. »Ich hab der Mama und dem Vadder Karten für die Symphoniker geschenkt, weil sie immer auf den Georg-Linus und die Lotta-Luisa aufpassen. Aber dann muss jemand hier sein, für den Fall, dass was mit der Omma ist.«

Die Frage, weshalb sie das nicht einfach macht, erübrigt sich. Wer hat Kinder? Sie oder ich?

In diesem Augenblick schlägt die Tür auf und mein Vater kommt mit dreckigen Waldstiefeln in die Stube gestolpert. Sein Gesicht ist weiß, von einer feinen Schweißschicht überzogen. Ah, den Anblick kenne ich: Der Vater ist im Unterzucker.

Ohne uns eines Blickes zu würdigen, strebt er auf den Wohnzimmertisch zu und beginnt, sich Geschnittene Hasen in den Mund zu stopfen. Wie gut, dass er nicht aus Versehen Sylvias Kuchen erwischt hat. Dann wäre er jetzt vermutlich jämmerlich erstickt.

Kauend sinkt er in den Wohnzimmersessel und ich erkenne, wie Farbe und Leben in sein Gesicht zurückkehren.

»Pack dir halt einfach mal eine Brotzeit ein, wennst in den Wald gehst«, lache ich auf.

»Ich nehm doch ka Brotzeit mit. Ich bin doch ka Kindergartenkind«, gibt mein Vater zurück und klingt ganz genau wie ein mürrisches Kindergartenkind. Eilig wechselt er das Thema, indem er sich an Sylvia wendet: »Hast du die Briefwahlunterlagen für die Omma in der Gemeinde abgeholt?« (Eigentlich sagt er »Gemaa« statt »Gemeinde«, doch das würde niemand verstehen, deshalb nehme ich hier der besseren Lesbarkeit wegen kleine Änderungen vor.)

»Ja. Für uns alle. Dann kannst du für mich und den Robert auch gleich ausfüllen«, antwortet Sylvia, während sie – ich habe mitgezählt – in ihren vierten Geschnittenen Hasen beißt. Das betone ich nur deshalb, weil ich finde, dass sie ruhig auch was von ihrem staubigen Kuchen essen könnte. Nicht dass ich nicht auch schon mein viertes Gebäckstück auf dem Teller liegen hätte. Da wird mir erst bewusst, was ich gerade gehört habe. »Wie bitte? Füllt der Papa etwa deine Wahlunterlagen für die Kommunalwahlen aus?«, rufe ich aus.

»Na freilich. Er kennt sich doch am besten aus und mich interessiert es nicht wirklich«, gibt Sylvia ungerührt zurück.

»Das kannst du doch nicht machen. Das verstößt gegen das Wahlgesetz!« Ich bin ehrlich empört. Geht meiner Familie denn wirklich jedes gesunde Rechtsempfinden ab?

»Aber ob ich den Papa jetzt frag, was ich ankreuzen soll, oder er es gleich selber macht, ist doch kein Unterschied.« Sylvia scheint wirklich überhaupt nicht zu verstehen, was ich von ihr will.

»Du sollst ja weder das eine noch das andere machen, sondern dir selbst eine Meinung bilden«, versuche ich zu argumentieren.

Sylvia verdreht nur die Augen: »Du machst doch auch Wahl-O-Mat. Und ich frag halt den Papa. Wo ist denn da der Unterschied?«

Mein klingelndes Handy erspart mir die Antwort. Es ist mein eigenes – nicht das Jourdiensthandy –, wie ich erleichtert feststelle. Die Nummer kenne ich nicht. Könnte das vielleicht …?

»Ja, bitte?«

»Evi Pflaum? Ich bin's – Niklas Rosenbeet.« Mit einem Mal ist mir Papas Wahlgemauschel völlig egal. Soll er doch für das halbe Dorf die Briefwahlunterlagen ausfüllen. Ich winke Sylvia und Papa kurz entschuldigend zu, bevor ich mich in Omas Kämmerla (ihr Schlafzimmer) zurückziehe.

»Sind die Ergebnisse etwa schon da?«, frage ich, und in meinem Bauch kribbelt es. Vielleicht liegt es ja daran, dass ich gerade mit dem süßesten Gerichtsmediziner telefoniere, den ich je gesehen habe. Ja, auch im Fernsehen. Vielleicht liegt es aber auch daran, dass wir bei unseren Ermittlungen mit den richtigen Ergebnissen einen riesigen Schritt nach vorne tun können.

So wird's sein. Ich bin eine gnadenlose Strafverfolgerin!

»Ja, sind sie. Die Blutuntersuchung hat nichts ergeben. Aber beim Abstrich habe ich Malz gefunden, genauso in den Honey-Proben.« Niklas Stimme klingt genauso aufgeregt, wie ich mich fühle. Egal aus welchem Grund.

»Sehr gut«, ich stoße mit der Faust in die Luft und beginne im Kreis zu hüpfen, was mir gar nicht peinlich ist, weil mich ja sowieso niemand sieht. »Das heißt, wir müssen weiter nach der Malzquelle suchen – dann finden wir auch den Ort, wo das Honey herkommt.«

»In Sachen Malzquelle bin ich noch nicht weitergekommen. Wachtmeister Hornung hat mir zwar schon einige Proben von verschiedenen Betrieben weitergeschickt, aber bisher war kein Treffer darunter. Doch soweit ich das verstanden habe, steht noch einiges aus.«

»Ich hake morgen sofort bei Kommissar Kaiser nach. Und er soll die beiden Männer ein weiteres Mal befragen.«

»Geht klar. Ich schicke ihm die Ergebnisse direkt rüber.« Schade. Ist dieses Gespräch etwa schon zu Ende?

Nein.

»Wie läuft die Party?«

»Hammer! Meine Verwandtschaft begeht gemeinsam Wahlbetrug, während ich Geschnittene Hasen esse und mich mit halbtrockenem Sekt langsam betrinke.«

Ein Auflachen, dann: »Die kenne ich. Die sind super lecker.«

»Das kannst du laut sagen. Ich habe schon vier Stück gegessen«, gebe ich zu. »Du wirkst aber nicht, als würdest du aus der Gegend kommen. Woher kennst du Geschnittene Hasen?«

»Da kommt doch in Franken niemand dran vorbei. Aber du hast recht. Ich bin aus der Nähe von Hannover«, antwortet er brav.

Dachte ich mir doch, dass dieser schöne Dialekt nicht in die Gegend passt. Beziehungsweise die fast vollständige Abwesenheit eines Dialekts.

»Wie hat es dich hierher verschlagen?« Ich will dieses Telefonat nicht beenden, und schließlich ist ja auch nichts Falsches daran, sich für die Menschen zu interessieren, mit denen man zusammenarbeitet, oder?

»Ich bin zum Studieren nach Franken gekommen – und dann bin ich irgendwie hängen geblieben.«

Zu meiner Verteidigung muss ich sagen, dass auch er keine Anstalten macht, sich zu verabschieden. Also frage ich weiter: »Zieht es dich nicht zurück?«

»Na ja«, er hält kurz inne. »Es gibt da nicht so viel, was mich locken könnte.«

In meinem Kopf erschallt plötzlich Janas Stimme, die schrill und durchdringend »Nerdalarm« schreit. Vielleicht hat sie ja recht und er war wirklich ein einsamer kleiner Junge, der sich nach nichts als Liebe gesehnt hat und nicht glauben kann, dass sich irgendjemand für ihn interessiert. Ich muss selbst grinsen, als mein Gehirn dieses Bild zeichnet. Wie gesagt: Jana und ich haben wirklich sehr, sehr viele Groschenromane gelesen und nicht weniger Highschool-Filme geschaut. Mein Gehirn kann gar nicht mehr anders, als in diesen Bahnen zu denken – und zwingt meinen Mund zum Weitersprechen, bevor ich mich selbst abhalten kann: »Eher Einzelgänger?«

»Ich bin mir nicht sicher, wo das jetzt hinführt. Wenn ich ja sage, dann bestätigt das in deinem Kopf nur das Vorurteil des sozial gehemmten, perversen Leichenfledderers, oder? Ich weiß doch, wie ihr bei der StA über uns Gerichtsmediziner denkt.«

Ich muss lachen: »Nur wenn du auf Ballerspiele und lange schwarze Ledermäntel stehst.«

Jetzt lacht er: »Ich muss dich enttäuschen. Ehrlich gesagt sind Modellbau und Schach meine geheimen Laster.«

»Das ist so losermäßig«, platzt es aus mir heraus. Es ist passiert, das mitleiderregende Bild des kleinen Oliver-Niklas Twist hat sich gerade ganz tief in mein Gehirn eingebrannt.

»Sollen wir deine Wahlunterlagen eigentlich auch ausfüllen?«, steckt da Sylvia ihren Kopf durch die Tür.

»Fuck! Nein! Auf keinen Fall«, fahre ich herum. Manchmal könnte ich meine komplette Familie einfach nur in einen Sack stopfen und draufhauen. »Ich komme sofort. Finger weg von meinen Unterlagen!«, rufe ich Sylvia hinterher, die schon wieder aus dem Raum ist.

»Ich muss auflegen«, wende ich mich Niklas zu. Er müsste taub sein, um das Bedauern in meiner Stimme nicht zu hören.

»Das ist das einzig Richtige, wenn deine Familie versucht, dir eines deiner Grundrechte zu entziehen.« Ich höre, wie er am anderen Ende grinst. »Einen schönen Abend wünsche ich dir!«

»Danke schön! Ich wünsch dir viel Spaß, wenn du heute Abend die Titanic aus 300 Teilen zusammenbaust.«

»300 Teile?«, höre ich die wundervoll versnobte Stimme aus dem Handy. »*Das* ist losermäßig. Erst ab 2000 Teilen wird es richtig interessant. Für wen hältst du mich?«

KAPITEL 8

Ich fühle mich wie Bruce Willis in *Stirb langsam* oder irgendein anderer wahlloser Actionheld in irgendeinem anderen wahllosen Actionfilm, als ich zurück in die Gute Stube meiner Oma hechte und meinem Vater den Wahlzettel aus der Hand reiße, während er gerade den Stift ansetzt.

Es stellt sich heraus, dass es sich dabei um seinen eigenen Zettel handelt und dass meiner sorgfältig verschlossen noch in seinem Briefwahlumschlag steckt. Aber ich entschuldige mich nicht. Mal ehrlich: Bei meiner Familie kann man wirklich nie wissen!

Und tatsächlich blicken mir drei Augenpaare über die Schultern, während ich meine Kreuzchen setze, denn obwohl sich Sylvia und die Oma nicht dafür interessieren, was sie selbst wählen, interessiert es sie sehr wohl, was ich wähle. Aber spart euch das Nachhaken, ich werde nicht damit rausrücken.

Mein Vater geht mit den Hühnern ins Bett und meine Mutter ist weiter am Kruscheln im Keller, deshalb sage ich der Oma nur kurz Gute Nacht und verbringe den Rest des Abends in meinem Zimmer, wo ich im Bett liegend auf meinem Laptop fernsehe. *Austenland*, um genau zu sein. Ein weiterer meiner Feelgood-Filme, die ich immer mindestens einmal jährlich schaue.

An einem verregneten Nachmittag in München, an dem man keinen Hund vor die Tür gejagt hätte, Ferdinand aber unbedingt zu einem Whiskey-Tasting mit seinen prätentiösen Anwaltskollegen drängte, zu dem ich partout nicht mitgehen wollte, habe ich den

Film sogar zweimal hintereinander geschaut. Einmal normal und einmal mit Audiokommentaren. Es wurde nicht langweilig.

Wobei das vielleicht auch an der Schachtel Edle Tropfen liegen könnte, die ich dabei gegessen habe. Gibt es etwas Besseres, als schnulzige Filme schauen und dabei Schnapspralinen essen? Ich schmelze jedes Mal dahin, wenn ich den unkonventionell attraktiven Helden des Films die Hand der Hauptdarstellerin küssen sehe. Vor allem aber liebe ich es, dass Mr Nobly – ja, so heißt der Typ tatsächlich – durch und durch nett ist. Viel netter als alle anderen Männer, denen ich je begegnet bin.

Bis jetzt?, flüstert eine Stimme ganz hinten in meinem Kopf.

Stopp! Ich sehe mir doch nicht völlig unrealistische, idealisierte, fiktive Männer im Fernsehen an, um dann über echte Männer nachzudenken!

Ich schiebe den Gedanken an lange, schmale Finger, die winzige Schiffsbauteile mit verliebter Zärtlichkeit aneinanderfügen, so schnell beiseite, wie er in meinem Gehirn aufgeploppt ist, kuschle mich noch tiefer in die Kissen und schlafe beim leisen Rattern des DVD-Laufwerks schneller ein, als ich *Grün wie ein Goldfischteich* denken kann.

Der Handywecker hat noch nicht geklingelt, da wache ich bereits vom lautstarken Fluchen meines Vaters auf. Ich blicke auf das Display. Es ist acht Uhr. Müsste mein Vater nicht längst mit dem Straßenkehren fertig und auf dem Weg in den Wald sein?

Ich öffne das Fenster: »Wasn los, Babba?« Auf eine Begrüßung verzichte ich. Wir sind hier ja schließlich nicht auf dem Amt.

Das Gesicht meines Vaters leuchtet rot wie eine Ampel, Bordeaux mit einem Stich ins Scharlachrote. »Ich war grad mit dem Kehren fertig, da fährt der Finks Bernhard mit seim Mistwagen vorbei und macht alles voll, die alte Drecksau.«

Ich schweige mitfühlend. Die Straße sieht aus, als hätte ein Dinosaurier sein Geschäft direkt vor unsere Hofeinfahrt verrichtet und das Ganze mit seinem Schwanz erst verrührt und dann platt geklopft.

»Und weißt, was des Rindvieh noch sagt, wie ich mich beschwer? ›Musst wissen, dassd auf dem Land wohnst.‹ So ein –« Es folgt eine Reihe von Schimpfwörtern, die ich hier zensiere, weil sie sich vor allem aus dem Fäkalbereich bedienen und für Nichtfranken nur äußerst schwer verständlich sind.

Ein bisschen salonreifer fluchend schlage ich das Fenster zu. Verdammt. Verdammt. Verdammt. Der Bus fährt in fünf Minuten, und so wie die Scheiße hier im wahrsten Sinne des Wortes am Dampfen ist, braucht Papa Stunden, um den Dreck wegzuräumen – und wie will ich dann unbeobachtet mit der Sissi zur Arbeit fahren?

Hoffnung darauf, dass mein Vater vielleicht doch erst in den Wald fährt und die Straße dann am Nachmittag kehrt, mache ich mir nicht. Bei meinem Vater ist die Unfähigkeit der Familie Pflaum, Dinge auf die lange Bank zu schieben, besonders deutlich ausgeprägt. Wenn ich als Kind Hausaufgaben bekommen habe, die erst in drei Tagen fertig sein mussten, war ich noch am selben Nachmittag damit durch. Ich habe nie verstanden, weshalb für meine Mitschüler die letzte Woche vor dem Facharbeitsabgabetermin so stressig war: Ich hatte meine Arbeit schon zwei Wochen zuvor abgegeben.

Es mag sich nun sehr scheinheilig anhören, über diese Eigenschaft zu klagen – so wie die Leute, die im Bewerbungsgespräch sagen: »Meine größte Schwäche ist mein Perfektionismus« –, aber im realen Leben, in Zusammenarbeit mit echten Menschen, hat mich dieses Vorpreschen immer wieder vor Probleme gestellt. Ich suche Lösungen für Probleme, die sich allein durch reines Abwarten von selbst erledigen würden. Ich schicke Mails vorschnell ab, die ich eine halbe Stunde später bereue. In Gruppenarbeiten übernehme ich die Aufgaben anderer, weil ich beim Angsthasenspiel, wer als Erster zuckt, immer als Erste zucke. In meinem Beruf ist diese Eigenschaft besonders schlimm. Anwälte schicken grundsätzlich immer zehn Minuten vor der Verhandlung irgendwelche zwanzigseitigen Schriftsätze, die alles noch einmal auf den Kopf stellen – und ratet mal, wer sich vorher schon die Arbeit gemacht hat, das Ganze durchzuackern und den Fall zu durchdenken?

Also wird mein Vater jetzt nicht in den Wald fahren, sondern er wird die nächste Stunde Kuhscheiße von der Straße kratzen. Ich werde das Auto nicht nehmen können und den Bus habe ich vor lauter Grüblerei inzwischen verpasst. Ich hatte auch nie ernsthaft vor, ihn zu erwischen.

Nun könnte ich mich zurücklehnen und mich in einer Tätigkeit üben, in der wir Pflaums auch nicht gut sind, nämlich Dinge, die uns nichts angehen, einfach an uns vorbeiziehen zu lassen. Aber für heute hat Richter Jablonski Amira Mansuroglu, die Freundin der Geschädigten von letzter Woche, als Zeugin vorgeladen, und da darf ich auf keinen Fall zu spät kommen.

Ich greife zum Handy. Da muss ich wohl in den sauren Apfel beißen.

Peter geht sofort ran.

»Servus, Pflaume. Was geht?«

»Morgen, Beder, bist du schon unterwegs?«, frage ich gespielt munter, was ein ziemlicher Widerspruch ist zu der völligen Hoffnungslosigkeit in meinem Inneren.

»Vollkommen richtig. Fahr gerade auf den Ring. Wolltest du mitfahren?«

»Ja, verdammt.« Mein Gehirn geht meine Optionen durch. Mir fallen ungefähr null ein.

»Klaust du deinem Alten heut net das Auto?«

»Der Finks Bernhard hat die ganze Straß eingesaut, deshalb kehrt der Babba und ist noch nicht im Wald.«

»Jaja, der Krug geht so lang zum Brunnen, bis er bricht.« Ich kann Peters schadenfrohes Grinsen förmlich vor mir sehen.

»Jaja, du Philosoph. Sag mir lieber, was ich jetzt machen soll!« Meine Verzweiflung hat derartige Ausmaße erreicht, dass ich sogar von Peter Rat annehmen würde. Wo soll das nur enden?

»Fahr halt Fahrrad.«

»Alles klar. 15 Kilometer? Danach bin ich fix und fertig.«

»Du bist echt so 'ne schlappe Nudel.«

Pff! Bin ich gar nicht! Ich hatte als Kind sogar mal eine Ehrenurkunde. In Leichtathletik *und* in Schwimmen! Vielleicht habe ich mich ja auf den Leistungen der Vergangenheit ein bisschen ausgeruht, aber 15 Kilometer an einem verdammt kalten Herbstmorgen! Das macht doch der beste Kreislauf nicht mit, oder?

Peter deutet mein Schweigen genau richtig: »Geh zu meiner Mudder, die leiht dir vielleicht ihr E-Bike.«

Eine halbe Stunde später frage ich mich, ob es nicht die bessere Entscheidung gewesen wäre, mich krankzumelden. Dieses Fahrrad ist so hässlich, dass meine Augen anfangen zu schmerzen, sobald ich den Blick nach unten richte. Technisch auf dem neuesten Stand, hat sich Peters Mutter in gestalterischer Hinsicht für den Nostalgielook entschieden. Das Fahrrad ist altrosa mit Körbchen in Dunkelrosa, gekrönt von einem verspielten Blumenkranz aus Weichplastik, der das Ganze aussehen lässt, als gehöre es einer Fünfjährigen mit einer Mutter, die ihr jeden noch so hirnverbrannten Wunsch erfüllt.

Viel schlimmer jedoch als das Fahrrad ist der Helm auf meinem Kopf. In weiser Voraussicht habe ich, bevor ich zu Tante Maria aufgebrochen bin, meine Mutter um Hilfe gebeten.

»Haben wir zufällig noch einen Fahrradhelm in meiner Größe?«

»Welche Farbe hättest du denn gerne?«

Zum allerersten Mal in meinem Leben war ich dankbar für ihren Hang zum Horten. Allerdings habe ich nur so lange gefeiert, bis ich die drei Helme gesehen habe, die sie im Keller für den Fall der Fälle gebunkert hat: Tarnfleck, Neonorange, das mir ja so ganz und gar nicht steht, und psychedelisches Neunzigerjahremuster. Es war eine Wahl zwischen Pest, Cholera und irgendeiner anderen beschissenen Krankheit, die sicherlich dennoch nicht so schlimm wäre wie der Anblick, den ich biete, während ich auf diesem Mädchenrad des Grauens mit Tarnfleck auf dem Kopf Richtung Gericht radle.

Mein Hintern tut weh, mein Rücken ist schweißnass, weil ich nicht begreife, wie man von »Eco« auf »Power« umschaltet, und ich hasse die Autofahrer, die mit einem Abstand von 25 Zentimetern und weniger an mir vorbeidonnern.

Verdammt noch mal! Ist das nicht ein Radweg? Warum parken hier überall Autos? Merken die nicht, wie gefährlich das ist?

Der sanfte Nieselregen, den ich beim Losfahren fast nicht bemerkt habe, hat sich inzwischen in einen steten Dauerregen verwandelt und ich hasse mit zusammengebissenen Zähnen vor mich hin, als neben mir ein Schulbus durch eine tiefe Wasserpfütze fährt und mich unter dem Gelächter der Schulkinder von oben bis unten nassspritzt. Ich spüre den bitteren Geschmack von Galle auf meiner Zunge. Jetzt bin ich mir sicher: Ich hätte heute Morgen im Bett bleiben sollen.

Als ich triefend mein Fahrrad auf dem Hof des Gerichts abschließe, kommt mir Kommissar Kaiser entgegengestapft, der mindestens genauso schlecht gelaunt aussieht, wie ich mich fühle. Wahrscheinlich wäre es besser, kurz durchzuatmen, ins Büro zu gehen und mich trockenzulegen, bevor ich mit ihm spreche, aber mir brummt der Kopf angesichts all der Aufgaben, die ich heute noch zu erledigen habe, da packe ich die Gelegenheit, eine davon schnell hinter mich zu bringen, beim Schopf.

»Morgen, Kommissar Kaiser. Sind Sie auf der Suche nach der Malzquelle weitergekommen?« So schlecht ich gelaunt bin, versuche ich doch, mir ein freundliches Lächeln aufs Gesicht zu zwingen. Das wäre doch gelacht.

»Noch nicht.« Kaiser ist noch mürrischer und kürzer angebunden als sonst.

Ich sage nichts – auch wenn es mir schwerfällt. Der Geheimtrick einer ehemaligen Chefin: Menschen halten Stille nur schwer aus und Schweigen bringt sie entsprechend zum Weiterreden. So auch den äußerst schlecht gelaunten Kommissar Kaiser.

»Die Kollegen haben angefangen, auffällige Ergebnisse waren laut Dr. Rosenbeet bisher nicht darunter. Aber soweit ich weiß, stehen noch Rückmeldungen aus«, blafft Kaiser, als wäre es meine Schuld.

»Wie kann das sein? Sind Sie da nicht schon seit einer Woche dran?« Den Ton habe ich auch drauf.

»Wir haben noch andere Fälle. Herr Söllner pocht auf die Verfolgung der Blockierer«, gibt Kaiser zurück. Ah so. Daher weht der Wind. Söllner macht auch der Polizei direkt die Hölle heiß. »Außerdem ist die Frau letztlich nur eine Drogentote.«

»Vielleicht steckt aber auch mehr dahinter«, wende ich ein.

»Erzählen Sie mir nicht, wie ich meine Arbeit zu machen habe.« Ui, da ist jemand aber richtig mies drauf.

»Streng genommen tue ich das sehr wohl«, ziehe ich die Brauen hoch – ja, ich weiß, eine wäre wirkungsvoller gewesen.

Kaiser gibt ein Geräusch von sich, das sich nach einem »Hrmpfl« anhört und wohl Einverständnis ausdrücken soll, aber auch »Rutsch mir doch den Buckel runter, du arrogante Kuh« heißen könnte, und marschiert davon.

Ich zucke mit den Achseln, während ich dem Kommissar hinterhersehe, und denke mir meinen Teil. Peter hätte er sicher nicht so auflaufen lassen, nur weil ihm eine Laus namens Söllner über die Leber gelaufen ist. Aber was soll's: *Mich muss nicht jeder lieben.* Das ist zumindest das Mantra, das mir letzte Woche der Selfcare-Podcast mit auf den Weg gegeben hat. Und wenn es der Sache dienlich ist, dann bin ich eben die arrogante Kuh und poche auf mein Weisungsrecht. Bei einem Mann wäre das schlicht Führungsstärke.

Wobei ich durchaus nicht so souverän bin, wie ich mich nach außen gebe. Der bittere Geschmack in meinem Mund hat sich inzwischen in ein ausgewachsenes Sodbrennen verwandelt. Aber für Gejammer habe ich keine Zeit, es ist gleich 9.30 Uhr und Richter Jablonski wartet im Sitzungssaal 3 auf mich. Bleiben sieben Minuten für grobes Trockenlegen, Haarekämmen und Candy Crush auf dem Klo zum Runterkommen.

Ja, das muss sein. Ist doch schön, wenn man seine Bewältigungsstrategien kennt.

Tatsächlich bin ich sogar zwanzig Sekunden vor Sitzungsbeginn im Gerichtssaal. Jablonski wirkt besser gelaunt als beim letzten Mal. Er ist ein alter Hase, der wohl weiß, wann er sich seinem Schicksal zu fügen hat – auch wenn das Schicksal in diesem Fall Evi Pflaum heißt.

»Wir setzen die Verhandlung fort. Herr Gerscher, haben Sie Ihre Meinung geändert und möchten Sie doch noch aussagen?« Jablonskis Stimme klingt alles andere als zuversichtlich, aber man soll die Hoffnung ja niemals aufgeben. Ein Geständnis würde uns allen die Sache ziemlich erleichtern.

»Mein Mandant wird weiter schweigen.« Herzlichen Glückwunsch, Herr Strafverteidiger. Wieder 200 Euro verdient.

»Dann beginnen wir mit der Beweisaufnahme.« Er wendet sich an mich. »Haben Sie Frau Mansuroglu schon gesehen?« Ich schüttle nur den Kopf. Ganz sicher werde ich ihm nicht mitteilen, dass ich die letzten Minuten damit verbracht habe, auf meinem Handy Bonbons in Reihen zu sortieren.

Er drückt den Knopf an seinem Tischmikrofon, das seine Stimme nach draußen in den Flur überträgt: »Die Zeugin Amira Mansuroglu bitte in den Sitzungssaal.«

Wir warten. Nichts tut sich. Nach gefühlt fünf Minuten, die vermutlich nur dreißig Sekunden waren, drückt Jablonski abermals den Knopf: »Amira Mansuroglu bitte in den Sitzungssaal.«

Wir warten erneut. Jochen Gerscher betrachtet angelegentlich seine Fingernägel, aber ich bilde mir ein, ein zufriedenes Grinsen auf seinem Bubigesicht erkennen zu können. In meinem Magen brodelt es immer schlimmer.

»Frau Geus«, wendet sich Jablonski schließlich an die Protokollführerin, »keine Ahnung, ob der mittelalterliche Lautsprecher mal wieder nicht funktioniert oder die Zeugin taub ist. Seien Sie so nett und schauen Sie, ob Frau Mansuroglu nicht doch noch irgendwo auf dem Gang zu finden ist.«

Wir warten. Wieder. Die Protokollführerin schüttelt nur mit dem Kopf, als sie wieder zurück in den Sitzungssaal kommt.

»Ich stelle fest«, wechselt Jablonski wieder in den Sitzungston, »dass die Zeugin ordnungsgemäß geladen wurde. Eine Entschuldigung liegt nicht vor.« Er wendet sich mir zu. »Frau Staatanwältin, wäre es nicht doch sinnvoller, das Verfahren einzustellen? Eine Aufklärung scheint mir nicht möglich zu sein.« Wieder der väterliche Blick. Und wieder werde ich Papa Jablonski enttäuschen müssen.

»Das wissen wir ja noch nicht, weil wir die Zeugin nicht gehört haben«, gebe ich freundlich, aber bestimmt zurück.

Es hat fast etwas Witziges, wie der schlohweiße Jablonski am liebsten schuljungenartig mit den Augen rollen würde und diese nur mit schier übermenschlicher Beherrschung weiterhin streng auf mich gerichtet hält. Beeindruckend ist es allemal. »Dann fordern Sie ein Ordnungsgeld wegen Nichterscheinen und eine erneute Ladung?«, seufzt er fast.

»Nein. Ich glaube, die Zeugin hat den Termin nicht vergessen, sondern wurde beeinflusst. Ich beantrage, Frau Mansuroglu von der Polizei vorführen zu lassen.«

Diesmal rollt Jablonski tatsächlich mit den Augen. Doch er widerspricht nicht. »Gut, dann ordne ich die Vorführung von Frau Mansuroglu an und vertage die Sitzung. Der neue Termin wird Ihnen mitgeteilt.«

Jochen Gerscher lehnt sich selbstgefällig in seinem Sitz zurück, als ich meine Sachen zusammensammle und aus dem Gerichtssaal stampfe.

Meine Schritte hallen vom kalten Marmor des Gerichtsgebäudes wider, während ich gefrustet die Gänge entlangstampfe. Es wäre ja noch auszuhalten, dass alle Menschen mich hassen, wenn alles so laufen würde, wie ich es mir wünsche. Aber wieso reiße ich mir überhaupt den Arsch auf, ziehe mir den Unmut von allen möglichen Leuten zu, nur um dann trotzdem auf der Stelle zu treten?

Mit einem Ruck bleibe ich stehen. Neben mir ragt groß und breit und mächtig genau das auf, was ich in diesem Augenblick brauche. Ich weiß, dass für meinen wunden Magen jetzt eine Rennie und ein Naturjoghurt mit Nüssen am besten wären, aber meine Seele braucht jetzt einen Schokomüsliriegel. Und zwar sofort und genau jetzt. Und wenn ich mich nicht täusche, dann habe ich mir doch gestern Abend ein Zwei-Euro-Stück ...

Da ist es ja!

Wenigstens etwas, was an diesem nervigen, magenschleimhautzerfetzenden Mittwoch funktioniert. Ich atme tief ein, als ich das Geld in den Schlitz werfe und die 17 drücke. Mit tränenfeuchten Augen beobachte ich, wie der Metallschieber sich in Bewegung setzt, um dem Einzigen, was mir in diesem Moment helfen kann, einen Schubs ins Ausgabefach zu geben. Der Schieber erreicht den Riegel, er schubst und stupst, der Riegel kippt, doch er fällt nicht.

Verdammt, was ist da los?

Der Schieber wandert wieder in seine Ausgangsposition zurück und mit ihm – mein Schokoriegel, der mit der Verpackung daran hängen geblieben ist.

Das. Kann. Doch. Nicht. Wahr. Sein.

Ich spüre, wie sich die gerührte Feuchtigkeit in meinen Augen, die sich vor Vorfreude auf den Müsliriegel gebildet hat, in etwas anderes zu verwandeln droht. Ich werde doch nicht hier im Gericht heulen wegen eines defekten Snackautomaten?

Mein Handy klingelt. Die Tränen wandern wieder zurück in die Tränendrüsen. Na, geht doch. Geheult wird zu Hause vor dem Fernseher. Genervt bin ich trotzdem. Egal wer das jetzt ist – der kriegt das jetzt ab.

»Ja?« Wäre meine Stimme Gift, wäre es Zyankali.

»Evi?«, dringt es vorsichtig an mein Ohr. »Hier Niklas Rosenbeet. Alles okay?«

Ich lache auf. Oder war das ein Schluchzen? »Ja, alles in Ordnung.« Die Blöße gebe ich mir nicht. »Nur ein bisschen gestresst.«

»Ich will auch gar nicht groß stören. Ich wollte nur fragen, ob es Neuigkeiten gibt. Also das ist zu 20 Prozent mein Grund. Außerdem war ich gestern nach unserem Gespräch so gut gelaunt, dass ich mir gedacht habe, ich probiere das heute gleich noch mal aus.«

Jetzt lache ich wirklich auf. Ist dieser Typ zu fassen? Ich muss wirklich mal mit Jana sprechen, ob dieses Verhalten normal ist. Wie kann man nur so nett und ehrlich sein?

Vielleicht sollte ich es auch einfach mal mit Ehrlichkeit versuchen?

»Ich glaube nicht, dass ich dich heute zum Lachen bringen kann.« Ächzend lehne ich mich gegen den Snackautomaten. Ich glaube, das hier hat Stammplatzpotenzial. »Heute Morgen bin ich mit Kaiser aneinandergeraten, weil sie in Sachen Malz meiner Meinung nach einfach zu wenig hinterher sind und ich ihm ordentlich in den Hintern getreten habe. Gerade hatte ich eine absolut beschissene Verhandlung und der Richter hasst mich, weil ich einen Fall nicht einstellen will, bei dem ich denke, dass wir den Angeklagten noch drankriegen können. Und jetzt hat auch noch der Snackautomat meine letzten zwei Euro gefressen und ich werde hier jämmerlich an Unterzuckerung sterben.«

»O nein, das hört sich ja nach einem beschissenen Vormittag an«, lacht Niklas. Er lacht tatsächlich. »Aber für mich klingt das so, als hättest du bisher alles richtig gemacht.«

»Tatsächlich?«

»Ja. Bis auf die Sache mit dem Automaten. Hat er nur dein Geld geschluckt oder hängt der Riegel am Schieber?«

»Das Scheiß-Teil hängt am Schieber! Woher weißt du das?« Wieder einmal frage ich mich, ob dieser Mensch Gedanken lesen kann.

»Ich bin ein echter Snackautomatenprofi. Hast du schon dagegengetreten?«

»Wie bitte?«

»Hast du schon dagegengetreten?« Seine Stimme klingt nüchtern und sachlich. Und als würde er mir die selbstverständlichste

Sache der Welt erklären. Wie wenn man beim IT-Helpdesk anruft und gefragt wird, ob man den PC schon mal an- und wieder ausgeschaltet hat.

Natürlich nicht.

»Natürlich nicht.«

»Dann mach's. Und keine Sorge: Wenn du den Automaten kaputt machst, verpetze ich dich nicht. Das fällt unters Gerichtsmedizinergeheimnis.«

Ich stehe da und mache nichts. Erst mal. Andrerseits habe ich wirklich Bock auf diesen verdammten Riegel. Ich trete zaghaft gegen den Automaten.

Es scheppert ganz leise.

»Und? Hat's geklappt?«

»Nein.« Oje, jetzt bin ich fast ein bisschen bockig.

»Du musst fester treten. Erst wenn es dir wehtut, tut es auch dem Automaten weh.«

»Willst du mich verarschen?« Doch ich höre auf ihn. Nach einem kurzen Blick nach links und rechts, ob ich wirklich allein bin, trete ich gegen den Automaten. So fest ich kann. Und tatsächlich. Ich habe das Gefühl, dass mein großer rechter Zeh gleich explodiert. Aber der Schieber wackelt. Und mit ihm mein Riegel, der sich wie in Zeitlupe löst und mit einem saftigen Klatschen ins Ausgabefach fällt.

»Es hat geklappt!«, juble ich ins Telefon.

»Hab ich doch gesagt.« Niklas' Stimme klingt herrlich selbstgefällig und versnobt. »Jemand, der so schnell wie du in den Unterzucker fällt, sollte immer etwas zu essen dabeihaben. Und sich an regelmäßige Mahlzeiten halten.« Ich nicke grinsend, obwohl er mich nicht sehen kann, während ich versuche, mit einer Hand den Riegel auszupacken. »Und weil mir als Mediziner deine Gesundheit am Herzen liegt: Hast du Lust, heute Abend mit mir essen zu gehen?«

Ich bin so überrascht, dass ich meine Schokorettung fast fallen lassen. »Heute Abend?«, wiederhole ich. Meine Antwort kommt, ohne mein Gehirn überhaupt zu passieren: »Ja, klar.«

Doch verdammt, das geht nicht.

»Nein, leider doch nicht. Ich muss mich heute Abend um meine Oma kümmern.« Gott, das hört sich an wie die schrecklichste Ausrede aller Zeiten. »Außerdem habe ich zurzeit kein Auto, da ist es schwierig, abends in die Stadt zu kommen.«

Und das ist wohl die zweitschrecklichste.

Schweigen. Ist das ein Trick, damit ich weiterrede? Oder ist er beleidigt? Lieber Gott, bitte, lass ihn nicht beleidigt sein! Sind fünf Jahre Ministrantendienst nicht wert, dass du mir ab und zu einen klitzekleinen Wunsch erfüllst?

»Aber morgen Mittag könnte ich!«, frage ich hoffnungsvoll.

»Morgen Mittag?«

O nein. Statt Abendessen schlage ich ihm eine Verabredung zum Mittagessen vor. Er wird denken, dass ich ihn nur als Kollegen sehe. Nie hätte ich gedacht, dass die Tatsache, dass ich kein Auto habe, möglicherweise mein Lebensglück zerstören könnte.

»Sehr gern. Ich freue mich.«

Puh.

Danke, lieber Gott. Damit sind jetzt aber nicht *alle* fünf Jahre Ministrantendienst aufgebraucht, oder?

»Dann überlasse ich dich mal deinem Schokoriegel.«

»Es ist ein Schokomüsliriegel. Das ist total gesund.«

»Dann tun wir mal beide so, als würden wir das glauben«, lacht er und legt auf.

Mir ist ganz schwindelig von den Stimmungsschwankungen der vergangenen zwei Stunden. Doch meine gute Laune legt sich schlagartig, als ich mein Büro betrete. Diese miese kleine Ratte von Justizwachtmeister hat die Gelegenheit genutzt und mein Büro wieder mit Akten vollgestapelt. So muss sich Sisyphos gefühlt haben, als der Felsen zum 3127. Mal an ihm vorbei wieder den Berg hinabgerollt ist.

Ich bin so verzweifelt, ich suche mir jetzt die größte Büroklammer, die ich finden kann, und nehme an mir selbst eine Lobotomie vor.

Doch zu früh gefreut. Das Telefon klingelt.

»Pflaum. Staatsanwaltschaft.«

»Mahlzeit. Hornung hier. Ich fahre heute raus zur Mälzerei Denglein. Das ist jetzt der letzte Betrieb mit Verbindung zur Malzverarbeitung, von dem wir noch keine Proben bekommen haben, obwohl wir vor ein paar Tagen noch mal nachgefragt haben«, schnarrt der Wachtmeister wie üblich militärisch knapp.

»Und was hat das mit mir zu tun?«, mein Blick hängt weiter auf den Aktenbergen, die fast so hoch sind wie ich groß. Ich stelle mich daneben. Nein, falsch. Sie sind höher.

»Herr Kaiser meinte, Sie wollen vielleicht mitkommen und Ihre natürliche Autorität spielen lassen.« Kaiser, dieses Arschloch. Wieder so ein Versuch, mich zu drangsalieren. Und tatsächlich bin ich viel zu überrumpelt, um zu widersprechen. Also sitze ich keine halbe Stunde später neben dem schweigsamen Wachtmeister im Wagen auf dem Weg zur Mälzerei.

Dort angekommen ist der Eingang nicht zu übersehen. Eine große, mit Kameras gesicherte Holztür, eine Mischung aus modern und traditionell, prangt in einer Reihe großer und kleiner Fenster, die sich an der Hausfront entlangziehen. Ein schmales Fenster neben der Tür scheint sogar gekippt zu sein – wie gut, dass wir in offizieller Mission hier sind und ich mich nicht durch das schmale Ding ins Gebäude quetschen muss.

Als wir klingeln, schallt es in gebrochenem Deutsch aus der Gegensprechanlage: »Gut Tag. Wie helfen?«

»Kriminalpolizei. Wir möchten gerne mit Carsten Denglein sprechen.«

Denglein. Carsten Denglein. Woher kenne ich den Namen nur? Mir fällt es einfach nicht ein. Andererseits ist der Name bei uns in Franken ziemlich verbreitet.

Kurze Zeit später öffnet uns eine große Schwarze Frau. Ich erkenne die Stimme, die wir über die Gegensprechanlage gehört haben: »Gut Tag. Ich bin Frau Abebe. Kann zu Chef bringen.«

Während das Äußere der Mälzerei alt und imposant ist – nach dem Abzug napoleonischer Soldaten ging die ehemalige Reiterkaserne durch verschiedenste Hände, bis der große rotbraune Backsteinbau Anfang des 20. Jahrhunderts schließlich in eine Mälzerei umgewandelt wurde (Ich kenne mich aus, oder? Heimatkundeunterricht, dritte Klasse) –, herrscht im Inneren des Gebäudes eine fast schon sterile Modernität. Weiß, Glas und Stahl, wohin man schaut. Immer wieder eilen auf den langen Fluren ganz in Weiß gewandete Mitarbeiter an uns vorbei, die uns nur zunicken oder mit demselben gebrochenen »Gut Tag« begrüßen wie Frau Abebe.

Mit einem Mal ragt ein Mann vor uns auf. Groß, breit, zahniges Grinsen – die personifizierte Jovialität, die mich auf geradezu groteske Art und Weise an den LOStA Helmut Söllner erinnert. Und in diesem Moment fällt mir ein, wo ich den Namen Carsten Denglein schon einmal gehört habe. Der Bürgermeisterkandidat. Mit der Mälzerei. Und der diversen Belegschaft. Ich sollte mir wirklich angewöhnen, Peter besser zuzuhören. Der kennt sich aus.

Wachtmeister Hornung stellt uns beide vor. Als Denglein mir die Hand mit seiner Riesenpranke schüttelt, habe ich das Gefühl, dass er mir die Fingerknochen zerbröselt.

»Ah, Frau Pflaum. Ich habe schon viel von Ihnen gehört. Die Geheimwaffe aus München, die die Blockierer so effizient hinter Gitter bringt.« Langsam frage ich mich schon, wie es sein kann, dass Söllner – mit dem Denglein offenbar in engem Austausch steht – nichts davon weiß, wie die Verhandlung ausgegangen ist. Hat denn das *Fränkische Tagblatt* gar nicht über den Fall berichtet? Ich bin fast ein bisschen beleidigt.

»Wie heißt es nicht so schön: Die Justiz, dein Freund und Helfer?«, fährt der zahnweiße Riese fort.

Ne, so heißt es nicht, du Hirni, denke ich mir natürlich nur und lächle stattdessen grenzdebil, als ich ihm antworte: »Das freut mich, dass wir Ihnen helfen konnten. Denn heute bräuchten wir Ihre Hilfe. Es geht um einen anderen Fall. Wir möchten gerne eine Probe von Ihrem Malz nehmen.«

»Oh, das tut mir schrecklich leid«, Denglein grinst weiter, als täte es ihm ganz und gar nicht leid. »Aber im Moment haben wir kein Malz da, von dem wir Proben nehmen könnten. Die eine Charge ist gerade in der Weiche, da kommt man leider nicht ran – und das Malz auf der Darre ist aktuell so starker Hitze ausgesetzt, da möchten Sie nicht in die Nähe kommen.«

»Das mag sein.« Ich verstehe kein Wort. Doch so schnell lasse ich mich nicht unterkriegen. »Aber sicherlich haben Sie doch noch fertiges Malz, von dem Sie uns eine Probe mitgeben können.«

Das Grinsen ist wie festbetoniert. »Auch das habe ich den lieben Kollegen schon mitgeteilt. Aktuell sind unsere Lager komplett leer. Denglein-Malz ist einfach das beste Malz – und unglaublich nachgefragt. Wir melden uns bei Ihnen. Frau Abebe wird Sie nach draußen begleiten.«

»Sie beschäftigen viele ausländische Arbeitskräfte«, sage ich das Nächstbeste, was mir in den Sinn kommt, um darauf irgendetwas zu antworten. Wachtmeister Hornung hält schlauerweise den Mund und lässt mich diesen Kampf ganz allein ausfechten. Vermutlich um seinem Chef dann brühwarm zu erzählen, wie ich gescheitert bin.

»Höre ich da irgendwelche Vorbehalte, Frau Pflaum?« Das Grinsen hält an. Ich weiß nicht, weshalb ich nicht einfach gehe.

»Äh, nein. Ich wundere mich nur«, fühle ich mich mit einem Mal in die Ecke gedrängt. »Für eine Assistentin ist das deutsche Sprachniveau von Frau Abebe doch relativ schlecht. Und auch bei den anderen Mitarbeitern habe ich das Gefühl, dass diese erst seit Kurzem die deutsche Sprache lernen. Ist denn die Qualifikation ausreichend, um in so einem komplexen Arbeitsfeld tätig zu sein?«

»Für mich klingt das ziemlich rassistisch, was Sie da sagen.«

In welche Schublade werde ich denn da gesteckt? »Man wird doch noch fragen dürfen«, rudere ich zurück.

»›Man wird doch noch fragen dürfen‹ – genau das ist die Argumentationsweise des rechten Randes – und von dahin ist es nur noch ein kleiner Schritt zu Antisemitismus und Ausländerhetze.«

Ich stehe völlig verdattert da. Spinnt der Typ etwa? Ich war in München sogar Lesepatin in einer Aufnahmeeinrichtung!

»Wann ist Ihr Malz denn fertig gedarrt?«, gehe ich auf Abstand zu dem Thema.

»Wie gesagt: Wir kommen auf Sie zu und werden Ihnen eine Probe zukommen lassen. Frau Abebe begleitet Sie nach draußen.« Obwohl Denglein mich die vergangenen fünf Minuten ununterbrochen angegangen hat, hat er keine Sekunde aufgehört zu grinsen. Ich hasse diesen Typen.

Als die Tür hinter mir zufällt, wende ich mich an Hornung: »Und wenn in zwei Tagen nichts da ist, kommen wir noch mal her.« Fast schon widerwillig blickt mich Hornung voller Hochachtung an. »Ich habe so was von keinen Bock auf den Scheiß!«

Hornung zuckt mit den Achseln. »Wem sagen Sie das.«

KAPITEL 9

Als ich mir vorgenommen habe, den heutigen Abend unter dem Zeichen der Heiligen Drei Cs – Chillen, Chips und Cheerleader-Filme (*Girls United* wirkt Wunder bei schlechter Laune jeder Art) – ausklingen zu lassen und allenfalls nervige Anfragen auf dem Jourdiensthandy zu beantworten, die in den letzten Stunden glücklicherweise herrlich selten geworden sind, habe ich die Rechnung ohne die Oma gemacht. Denn die gibt heute so ganz und gar keine Ruhe. Der Oma geht's nämlich nicht gut.

Ihr ist schlecht.

Wasser. Mag sie nicht.

Tee. Auch nicht.

Essen. Sowieso nicht.

Anstatt also wie jeden Abend vor dem Fernseher zu sitzen, erst Rosenkranz mit der virtuellen Kirchengemeinde zu beten und danach eine Wiederholung vom *Traumschiff* zu schauen, während sie Butterplätzchen nascht, will die Oma schon um acht ins Bett und sieht dabei fast so weiß aus wie ihr frisch bezogenes, höhenverstellbares Pflegebett mit Gitterrand und Serviertischchen.

Schlafen kann die Oma aber auch nicht, also spiele ich die brave Enkelin und lese vor. Erst die Todesanzeigen im *Frankenlandkurier*, dann die Vermeldungen im *Mitteilungsblatt*. Das ist so langweilig, dass mir fast selbst die Augen zufallen, während ich herunterbete, welche Themen der Obst- und Gartenbauverein Oberdünschbach bei der nächsten Generalversammlung ansprechen wird, welche

Voraussetzungen man mitbringen muss, um Teil der Nordic-Walking-Gruppe in Schatzendenning zu werden, und feststelle, dass die Kreitlers Retti aus der Brunnengasse mit 94 Jahren gestorben ist und die Angehörigen trotzdem von einem »überraschenden, viel zu frühen Tod« sprechen.

Schneller Blick zur Oma.

Nope. Die Augen stehen immer noch weit auf und blinken wie zwei Scheinwerfer in die Dunkelheit.

Mir selbst werden dagegen die Lider immer schwerer. Das erinnert mich daran, wie die Oma mir als Kind immer vorgelesen hat: abends nach der Brotzeit immer dasselbe Märchen. Sie las nie *Die sieben Schwäne*, sondern jedes Mal *Des Kaisers neue Kleider*. Denn das war das kürzeste Märchen in dem großen zerfledderten Märchenbuch, das noch aus ihrer eigenen Kindheit stammte, geschrieben in Fraktur und mit Bildern, die man noch selbst einkleben musste. Und obwohl das Märchen nicht einmal zwei – wenn auch zugegebenermaßen eng bedruckte – Seiten lang war, schlief sie jedes, aber auch wirklich jedes Mal ein, während sie vorlas, sodass ich sie immer wieder anstupsen musste: »Omma, net einschlafen. Weiterlesen.«

Ich muss bei der Erinnerung lächeln.

Es ist nicht so, dass ich die Oma nicht leiden mag. Ich habe große Teile meiner Kindheit mit ihr zusammen verbracht, habe mit meinen kleinen Kinderhänden warme Kartoffeln für die Entenküken zerquetscht (die Brennnesseln hat dann sie druntergemischt), habe mit ihr für Erntedank Blumenbögen gebunden und sie beim Memory besiegt. Und auch jetzt ist im Grunde nichts Schlimmes daran, zu ihr zu kommen.

Wenn sie nicht gerade wieder alles besser weiß.

Oder von Leuten erzählt, von denen ich noch nie gehört habe und die schon seit zwanzig Jahren tot sind.

Oder wenn sie mir Vorwürfe macht: »Schön, dass du mal wieder da bist. Dich hat man ja lang net gesehen.« Oder: »Nie schaust du rein zu mir.«

Genau, Omma. Aus genau dem Grund, um mir solche Sprüche nicht anhören zu müssen. Sylvia sagt zwar, dass solche Sprüche nicht mehr kommen, wenn man die Oma regelmäßig besucht, aber das hört sich für mich doch nach einem mehr als fragwürdigen Deal an – so wie: Trink weniger Alkohol, dann hast du keinen Kater. Oder: Iss weniger, dann nimmst du auch ab.

Langsam werden die Augen der Oma doch schwer. Ich beginne, ein »Gegrüßet seist du Maria« zu beten, denn wenn die Oma eine Sache liebt, dann ist es monotones Gebetsgeräber – und tatsächlich verpasst ihr die Schlussformel »Jetzt und in der Stunde unseres Todes« den letzten Schubser hinüber in das Reich der Träume. Ich schaue kurz, dass sie auch wirklich noch atmet, lege den Drücker für ihre Notfallklingel in Reichweite auf ihr Serviertischchen und mache mich auf, um meinen Feierabend zu genießen.

Als ich draußen im Hof aufs Handy schaue, ist es für einen Film schon viel zu spät, während meine Eltern offenbar noch immer nicht zu Hause sind. Unter drei Stunden geht bei den Symphonikern gar nichts. Die Armen! Ich hätte Sylvia was gepfiffen, wenn sie mich qua Geschenk zu einer derartigen Veranstaltung genötigt hätte. Aber so ist das wohl, wenn die Kinder zu wissen glauben, was gut ist für die Eltern.

Fast fühle ich mich ein bisschen einsam. Vielleicht ist Jana ja wach? Ich schreibe sie kurz an, anzurufen traue ich mich um die Uhrzeit nicht mehr. Seit unserem Telefonat nach dem Kerwasabsturz habe ich bis auf ein paar kurze Nachrichten im JGA-Chat nichts mehr von ihr gehört. Andererseits ist das kein Zeitraum, der in unserer Freundschaft etwas bedeuten würde. Während sie in

Berlin und ich in München war, haben wir teilweise wochenlang nichts voneinander mitbekommen. Unsere Freundschaft ist so alt und so tief, dass sie nichts mehr auslöschen kann – und wir sind schließlich kein Pärchen, das jeden Tag miteinander telefonieren muss: »Nein, du legst als Erste auf!« – »Nein du!«

Wenigstens geht in Sachen Junggesellinnenabschied die Sache nun langsam voran – beziehungsweise ganz schön schnell, denn nachdem wir das Thema monatelang vor uns hergeschoben haben, ist die Zeit inzwischen mehr als knapp, weshalb die Wahl jetzt auf den kommenden Montag gefallen ist.

Das wirkt nur auf den ersten Blick wie ein schräger Termin. Erstens ist bis zur Hochzeit kein Wochenende mehr frei, an dem nicht irgendeine der Freundinnen auf Kindergartenherbstmarkt oder Kommunionbasar mithelfen oder Spätschicht im Altersheim ableisten müsste. Zweitens bedeutet ein Termin am Wochenende für Frauen mit Kind doppelte Belastung: wenig Schlaf und dann noch ein laaanger Samstag oder Sonntag mit an solchen Tagen schon aus Prinzip besonders bedürftigen und nervigen Kindern, die mit ihrem Geschrei den verkaterten Schädel zum Dröhnen bringen. Unter der Woche aber muss frau sich nur kurz aufraffen – oder den Göttergatten dazu abordnen –, die Kinder in die Krippe, den Kindergarten oder die Schule zu schicken, und hat dann bis Mittag Zeit, um den Kater auszukurieren.

Für mich gilt das zwar nicht, aber weil die Mütter in der Gruppe in der Überzahl sind (genauer gesagt bin ich die Einzige, die keine Kinder hat und nicht mal wenigstens schwanger ist), habe ich mich natürlich nicht quergestellt. Immerhin habe ich am Dienstag keine Verhandlungen. Bisher. Wenn ich nicht wieder irgendwo einspringen muss ...

Außerdem haben wir beschlossen, anlässlich des Junggesellinnenabschieds von Simona einmal wieder so auszugehen wie in unserer Schulzeit, und das heißt: am Montag ab zum Schwof in den Nature Club mit den halben Getränkepreisen.

Mein Handy leuchtet auf. Jana ist noch wach. Und wie üblich hat sie eine Sprachnachricht geschickt. Das passt hervorragend, denn beim Zähneputzen und Bettfertigmachen gibt es nichts Besseres, als sich von Jana berieseln zu lassen. Wobei ich zugeben muss, dass es Jana, wenn sie erst einmal ins Labern gekommen ist, äußerst schwerfällt, auf den Punkt zu kommen – manchmal schickt sie eine achtminütige Sprachnachricht, die die Frage, die ich ihr ursprünglich gestellt habe, nicht einmal ansatzweise berührt. Davon, dass es ein Ding der Unmöglichkeit ist, Informationen in einem Chatverlauf noch einmal nachzuschauen, wenn sich eine Sprachnachricht an die andere reiht, einmal ganz abgesehen. Aber heute geht es mir nicht um harte Fakten. Also gebe ich mich voll und ganz ihrer Stimme hin, während ich Hyaluron in meine aus sicherlich genau diesem Grund noch fast unsichtbaren Fältchen klopfe.

Ganze viereinhalb Minuten erzählt sie mir von den körperlichen Vorzügen des Fußballers, mit dem sie sich in den letzten Tagen offenbar noch einmal getroffen hat (»Nur Muskeln, kein bisschen Fett, wirklich nicht das kleinste bisschen, und noch alle Haare«), bevor sie mir ihre neuesten Ideen für den Junggesellinnenabschied um die Ohren haut (»Dresscode sexy. Mit Jeans musst du da gar nicht ankommen. Und wehe, du jammerst, dass dir zu kalt ist«) und schließlich fragt: »Hat sich der heiße Gerichtsmediziner eigentlich noch mal gemeldet?«

Im Gegensatz zu Jana hasse ich Sprachnachrichten. Falls ich doch eine schicke, muss ich vorher meine Gedanken auf einem Notizzettel strukturieren, damit meine Nachricht auch logisch und stringent ist – außerdem ertrage ich es nicht, Aufnahmen meiner Stimme zu hören. Ich finde, ich spreche mit leichtem Lispeln – auch wenn mir das bisher noch niemand bestätigt hat – und immer so eilig und überhastet wie die strebsame Grundschülerin, die ich im Grunde meines Herzens wohl immer noch bin. Siehe die vorstrukturierten Gedanken auf dem Notizzettel. Quod erat demonstrandum.

Ich antworte ihr mit einer Textnachricht:

Wir arbeiten zusammen.
Natürlich habe ich Kontakt mit ihm.

Janas Antwort kommt keine fünf Sekunden später:

Du weißt, was ich meine.

Ich grinse. Natürlich weiß ich genau, was sie meint.

Ich gehe morgen mit ihm essen.

Whaaaat? Im Ernst? Der lässt sich offenbar
doch nicht so leicht abschrecken.

Ich schreibe ihr von dem Hin und Her und wie ich ihm statt eines romantischen Abendessens ein Businessdinner angeboten habe, weil ich auf die Oma aufpassen muss und kein Auto habe, um in die Stadt zu fahren. Wenn ich nur daran zurückdenke, stellen sich mir alle Haare auf. Ich bin wirklich so verdammt peinlich. Doch Janas Antwort ist genau so, wie eine beste Freundin in diesem Fall zu antworten hat:

Er hat zugesagt. Jetzt mach dir mal keinen Kopf.
Und ansonsten ist es eben einfach Networking.

Vielleicht ist es ja gar nicht so schlecht, dass ihr nur Mittag essen geht. So kannst du dir die Deutung noch offenhalten.

Ich schicke ihr nur einen Smiley zurück, der skeptisch eine Augenbraue hochzieht. Wenn ich das schon in der Realität nicht kann, dann möchte ich wenigstens in der virtuellen Welt so tun, als ob.

Im Ernst. Vorher hätte ich deine Chancen auf 20:80 – gegen dich – eingeschätzt. Aber jetzt bist du bestimmt bei 60:40.

Toll, wie du an mich glaubst. Das ist fast so schlecht wie ein Münzwurf.

Alte Miesmacherin. Weißt du eigentlich, wie viele Menschen es auf diesem Planeten gibt? 60:40 ist eine super Quote.

Die alte Miesmacherin geht jetzt schlafen.

Jetzt sei doch nicht so. Ich bin nur realistisch. Und wenn ihr morgen knutscht, möchte ich, dass du mir sofort schreibst, wie es war. Und ob er eher der »Hände am Gesicht«- oder »Hände an der Taille«-Typ ist. Ach. Ich liebe erste Küsse.

Ich schreibe es dir mit einer Wahrscheinlichkeit von 60:40.

Pfff! Wenn ihr nicht knutscht, kommst zum Maar zum Bockbieranstich. Da bin ich so ab fünf.

Mal sehen.

Das fasse ich mal als Ja auf. Hoffentlich nicht bis morgen.

Jaja …

Erstaunlicherweise bin ich blendend gelaunt, als ich am nächsten Morgen aufwache. Die Herbstsonne spitzt durch die Rollläden, die sich aus Altersgründen nicht mehr komplett schließen lassen, und kitzelt mich vorwitzig an der Nasenspitze. Anstatt zu fluchen, dehne und strecke ich mich und steige fast ohne Widerwillen aus dem Bett.

Liegt es an dem bevorstehenden Date mit Niklas? Verzeihung: dem Businesslunch? Oder daran, dass Richter Jablonski auf heute den nächsten Verhandlungstag in Sachen Jochen Gerscher angesetzt hat? Um zehn soll die Zeugin von der Polizei vorgeführt werden und ich habe ein gutes Gefühl. Heute krieg ich diesen Schläger in der Haut eines Chorknabens beim Kragen. Ich muss mich sehr zusammenreißen, um mir nicht wie ein Superschurke voller Vorfreude die Hände zu reiben.

Nur wegen Sissi mache ich mir einen kurzen Augenblick Sorgen, aber offenbar kann mein Vater nicht aus seiner Haut und ist auch heute – trotz drei Stunden Hintern-Breitsitzen bei den Philharmonikern – bei Sonnenaufgang aufgestanden und längst unterwegs in Wald und Feld, sodass der kleine Flitzer unbewacht in der Garage steht. Läuft doch bei mir.

Tatsächlich finde ich eine halbe Stunde später einen Parkplatz direkt vor den Toren des Gerichts und nehme die daraus resultierende Hochstimmung sofort mit an den Schreibtisch, wo ich mich die nächste Stunde in einen regelrechten Rausch arbeite und erst vom Klingeln des Telefons unterbrochen werde. 9.45 Uhr – noch eine Viertelstunde bis Verhandlungsbeginn.

»Staatsanwaltschaft. Pflaum?«, melde ich mich beschwingt.

Es ist Richter Jablonski. Er klingt alles andere als gut gelaunt. »Die Polizei hat gerade angerufen. Sie haben Frau Mansuroglu angetroffen, allerdings gibt es zeitliche Verzögerungen, weil die Schwiegermutter noch vorbeikommen muss, um auf die Kinder aufzupassen, oder irgendsolches Gedöns. Die Verhandlung wird auf halb zwölf verschoben.«

Ich weiß nicht, ob Jablonski mein »Geht klar« noch gehört hat, so schnell knallt der den Hörer auf. Das wird ja ein Spaß heute werden. Aber eine gute Nachricht ist das ja schon mal: Die Polizei hat die Zeugin angetroffen. Jetzt reibe ich mir wirklich voller Vorfreude die Hände.

Allerdings wird es dadurch mit dem Mittagessen knapp. Niklas und ich haben ausgemacht, dass wir uns um 12.30 Uhr in einem Bistro ungefähr fünfzehn Minuten vom Gericht entfernt treffen wollen. Wenn die Zeugin kooperativ ist, wird das kein Problem – doch was, wenn nicht? Sicherheitshalber schreibe ich Niklas eine Nachricht, dass die Verhandlung sich verschoben hat und ich mich melde, falls es später wird. Die Schmetterlinge in meinem Bauch sind einem aufgeregten Grummeln gewichen. Ich sollte auf jeden Fall noch mal zur Toilette, bevor es losgeht. Ausreichend Zeit habe ich jetzt ja.

Natürlich war ich nicht die ganze Zeit auf Klo. Ich habe mir noch einen Schokoriegel gezogen, ein bisschen mit meiner Geschäftsstelle gequatscht, mich kurz hinter einem Schrank versteckt, als Söllner mit großen Imponierschritten den Gang entlangmarschiert ist, und noch zwei weitere Verfahren eingestellt.

Ich spüre in mich hinein: Ja, die Laune ist weiterhin gut.

So gut, dass ich sogar fünf Minuten zu früh im Sitzungssaal auftauche, nur um zu sehen, wie Jochen Gerscher mit seinem Verteidiger flachst. Langsam empfinde ich fast schon körperlichen Widerwillen gegen diesen Typen. Wenn alles gut läuft, ist das heute unser letzter Termin, wiederhole ich mantraartig in meinem Kopf, um die Stimmung hoch zu halten.

Richter Jablonski betritt auf die Minute pünktlich den Sitzungsraum und wir erheben uns.

»Bitte setzen Sie sich«, beginnt er sofort. »Hiermit setze ich die Hauptverhandlung zur Strafsache gegen Jochen Gerscher fort.« Er drückt den Knopf an seinem Mikrofon: »Ich rufe Frau Amira Mansuroglu in den Sitzungssaal.«

Tatsächlich öffnet sich dieses Mal die Tür und eine hübsche dunkelhaarige Frau betritt eskortiert von den Beamten, die sie zu Hause abgeholt haben, den Raum. Sie wirkt ruhig, aber angespannt, als Jablonski sich an sie wendet: »Eigentlich wären Sie schon gestern als Zeugin geladen gewesen. Weshalb sind Sie denn nicht aufgetaucht?«

Die Zeugin zögert kurz mit ihrer Antwort. Ich weiß sofort, dass sie lügen wird. »So offizielle Briefe öffne ich immer nicht. Darum kümmert sich mein Mann. Er hat bestimmt gedacht, das ist nicht so wichtig.«

Jablonski glaubt ihr genauso wenig wie ich. Ich kann seine schlechte Laune regelrecht greifen. Liegt es daran, dass ihm der Termin ganz grundsätzlich zuwider ist? Oder daran, dass die Zeugin heute für eine weitere Verzögerung gesorgt hat? Seine Antwort ist schroff: »Was hier wichtig ist oder nicht, entscheidet das Gericht.«

Frau Mansuroglu atmet scharf ein, beschließt offenbar, nichts mehr zu sagen, und nickt nur, als der Richter die Personalien feststellt. »Sind Sie mit dem Angeklagten verwandt oder verschwägert?« Jetzt halte ich kurz die Luft an, doch die Antwort lautet wunschgemäß »Nein« – und jetzt kann's losgehen.

»In diesem Fall müssen Sie hier aussagen. Sie müssen wahrheitsgemäß auf unsere Fragen antworten. Ansonsten können Sie sich strafbar machen. Im Fall einer Vereidigung reicht schon aus, wenn Sie fahrlässig die Unwahrheit sagen. Haben Sie das verstanden?«

Die Zeugin nickt wieder.

»Kennen Sie den Angeklagten?«

Erneutes Nicken. Man spürt deutlich, dass Frau Mansuroglu in diesem Augenblick überall lieber wäre als in diesem Gerichtssaal. Jablonski wirkt angesichts dieser Verstocktheit immer angepisster.

»Wissen Sie, warum Sie hier sind?«

Wieder zögert die Zeugin. Dann schüttelt sie den Kopf.

Jablonski sieht aus, als würden ihm gleich die Augen aus dem Kopf fallen. Seine Gesichtsfarbe spielt inzwischen ins Sonnenbrandrote.

»Sie sind doch die beste Freundin von Frau Marie Andretzki, stimmt das wenigstens?«

»Ja«, öffnet die Zeugin endlich wieder den Mund.

»Und Sie haben Frau Andretzki am 3. September vor zwei Jahren auf die Polizeiwache begleitet. Ist das korrekt?«

»Nein«, die Zeugin schüttelt den Kopf.

»Wie bitte?« Jablonski steht kurz vor dem Explodieren.

»Ich habe die Marie zur Polizei gebracht, aber ich habe draußen gewartet.«

»Und was Frau Andretzki auf der Wache gemacht hat, wissen Sie nicht?«, bohrt der Richter nach.

»Nein«, Amira Mansuroglu schüttelt den Kopf. »Ich dachte, es geht um einen Strafzettel oder so.«

Ich spüre, wie sich jeder Muskel in meinem Körper anspannt. Das. Kann. Doch. Wohl. Nicht. Sein.

»Und irgendwelche Verletzungen haben Sie bei Frau Andretzki ebenfalls nicht festgestellt?«

»Na ja, man verletzt sich ja immer mal irgendwie, rennt gegen eine Tür oder schlägt sich sonst wie an«, die Zeugin schluckt, »aber ich kann mich an nichts Konkretes erinnern.«

Mein Kopf beginnt zu pochen. Versteht Frau Mansuroglu das hier als Freundschaftsdienst? Damit sich ihre beste Freundin weiterhin von ihrem Typen verprügeln lassen kann?

»Das heißt, Frau Andretzki hat Ihnen gegenüber nie irgendwelche Andeutungen gemacht, dass Herr Gerscher gewalttätig geworden wäre?« Jablonskis Stimme klingt monoton, seine Gesichtsfarbe hat sich normalisiert. Er hat die Sache abgehakt. Aber ich will nicht aufgeben. Ich kann nicht aufgeben.

»Herr Vorsitzender? Darf ich übernehmen?«, hake ich ein, als die Zeugin ein weiteres Mal den Kopf schüttelt.

»Sie haben das Fragerecht, Frau Staatsanwältin.« Mit diesen Worten lehnt Jablonski sich zurück und lässt entnervt den Stift fallen, während ich mich an die Zeugin wende, die die Augen gesenkt hält.

»Sie wissen, dass Sie hier wahrheitsgemäß aussagen müssen, Frau Mansuroglu?« Ich suche ihren Blick, doch sie schaut hartnäckig auf die in ihrem Schoß miteinander verschlungenen Hände. »Wenn Sie hier falsch aussagen, können wir ein Verfahren wegen Falschaussage gegen Sie einleiten.«

»Aber ich weiß doch nichts!« Sie weicht meinem Blick weiter aus.

»Sie wollen mir erzählen, Sie begleiten Ihre Freundin, die offensichtlich verletzt ist, zur Polizei und wissen nicht, was der Grund ist? Das hört sich für mich aber nicht sonderlich glaubhaft an.« Bin ich laut geworden? Ja, ein bisschen. Aber vielleicht ist das genau die richtige Prise »böse Staatsanwältin«, um die Zeugin zum Reden zu bringen?

Nein. Der Verteidiger schaltet sich ein: »Die Zeugin hat alles gesagt. Die Staatsanwältin soll Frau Mansuroglu nicht unter Druck setzen und zu Falschaussagen verleiten.«

Ich schicke dem aalglatten Verteidiger einen Blick zu, für den ich eigentlich einen Waffenschein bräuchte. Ich hasse diesen windigen Typen. Doch Jablonski hört auf ihn: »Wenn es sonst keine Fragen gibt, ist die Zeugin entlassen. Ich bitte die Staatsanwältin und den Strafverteidiger zum Rechtsgespräch.«

Zu dritt ziehen wir uns ins Hinterzimmer des Sitzungssaals zurück, um unter Ausschluss der Öffentlichkeit das weitere Vorgehen zu besprechen.

»Was sollen wir jetzt machen?«, eröffnet Jablonski das Gespräch.

»Das, was ich schon bei der allerersten Sitzung gesagt habe: einstellen«, ergreift der schmierige Typ das Wort. Ich lehne mich in meinem Sessel zurück, um so viel Raum wie nur möglich zwischen mich und dieses Stinktier zu bekommen.

»Frau Staatsanwältin?«, wendet sich Jablonski an mich, als ich nicht antworte.

Ich weiß, dass ich verloren habe. »Wir könnten den Arzt, der sie untersucht hat, befragen«, schlage ich dennoch vor.

»Jetzt machen Sie sich doch nicht lächerlich.« Richter Jablonski seufzt genervt. »Der beruft sich dann auch nur auf seine ärztliche Schweigepflicht. Hier besteht offenbar keinerlei Aufklärungswille. Wie lange wollen Sie uns noch alle quälen?«

Ich bewege den Kopf, halb Schütteln, halb Nicken.

»Gut, dann stelle ich dieses Verfahren ein. Das hätte ich schon viel früher tun sollen.«

Wie war das noch mal? Wenn alles gut läuft, ist das heute unser letzter Termin?

In gewisser Weise habe ich recht behalten: Das war heute unser letzter Termin. Aber gut gelaufen?

Gut gelaufen ist das hier absolut nicht.

Als ich auch auf den Hof des Gerichts trete, ist es genau 12.24 Uhr. Das schafft nicht einmal Usain Bolt persönlich mehr pünktlich. Eilig tippe ich, während ich im Stechschritt losmarschiere.

Bn gleih da.

Ich denke, Niklas wird verstehen, was ich meine. Seine Antwort passt auf jeden Fall dazu:

Kein Stress. Hab was zum Lesen dabei.

Ich renne die Straße entlang, vorbei an langen Schlangen von Traktoren, die sich nur im Schneckentempo vorwärtsbewegen, während sich an den Kreuzungen Autos stauen – die einen wild hupend, die anderen gottergeben. Ich bin froh, dass das Bistro zu Fuß erreichbar ist. Hört dieser Mist denn nie auf?

Als ich schließlich um sieben Minuten nach halb eins – persönliche Bestzeit – im Café Andrea ankomme, hat sich meine Stimmung schon wieder ein wenig gebessert. Die Bewegung scheint die Stresshormone aufgefressen zu haben. Doch als ich durch die blaulackierte Tür trete und meine Reflexion im Spiegel über der

Theke erblicke, bekommt meine sich langsam erholende Laune schon den nächsten Dämpfer.

Die vor Anstrengung geröteten Wangen kann man vielleicht noch als Pluspunkt werten – doch meine Nase glänzt und meine Haare stehen ab, als wären sie noch immer ganz wütend und aufgebracht darüber, was gerade im Gerichtssaal passiert ist. Andererseits hat Niklas mich als neben einem Snackautomaten kauerndes Häuflein Elend kennengelernt. Da kommt es auf ein paar unzähmbare Haare mehr auch nicht mehr an.

Er selbst sieht wie immer großartig aus, wie er an dem kleinen Tisch sitzt und liest. Die Haare sind oben immer noch ein bisschen zu lang und hängen ihm auf ganz entzückende Art und Weise in die Stirn. Doch noch besser ist der Blick seiner Augen, als er aufschaut, als hätte er gespürt, dass ich ihn beobachte.

»Evi.« Er lächelt mich an und steht auf, als er mich sieht. Noch nie hat sich mein Name schöner angehört.

Unbeholfen versuche ich, mich aus meinem Mantel zu schälen, und verheddere mich in meine Tasche, die ich vergessen habe vorher abzunehmen, während mir bewusst wird, dass das die perfekte Gelegenheit gewesen wäre, um ihn zu umarmen. Mist. Verpasst. »Tut mir schrecklich leid. Die Verhandlung hat zwar nicht lange gedauert, aber weil der Beginn sich verzögert hat, ist es doch ziemlich knapp geworden.«

»Und? Die bösen Jungs erfolgreich verknackt?« Er befreit mich aus meiner Zwangslage und hängt den Mantel an einen Haken. Habe ich schon erwähnt, wie unglaublich freundlich und hilfsbereit er ist? Und wie gut er riecht?

»Leider nicht. Die Zeugin hat sich geweigert auszusagen.« Ich atme ein letztes Mal tief ein und lasse mich erschöpft auf den Stuhl ihm gegenüber fallen.

Niklas hebt fragend die Brauen.

»Ich will dich nicht langweilen.«

»Aber das macht man doch so. Miteinander reden, oder?« Er grinst sein Schulbubenlächeln.

Hm, wo er recht hat, hat er recht. Also beginne ich zu erzählen. Und Niklas erweist sich als mindestens so guter Zuhörer wie Jana. Er nickt an den richtigen Stellen, gibt die passenden Laute von sich, wenn ich mich aufrege, und stellt Fragen, die zeigen, dass er aufgepasst hat: »Aber hätte man da nicht einfach den Polizisten in den Zeugenstand rufen können? Und der sagt dann, was die Frau ihm erzählt hat?«

»Tja. Trick 17. Geht aber leider nicht. So könnte man das Zeugnisverweigerungsrecht total unterwandern. Also dürfen auch die Protokolle von der Vernehmung und alles, was damit zu tun hat, nicht verwendet werden.« Total bescheuert, ich weiß. Aber es gibt Fälle, wo das wirklich Sinn macht. Mir fällt nur gerade kein Beispiel ein. Aber es gibt sie. Echt.

»Das ist doch verrückt! Das heißt, du hast die Aussage. Du weißt sicher, er war's, aber verurteilt wird er nicht?« Mit Niklas' versnobtem Nicht-Dialekt hört sich das gleich noch viel empörender an. »Da wäre ich auch stinksauer.«

Ich seufze auf. »Na ja, vorbei ist vorbei. Ich hoffe, er hat trotzdem etwas daraus gelernt.« Ich greife nach der Speisekarte. »Lass uns lieber was zu essen bestellen.«

In diesem Moment beginnt mein Handy zu klingeln. Hat man denn nie seine Ruhe?

Ich will den Anruf wegdrücken, da sehe ich die Nummer: der LOStA. Verdammt.

Verdammt.

Verdammt.

»Da muss ich ran. Tut mir leid.« Erst will ich kurz aufstehen. Doch in diesem kleinen Café werde ich sowieso kein ruhiges

Plätzchen finden, da kann ich genauso gut am Tisch sitzen bleiben. Ich drehe mich entschuldigend zur Seite und nehme den Anruf an. »Evi Pflaum. Ja, bitte?«

Mir schallt derartiges Gebrüll entgegen, dass ich das Handy ein Stück von meinem Ohr weghalten muss, um keinen Hörschaden zu erleiden. Verdammt, da ist aber jemand richtig sauer. *Vielleicht hat er sich ja nur in der Nummer geirrt?*, überlege ich kurz, doch im Grunde ist mir klar: Söllner weiß endlich Bescheid.

»Frau Pflaum! Sie hatten eine Aufgabe, nämlich die Störer hinter Gitter zu bringen! Und raten Sie, wer gerade wieder auf dem Heinrichsplatz steht und eine Kundgebung sprengt?« Ich glaube, das ist eine rhetorische Frage. Und tatsächlich gibt Söllner sich die Antwort gleich selbst: »Richtig geraten. Professor Kampmaier und Konsorten!«

Soll ich jetzt antworten? So wirklich traue ich mich nicht. Stattdessen blicke ich auf. Niklas sieht mich mit einer Mischung aus Neugier und Mitgefühl an. Ich fahre mir mit dem Finger über die Kehle und verdrehe die Augen im Versuch, das Ganze als lächerlich abzutun. Aber ich weiß, dass das hier gerade richtig mies für mich läuft.

»Und was glauben Sie, was Kampmaier und seine Leute heute gemacht haben? Sie haben nicht mehr blockiert, sondern riesige Haufen Mist direkt neben der Kundgebung ›verloren‹.« Söllner ist noch lauter geworden, auch wenn ich das nicht für möglich gehalten hätte.

Ich ringe mir ein pseudoüberraschtes »Ach« ab. Hat der Professor mich also doch verstanden.

»Da brauchen Sie gar nicht ›achen‹, Frau Pflaum. Frau Geus hat mir gerade erzählt, dass Sie die Störer erst auf die Idee gebracht haben. Sind Sie denn verrückt?«

Erika Geus, diese kleine dreckige Petze von einer Protokollantin. Erzählt doch tatsächlich dem LOStA brühwarm weiter, was sie nach der Verhandlung in meinem Gespräch mit Kampmaier erlauscht hat. Wenn ich die in die Finger kriege!

»Wo sind Sie?«, brüllt Söllner durchs Telefon, dass mir die Ohren klingeln, und unterbricht meine Rachefantasien.

»Ich bin beim Mittagessen«, antworte ich. Ich ahne schon, was jetzt kommt. Was für ein mistiger Tag ist das denn?

Im wahrsten Sinne des Wortes …

»Sie kommen jetzt sofort ins Gericht und stehen für Ihr Fehlverhalten gerade!« Und schon hat Söllner aufgelegt, während ich fassungslos auf mein Handy starre. Bin ich heute Morgen tatsächlich voller Vorfreude in diesen Tag gestartet? Das war ja mal wohl die krasseste Fehleinschätzung, seit Kim Kardashian Kanye West geheiratet hat.

»Du musst los?« Unbewusst bin ich aufgestanden – und Niklas mit mir. Muss ich mich tatsächlich schon wieder verabschieden?

Wenn ich eine Einschätzung geben müsste, würde ich sagen, dass Niklas sich wirklich gut im Griff hat und zu mindestens 40 Prozent verständnisvoll, zu 30 Prozent einfühlsam und mitleidig und höchstens zu 30 Prozent enttäuscht ist, was eine sehr gute Reaktion ist angesichts dessen, dass wir zwei so auf gar keinen grünen Ast zu kommen scheinen.

Aber ich bin enttäuscht. Und erschöpft. So schrecklich erschöpft.

Ich weiß nicht, was mich reitet, als ich wortlos auf ihn zutrete, die Hände auf seine Schultern lege und meine Stirn gegen seine Brust lehne. Einfach so. Weil ich einfach nicht mehr kann.

Er muss mich für völlig durchgeknallt halten.

Aus den Augenwinkeln sehe ich, wie Niklas die Arme anhebt, wie er zögert, als wüsste er nicht, was er mit dieser aufdringlichen Person an seiner Brust anfangen soll, und schließlich die Arme um mich legt. Ich schließe die Augen, lasse für einen winzig kleinen

Moment diesen ganzen Mist hinter mir. Es fühlt sich erstaunlich richtig an, wie seine schlanken Finger über meinen Rücken in meinen Nacken fahren, in mein Haar. Ganz vorsichtig. Als wüssten sie nicht, ob das jetzt so in Ordnung ist.

Am liebsten würde ich ewig so stehen bleiben und diesen Duft einatmen, der mir inzwischen so vertraut ist – diesmal mit einer stärkeren Note Aftershave, als hätte er sich heute Mühe gegeben.

Für mich.

Widerwillig löse ich die Stirn von seiner Brust, lege den Kopf in den Nacken: »Danke schön!«

Ich korrigiere mich. Noch länger möchte ich so dastehen und in diese grünen Augen versinken, die mir zum ersten Mal so nah sind. Doch wer weiß, wie lange ich überhaupt noch zu leben habe, wenn ich jetzt nicht so schnell wie möglich ins Gericht zurückkehre.

»Ich glaube, ich sollte besser los, bevor Söllner anfängt, mein Büro klitzeklein zu schlagen.«

»Vielleicht solltest du dann besser gar nicht zurück.« Er lächelt schief. Wieder diese Augenbraue.

Mir entfährt ein Geräusch – halb Lachen, halb Seufzer. Ich schüttle kurz den Kopf. »Ich schreibe dir, falls ich es überlebe.«

Jetzt ist es an ihm zu lachen. »Viel Glück. Das hoffe ich sehr.«

Die darauffolgende halbe Stunde werde ich nur sehr kurz und knapp beschreiben, weil ich sie für immer aus meinem Gedächtnis tilgen möchte.

Nachdem ich mich nur äußerst widerwillig aus Niklas' Umarmung gelöst hatte, bin ich noch schneller als auf dem Hinweg zurück ins Gericht ins Büro des LOStAs gesprintet, um mir eine etwa zwanzigminütige, mit fliegenden Spucketröpfchen garnierte Schimpftirade anzuhören, gefolgt von der Ankündigung, dass die Sache noch Konsequenzen haben und ich dies noch bereuen würde.

Als positiv möchte ich hervorheben, dass ich nicht geheult habe. Allerdings musste ich mir während der zwanzigminütigen Anschreiorgie immer wieder selbst in den Arm zwicken, um mich davon abzuhalten.

Niklas schrieb ich:

Der Kopf ist noch dran. Ich melde mich ausführlicher, wenn ich aufgehört habe zu heulen und das Handy wieder ordentlich bedienen kann.

Denn natürlich habe ich ein bisschen geheult. Allerdings erst allein im Büro. Zurück kam eine Reihe von aufmunternden Emojis aller Art, aus denen ich zumindest so viel Kraft gezogen habe, um mich unter einem riesigen Aktenberg zu vergraben, unter dem ich erst wieder hervorkrieche, als um vier Uhr mein Handy klingelt. Es ist Jana.

»Warum gehst du ran? Bist du nicht am Bumsen?« Manchmal liebe ich Jana für ihre anzügliche Art. Heute nicht.

»Der Chef ist leider dazwischengekommen.« Ich verdrehe die Augen, auch wenn Jana das nicht sehen kann.

»Fuck. Hat er euch in flagranti erwischt? Ist das schlimm im Gericht?« Jana klingt echt besorgt.

Ich muss wider Willen lachen. »Nein. Der Chef hat mich ins Gericht zurückbeordert, bevor wir überhaupt zum Essen gekommen sind.« Ich erzähle Jana die Geschichte. Das mit der Umarmung lasse ich allerdings weg. Ich weiß selbst nicht, was das wirklich zu bedeuten hatte. Da will ich sie Jana noch nicht zur freien Interpretation vorlegen.

»Perfekt! Dann kannst du heute ja mit auf Bockbieranstich!«, jubiliert Jana stattdessen.

»Ach Jana, eigentlich ...«

Da unterbricht sie mich: »Jaja, Evi Pflaum, eigentlich willst du jetzt Fernseh glotzen und Meeresfrüchtepralinen fressen, aber du weißt nicht, was gut für dich ist. Bei einem Kacktag dieses Ausmaßes hilft nur Party. Ich warte um fünf vorm Maar auf dich!« Und schon hat sie aufgelegt, um jeden Widerspruch im Keim zu ersticken, weshalb ich tatsächlich um zehn vor fünf den Stift fallen lasse und in meinen Mantel schlüpfe, um mich auf den Weg zur zweitgrößten Brauerei der Stadt zu machen – nicht ohne vorher noch eine Nachricht an Niklas zu schreiben:

Ich schaue mit einer Freundin mal zum Maar zum Bockbieranstich. Vielleicht hast du ja auch Lust?

Ich spüre immer noch seine langen Finger, die mir über den Nacken in meine Locken fahren. Wie ein Phantomschmerz – nur im positiven Sinne. Ich will das wieder spüren. Und zwar so bald wie möglich.

Jana ist nicht allein, als ich den Eingangsbogen der alten Brauerei erreiche. Neben ihr steht meine Schwester Sylvia, deren Anblick mich derart überrascht, dass ich auf jede Begrüßung verzichte und nur irritiert frage: »Was machst du denn hier?« Ich weiß, das wäre auch höflicher gegangen. Aber nach dem heutigen Tag ist mein Gehirn einfach nur noch stumpf und leer.

»Oh, was machst du denn hier?«, äfft Sylvia mich ziemlich treffend nach. Richtig witzig. Ist sie schon betrunken? »Dürfen die Muttis sich etwa nicht auch mal amüsieren? Müssen die Muttis immer nur daheim sitzen und Ärsche abputzen und Katzenscheiße aus dem Sandkasten sieben? Denkst du, nur ihr Kinderlosen habt das Recht, euch zu amüsieren?« Dass Jana auch Mama ist, scheint Sylvia bei ihrer Tirade völlig ausgeblendet zu haben. »Haben wir Eltern es nicht noch viel mehr verdient, uns zu amüsieren, weil wir mit dem Erziehungsauftrag eine der wichtigsten Aufgaben übernommen haben, die es in dieser Gesellschaft gibt?«

Ich habe mich geirrt. Sylvia ist nicht betrunken. Das ist sie, wie sie leibt und lebt.

»Alles klar, ich hab mich nur gewundert. Ist doch cool«, antworte ich und denke mir: *Aber nur wenn sie die Klappe hält und nicht ständig über ihre Kinder redet.*

Doch das geht vorerst sowieso nicht, denn wir drängeln uns durch die langsam herbeiströmenden Menschenmassen, um vielleicht noch ein kleines Eckchen für uns zum Hinsetzen zu finden. Wir haben Glück und bestellen gleich drei Malibu Maracuja und eine Flasche Asbach, denn natürlich trinken wir kein Bockbier. Bockbier ist das reinste Gift. Fragt man den Fachmann, wird er beim Thema Bockbier über Stammwürze, dickflüssige Maische und Röstaromen schwadronieren. Das einzig Wichtige in Sachen Bockbier für den Laien ist jedoch: Es knallt wie Sau und es zieht einem richtig hinterhältig die Beine weg. Das ist wie mit dem Starkbier am Oktoberfest, wenn du drei Maß trinkst und erst wieder klar im Kopf wirst, wenn du auf dem Mittelstreifen des Mittleren Rings nach deiner Hose suchst.

Deshalb bleiben wir beim Schnaps. Wir sind doch nicht blöd.

Wobei das natürlich doch ziemlich blöd ist. Seit dem Müsliriegel heute Morgen habe ich nichts gegessen. Durch Söllners Schreiorgie ist mir wirklich und wahrhaftig der Appetit vergangen. Außerdem schenkt Jana, wenn die Flasche am Tisch steht, viel schneller nach und macht viel härtere Mischungen, als wenn wir die Drinks am Ausschank kaufen würden. Deshalb sind wir schon mehr als nur ein bisschen beschwipst, als mit einem Mal

Peter vor uns steht, der auch nicht mehr ganz der Nüchternste zu sein scheint.

»Pflaume! Was macht ihr denn hier?«, schreit er und stellt dann seinen Blick auf mich ein. »Ich dacht, du sitzt in deinem Büro und heulst, weil du es dir mit dem LOStA verkackt hast!« Das ist ganz offensichtlich eine Feststellung, keine Frage.

Ich spüre in mich hinein. Tatsächlich ist das Gespräch mit Söllner schon ganz bis zum hintersten Rand meines Bewusstseins abgedriftet. Und das liegt nicht am Alkohol. Und auch nicht am hervorragenden Trosttalent von Dr. Rosenbeet. Nein. Mir wird bewusst, dass mich die Wut des LOStAs nicht so wirklich trifft, weil ich weiß, dass ich im Recht bin. Ich habe richtig gehandelt. Klar ist er ein Arschloch und klar stellt sich mir das Messer in der Tasche auf, wenn ich daran denke, wie dieser Typ mich heruntergeputzt hat.

Aber das schlechte Gefühl in meinem Bauch kommt woanders her.

Von heute Morgen.

»Eigentlich nicht. Der wird sich schon wieder beruhigen.« Ich muss nicht so tun, als wäre ich total entspannt. Ich bin es. Peter wirkt überrascht. »Aber mein Fall heute Morgen war zum Kotzen. Die Zeugin hat nicht ausgesagt. Beziehungsweise hat sie geleugnet, auch nur die klitzekleinste Kleinigkeit zu wissen.«

Jetzt grinst Peter wieder. »Jablonski hat schon erzählt.«

Überraschenderweise berührt mich auch das nicht. »Eigentlich ist es mir scheißegal, was ihr hinter meinem Rücken über mich lästert, nur weil ich meine Arbeit richtig machen will. Davon solltest du dich auch mal frei machen, Beder.« Habe ich etwa gerade eine einzelne Augenbraue hochgezogen? Tatsächlich! Offenbar hat der Alkohol mich derart entspannt, dass ich sogar das hinkriege. Oder bin ich so betrunken, dass ich es mir nur einbilde? »Ich ärgere mich nicht über das, was ich gemacht habe, sondern ich bin einfach total deprimiert, weil ich den Wichser nicht eingesperrt habe. Und wenn es nicht ethisch fragwürdig wäre, würde ich 20 Euro mit dir wetten, dass der kleine Scheißer seine Freundin bald wieder durchprügelt.«

Ich ziehe mein Handy aus der Tasche. Noch immer keine Antwort von Niklas. Die Nachricht wurde noch nicht mal übertragen. Wenn ich ihn kurz anrufe? Ich drücke auf den grünen Hörer und warte, während Jana und Sylvia, die Nasen tief in den Gläsern, fachsimpeln. Über Kinder. Natürlich.

Der Anruf geht nicht durch.

Peter hat sich neben mich auf die Bank sinken lassen. Huch, den hatte ich ja ganz vergessen.

»Ach komm, Pack schlägt sich, Pack verträgt sich. Wahrscheinlich hat die Alte ihn so provoziert, dass er sich net anders zu helfen wusste.«

»Du bist so ein Vollidiot.« Ich verdrehe die Augen. Manchmal denke ich, dass man so bescheuerte Meinungen, wie Peter sie in schöner Regelmäßigkeit äußert, gar nicht wirklich haben kann.

Ich schaue abermals auf mein Handy. Nichts.

»Frauen lieben es einfach total, von Männern beherrscht zu werden. Was glaubst du, weshalb die Weiber alle *Fifty Shades of Grey* lesen? Die wollen Macht spüren, die wollen sich unterordnen. Und nicht so Weicheischeiße.« Peter hält kurz inne. Ihn scheint zu stören, dass er nicht meine ungeteilte Aufmerksamkeit hat. »Was schaust du denn eigentlich die ganze Zeit auf dein Handy?«

Diese Frage werde ich ihm nicht beantworten. Und ganz sicher werde ich ihm auch nicht auf die Nase binden, dass ich bei *Fifty Shades of Grey* nur die ersten achtzig Seiten gelesen haben, weil es mir dann zu unromantisch geworden ist. Dann heißt es nämlich plötzlich wieder, ich wäre prüde!

»Beder, lass mich einfach in Ruh. Dein dämliches Gebabbel ist echt nicht zu ertragen.« Aus mir bricht die gesammelte Wut des ganzen Tages heraus. »Und wenn du hier bei uns sitzen willst, dann red über irgendetwas anderes. Aber wenn du so frauenfeindliche Scheiße verzapfen willst, dann laber draußen den Parkautomaten voll. Vielleicht interessiert es ja den.«

»Ui!« Peter schaut ganz kurz überrascht, dann nickt er. »Sehr schön. Schluss mit dem Thema. Dann werden wir vier Hübschen heut Abend einfach gepflegt Spaß miteinander haben.« Er legt seinen Arm um meine Schulter. »Aber dein Handy legst jetzt endlich mal zur Seite.«

KAPITEL 10

Am Geruch erkenne ich als Allererstes, dass irgendetwas nicht stimmt. Mein Bett riecht üblicherweise frisch. Gewaschen. Nicht zu verwechseln mit »frisch gewaschen«, denn ich wechsle meine Bettwäsche manchmal acht Wochen nicht.

Putzsüchtige und Waschzwängler müssen jetzt nicht gleich in Schnappatmung verfallen. So eklig ist das bei genauere Betrachtung durchaus nicht. Ich dusche nämlich jeden Abend, bevor ich ins Bett gehe, sodass sich der Geruch zwar nach und nach wegbewegt von »Frisch gewaschene Bettwäsche« zu »Frisch gewaschenes Haar mit extra viel Sprungkraft«, aber doch immer sehr angenehm bleibt, weshalb ich die Bettwäsche eher aus sozialem Druck heraus (im Magazin beim Friseur stand doch neulich tatsächlich, dass man *jede* Woche die Bettwäsche wechseln soll! Geht's noch? Haben diese Menschen noch andere Hobbys außer Wäsche waschen?) denn aus echter Notwendigkeit wasche.

Manchmal – besonders im Winter – kommt zu diesem Waschmittel-Duschgel-Shampoo-Conditioner-Bodylotion-Gemisch noch der Geruch von »reichhaltiger Fußcreme nach norwegischer Formel für sehr trockene, beanspruchte Füße« dazu, die ich gerne als Handcreme verwende und tatsächlich auch viel besser wirkt, vor allem wenn ich noch Baumwollhandschuhe drüberziehe.

Wobei das Bett in meinem Kinderzimmer eigentlich gerade frisch bezogen ist – übrigens von mir selbst, nachdem ich es an der Kerwa eben nicht mehr unter die Dusche geschafft habe ...

Aber zurück zum Thema, denn es duftet hier weder nach Fußcreme noch nach fast frisch aufgezogener Bettwäsche. Stattdessen riecht es: nach Zigaretten. Haarspray. Nach meinem Sabber. Und ein bisschen auch nach Erbrochenem. Wobei Sabber und Erbrochenes natürlich relativ eng beieinander und schwer auseinanderzuhalten sind, aber ich meine da noch eine schärfere Note herausschmecken zu können – wenn ich es so ausdrücken darf.

Aber ich erschnuppere auch gute Gerüche: das Parfüm von Sylvia, ein komischer pseudoorientalischer Duft, dessen Namen ich mir nicht merken kann, der sich mir jedoch so in die Riechzellen eingebrannt hat, dass ich ihn noch auf meinem Sterbebett erkennen würde – wobei ich hoffe, dass das hier nicht mein Sterbebett ist. Außerdem ist da noch ein anderer, sehr angenehmer, frischkuscheliger Duft, der mir seltsam vertraut vorkommt, den ich aber nicht wirklich einordnen kann.

Angesichts dieses olfaktorischen Tohuwabohus bin ich mir unsicher, ob ich die Augen wirklich öffnen sollte. Vielleicht ist es besser, wenn ich erst einmal mit einem meiner anderen Sinne Sondierungen anstelle. Ich spüre in meinen Körper hinein.

Aber nein.

Alles noch dran.

Mir tut nichts wirklich weh, was mich beinahe ein bisschen irritiert. Der Kopf schmerzt fast gar nicht. Ich habe Durst, bin aber nicht am Verdursten, was ich von diversen Totalausfällen aus dem Studium ganz anders kenne. Angezogen bin ich auch.

Dann eben die Ohren. Ich lausche. Ich höre Atmen. Was mich irritiert: Offenbar atmet neben mir kein einzelner Mensch, sondern mindestens zwei. Wenn ich noch mit Ferdinand zusammen wäre, wäre das jetzt der Moment, um nervös zu werden – in meiner aktuellen Situation beginnt mir das Ganze langsam Spaß zu machen. Was ist gestern nur passiert?

Vielleicht sollte ich endlich mal die Augen aufschlagen?

Ich beginne mit einem und mein Blick fällt auf das Gesicht meiner Schwester, keine 20 Zentimeter entfernt, das ganz und gar nicht gut aussieht. Das Abschminken hat Sylvia gestern offenbar komplett sein lassen. Die Wimperntusche zieht sich in dunklen Schlieren über ihr Gesicht, der Lippenstift ist derart verschmiert, dass er dem Joker alle Ehre machen würde. Sylvias Mund steht offen und bläst mir ihren Morgenatem ins Gesicht. Gut. Jetzt weiß ich schon mal, woher der Geruch von Erbrochenem kommt.

Die anderen Atemzüge kommen von hinter mir. Verdammt, bin ich tatsächlich mit ihr und Peter im Bett gelandet? Davon träumt er seit der neunten Klasse und bisher habe ich mich selbst im größten Suff nicht reizen lassen. Aber was soll man sagen: Irgendwann ist immer das erste Mal. Dafür spricht, dass hinter mir ganz offensichtlich jemand liegt. Ich spüre, wie die Matratze von einem deutlich schwereren Körper nach unten gedrückt wird, fühle auch die Körperwärme und manchmal kitzelt mich sogar ein Atemstoß am Ohr. Gegen die Annahme, dass das Peter ist, spricht, dass die Person nicht schnarcht wie ein übergewichtiger Braunbär, was Peter nach einer ausgedehnten Biervernichtungsaktion mit Freuden tut. Diese schmerzliche Erfahrung habe ich in zahlreichen gemeinsamen Ministrantenzeltlagern sammeln dürfen und ich hatte eigentlich gehofft, das niemals wieder erleben zu müssen.

Prompt offenbart sich mir ein weiterer Punkt, der mehr als alles andere dagegenspricht, dass der Typ hinter mir Peter ist, denn vor mir öffnet sich in der Wand hinter Sylvia eine weiße Tür, die ich bisher gar nicht wahrgenommen habe, und im hellen Gegenlicht der Morgensonne tritt mir der Besagte höchstpersönlich entgegen, nackt wie Gott in schuf.

»Na, auch schon wach, Pflaume?«

Ich kneife die Augen zusammen, so schnell ich kann, aber ich befürchte, der Anblick, wie Peter mit baumelndem Gemächt an mir vorbei zur Toilette marschiert, um dort bei offener Tür 45 Sekunden lang plätschernd zu pinkeln, hat sich für alle Ewigkeit in mein Gehirn eingebrannt.

Wie viel kann ein Mensch aushalten?

Offenbar so einiges, denn ich bin noch immer nicht tot.

Doch was viel wichtiger ist: Wer liegt neben mir im Bett?

Ich wende mich langsam um, um Sylvia, die immer noch sanft röchelnd neben mir schläft, nicht aufzuwecken. Im morgendlichen Dämmerlicht kann ich meinen Augen kaum trauen. Mein Blick fällt auf etwas zu langes, verwuscheltes schwarzes Haar, auf für einen Mann viel zu dichte schwarze Wimpern, die Bögen auf stubenhockerblasse Haut malen. Ein schmaler Mund lächelt arglos und zufrieden, als träumte sein Besitzer von etwas besonders Schönem. Vermutlich von einem besonders kniffligen Modellbauset mit mindestens 3000 Teilen.

Niklas.

Ich scheine heute Nacht den Filmriss des Jahrtausends erlebt zu haben.

Mit allem hätte ich gerechnet, nur nicht mit ihm. In einem Bett. Mit mir.

Peter hat sich offenbar entschlossen, auch gleich noch sein großes Geschäft zu verrichten, und hat aus für ihn ganz untypischem Feingefühl heraus die Toilettentür hinter sich zugezogen. Seinen Eröffnungsfurz hört man trotzdem.

Meine Trommelfelle flattern.

Und die von Niklas offenbar auch.

Er schlägt die Augen auf. Keine Sekunde lang wirkt er irritiert darüber, dass ich ihm beim Aufwachen aus 20 Zentimetern Entfernung ins Gesicht starre.

»Warst du das?«, grinst er.

Ich werde rot. »Das war Peter.«

Niklas lacht. »Guten Morgen!«

»Das soll nicht unhöflich klingen, aber was machst du denn hier? Also hier bei mir. Denn wo wir sind, weiß ich ehrlich gesagt auch nicht«, frage ich, während ich zwischen Niklas und dem unbekannten Raum hin und her blicke – offenbar noch nicht in der Lage, mich adäquat auszudrücken.

»Ich habe dich vor dem da gerettet«, gibt Niklas grinsend zurück und nickt mit dem Kopf in Richtung Klotür.

Peter hat offenbar mitgehört, denn da blökt es schon: »Das war überhaupt nicht nötig. Ich bin Jurist und lass die Finger von komatösen Weibern«, schallt es durch die papierdünne Tür, während er auf die Klospülung drückt. »Außerdem war ich anderweitig gut versorgt.«

Mit diesen Worten tritt er wieder aus der Toilette und marschiert breitbeinig zur Tür des Nebenzimmers. Wo sind wir hier, verdammt noch mal?

»Aber was der Leichenfledderer heute Nacht mit euch beiden gemacht hat, dafür lege ich die Hand nicht ins Feuer.« Peter grinst. »Der mag seine Damen bestimmt still und teilnahmslos.«

Ein Kissen fliegt an die Tür, die Peter noch rechtzeitig hinter sich zuzieht, nicht ohne ein fröhliches »Bereit für die zweite Runde!« in den Raum gerufen zu haben. Keine Ahnung, wie Sylvia angesichts des Lärms um sie herum weiter wie ein kleines, stinkiges Baby schlafen kann.

Aber sie tut's.

»Ich wollte dich sehen – und schauen, wie's dir geht nach der Sache mit dem LOStA«, wendet Niklas sich nach seinem wenig erfolgreichen Wurf wieder mir zu. »Nachdem wir geschrieben haben, habe ich den ganzen Nachmittag bis zu den Ellbogen in einer

Leiche gesteckt. Offenbar ist mein Handy ausgegangen. Das habe ich aber erst abends gemerkt. Und als ich versucht habe, dich zurückzurufen, bist du nicht mehr rangegangen.«

Ich verziehe zerknirscht das Gesicht. »Die Musik war bestimmt zu laut. Und vielleicht war ich ein klitzekleines bisschen betrunken.«

»Minimal.« Er lacht wieder. »Also habe ich gedacht, ich nehme deine Einladung an und komme einfach mal vorbei.«

»Und dann?«, frage ich lauernd.

»Was dann?«

»Wie schlimm war es?«

»Außer dass du und deine Schwester einen Pogokreis auf der Tanzfläche eröffnet habt?« Ich schlage die Hände vors Gesicht. Dann war es richtig schlimm. »Eigentlich wart ihr ganz okay. Aber als die dann dichtgemacht haben und wir rausmussten, habt ihr den klassischen Frischluftschock bekommen. Deine Schwester war so hinüber, dass man sie in kein Taxi mehr hätte setzen können.«

»War sonst niemand da? Meine Freundin Jana?«, hake ich ein. Wobei es für Jana typisch ist, abzutauchen, wenn es ihr passt – vor allem wenn noch genügend andere Leute dabei sind, die sich umeinander kümmern können.

»Keine Ahnung. Aber ich hätte sie auch nicht erkannt, wenn ich sie gesehen hätte«, zuckt Niklas mit den Schultern. »Aber als Peter gesagt hat, dass er einen Schlüssel hierfür hat, haben du und deine Schwester beschlossen, mit ihm und seiner Begleitung mitzugehen und lieber hier zu übernachten. Also eher: Du hast es beschlossen. Sylvia konnte nicht mehr so richtig viel beschließen.«

Ah! Jetzt kommen wir der Antwort auf zumindest eine Frage schon ein bisschen näher. »Wo sind wir hier überhaupt?«

»Offenbar in einem Nebengebäude des Gerichts. So eine Art Aufenthaltsraum, in dem die Angestellten Mittagsschlaf halten können oder so. Peter meinte, da kommt vor Mittag keiner rein.«

Man mag über Peter sagen, was man will. Wenn es irgendwo Insiderwissen zu erlangen gibt, dann weiß er besser Bescheid als jeder andere.

»Und du? Du wolltest nicht heim?«, frage ich vorsichtig, um mich der anderen Frage zu nähern, die mir auf den Nägeln brennt.

»Eigentlich schon«, Niklas schmunzelt. »Aber du hast so süß gebettelt, dass ich unbedingt hierbleiben soll. Da hab ich es nicht übers Herz gebracht zu gehen.«

Kann man vor Scham sterben? Aufkreischend falle ich zurück in mein Kissen und wecke prompt Sylvia auf, die hochfährt wie von einer Tarantel gestochen.

»O Gott, wo bin ich hier?« Sie wartet die Antwort auf ihre Frage gar nicht erst ab, sondern fährt mit der Hand zu ihrem Mund. »Und was ist das für ein komischer Geschmack?«

Es ist Niklas, der mehr mir als ihr antwortet: »Das könnte Döner sein. Du wolltest sie noch aufhalten, aber sie war davon nicht abzubringen. Mit Knoblauch, Zwiebeln und scharf.«

Sylvia springt entsetzt auf, die Hand noch immer vor dem Mund, und sprintet in Richtung Stinkeklo. »O Gott. Ich hab ein totes Tier gegessen«, kreischt sie. »Mir wird schlecht. Ich muss brechen.«

Niklas wendet sich wieder an mich: »Ich glaube nicht, dass da noch viel rauskommt.«

Aus dem Klo jammert unterdessen Sylvia: »Komm her und halt mir die Haare, Evi.«

»Das hast du gestern schon«, grinst Niklas.

»Das habe ich gestern schon«, wiederhole ich laut seine Worte für Sylvia.

»Vier Mal«, konkretisiert er.

»Vier Mal?«, wiederhole ich und schlage erneut die Hände vors Gesicht. »Wir sind solche Assis.«

»Ja, ich muss sagen, als ihr ›Wer nicht hüpft, der ist ein Schalker‹ grölend die Straße entlanggesprungen seid, habe ich mich schon ein bisschen geschämt.«

Ich stelle mich tot. Vielleicht ist das Ganze hier nur ein Albtraum.

»Warum seid ihr solche Schalke-Hasser? Hasst man in Franken nicht den FC Bayern?« Niklas' Neugier wirkt echt.

»Wir waren als Kinder immer Dortmund-Fans, weil der Kegelverein unserer Mutter die Farben Gelb-Schwarz hatte und wir das alles nicht so auseinanderhalten konnten«, erkläre ich, froh, das Thema zumindest ansatzweise von unseren nächtlichen Eskapaden wegzuführen.

Niklas lächelt. »Das ist ziemlich süß.« Ich öffne ein Auge und blicke ihn skeptisch an. »Wie geht's dir eigentlich?«, fragt er schließlich.

Ich spüre in mich hinein. »Erstaunlich gut – wirklich überraschend, wenn ich nur an die Getränke denke, an die ich mich noch erinnern kann.«

Niklas scheint sich zu freuen. »Ich hatte noch Elektrolyte dabei und hab dich genötigt, die zu trinken.« Er weist mit dem Kopf in Richtung Toilette. »Deine Schwester hatte aber Angst, dass ich ihr K.-o.-Pulver gebe, und wollte das Zeug nicht nehmen.«

»Na, dann scheine ich ja ausnahmsweise mal die richtige Entscheidung getroffen zu haben«, grinse ich, während ich es durch die Toilettentür weiter würgen höre. »Danke schön!«

Ich drohe gerade unrettbar in lächelnde grüne Augen zu versinken, als das Jourdiensthandy klingelt. Verdammt. Das hatte ich ganz vergessen. Was für ein Glück, dass die letzten Stunden so ruhig waren. Da hätte ich ja einigen Bockmist anstellen können heute Nacht. Aber offenbar vergesse ich selbst mit zwei Promille meine Pflichten nicht. Das Handy liegt sauber ausgerichtet auf dem Nachtkästchen neben dem Bett.

»Staatsanwaltschaft. Ich höre?«, melde ich mich eilig.

»Frau Pflaum, sind Sie's?«, dringt die Stimme von Wachtmeister Hornung ungewöhnlich aufgewühlt an mein Ohr.

»Ja, was gibt's denn?«

»Wir haben ein riesiges Problem.«

»Worum geht es?« Das letzte bisschen Kater ist angesichts der echten Besorgnis in Hornungs Stimme wie weggeblasen.

»Wir haben gestern Abend einen Typen aufgegriffen. Mit Drogen«, beginnt der Wachtmeister zu erklären. »Ich habe den Gruppenleiter für Betäubungsmittel noch erreicht und er wollte den Kerl heute Morgen dem zuständigen Richter vorführen lassen.«

»Aber dann ist doch vorerst alles geklärt«, unterbreche ich den Wachtmeister leicht genervt. Ich blicke auf die Uhr. »Es ist jetzt gerade mal acht. Alles Weitere können Sie doch mit dem Gruppenleiter besprechen, wenn er wieder im Büro ist. Ich bin doch nur der Jourdienst.«

»Das Problem ist«, Hornung hält kurz inne. »Der Mann ist tot.«

Für einen Augenblick weiß ich nicht, was ich sagen soll. Ich blicke Niklas an, der mitgehört hat. Mein Gehirn fühlt sich an wie im Leerlauf. Dann greifen die Zahnräder erneut und ich bin wieder im Staatsanwältinnenmodus.

»Das ändert natürlich alles. Der Oberstaatsanwalt Weidmann ist immer noch erkrankt.« Ich schlucke. »Und ich bin seine Vertretung.«

»Nun ja, die Sache ist die …« Ich habe das Gefühl, dass Hornung noch immer nicht beim eigentlichen Kern der Sache angelangt ist.

»Ja?«, vielleicht bin ich mehr als nur ein klitzekleines bisschen post-Kater-genervt.

»Der Tote ist der Typ, den wir neulich mit Honey aufgegriffen haben.«

Ach. Du. Scheiße.

»Ich bin so schnell ich kann bei Ihnen.« Mein Blick fällt auf Niklas. »Haben Sie schon versucht, die Gerichtsmedizin zu erreichen?« Ich bin ein echter Fuchs.

»Ja, leider niemanden erreicht. Dr. Rosenbeet war noch nicht da, dabei ist er eigentlich immer früh im Büro.«

»Vielleicht probieren Sie es noch mal auf dem Handy. Wir treffen uns dann auf der Wache«, rate ich dem Wachtmeister scheinheilig und lege auf.

Was für ein Start in den Tag.

»Beder!«, rufe ich, während nun Niklas' Handy zu klingeln beginnt.

Keine Reaktion.

»BEEEEEDER!«, schreie ich jetzt. »Ich werd ganz sicher nicht dieses Zimmer betreten, also komm raus. Ich brauch deine Hilfe.«

Und tatsächlich kommt Peter sportliche 37 Sekunden später aus dem Zimmer, jetzt die Bettdecke züchtig um die Hüften geschlungen. »Ich hoff für dich, dass es wirklich wichtig ist«, funkelt er mich an.

Eilig setze ich ihm den Sachverhalt auseinander – und meine Befürchtungen: »Aber so ein Toter in der Polizeizelle ist ein Problem, oder? Noch dazu ein Schwarzer. Da steht die Presse kopf. Müssen wir da nicht irgendetwas Besonderes beachten?«

»Chill mal«, Peter lehnt sich entspannt gegen den Türstock. »Bisher sieht doch noch nichts danach aus, dass da Polizeigewalt im Spiel war. Sag dem LOStA Bescheid, damit er net erst durch die Presseanfragen davon erfährt – sonst rastet er nämlich total aus. Und der kann sich dann überlegen, ob irgendeine Verlautbarung notwendig ist. War's das?« Er dreht sich um. »Und jetzt möcht ich nicht mehr gestört werden«, fügt er über die Schulter hinzu, während er die Tür hinter sich zuzieht.

Den LOStA anrufen. Darauf habe ich nach unserem gestrigen Zusammenstoß ja so was von gar keine Lust. Aber wenn ich es jetzt nicht mache, wird Zukunfts-Evi einen noch größeren Einlauf bekommen als gestern. Da muss ich wohl in den sauren Apfel beißen. Ich wähle mit zusammengebissenen Zähnen die Nummer von Söllners Diensthandy.

»Ja«, knurrt es mir schon nach dem ersten Tuten entgegen, und ich stürze mich sofort in eine Schilderung des Sachverhalts. Ich will nicht behaupten, dass der LOStA freundlich, entgegenkommend, unterstützend oder wertschätzend reagiert, aber nach gestern fühlt sich der kurze, pragmatisch kühle Austausch mit ihm, in dem er mir grünes Licht für mein Vorgehen gibt und sich fast schon für die Information bedankt, wie eine warme Dusche an. Ich seufze erleichtert auf, als ich das Telefonat beende.

Sylvia hat in der Zwischenzeit ihren Magen einmal komplett umgekehrt und sich wieder im Bett zusammengerollt, während Niklas die Gelegenheit genutzt hat, um sich ein bisschen frisch zu machen. Jetzt fehle nur noch ich, und ich muss sagen, dass ich – nachdem ich gesehen habe, welche Spuren die Nacht auf Sylvias Gesicht hinterlassen hat – fast schon positiv überrascht bin von meinem Anblick. Das bisschen Schminke, das ich jeden Tag auftrage, hat sich gut gehalten. Kurz Haare kämmen und ein Kaugummi – schon bin ich fast vorzeigbar, wenn man nicht ganz so genau hinschaut und den strengen Geruch ignoriert, der aber noch nicht wirklich Gestank ist, sondern auch als schlichtes Deo-Versagen durchgehen könnte. Alles fein also.

»Peter«, rufe ich durch die geschlossene Tür ins Nebenzimmer. »Ich lass die Sylvia noch da. Ich komme zurück, wenn ich mir die Leiche angeschaut habe.«

Ich deute das Grunzen, das an mein Ohr dringt, mal als Zustimmung.

Als Niklas und ich durch eine kleine Seitentür im Gerichtsgebäude in den Innenhof der Behörde treten, blendet mich die Herbstsonne, die wie ein Scheinwerfer durch die roten und goldenen Blätter der Bäume bricht.

Halb blind beginne ich im Gehen in meiner Tasche, die ich gestern wie durch ein Wunder nicht verloren habe, nach dem Schlüssel für Sissi zu kramen.

Niklas räuspert sich: »Ich will dir wirklich nicht zu nahe treten, aber denkst du, dass du jetzt Auto fahren solltest?«

Bevor ich ihm auch nur antworten kann, stolpere ich über meine eigenen Füße und werde allein durch Niklas' schnelle Reaktion davon abgehalten, der Länge nach hinzufallen. Sein Arm, der sich um meine Taille schlingt, fühlt sich verboten gut an. Wie gerne würde ich die Hand festhalten, die sich widerstrebend von mir löst, als ich wieder sicher auf beiden Beinen stehe.

Ich blicke zu ihm auf – hoffentlich sieht Niklas nicht, wie rot ich geworden bin: »Vor zwei Sekunden hätte ich noch etwas anderes gesagt, aber du hast recht. Vielleicht sollte ich lieber noch nicht fahren.« *Vor allem nicht im Stadtverkehr,* füge ich in Gedanken hinzu, wo man schnell mal ein Auto anfährt und leichter erwischt wird. Aber wie soll ich dann zum Polizeirevier kommen? »Dann muss ich jetzt wohl erst mal zum ZOB«, seufze ich resigniert, »und von dort mit dem Bus zur Wache.« Ich blicke auf meine Uhr. »Radle du am besten schon mal vor. Ich bin dann so in dreißig Minuten dort.«

»Wenn du willst, kann ich fahren«, schlägt Niklas da vor.

Ich lache nur müde auf: »Ich bin sowieso schon todgeweiht, weil ich meinem Vater das Auto geklaut habe. Wenn ich jetzt noch jemand Fremdes damit fahren lasse, enterbt er mich.«

Niklas schüttelt amüsiert den Kopf. »Oder ich nehme dich mit.«

»Bist du doch mit dem Auto da?«, wundere ich mich.

»Nein, du kannst auf meinem Rad mitfahren.«

»Auf dem Rad? Du hast doch nicht mal einen Gepäckträger!«

»Ich nehme dich auf der Stange mit«, bietet Niklas wie selbstverständlich an.

Auf der Stange bin ich das letzte Mal mit fünf Jahren mitgefahren. »Ist deine Stange groß genug für mich?«, frage ich und breche im selben Moment in schallendes Gelächter aus. Wenn ich noch einen Beweis dafür gebraucht habe, dass bei mir noch einiges an Restalkohol im Spiel ist, dann habe ich hiermit den Beweis.

Niklas grinst nur: »Mach dir über meine Stange mal keine Sorgen. Aber über deine Bluse solltest du dir Gedanken machen.«

Wieso?

Ich blicke an mir herab.

Verdammt.

Auf dem kleinen Spiegel im Halbdunkel des Aufenthaltsraumklos habe ich es nicht gesehen, aber offenbar habe ich meine Aufgabe heute Nacht, Sylvia über der Schüssel zu unterstützen, mit vollem Einsatz erfüllt. Meine ehemals weiße Bluse ist von oben bis unten mit klitzekleinen, doch zugleich unübersehbaren braungelben Spritzern bedeckt.

»So kann ich auf keinen Fall zur Polizei«, rufe ich aus.

Niklas verzieht das Gesicht. »Ich würde dir ja gerne widersprechen, aber ich glaube, du hast recht.« Er hält kurz inne, dann leuchtet sein Gesicht auf und er nimmt den Rucksack vom Rücken. »Vielleicht habe ich noch …« Er wühlt, während ich ihm hilflos zuschaue. Ich habe offenbar noch nicht meine 100 Prozent Einsatzfähigkeit erreicht. Niklas indes scheint fündig geworden zu sein. Er zieht einen schwarzen Pullover aus seinem Rucksack.

»Der wird dir nicht ganz passen, aber besser als diese Bluse ist er allemal«, entschuldigt er sich fast, während ich ihm am liebsten um den Hals fallen würde. Tatsächlich muss ich die Arme etwas hochkrempeln und an den Schultern ist der Pullover deutlich zu weit. Aber als ich den weißen Kragen meiner Bluse, der glücklicherweise keine Spritzer abgekriegt hat, ordentlich über den Pullover lege, sieht das in seinem Oversize-Business-Schulmädchen-Style fast aus wie geplant. Außerdem riecht dieser Pullover ganz hervorragend. So hervorragend, dass ich aufpassen muss, nicht noch ein zweites Mal über meine Füße zu stolpern – so gerne ich mich noch einmal von Niklas auffangen lassen würde.

»Du bist ein Schatz!«, seufze ich stattdessen, und fast bilde ich mir ein, dass es jetzt Niklas ist, der ein bisschen rot wird.

»Lass uns losfahren«, ist die einzige Antwort, die ich bekomme, als wir das alte Rennrad erreichen, das ich schon kenne. »Nicht zappeln und nicht wackeln, dann kommen wir beide lebend dort an.«

Leichter gesagt als getan, wenn man im Damensitz auf einer nicht einmal fünf Zentimeter breiten Stange sitzt und nichts hat, woran man sich festhalten kann.

»Lehn dich gegen mich, sonst fällst du runter«, erklärt Niklas mir nah an meinem Ohr, als er mit seinen langen Armen rechts und links an mir vorbei zum Lenker greift. An meinem ganzen Körper stellen sich die Härchen auf. Jetzt bin ich ganz sicher, dass ich noch träume. Das hier ist einfach zu schön, um wahr zu sein. So schön, dass ich während der kurzen Fahrt immer wieder die Augen schließen muss, während ich eingehüllt bin in eine Wolke aus Niklas und mir sogar einbilden kann, seinen Herzschlag an meinem zu spüren, wenn ich meinen Kopf halb gegen seine Brust, halb gegen seinen Hals lehne.

Als wir viel zu schnell am Präsidium ankommen, taumle ich ein bisschen, als Niklas mir hilft, vom Rad abzusteigen. »Und du wolltest Auto fahren«, witzelt er, aber ich nehme ihm die Leichtigkeit nicht ab. Ich habe sein Herz schlagen hören.

»Du bist einfach gerast wie ein Irrer, deshalb ist mir so schwindelig«, gebe ich grinsend zurück. »Geh du am besten schon mal rein, wir wollen doch nicht den völlig falschen Eindruck erwecken, wir hätten die Nacht zusammen durchgemacht.«

Als ich das Polizeipräsidium betrete und von einer Wachtmeisterin zu den Zellen weitergelotst werde, registriere ich stolz, dass seit meinem Telefonat mit Wachtmeister Hornung gerade einmal 35 Minuten vergangen sind.

Keine schlechte Leistung nach einem Totalabsturz, oder?

Der Anblick, der sich mir bei meiner Ankunft in der Zelle bietet, unterbricht meinen Höhenflug schlagartig. Niklas kniet neben der Leiche, die ich eindeutig als den jungen Mann mit den gelb-blauen Haaren erkenne, den ich hier vor wenigen Tagen durch die Einwegscheibe hindurch beobachtet habe. Die Luft ist wieder erfüllt von jenem seltsamen Malzgeruch, den ich schon beim Leichenfund in der Jeckstraße wahrgenommen habe, und die Leiche des jungen Mannes – ist grün.

»Wenn das mal kein Honey-Fall ist«, entfährt es mir.

Niklas blickt auf. »Aber so was von.«

Kommissar Kaiser scheint jedoch andere Probleme zu haben. »Ein Schwarzer. Tot. In Polizeigewahrsam. Das wird Untersuchungen geben«, klagt er so ganz anders, als ich den harten Hund bisher erlebt habe. *Und zu Recht gibt es die in so einem Fall*, denke ich mir, spreche den Gedanken aber nicht aus. Ich will den armen Kerl ja nicht noch nervöser machen, als er schon ist.

»Keine Sorge. Bisher sieht ja alles nach Drogen aus«, versuche ich ihn zu beruhigen.

»Trotzdem hätten wir den Notarzt rufen müssen«, wendet der Kommissar ein, und da kann ich ihm nicht widersprechen. Ich will ja jetzt nicht die Juristin raushängen lassen, aber die Polizei hat dem Inhaftierten gegenüber schon in gewisser Weise eine Garantenpflicht, damit ihm nichts passiert. Aber ob die Beamten wirklich etwas hätten tun können?

»Bei Honey ist das so eine Sache«, erklärt nun Niklas. »Das kann verdammt schnell gehen. Und er scheint noch nicht lange tot zu sein – zumindest in der Hinsicht wurde schnell reagiert. Machen Sie sich keine Vorwürfe!« Mit seinen langen Fingern, die in weißen Einweghandschuhen stecken (was hat dieser Typ eigentlich noch alles in seinem Zauberrucksack?), öffnet er den Mund des Toten. »Bingo!«, ruft er aus. »Und diesmal haben wir auch eine Schleimhautreizung. Wenn Sie damit einverstanden sind, liebe Frau Staatsanwältin«, ich sehe Schalk in seinen Augen blitzen, »dann könnte ich die Leiche heute noch untersuchen.«

So seriös wie er kann ich auch: »Ich mache den Antrag auf Leichenöffnung fertig, Dr. Rosenbeet. Der Richter schickt Ihnen das Fax dann direkt in die Rechtsmedizin.«

Ja, Fax. Richtig gelesen.

Nein, fragt besser nicht.

Dann wende ich mich an den Kommissar. »Wie ging es denn dann weiter nach der Vernehmung letzte Woche?«

»Im Grunde gar nicht. Weil wir nichts mehr aus ihnen herausbekommen haben, mussten wir sie laufen lassen. Wir hatten ja die Personalien der beiden. Sie leben beide in der Aufnahmeeinrichtung.

Asylantrag ist gestellt und wird gerade bearbeitet. Keine Vorstrafen, keine Auffälligkeiten, bis auf die Sache neulich. Dieses Mal hatten wir eigentlich kein Honey bei ihm entdeckt, keine Ahnung, wo die Vergiftung jetzt her ist. Er hatte gestern nur ein bisschen Speed dabei, was für uns gut war, das ist wenigstens ordentlich vom Betäubungsmittelgesetz gedeckt. Bei Honey ist das ja so eine Sache.« Kommissar Kaiser holt kurz Luft und fährt fort. »Bezug zu malzverarbeitenden Betrieben haben wir keinen feststellen können. Der Mann ist Moslem. Trinkt also auch keinen Alkohol oder so.«

Ich halte kurz inne und überlege. »Schauen Sie doch, dass Sie den Kumpel von neulich noch mal finden und vernehmen.« Kaiser nickt überraschend kooperativ angesichts meiner Idee, auf die auch ein Dümmerer gekommen wäre. Vermutlich ist er erleichtert, dass das Ganze doch recht glimpflich für die Polizei abzulaufen scheint. »Ich fahre jetzt ins Gericht und schreibe den Antrag auf Leichenöffnung.«

»Ich bin hier auch fertig«, erhebt sich Niklas. »Die Leiche können Sie in die Gerichtsmedizin bringen lassen. Ich kümmere mich darum.«

Gemeinsam treten wir aus dem dunklen Präsidium hinaus in den goldenen Herbsttag.

»Wenn's nicht so schrecklich wäre, dass es den armen Jungen dadrin erwischt hat, würde ich sagen: Jackpot.« Niklas reckt sich im warmen Licht der Sonne. »Das wird uns in der Honey-Sache einen großen Schritt vorwärtsbringen.«

»Und wenn nicht, müssten wir uns grün ärgern«, flachse ich.

Niklas schüttelt in gespielter Empörung den Kopf. »Das war pietätlos.«

»Alles klar, Mr. Jackpot!« Ich könnte noch ewig so mit ihm in der Sonne stehen, aber der Antrag auf Leichenöffnung schreibt sich nicht allein. »Also dann …«

»Soll ich dich schnell wieder zurückfahren?«

»Auf dem Rad?«, frage ich überflüssigerweise.

»Hast du schon genug von meiner Stange?«

Ich muss lachen. »Ich will dich nicht überanstrengen.«

Keine fünf Minuten später sitze ich wieder zwischen Niklas' Armen auf seinem blauen Rennrad, diesmal schon viel sicherer als bei unserem ersten Versuch. Die milde Herbstluft weht mir um die Nase, ich betrachte die schönen Hände auf dem Lenker, rieche Niklas um mich herum und denke mir, dass dieser Tag trotz einer grünstichigen Leiche und einer vollgekotzten Schwester mit Alkoholvergiftung, die auf mich wartet, doch auch so einiges an Annehmlichkeiten zu bieten hat.

Viel zu schnell rollen wir in den Hof des Gerichts.

»Wenn du willst, kann ich mal nach deiner Schwester schauen, während du den Antrag schreibst«, bietet Niklas an, als er mir vom Fahrrad hilft, die Hände wieder auf die angenehmste Art und Weise auf die genau richtige Stelle am Übergang der Taille zu den untersten Rippen gelegt.

»Das musst du nicht. Du hast mir heute schon viel zu viel geholfen«, wage ich einen schwachen Abwehrversuch, obwohl ich überrascht bin, wie vernünftig dieses Angebot ist. Ehrlich gesagt befürchte ich, dass Peter so mit seinen eigenen Angelegenheiten beschäftigt war, dass er sich absolut gar nicht um meine Schwester gekümmert hat.

Wie gut, dass Niklas sich nicht so schnell abwimmeln lässt. »Bevor die Leiche in der Gerichtsmedizin ist, kann ich sowieso nichts machen – und bevor du deinen Antrag auf Leichenöffnung gefaxt hast. Also – husch, husch – an den Schreibtisch.« Er hat sich schon umgedreht und ist mit großen Schritten davongelaufen, bevor ich ihm widersprechen kann. Und was soll ich sagen: Diese bestimmte Art heute gefällt mir besonders gut.

Ich spüre den Schlafmangel und den Alkoholmissbrauch, als ich den oberflächlichsten Antrag auf Leichenöffnung in die Tastatur haue, den jemals eine Staatsanwältin verfasst hat (ich lehne mich nicht so weit aus dem Fenster, diese Vermutung auch auf männliche Kollegen auszudehnen, die ich grundsätzlich für nicht so gewissenhaft halte wie uns Frauen, aber das ist nur meine ganz persönliche Einschätzung). Wenn ich noch dazu fähig wäre, etwas anderes zu empfinden als Erschöpfung, würde ich mich dafür schämen.

Stattdessen gebe ich das Schreiben der Geschäftsstelle, die sich um alles Weitere kümmern wird, und schlüpfe wieder hinaus in den Hof, wo ich Niklas auf der Bank neben Sissi sitzen und lesen sehe. Das Fenster des Autos ist offen, auf dem Beifahrersitz schläft Sylvia den Schlaf der Gerechten. Ihr Gesicht ist zartgrün.

»Du solltest dein Auto besser absperren. Der Innenhof des Gerichts ist nicht der Vatikan und selbst dort soll nicht immer alles so ganz einwandfrei vorgehen.« Niklas steht auf, als er mich kommen sieht. »Verpackt und verschnürt – bereit für die Übergabe.« Er weist mit einer eleganten Verbeugung auf Sylvia, die die Gelegenheit nutzt, um ein wenig attraktives Röcheln von sich zu geben.

»Vielen Dank.« Etwas Besseres fällt mir nicht ein. Oder doch: »Lässt du mich jetzt fahren?«, frage ich, um ihn zu provozieren.

Er wiegt nachdenklich den Kopf hin und her. »Auf einen Bluttest würde ich es noch nicht ankommen lassen. Aber du scheinst ja jetzt wieder einigermaßen sicher auf deinen Beinen zu stehen.« Er lächelt mich an.

»Schade, dass ich mich an gestern nicht mehr erinnern kann«, entfährt es mir da, während ich unwillkürlich einen Schritt auf Niklas zugetan habe, und schlage mir innerlich gleich mit der flachen Hand gegen die Stirn. Diesen Abend soll er einfach vergessen und niemals in seinem Leben wieder daran denken.

»Tatsächlich schade. Du warst nämlich sehr … wild.«

Ich reiße die Augen entsetzt auf und fasse ihn am Ärmel. »O Gott. Nicht im Ernst?«

Niklas lacht. Laut und schadenfroh. »Keine Sorge. Es war nichts.«

»Nichts?«, frage ich, halb hoffnungsvoll, halb enttäuscht.

»Nichts«, wiederholt er langsam. Und sein Lachen verebbt zu einem Lächeln. Das Lächeln zu einem Kräuseln in seinem Mundwinkel und einem Leuchten im Grün seiner Augen. »Wir haben uns nicht einmal geküsst.«

Ich halte Niklas noch immer am Ärmel seines schwarzen Pullovers. Habe ich ihn gezogen, ist er freiwillig auf mich zugetreten? Ich weiß es nicht. Doch mit einem Mal liegen seine schlanken Finger wieder auf meiner Taille und …

»Evi, ich muss heim oder ich brech hier und jetzt ins Auto«, gurgelt es da aus dem offenen Fenster des Cabrios.

»Nun denn«, beugt Niklas sich vor. »Die Patientin hat immer recht.« Er haucht einen Kuss auf meine Wange. »Bis bald, Evi Pflaum.«

KAPITEL 11

Nein. Ich dürfte eigentlich nicht Auto fahren. Das spüre ich deutlich.

Das verrät mir der langsam wieder aufsteigende und nur zwischenzeitlich vom Kaugummi verdrängte ekelhafte Geschmack in meinem Mund. Das verrät mir der kalte Schweiß, der sich klebrig am ganzen Körper bildet, während ich konzentriert das Lenkrad umklammert halte.

Von wegen, man merkt Restalkohol nicht. Schöne Grüße an alle Nach-dem-ersten-Mai- und Nach-dem-Vatertag-Fahrer. Wer sich in meinem Zustand ans Steuer setzt, ist wirklich eine Gefahr für die Menschheit.

Andererseits: Was soll ich machen? Meine Schwester im Gericht auf der Damentoilette einsperren und sie mit nach Hause nehmen, wenn ich in fünf Stunden komplett ausgenüchtert bin? Außerdem ist es hell, die Straßen sind frei, es müsste schon mit dem Teufel zugehen, wenn ich es nicht schaffe, uns beide heil nach Hause zu bringen.

Sylvia sitzt bleich neben mir, den Kopf zurückgelehnt, die Augen geschlossen. Die Atmung geht flach. Ich fühle regelrecht, wie sie dagegen ankämpft, ins Auto zu brechen. Zur Sicherheit habe ich ihre Handtasche geleert und ihr in Ermangelung einer Kotztüte auf dem Schoß platziert. Ich mache drei Kreuze, wenn ich sie daheim abgeliefert habe, ohne dass sie Sissis picobello saubere Sitze mit einem neuen Pünktchenmuster verschönert hat.

Zehn Minuten manövriere ich uns beide so unter höchster Konzentration durch den Innenstadtverkehr. Als ich auf die Bundesstraße einbiege, kommt Leben in meine Schwester.

»Ich hasse mein Leben«, röchelt sie, die Augen immer noch geschlossen.

»Ach, Sylvia«, schlage ich den liebevollsten Ton an, zu dem ich in meinem aktuellen Zustand in der Lage bin, »das ist nur der Kater. Nach zwei Ibu, einem Liter Fanta und einer Dusche sieht die Welt schon wieder ganz anders aus.«

»Nein«, widerspricht Sylvia. Die Augen hat sie immer noch geschlossen und dreht ihren Kopf entschlossen hin und her, was sie aussehen lässt, als hätte sie einen Albtraum im Sitzen. »Ich hasse mein Leben. Egal ob nüchtern oder verkatert. Mein scheiß Mann ist ständig unterwegs. Und meine scheiß Kinder sind so scheiß anstrengend.«

Wenn Sylvia vulgär wird, ist das kein gutes Zeichen. Vielleicht meint sie es doch ernst?

»Ständig ist ein Kind krank. Vorgestern Nacht hat Georg-Linus gebrochen. Nebens Bett. In die Steckdosenleiste. Der Strom im ganzen Haus ist ausgefallen, sodass ich mich mit einem heulenden und speienden Kind durch die Dunkelheit tasten musste, um den FI-Schalter zu finden. Derweil war Robert auf dem Schlachterinnungstreffen.«

»Respekt, dass du weißt, wo bei euch der FI-Schalter ist. Und was der macht.« Ich tue nicht nur so. Ich bin ehrlich beeindruckt. In handwerklich-technischer Hinsicht sind bei mir Hopfen und Malz verloren. Als bei meinem Twingo einmal die Tür nicht mehr aufging, zog ich ernsthaft in Erwägung, mir ein neues Auto zu kaufen.

Bei der frustrierten Sylvia kommt meine Bewunderung nicht an. »Mach dich doch nicht lustig! Schäker einfach weiter rum und genieß dein Single-Leben!«, fährt sie mich an.

Aha. Daher weht der Wind. Aber wenn sie herumstänkern kann, kann ich das auch. Wer hat eigentlich gesagt, dass ich ständig als Prellball für meine große Schwester herhalten muss?

»Jetzt halt einfach mal die Klappe, Sylvia«, fahre ich sie so scharf an, wie das nur möglich ist, während ich versuche, das Auto auf der Straße zu halten. »Wer von uns beiden schläft denn wieder in seinem Kinderzimmer? Wer hat kein Haus? Keinen Mann? Keine Kinder? Verdammt noch mal, ich hab nicht einmal ein verficktes Auto! Und ständig krieg ich das aufs Brot geschmiert. Von dir. Von der Omma. Dass mein Leben scheiße ist und sowieso weniger wert als das vom kindergebärenden Teil der Menschheit.«

Sylvia dreht den Kopf zur Seite. Weg von mir. Sie schweigt.

Schweigen kann Sylvia übrigens ganz hervorragend. Beleidigt sein und ihr Gegenüber ignorieren. Die perfekte Strafe für mich, die ich es nicht aushalte, nicht beachtet zu werden. Wenn Ferdinand im Streit mit mir den Raum verließ, explodierte ich. Ich brauche Austausch, Feedback. Wenn jemand »Zeit für sich« oder »zum Nachdenken« braucht, kann er das Tischtuch zwischen uns gleich zerschneiden. Ganz anders Jana, die wie Sylvia eine Meisterin im passiv-aggressiven Schweigen ist. Sie und ihre ähnlich begabte Mutter haben es schon einmal geschafft, sage und schreibe acht Wochen nicht miteinander zu reden – und damit meine ich nicht, dass Jana in Berlin gewesen wäre und sich einfach eine Weile nicht bei ihrer Mutter gemeldet hätte. Nein – es war in der Pubertät, als Jana noch zu Hause wohnte und die beiden sich wegen einer Kleinigkeit in die Haare geraten waren. Acht Wochen Schweigen. Ich wäre gestorben. Verdorrt wie eine Blume ohne Wasser.

Deshalb habe ich als Kind auch nach so manchem Streit stundenlang vor Sylvias Tür gewartet, habe geklopft, gejammert. Habe mich entschuldigt für Dinge, die ich nicht falsch gemacht hatte,

Schuld auf mich genommen, die gar nicht bei mir lag. Nur damit Sylvia mir nicht böse war, damit sie wieder mit mir sprach.

Aber diesmal nicht.

»Du hast recht«, reißt mich da Sylvias Stimme aus meinen wütenden Gedanken. Ich kann nicht glauben, was ich da höre. Hat sie mir tatsächlich gerade zugestimmt?

Sie fährt fort: »Dein Leben möchte ich auch nicht haben. Das ist ja noch beschissener.«

Na, danke auch!

Ich weiß nicht, was ich sagen soll. Muss ich aber auch nicht, denn Sylvia kommt ins Labern: »Ich dacht, wenn ich alles richtig mach, dann werd ich glücklich. Wenn ich einen netten Mann finde. Schick heirate. Wenn ich süße Kinder krieg und danach wieder meine alte Figur. Aber obwohl ich meine Kinder echt liebe, gehen sie mir manchmal so auf den Sack. Ich kann nicht einmal allein kacken, weil dann schon wieder jemand nach mir ruft. Und ständig hab ich Hunger. Aber obwohl mein BMI nur 0,5 Punkte vom Untergewicht entfernt ist, schau ich scheiße aus. Alles voller Streifen und Cellulite. Und Sex hab ich auch keinen. Wenn Robert Lust hat, bin ich zu müde. Und wenn ich Lust hab, liegt ganz sicher ein Kind in unserem Bett oder Robert ist nicht da, weil er wieder auf irgendeiner scheiß Veranstaltung ist.«

Sylvia holt Luft. Schlecht ist ihr offenbar nicht mehr. Immerhin scheint ihre Wut irgendetwas Positives zu bewirken.

»Deshalb bin ich auch gestern mit auf Bockbieranstich gegangen«, fährt sie fort. »Damit er mal merkt, wie das ist, wenn der andere dauernd weg ist.« Sie sackt weiter in sich zusammen. »Aber wahrscheinlich hat er den Abend allein genossen und war froh, dass ich nicht da war. Als ich ihm gesagt hab, dass wir vielleicht in der Stadt schlafen, hat er mir nur viel Spaß gewünscht. Er war kein bisschen eifersüchtig! Wie kann das sein?«

Jetzt muss ich fast ein bisschen schmunzeln. »Du findest aber auch immer das Haar in der Suppe, oder?«

Sylvia wendet sich mir zu, die Augen weit aufgerissen. Mit Widerspruch hat sie offenbar nicht gerechnet.

»Sei doch froh, dass er nicht eifersüchtig ist«, fahre ich fort. »Und dass er ohne dich klarkommt und dir nicht an der Backe hängt. Was glaubst du, wie du dich dann beschweren würdest?« Sylvia schaut mich weiter aus großen Augen an. »Und mal ehrlich: Das Leben ist immer scheiße. Du glaubst doch nicht im Ernst, dass irgendeiner das perfekte, total glücklich machende Traumleben lebt, oder? Alles ist scheiße, du musst nur die Scheiße finden, die zu dir passt.«

Es dauert eine Weile, bis Sylvias Antwort schließlich aus ihr herausplatzt. »Boah! Du bist so eine Klugscheißerin.«

»Nein«, gebe ich zurück. »Ich habe recht! Deshalb hasst du mich auch so.«

»Ich hasse dich doch nicht«, sagt Sylvia da, plötzlich ganz weich, und streckt ihre Hand aus, um meine zu nehmen. »Danke, dass du mir heute Nacht geholfen hast. Ich bin so froh, dass ich dich habe.« Sie verkneift sich ein Grinsen. »*Du* bist meine Scheiße.« Wir lachen beide los. »Total metaphorisch natürlich«, gluckst sie.

Die letzten Kilometer auf der Bundesstraße fahren wir schweigend. Ich habe die eine Hand ums Lenkrad gekrampft, die andere in ihrer viel zu warmen, schwitzigen Hand, die sich gleichzeitig unglaublich tröstlich anfühlt, bis ich an der Ortseinfahrt von Schweinsbrunn die scharfe Kurve nehmen muss und beide Hände brauche, um nicht die Gartenmauer der Finks mitzunehmen, die wirklich viel zu weit in die Straße ragt. Deshalb wird sie auch ungefähr drei Mal im Jahr von Fahranfängern, Ortsfremden oder Betrunkenen umgefahren und von den reumütigen Sündern dann wieder aufgebaut.

Ich liefere Sylvia bei sich ab. Nachdem ich mich vergewissert habe, dass sie es auch schafft, die Tür aufzusperren, düsen Sissi und ich nach Hause, wo es mir tatsächlich gelingt, einen unbeachteten Moment zu nutzen und das Cabrio im ehemaligen Kartoffelkeller abzustellen.

Ich ziehe mein Handy aus der Tasche, um Niklas zu schreiben.

Bin heil daheim angekommen, tippe ich und füge, mutig durch den Restalkohol, noch hinzu: Schade, dass wir bei unserer Verabschiedung so unterbrochen wurden.

Von Jana, der ich vorhin noch eine halb beunruhigte, halb angepisste Nachricht geschrieben habe, ob es ihr denn gut geht, habe ich auch eine Antwort bekommen:

Alles gut. Ich schaue morgen Nachmittag mal vorbei.

Außer dass ich weiß, dass sie noch lebt, bin ich so schlau wie zuvor. Wobei auch ihr Mörder ihr Handy an sich genommen haben könnte und auf diese Art und Weise versucht, sich einen weiteren Tag Aufschub zu verschaffen, bevor ich ihr Verschwinden der Polizei melde. Aber ich versuche optimistisch und nicht zu angepisst zu sein von Janas schlechter Informationspolitik. Ehrlich gesagt bin ich dafür jetzt auch zu müde.

»Wie schaust du denn aus?«, begrüßt mich meine Mutter, als ich das Tor der Kartoffelkellergarage hinter mir verriegle. Hm. Eigentlich dachte ich ja, ganz gut. Also den Umständen entsprechend.

»Was meinst du?«, stelle ich mich dumm.

»Du schaust total verlottert aus«, beschönigt meine Mutter nichts. Sie kommt näher und schnüffelt an mir. »Und du stinkst!«

Ich spare mir eine Antwort. Was soll ich auch sagen? Dass ich das mit dem Gestank auch schon gemerkt habe?

»Ich schäm mich«, schüttelt meine Mutter den Kopf. »Ich schäm mich so.«

Kurz bin ich versucht, darüber nachzudenken, ob ich mich vielleicht auch schämen sollte, aber ehrlicherweise muss ich sagen, dass meine Mutter sich sehr oft für mich oder meine Schwester schämt. Wenn wir als Kinder ausprobiert haben, wer lauter rülpsen kann. (Ich!) Wenn wir »brunsen« statt »pinkeln« sagen, was meine Mutter für das ekelhafteste Wort der Welt hält. Oder wenn Sylvia und ich widerliche Essenswetten abschließen, zum Beispiel, wer eine ganze Käsekrainer essen kann – getaucht in Schokoladenfondue –, was wir aber wirklich schon lange nicht mehr gemacht haben.

Deshalb hält sich meine Scham in Grenzen, als meine Mutter sich kopfschüttelnd von mir abwendet und ins Haus stapft. Stattdessen packt mich blankes Entsetzen, als ich entdecke, dass mein Vater gerade die Gemüsebeete im Garten harkt und meine Rückkehr mit Sissi aus nächster Nähe beobachtet haben muss. Von wegen ein unbeobachteter Moment.

»Hallo, Babba«, grüße ich vorsichtig.

»Hallo, Evi«, hebt er den Kopf. »Hast du diesmal das Fenster zugemacht, damit die Katzen net ins Auto krabbeln und reinscheißen?«

Mein Blick scheint Bände zu sprechen, denn er fährt fort: »Dachtest du, ich weiß net, dass du scho seit Tagen mit der Sissi fährst? Wer, glaubst du, hat'n den Reifendruck kontrolliert und vorgestern vollgetankt? Der Heilige Kniffknaff oder wie?«

Mein Vater harkt kopfschüttelnd weiter und ich fühle mich mindestens zwei Kilo leichter, als ich ins Haus trete, wo mir der Duft von Reissuppe, meiner Lieblingssuppe, entgegenschlägt. Meine Mutter schlüpft gerade in ihre Jacke. »Ich muss zum Aldi. Die haben die Woche Taschenlampen im Angebot. Davon kann man im Fall der Fälle nie genug haben«, erklärt sie mir im Vorbeigehen. »Iss dei Suppe. Damitst wieder ein bisschen mehr wie a Mensch ausschaust.«

Auf dem Herd köchelt die frisch aufgesetzte Suppe vor sich hin.

Es duftet herrlich.

Ich. Liebe. Meine. Eltern.

Solchermaßen gestärkt bin ich eine Stunde später in der Lage, ein paar Akten, die ich mir vorhin im Büro noch alibimäßig in die Tasche gestopft habe, durchzugehen. Unterbrochen wird mein konzentriertes Schaffen nur vom Teekochen, ein paar weiteren Tellern Suppe und einem Vollbad, um den Bockbiermief abzuspülen, der mir noch immer in allen Poren hängt, gefolgt von einem kleinen Peeling (Bockbiermief sitzt tief) und einer belebenden Kräutermaske, die ich gerade nötiger habe als alles andere.

Nach dem Bad gerate ich in eine echte Zwickmühle, hin- und hergerissen zwischen meiner Sehnsucht, den herrlichen, nach Niklas duftenden Pulli wieder anzuziehen, und meiner Abneigung gegenüber einem Kleidungsstück, in das ich mehrere Stunden lang meine Nachsaufdünste ausgedampft habe. Ich entscheide mich schweren Herzens gegen den Pulli und für mein Wohlfühlsweatshirt, was nicht heißt, dass ich den Rest des Nachmittags nicht immer wieder an meinen Ritter im schwarzen Pullover denke.

Das Jourdiensthandy stört mich in meinen Träumereien, Verzeihung, bei meiner konzentrierten Arbeit nur zweimal, weshalb ich fast vergesse, dass ich Dienst habe. Dafür, dass dieser Tag so chaotisch und aufgeregt gestartet ist, scheint das heute ja ganz angenehm auszuklingen. Als der kleine Zeiger auf die Sechs rückt, fühle ich mich fast schon wieder wie ein normaler Mensch.

Jetzt fehlt nur noch eines zu meinem Glück.

Auf leisen Sohlen tappe ich die Treppe hinunter, immer weiter in den Keller, bis in die Einliegerwohnung, die nur ein klitzekleines bisschen leerer aussieht als zuvor. Und das Wichtigste ist immer noch da: Im Naschregal entdecke ich Chips. Und nicht irgendwelche, sondern die perfekte Sorte: Salz-Riffel-Chips, die billigen von Norma, die besonders salzig sind und in die Zunge schneiden.

Und mit etwas Glück finde ich …

Perfekt: In der Getränkeecke gibt es tatsächlich auch noch Fanta. Genauer gesagt vier Kästen, die nächste Woche ablaufen und die ich sicherlich nicht alle heute Abend schaffen werde. Aber ich werde nie wieder etwas gegen die Hamstertendenzen meiner Mutter sagen.

Jetzt muss ich nur noch eine schwierige Entscheidung treffen. Welche Jane-Austen-Verfilmung schaue ich, während ich mir eineinhalb Liter Fanta und eine 200-Gramm-Packung Chips einverleibe? Die 2007er BBC-Verfilmung von *Überredung*, die zwar einige Schwächen mit sich bringt, aber nie so schlecht sein könnte wie die mit Dakota Johnson von 2022? Oder doch lieber *Northanger Abbey* mit Felicity Jones und Carey Mulligan, an dem alles, aber wirklich alles perfekt ist?

Ich habe mich gerade für *Northanger Abbey* entschieden, als mein Handy klingelt. Nicht das Jourdiensthandy. Was für ein Glück. Und noch größer ist meine Freude, als ich den Namen auf dem Display lese.

»Hallo, Niklas?«

»Hallo Evi. Du lebst noch.« Ich höre Niklas' Schmunzeln förmlich durchs Handy. »Wie geht es dir?«

Ich kuschle mich tief in meine Decke, während ich lächelnd antworte: »Nachdem ich heute den ganzen Tag noch fleißig war, krieche ich jetzt ins Bett und führe mir mit Fanta und Salzchips wertvolle Nährstoffe und Elektrolyte zu.«

Niklas lacht auf. »Das hört sich ja grässlich an.«

»Vielleicht hole ich mir noch ein Glas Nutella dazu«, lege ich noch eins drauf.

»Bäh. Du solltest ein bisschen besser auf dich aufpassen.«

Ich bin überrascht. »Ich? Auf mich?«

»Natürlich du. Wer löst sonst den Honey-Fall mit mir?«

O Gott, ich glaube, ich werde gleich ohnmächtig. Weil ich aber kein schwindsüchtiges Frollein aus dem 19. Jahrhundert bin, versuche ich, mich sachlich zu geben – und neugierig bin ich natürlich auch: »Hast du wohl Neuigkeiten?«

»Wie man's nimmt«, antwortet Niklas. »Im Grunde haben meine Untersuchungen heute nur das bestätigt, was wir schon wussten. Es war Honey im Spiel. Und Malz. Diesmal waren wie gesagt die Schleimhäute betroffen, das heißt, der Typ hat das Zeug gesnifft und auch das Zahnfleisch damit eingerieben.«

»Du meinst, er hat es freiwillig genommen?«, hake ich nach.

»So wie es aussieht, schon. Ich konnte keine Spuren von Gewalteinwirkung finden.«

»Aber wann?«, wundere ich mich.

»Vielleicht schon vor seiner Verhaftung. Mit Honey fehlen uns noch die Erfahrungswerte, aber möglicherweise knallt das Zeug erst nach ein paar Stunden so richtig. Aber es sieht auf jeden Fall nichts nach Fremdeinwirkung aus.«

Ich überlege kurz. »Das macht die Tatsache, dass du bei der Frau aus der Jeckstraße nicht herausfinden konntest, wie das Zeug in ihren Körper gekommen ist, nur noch auffälliger.«

»Was du nicht sagst«, gibt Niklas zurück.

»Ui, wird da jemand schnippisch, weil er in seiner Berufsehre angegriffen ist?«, ziehe ich ihn auf.

»Nein, ich bin nur langsam müde, weil ich die Nacht neben zwei schnarchenden Schnapsdrosseln verbracht habe«, gibt er lachend zurück.

»He! Das war gemein!« Ich bin wirklich fast ein bisschen verletzt.

»Wäre es netter, wenn ich sage, dass ich dich heute gerne noch einmal hören wollte und deshalb angerufen habe?«

»Ja! Das ist viel netter!« Ich atme tief ein.

»Sehen wir uns am Montag?«, fragt Niklas.

Warum nicht morgen? Warum nicht am Sonntag?, würde ich am liebsten rufen, traue mich aber nicht, es auszusprechen. Aber vielleicht traut er sich ja auch einfach nicht, zu fragen, und ich sollte ... Zu spät – mein Gehirn ist vorgeprescht und gibt ihm schon Antwort: »Auf jeden Fall. Ich gehe am Montag zur Mälzerei und hole dort eine Probe, die bringe ich dir dann vorbei.«

»Dann freue ich mich auf Montag. Gute Nacht.«

»Gute Nacht!«

Während die Suppe meiner Mutter gestern wahre Wunder gewirkt hat, hat mein Vater ganz andere Mittel und Wege, um Kater zu kurieren. Denn natürlich bin ich auch am Samstagmorgen immer noch ziemlich hinüber. Verdammt! Der Absturz an der Kerwa hätte mir doch wirklich und wahrhaftig eine Lehre sein sollen ...

»Evi! Aufstehen! In zwanzig Minuten fahren wir los zum Holzmachen!«, schallt es durch meine Zimmertür, nachdem mein Vater mich mit drei donnernden Schlägen gegen die selbige aufgeweckt hat.

Holz machen kann mein Vater sehr wohl allein, aber wenn er das Gefühl hat, Sylvia oder ich haben Beschäftigung nötig, dann braucht er plötzlich Hilfe und Holzmachen wird zum Allheilmittel für jede Form von Unpässlichkeiten im menschlichen Dasein. Wenn ich als Teenager Liebeskummer hatte, ging mein Vater mit mir Holz machen. Als Sylvia uns in ihrem Hochzeitsvorbereitungsstress das Leben zur Hölle machte – sich nicht zwischen Chagallblau und Sommerblau für die Tischdeko entscheiden konnte, den Caterer verfluchte, den Organisten nervte und jede Woche eine neue Solistin buchte –, gingen wir zwei Wochen vor der Hochzeit mit unserem Vater in den Wald.

Wobei sich im Fall von Brautzilla Sylvia das Holzmachen nur als semihilfreiche Bewältigungsstrategie herausstellte. Sylvia beschloss nämlich, die Frühlingssonne zu nutzen und im Schlauchtop zu arbeiten, um zwei Fliegen mit einer Klappe zu schlagen und parallel zum Holzmachen auch ihre natürliche, nahtlose Bräune zu perfektionieren. Dabei hatte sie allerdings ihre Rechnung ohne den Eichenprozessionsspinner gemacht. Dessen feine giftige Härchen sorgten nämlich noch am selben Abend für einen Ausschlag an sämtlichen Körperstellen Sylvias, die bei der Arbeit im Wald nicht mit Kleidung bedeckt gewesen waren. Und das waren so einige. Eine Woche lang tupften meine Mutter und ich Sylvia zweimal täglich mit Cortisoncreme ein, während mein Vater als Persona non grata nicht das Wort an sie richten durfte.

Hätte die Creme nicht dafür gesorgt, dass alle Pustelchen bis zur Hochzeit verschwunden waren, wäre mein Vater jetzt vermutlich tot.

Ich darf heute beim Holzmachen vor allem die Hilfsarbeiten übernehmen. Mein Vater entastet, ich staple die Äste auf einen schiefen Haufen. Mein Vater reicht mir die in Stücke gespaltenen Baumstämme, ich lege sie auf dem Wagen ordentlich übereinander – umgekehrt reiche ich ihm später vom Wagen die Holzstücke herunter, die er dann auf dem Holzplatz ordentlich aufsetzt. Nach drei Stunden gehe ich auf dem Zahnfleisch, nach vier Stunden bin ich kurz davor, zu heulen. Nach viereinhalb Stunden fahren wir endlich, endlich nach Hause.

Als wir mit dem Traktor in den Hof rollen, ist mir ganz schlecht vor Hunger. Ich brauche jetzt das größte Stück Gesundheitskuchen, das ich nur kriegen kann. Wobei mir bewusst ist, dass Gesundheitskuchen ein Oxymoron ist. Gesundheitskuchen ist in meiner Familie ein Kuchen, der nichts offensichtlich Ungesundes wie Eierlikör, Schokostückchen oder Rotwein enthält, sondern nur Eier, Zucker, Butter und Mehl. So ein Kuchen schmeckt auch nach zwei Wochen noch, wenn man ihn trocken wie Brot in Scheiben schneidet und mit Marmelade beschmiert. Heute ist er aber frisch, denn allem Diätwahn zum Trotz backt meine Mutter jeden Samstag Kuchen – und zwei Wochen alt wird der bei uns auf keinen Fall.

Der Kuchen steht bei der Oma in der Küche, und das ist gut so, denn so dreckig, wie wir sind, dürfen wir auf keinen Fall ins sauber gewienerte Haus meiner Eltern. Jana sitzt schon an dem mit Wachstuch bedeckten Esstisch und ihr Anblick überrascht mich in keiner Weise – einerseits weil meine verräterische Freundin gestern ihren Besuch angekündigt hat, andererseits weil Jana ihre halbe Jugend hindurch die Samstagnachmittage an diesem Tisch verbracht hat, nachdem sie spitzgekriegt hatte, dass es bei uns am Wochenende immer frischen Kuchen abzugreifen gab.

»Du treulose Tomate«, zische ich ihr, während ich ein großes Stück vom Gesundheitskuchen abschneide, zu – so leise, damit es die Oma nicht hören kann, die auf der Eckbank sitzt, die Beine hochgelegt und mit ihrer karierten Wolldecke zugedeckt. Die fängt trotzdem an, auf mich einzureden.

»Ach schö, dass du mal reinschaust, Evi. Damit du dich a vo mir verabschiedn kannst.« Sie seufzt. »So schlecht wie's mir geht, bin ich sowieso bald nimmer do.« Ich verdrehe genervt die Augen – obwohl ich mir nicht sicher bin, ob sie nur so leidend tut. Tatsächlich sieht die Oma blasser aus als sonst und das Stück Kuchen auf dem Teller vor ihr ist wirklich lächerlich klein – und unangerührt. »Vielleicht könna wir später noch a bissla über mei Beerdigung reden. Mir sind noch a paar Ideen kumma.« Die Oma seufzt erneut und sinkt in ihr Kissen, das jemand hinter ihren Rücken in die Ecke gestopft hat.

Ihre eigene Beerdigung zu planen, ist seit mindestens fünfzehn Jahren das liebste Hobby der Oma. Sie hat einen dicken Ordner, in dem sie nicht nur die Lieder für die Totenmesse und ihre Essenswünsche für den Leichenschmaus aufgeschrieben hat, sondern in dem sie auch eine Auswahl an Fotos für das Sterbebildchen aufbewahrt, die mindestens einmal im Jahr erneuert wird, und eine Gästeliste, auf der – je nachdem, mit wem sie gerade wieder im Streit ist – Namen gestrichen und wieder ergänzt werden.

»Jaja, mach mer später, Omma«, nicke ich gottergeben, während ich mir Kaffee einschenke, und zische Jana noch einmal zu – für den Fall, dass sie es vorhin nicht gehört hat: »Du treulose Tomate! Das war gestern ja mal wohl eine Arschtour!«

»Häh?«, Jana schauspielert gut. »Was meinst du denn?«

»Na, dass du mich und Sylvia total besoffen mit dem Beder allein gelassen hast!« Ich verdrehe die Augen.

»Aber hab ich doch gar nicht.« Jana wirkt echt empört.

»Alles klar. Hab ich mir wohl nur eingebildet, dass du plötzlich weg warst«, gebe ich schnippisch zurück. Wenn sie sich jetzt einfach entschuldigt hätte, hätte ich ihr, ohne zu zögern, verziehen. Aber jetzt hier noch rumlügen! Das macht mich richtig sauer. Die Oma hat die Augen geschlossen und kriegt von unserer Unterhaltung gar nichts mit.

Jana gibt nicht klein bei: »Aber ich war doch da?«

»Und wo bitte?«

»Na, im Nebenzimmer«, sagt Jana da.

Ich traue meinen Ohren nicht. »Wie bitte?«

»Na, in dem Nebenzimmer von dem Raum, in dem ihr gepennt habt«, erklärt Jana ganz langsam, als wäre ich ein bisschen schwer von Begriff.

»Du warst dadrin? Mitm Beder?« Ich glaube wirklich, dass mit meinen Ohren etwas nicht stimmt. Oder mit meinem Gehirn. Oder mit dem von Jana.

Die zeigt indes nicht den Hauch eines Unrechtsbewusstseins. »Ja, ich mit dem Beder. Jetzt stell dich mal nicht so an. So eine große Sache ist das jetzt auch wieder nicht.«

Ich habe immer noch Probleme, das Ganze zu begreifen: »Aber wieso mit dem Beder? Bist du bescheuert? Und was ist mit deinem Fußballer? Von wegen ›nur Muskeln, kein bisschen Fett und noch alle Haare‹? Von ›kein Fett‹ kann doch beim Beder jetzt wirklich nicht die Rede sein. Und seine Haare könnte man inzwischen einzeln zählen.« Ich bin ehrlich entsetzt.

Jana lacht auf. »Jetzt geh doch nicht nach so Äußerlichkeiten. Klar ist ein tolles Werkzeug nicht zu verachten, aber man muss auch wissen, wie man damit umzugehen hat. Und der Beder …« Jana verdreht genüsslich die Augen.

Mir wird schlecht. »Hör auf! Ich brech gleich.«

Doch Jana schwärmt weiter: »Im Ernst. Du darfst den Beder nicht unterschätzen. Der hat so ein Ding mit der Zunge drauf, das ist …«

Ich halte mir laut schreiend die Ohren zu. Ich fühle mich, als hätte ich meine Eltern beim Sex ertappt. Bei richtig schmutzigem kinky Sex mit seltsamen Verkleidungen und schwarzledernem Spielzeug.

»Worüber redet ihr?«, fragt die Oma, die angesichts meines Geschreis die Augen wieder aufgeschlagen hat.

»Über widerliche Ausschläge, die man lieber nicht anfassen sollte«, antworte ich ihr, ohne Jana aus den Augen zu lassen.

»Ach gut, dassd es sagst. Ich hab da auch so was Komisches …«, hebt die Oma an zu sprechen.

»Das zeigst du morgen am besten der Frau von der Caritas«, wehre ich eilig ab. »Aber die Jana wollt jetzt sowieso gerade gehen, dann können wir über dei Beerdigung sprechen.«

Jana hat den Wink verstanden und steht auf, nicht ohne sich noch ein Stückchen Gesundheitskuchen abzuschneiden und in eine Serviette zu wickeln. Sie wirkt kein bisschen beleidigt.

»Jetzt stell dich halt nicht so an, Evi. Du bist so verklemmt. Ich hatte einfach ein bisschen Spaß. Gönn mir das halt.«

»Ja, aber der Beder?«, rufe ich entsetzt aus. »Er ist so ein Depp!«

»Such du gern weiter nach deinem Traumprinzen fürs Leben, aber ich bin froh, wenn ich meine Ruh hab. Ich brauch keinen, der sich um mich kümmert, und auch keinen, um den ich mich kümmern muss. Keinen, der mir reinredet und mir auf die Nerven geht.«

Bei diesen Worten fällt mir Sylvia ein und ihr Schmerz von heute Morgen. Vielleicht hat Jana ja ein klitzekleines bisschen recht. Aber der Peter? Im Ernst?

»Na, was willst du dann von mir hören?« Ich lasse die Arme hängen. »Viel Spaß?«

»Danke schön«, sagt Jana. »Du musst mich auch nicht verstehen. Du musst es nur akzeptieren«, fügt sie hinzu und zieht die Küchentür hinter sich zu.

Den Rest des Nachmittags und des Abends verbringe ich damit, mich mit der Oma durch ihre Beerdigungsunterlagen zu wühlen. Wir fachsimpeln bei der Liedauswahl über die Vorteile von *Näher mein Gott zu dir* gegenüber *Wohin soll ich mich wenden?* und überlegen, ob Leberwurstbrote wirklich die perfekte Wahl für einen Leichenschmaus sind.

»Und vielleicht hast du ja a endlich mal wen, wo du dich ausheulen kannst, wennst an meim Grab stehst«, sagt die Oma, nachdem wir beschlossen haben, dass wir Verbliebenen abhängig vom Wetter entscheiden dürfen, ob nur die Schweinsbrunner Blaskapelle auf der Beerdigung spielen soll oder auch eine Solistin singt.

»Na, da musst aber noch a bissla warten mit dem Sterbn«, gebe ich weniger lustig zurück, als ich es normalerweise tun würde. Die Oma schaut wirklich nicht gut aus. Ihren Kuchen hat sie nicht angerührt. Nach Brotzeit fragt sie genauso wenig. Sie ist noch dürrer als sonst und einen Schuss Asbach in ihren Kaffee wollte sie auch nicht.

Aber sticheln kann sie noch: »In deim Alter war ich scho längst verheiratet und schwanger mitm vierten Kind.«

»Deshalb baumelt bei dir jetzt auch die Gebärmutter auf halb acht«, gebe ich frech zurück. Der Gebärmuttervorfall von der Oma ist ein echter Running Gag unter uns Enkelkindern. Es ist einfach zu grotesk, dass so etwas möglich ist.

Die Oma lacht müde zurück: »Wennst so daherredst, kriegn wir dich nie los.« Sie legt die Hand über die Augen, ihr ist offensichtlich immer noch schlecht.

In diesem Augenblick klingelt mein Handy. Huch, schon nach acht Uhr. Was ist nur mit dem Tag passiert?

Ich gehe ran. Es ist mein Schwager Robert.

»Servus Robert, alles fit?«, melde ich mich gut gelaunt.

»Nix ist fit«, nuschelt es aus dem Handy. »Ich brauch dei Hilfe!«

»Was'n los? Bist du beim Fleischwurstessen erwischt worden?«

»Hör zu. Ich steh bei den Finks. Ich hab ihr Mäuerla umgfahren«, geht Robert nicht auf meinen Scherz ein.

Ich stelle die nächstliegende Frage: »Bist du besoffen?«

Die Antwort lautet wie erwartet: »Ja.« Na, Mahlzeit. Robert druckst herum. »Na ja, ich war auf Schlachtertagung und normalerweise schlaf ich dort, aber dann war die Sylvia so stinkig und da dacht ich …«

»Da dachtest du, du fährst besoffen zu ihr heim und das findet sie dann megatoll?«, führe ich seinen Satz zu Ende.

»Ja, war vielleicht nicht so ganz durchdacht.« Er hickst. »Was soll ich jetz machen? Abhaua?«

»Fahrerflucht ist eine Straftat.«

»Besoffn fahren doch auch, oder?«

»Touché. Was hast du denn gesoffen?«, frage ich.

»So vier, fünf Bier.«

»Sei ehrlich!« Ich kenne doch meinen Schwager, nach fünf Bier fährt der noch keine Gartenmauer um.

Er gibt nach. »Und 'ne halbe Flasche Asbach. Vielleicht mehr.«

»Gut«, gebe ich zurück, in meinem Kopf rattert es. »Die Omma hat hier noch eine fast leere Flasche Asbach da. Die bring ich dir jetzt hin. Dann rufst du die Polizei an und sagst, dass du die Mauer umgefahren hast und auf den Schreck hast du die halbe Flasche ausgetrunken.« Ich halte kurz inne, um meine Anweisungen sacken zu lassen. »Verstehst du: Du sagst, du hast sie getrunken. Du trinkst nicht weiter. Hast du mich verstanden?«

»Alles klar!« Robert wirkt noch skeptisch. »Aber können die des nicht irgendwie rausfinden? Also, dass ich das scho vorher getrunken hab?«

»Können sie schon. Es gibt so Begleitstoffanalysen, da schaut man nicht nur den Alkoholspiegel an, sondern auch die anderen Abbaustoffe und ob das zu dem passt, was du gesagt hast. Ideal wäre es gewesen, wenn du einfach nur Wodka getrunken hättest. Da geht so was nicht. Aber das Risiko müssen wir eingehen.«

»Okay«, Robert wirkt zögerlich.

Langsam bin ich genervt. Wer hat denn hier wen angerufen?

»Wir müssen es auch nicht so machen. Du hast nur um meine Hilfe gebeten. Du kannst auch heimfahren, aber wenn sie dich dann wegen Fahrerflucht anzeigen, dann hast du auch Probleme mit deiner Versicherung. Außerdem …«, ich atme tief ein und verstoße in diesem Moment auf das Schärfste gegen meine Berufsehre: »Außerdem rufen die in der Regel vor einer Blutentnahme beim Jourstaatsanwalt an. Und der bin heut Nacht ich. Und ich werd nix anordnen. Dann können sie dir gar nichts nachweisen. Auf die Weise kommst du mit einer Ordnungswidrigkeit durch.«

Robert widerspricht mir nicht mehr länger. Endlich scheine ich ihn überzeugt zu haben.

»Ich bin gleich bei dir mit der Flaschn Asbach«, sage ich. »Und Robert?«

»Ja?«

»Ich erwarte von dir und Sylvia, dass ihr euch zusammensetzt. Nüchtern. Und dass ihr dieses Affentheater in den Griff kriegt. Das ist ja lächerlich.«

Ich lege auf, ohne auf seine Antwort zu warten.

Die Rächerin der Entrechteten hat mal wieder ein gutes Werk getan. Nur meinen Kollegen, denen erzähle ich davon lieber nichts.

KAPITEL 12

Zwei Stunden bleibe ich wach in der Erwartung, dass noch irgendetwas geschehen wird. Es gibt nichts Schlimmeres, als vom nervtötenden Beverly-Hills-Cop-Klingelton des Jourdiensthandys aus dem Schlaf gerissen zu werden, wenn ich gerade erst fünf oder zehn Minuten zuvor hinübergeglitten bin in eine zuckerwatteweiche Traumwelt.

Um halb elf bin ich schließlich vollends überzeugt davon, dass weder Robert noch die Polizei sich noch melden werden – Letztere zumindest nicht in dieser Sache. Mein Schwager muss ziemlich überzeugend gewesen sein mit der doch sehr eilig zusammengezimmerten und meiner Meinung nach nicht wirklich überzeugenden Nachtrunklüge.

Im Nachhinein bin ich mir auch gar nicht mehr so sicher, ob Robert sich wirklich bei der Polizei hätte melden müssen. Mit dem alten Fink hätte er die Sache sicherlich problemlos regeln können, indem Robert – oder einer seiner Azubis – die Mauer einfach wieder aufbaut. Andererseits weiß man nie, wer einen vielleicht beobachtet hat und heimlich wegen Fahrerflucht anzeigt. Ja, auch in einem Kuhkaff wie Schweinsbrunn.

Der Rest der Nacht verläuft ruhig. Erst um sechs Uhr rettet mich das Jourdiensthandy aus schrecklichen Träumen über völlig durchgeknallte Junggesellinnenabschiedsoutfits (pinkfarbenes Tutu mit Glitzerborte), in denen mich Jana zwingt durch die Stadt zu laufen. Die Polizei will ein Okay zu einer Blutentnahme im

Glasscherbenviertel und natürlich sage ich nicht Nein. Schließlich will ich vor den Kollegen von der Polizei nicht als zu lasch dastehen.

Ich schaffe es zwar nicht, wieder einzuschlafen, aber den Rest des Vormittags dämmere ich im Bett vor mich hin – aus Angst, aufzustehen und von meinen Eltern erwischt und mit zum Kirchgang gezwungen zu werden. Erst als ich aufstehe, merke ich, dass ich mir das hätte sparen können, denn meine Mutter hatte offenbar nie vor, zum Gottesdienst zu gehen, sondern steht in der Küche und kocht Schweinebraten.

So wie unter der Woche in diesem Haus scheinbar gar nicht mehr gegessen wird, genauso muss am Sonntag unbedingt ein »Stück Fleisch« auf dem Tisch stehen. Außerdem kommen »die Kinder« zum Mittagessen – namentlich Georg-Linus und Lotta-Luisa (ich scheine den Status als Kind inzwischen verloren zu haben) – und da muss es natürlich etwas Ordentliches geben.

Sylvia und Robert bringen die Kinder vorbei, weil sie zu zweit in der Therme etwas »Paarzeit« genießen wollen, was ich als gutes Zeichen werte. Auch wenn ich es für besser befunden hätte, wenn die beiden sich einfach mal zu Hause lange und ausführlich unterhalten würden, anstatt irgend so eine instagramtaugliche Knutschaktion zu unternehmen, die sie in Sachen Beziehungsarbeit so gar nicht voranbringt. Wobei ich weiß, dass ich mit meinem aktuellen Singlestatus nicht wirklich prädestiniert bin, Optimierungstipps für eine fast fünfzehn Jahre andauernde Partnerschaft zu geben. Andererseits hatte ich im siebten Semester ein freiwilliges Seminar zum Thema Familienrecht, da wird man sich doch eine Meinung bilden dürfen.

Nach dem Mittagessen, bei dem Georg-Linus darauf besteht, dass er weder Kloß noch Soß noch Wirsing noch Bäh essen will, und unter lautem Geschrei auch eine Scheibe Brot verschmäht hat, woraufhin meine Mutter ihm blanke Nudeln kocht, bin ich so gerädert, dass ich beschließe, meinen Eltern die Kleinkinderbetreuung zu überlassen, und mich mit Lolu in mein Zimmer zurückziehe, um mit ihr *Mrs. Doubtfire* zu schauen. Sollen die sich doch mit den Launen dieses Tyrannen in Windeln auseinandersetzen und all die langweiligen Tätigkeiten mit ihm machen, die so ein fieser kleiner Stinker einfordert. Stumpf aus dem Fenster schauen, Autos zählen, Hühner füttern, Wirsing an die Wand schmieren – was man eben so macht. Lolu werde ich in der Zwischenzeit ein echtes Kleinod der Filmkunst meiner Jugend näherbringen. Und für den Fall der Fälle, dass ihre Eltern sich nicht wieder zusammenraufen, kann sie sich durch diesen Film schon mal darauf einstellen, wie es ist, geschiedene Eltern zu haben.

Der so mit ausgiebigem Rumhängen gefüllte Tag vergeht einerseits unfassbar langsam, weil nichts geschieht, und ist gleichzeitig unglaublich schnell vorbei aus genau demselben Grund. Niklas zu schreiben, lasse ich. Nicht weil ich nicht will, sondern weil ich partout nicht weiß, was. Mindestens eine Stunde denke ich darüber nach, ob ich ihm nicht vorschlagen soll, am Abend essen zu gehen, aber ich wäge die Pros und Kontras so lange gegeneinander ab, dass ich ganz erleichtert bin, als es endlich sechs Uhr schlägt und zu spät ist, um noch ernsthaft mit so einem Vorschlag um die Ecke zu kommen.

Nachdem ich Lolu ihren rosig strahlenden Eltern übergeben habe, schlafe ich mit den Resten vom Mittagessen schließlich vor dem Fernseher ein.

Am nächsten Morgen bin ich doch tatsächlich vor dem Weckerklingeln wach, so sehr beschwingt mich die Aussicht, erstens Niklas wiederzusehen, sobald ich diese verdammte Probe in der Mälzerei besorgt habe, und zweitens das Jourdiensthandy loszuwerden, das zwar auch am Sonntag bis auf ein paar klitzekleine Anrufe der Polizei stumm geblieben ist, sich aber immer mehr anfühlt wie ein Mahlstein um meinen Hals. Inzwischen höre ich sogar Phantom-Handyklingeln, wenn im Radio Lieder mit bestimmten Tonfolgen laufen, und mein Herz bleibt vor Schreck erst stehen und beginnt dann zu rasen. Ich werde vermutlich Wochen brauchen, um mich von diesem Jourdienst zu erholen.

Als ich voller Schaffensdrang zu Peter ins Büro marschiere, brennt zwar bereits das Licht, aber er ist offenbar gerade irgendwo anders unterwegs. Weil er der Nächste in der Liste ist, lege ich ihm das Bereitschaftshandy mit einem Grinsesmiley-Post-it versehen auf den Schreibtisch und mache mich eilig davon. Nach den Ereignissen vom Wochenende bin ich nicht so scharf darauf, ihn so bald wiederzusehen. Bei der Vorstellung, dass die Geräusche aus dem Nebenzimmer am Freitagmorgen von ihm und Jana kamen, wird mir immer noch ganz schummrig.

Gehirntür auf, Gedanke rein, Tür zu. Weg damit.

Denn heute habe ich einiges zu erledigen. Am vergangenen Mittwoch sind Wachtmeister Hornung und ich in der Mälzerei gewesen. Katerbedingt habe ich mich nicht wie angedroht zwei Tage später noch einmal mit dem Thema befasst – nun aber! Ich rufe auf der Polizeiwache an. Hornung, diese fleischgewordene bayerische Beamtentugend, geht nach dem ersten Klingeln ran.

»Guten Morgen, Herr Hornung. Pflaum hier. Kam denn jetzt endlich eine Probe vom Denglein?«

Ich höre es rascheln, der Wachtmeister scheint in seinen Unterlagen zu blättern. Offenbar hat auch er das Wochenende nicht am Schreibtisch verbracht. »Nein«, kommt schließlich die Antwort. »Bei uns ist nichts angekommen.«

Ich bin nicht wirklich überrascht. »Dann würde ich sagen, es ist an der Zeit, dass wir der Mälzerei noch mal einen Besuch abstatten. Sind Sie dabei?«

»Selbstverständlich!«, klingt es ehrlich enthusiastisch aus dem Hörer. Also eines muss man Hornung lassen: Der Proaktivste mag er nicht sein, aber wenn es Dinge zu erledigen gibt, ist er sofort mit Feuer und Flamme dabei. »Soll ich Sie abholen?«

»Vielen Dank. Ich bin heute selbst mit dem Auto da. In zwanzig Minuten vor der Mälzerei?«

Wie herrlich es ist, endlich mal legal mit Sissi unterwegs zu sein. Ich bin absolut kein Adrenalinjunkie und es war heute Morgen ein großartiges Gefühl, ohne den fast schon zur Routine gewordenen morgendlichen Angstschweiß, der von meinem Deo jedes Mal Höchstleistungen gefordert hat, vom Hof rollen zu können. Inzwischen ist die Sonne am Himmel noch ein Stückchen nach oben geklettert, sodass ich bei herrlichen Spätsommertemperaturen sogar das Verdeck aufmache und mein Haar im Wind flattern lasse, während ich gen Mälzerei brettere.

Ist das Leben nicht schön?

Weniger schön ist mein Haar, als ich kurz darauf bei der Mälzerei ankomme. Ich sehe aus, als hätte ich in eine Steckdose gegriffen. Wachtmeister Hornung kommentiert mein Aussehen nicht, aber sein verwirrter Blick verrät mir, dass er mit meiner Tina-Turner-Gedächtnisfrisur ganz und gar nichts anfangen kann.

Doch es bleibt mir keine Zeit, um in meiner Handtasche nach einer Haarbürste zu kramen. Die Gegensprechanlage knackt und wir werden wie schon beim letzten Mal in gebrochenem Deutsch begrüßt, von derselben Dame in Empfang genommen und durch die bekannten langen weißen Gänge geführt. Diesmal tritt uns Carsten Denglein jedoch nicht bereits auf dem Flur entgegen, sondern wir werden gebeten, in einem weißen Warteraum Platz zu nehmen, der so hell und licht ist, dass ich das Gefühl habe, bei *Matrix* im Ladeprogramm gelandet zu sein.

Wir beginnen zu warten.

Und warten.

Und warten.

Als ich auf meine Uhr blicke, stelle ich fest, dass gerade einmal sieben Minuten vergangen sind, seitdem wir den Raum betreten haben. Das ändert nichts daran, dass ich langsam ungeduldig werde. Ich muss aufs Klo. Das interessiert jetzt vielleicht niemanden, aber nach meinem verdauungsfördernden Kaffee heute Morgen hätte ich schon spätestens vor einer halben Stunde ein stilles Örtchen …

Zehn Minuten.

Wachtmeister Hornung starrt wie die personifizierte Geduld gelassen Löcher in die Luft. Eine Ausdauer, die mir fehlt.

»Ich muss mal für kleine Staatsanwältinnen. Bin gleich wieder da.«

Ich trete durch die weiße Tür hinaus in den weißen Gang, der sich nach links und rechts in die Unendlichkeit erstreckt. Der Gang ist gesäumt von völlig identischen weißen Türen, keine einzige trägt ein Türschild. *Nun, das Klo werden sie schon hoffentlich irgendwie markiert haben,* denke ich. Doch nachdem ich wieder eine gefühlte Ewigkeit gelaufen bin, so lange, dass ich mich frage, ob ich schon im Kreis gehe, beginne ich wahllos Türen zu öffnen.

Eine Putzkammer.

Verschlossen.

Verschlossen.

Eine Vorratskammer.

Verschlossen.

Ein riesiges, von Malzgeruch erfülltes Labor mit mindestens zwei Dutzend Menschen, die in weißen Kitteln und weißen Häubchen in einem Raum voll Messbechern, Kolben und Glasröhren herumwuseln.

Das war zwar nicht das, was ich eigentlich gesucht habe, aber trotzdem: Bingo!

Sämtliche Augenpaare haben sich beim Öffnen der Tür auf mich gerichtet.

Ich tue, als wäre mein Eindringen volle Absicht gewesen.

»Guten Morgen. Ich bin Evi Pflaum von der Staatsanwaltschaft.« Ich blicke in verständnislose Augen. Vor allem ein Paar Augen kommt mir seltsam bekannt vor. Wo habe ich diesen jungen Mann am anderen Ende des Raumes nur schon mal gesehen? Ich komme nicht darauf. Meine Begrüßung scheint auf jeden Fall niemand verstanden zu haben. Vielleicht auf einer anderen Sprache? »Police?« Plötzlich senken sich alle Augen und mit einem Mal sind alle wieder schrecklich beschäftigt.

Ich wende mich an ein junges Mädchen, das mir am nächsten steht: »Do you speak English?« Sie schüttelt nur den Kopf. »Français?«, versuche ich es erneut, und sie nickt vorsichtig.

Sehr gut! Das wäre doch gelacht, wenn sich meine kleine Odyssee nicht konstruktiv nutzen lassen würde. Und wenn Denglein mir meine Probe nicht gibt, dann besorge ich sie mir eben selbst. »J'ai besoin de ...« Ich krame mein bestes Schulfranzösisch heraus, um der jungen Frau zu erklären, dass ich eine Probe von dem Zeug brauche, das in diesem Labor offenbar gerade einer gründlichen Qualitätsprüfung unterzogen wird. Von wegen, es wäre kein Malz da, von dem man Proben nehmen könnte. Denglein, dieser Lügenbeutel.

Die junge Frau ist offensichtlich derart darauf bedacht, mich schleunigst loszuwerden, dass sie mir vermutlich die gesamte Laboreinrichtung mitgegeben hätte. Sie greift unfassbar erleichtert nach einem durchsichtigen Plastikbecher und nimmt mit einem winzigen Löffelchen mehrere Portionen aus einem der Behältnisse.

Als ich zufrieden nicke, schraubt sie den Becher zu, drückt ihn mir hastig in die Hand und schiebt mich in Richtung Tür.

»Un moment«, sage ich da, und sie reißt vor schlecht verborgener Ungeduld die Augen auf. »J'ai envie de faire pipi. Où sont les toilettes?«

Die Toilette hätte ich wirklich ewig suchen können. Die Tür ist weder durch ein Schild noch ein Symbol gekennzeichnet. Allerdings hat mir die junge Frau erklärt, woran ich mich auf meinem Weg zurück in den Warteraum orientieren kann. Auf dem Boden vor den Türen finden sich weiß auf weiß Zahlen und Buchstaben, die mir bisher noch nicht aufgefallen sind. Und ich muss in den Raum A38 – nichts leichter als das mit meinem neuen Wissen.

Ich hoffe, dass Denglein noch nicht im Warteraum aufgetaucht ist. Wenn er mitbekommt, dass ich hier allein meine Runden drehe, wird er nicht sonderlich amused sein ... Ich sollte mich also sputen.

Aber erst, wenn ich hier mein Geschäft erledigt habe.

Ich brauche keine fünf Minuten, sodass es mir fast ein bisschen peinlich ist, dass ich es nicht bis in die Behörde ausgehalten habe. Noch peinlicher wäre es, der Person, die nach mir diese Toilette benutzen wird, ins Gesicht sehen zu müssen. Ich blicke mich in dem fensterlosen Räumchen um. Warum gibt es nie ein Raumspray, wenn man es braucht? Auf dem Spülkasten liegt allerdings ein Streichholzbriefchen. Wie war das noch mal? Die Streichholzflamme verbrennt die stinkigen Schwefelgase in der Luft? Na, wenn's der Lufterfrischung dient ...

Ich lege das Briefchen gerade zurück, da fällt mir der Aufdruck auf der Vorderseite auf. Ich traue meinen Augen kaum. Es ist der Name des Lokals in der Jeckstraße, in dem vor nicht einmal zwei

Wochen die Prostituierte gefunden wurde. Na, das ist ja mal eine Überraschung. Ich würde sagen, dieser Toilettengang hat sich mal doppelt gelohnt.

Ich wickle das Streichholzbriefchen eilig in ein Stück Toilettenpapier und stecke es in meine Tasche, während ich zurück in den Warteraum eile.

Ich habe gerade den Raum wieder betreten und will Wachtmeister Hornung von meinem Fund erzählen, da öffnet sich auch schon die gegenüberliegende Tür und Carsten Denglein tritt uns entgegen. Das war ja wohl einmal perfektes Timing. War er bei unserem letzten Treffen noch die Freundlichkeit in Person, strahlt er jetzt vor allem eins aus: schlechte Laune.

»Was wollen Sie schon wieder hier?«, verzichtet er auf jede Begrüßung. »Ich habe doch gesagt, wir melden uns bei Ihnen.«

»Herr Denglein, schönen guten Morgen!« Ich antworte ihm mit einem breiten Grinsen. »Nur leider haben Sie sich nicht gemeldet. Deshalb sind wir wieder hier.«

»Den Gang hätten Sie sich sparen können. Es ist nichts da.« Ich grinse noch ein bisschen breiter angesichts dieser dreisten Lüge und befühle die Probe in meiner Tasche. Wie gut, dass ich auf sein Entgegenkommen nicht mehr angewiesen bin. Denglein fährt fort: »Deshalb hören Sie auf, meine Zeit zu verschwenden!« Langsam redet er sich richtig in Rage und beginnt fast zu spucken wie sein alter Freund Söllner. »Und sind Sie nicht die Staatsanwältin, die eigentlich die Blockierer hinter Schloss und Riegel bringen sollte?« Mensch, dieser Typ weiß ja wirklich hervorragend Bescheid, was bei uns in der Behörde abgeht – und eine Antwort scheint er nicht wirklich zu erwarten. »Kümmern Sie sich lieber um die und lassen Sie unbescholtene Bürger, die dieses Land am Laufen halten, in Ruhe.«

Vor zwanzig Minuten hätte mich ein derartiger Ton möglicherweise zu Widerworten angeregt, aber inzwischen habe ich, was ich brauche. Ich lächle ein weiteres Mal scheißfreundlich. »Sie haben vollkommen recht. Entschuldigen Sie die Störung.« Ich sehe, wie Wachtmeister Hornung neben mir die Gesichtszüge entgleisen, als ich mich zur Tür wende und ihn mit mir ziehe. »Wir gehen dann besser wieder, um Ihnen nicht weiter Ihre kostbare Zeit zu rauben.« Denglein blickt mich genauso überrascht an wie mein Polizeikollege – und genauso sprachlos. »Machen Sie sich keine Umstände. Wir finden allein nach draußen«, schicke ich im Gehen noch hinterher, das Lächeln auf meinem Gesicht wie festgeklebt, und ziehe die Tür des Warteraums hinter mir und dem verwirrten Wachtmeister Hornung zu.

Es dauert keine zwei Minuten, bis ich den Ausgang gefunden habe. Wenn man den Dreh einmal raushat, ist es gar nicht so tricky.

»Was war das denn jetzt?« Die ungerührte Fassade von Wachtmeister Hornung zeigt Risse, als wir beide durch die Eingangstür in die Herbstsonne treten. »Und dafür sind wir extra hierhergekommen?«

»Nein. Dafür nicht.« Ich grinse und greife in meine Tasche. »Aber dafür.« Ich krame den Becher und das in Toilettenpapier gewickelte Streichholzbriefchen hervor.

Hornung fallen fast die Augen aus dem Kopf. »Wo haben Sie das denn her?«

»Ich habe etwas gebraucht, um die Toilette zu finden – aber dafür habe ich ein paar andere Sachen entdeckt.« Ich muss an mich halten, um nicht allzu selbstzufrieden zu klingen, was sehr schwer ist angesichts von Hornungs bewunderndem Blick, der mich mit neu gewonnener Achtung anstrahlt. Nur dass der Wachtmeister so überrascht wirkt angesichts meiner Glanzleistung, verletzt mich fast ein bisschen.

»Die Probe kann ich jetzt gleich in der Gerichtsmedizin abgeben«, erkläre ich. »Aber das Streichholzbriefchen sollten Sie vielleicht mal auf Fingerabdrücke untersuchen. Meine sind auf jeden Fall drauf, aber vielleicht finden wir ja noch ein paar andere.«

Wachtmeister Hornung nickt wie ein Wackeldackel. »Sie sind mir ja eine.«

Ich grinse. »Es ist nicht schön, unterschätzt zu werden. Aber manchmal kann es verdammt hilfreich sein.«

Wir wollen gerade in unsere Autos steigen, da klingelt mein Handy. Die Nummer kenne ich nicht, aber ich sehe, dass es ein Anruf aus dem Gerichtsgebäude ist.

»Evi Pflaum«, melde ich mich.

»Guten Morgen, Frau Pflaum. Hier ist Justizwachtmeister Krämer von der Pforte.«

»Guten Morgen. Was ist denn los? Ich habe keinen Jourdienst mehr. Da müssen Sie sich an Herrn Schneider wenden«, antworte ich abwehrend. Auf irgendwelche Sondertätigkeiten habe ich im Moment so was von keine Lust.

»Nein, nein. Es geht um etwas anderes. Hier neben mir ist eine Frau, die nach Ihnen fragt.« Er senkt die Stimme. »Unter uns, sie sieht etwas aufgewühlt aus. Und sie wirkt, als wäre sie verletzt.«

Mit einem Mal bin ich ganz Ohr. »Hat sie ihren Namen gesagt?«

»Andretzki heißt sie.« Marie Andretzki. Die Frau von der Körperverletzungsgeschichte. »Soll ich sie zum Arzt schicken?«, fragt der Justizwachtmeister.

»Nein, halten Sie sie fest. Bieten Sie ihr einen Kaffee an. Ich bin in zwanzig Minuten da.«

Das war wohl nichts mit einem kleinen romantischen Abstecher in die Gerichtsmedizin. Aber wenn Frau Andretzki aus dem Grund da ist, aus dem ich vermute, dass sie gekommen ist, dann kann das Malz warten.

Ich klopfe an die Scheibe des Polizeiwagens, wo der Wachtmeister gerade den Motor starten will.

»Herr Hornung, am besten kommen Sie gleich mal mit ins Gericht!«

Wir brauchen nicht einmal achtzehn Minuten bis zum Gerichtsgebäude, so sehr drücke ich das Gaspedal durch. Bei der einen Ampel bin ich mir nicht sicher, ob das noch Dunkelorange oder doch schon Rot war, aber nachdem Wachtmeister Hornung hinter mir auch noch durchgerollt ist, sehe ich die Sache eher locker.

Marie Andretzki wartet im Eingangsbereich des Gerichtsgebäudes. Den Kaffee vor sich hat sie offenbar nicht angerührt. Sie ist eingehüllt in einen schicken hellblauen Mantel, die Kapuze hat sie – obwohl sie im 20 Grad warmen Gerichtsgebäude sitzt – über den Kopf gezogen. Aus gutem Grund, wie ich feststelle, als ich mit Wachtmeister Hornung im Schlepptau auf sie zutrete: Ihre rechte Gesichtshälfte ist so gut wie schwarz, ein riesiger blauer Fleck, nur unterbrochen von kleineren lilafarbenen und blutroten Einsprengseln. Ich versuche, mir meine Erschütterung nicht anmerken zu lassen.

»Frau Andretzki. Sie wollten zu mir?«

Eilig rappelt sie sich aus ihrem Sessel auf. Sie zuckt zusammen, offenbar vor Schmerzen. »Guten Morgen, Frau Pflaum. Ja, ich wollte mit Ihnen sprechen.« Sie wirft einen Blick auf Justizwachtmeister Krämer, der uns neugierig aus seinem Plexiglaskasten heraus beäugt, und auf Wachtmeister Hornung, der sich hinter meinem Rücken herumdrückt. »Hätten Sie vielleicht kurz Zeit für ein Gespräch unter vier Augen?«

Wohl eher unter drei Augen, schießt es mir durch den Kopf, als ich mir Andretzkis Gesicht genauer anschaue. Verdammt, was hat dieses Arschloch nur mit ihr angestellt?

Kurz darauf sitzen wir in meinem Büro. Wachtmeister Hornung gegenüber habe ich meine neu gewonnene Autorität ausgespielt und ihn gebeten, vor der Tür zu warten, was er mit seiner für ihn typischen stoischen Beamtenruhe akzeptiert hat.

»Nun erzählen Sie mal, was Ihnen passiert ist, liebe Frau Andretzki«, fordere ich sie schließlich auf.

»Ich bin die Treppe runtergefallen«, beginnt sie stockend zu sprechen.

Ich sauge genervt die Luft ein. Die Treppe runtergefallen? Wirklich? Fängt dieser Mist schon wieder an? »Und damit kommen Sie zu mir?« Ich hoffe, meine Stimme hört sich nicht so angepisst an, wie ich mich fühle.

Marie Andretzki presst einen Augenblick die Lippen zusammen, schließlich antwortet sie: »Ich bin nicht gefallen, weil ich gestolpert bin.« Sie hält kurz inne und fährt schließlich fort: »Sondern weil der Jochen mich geschubst hat.«

Ich bleibe still, will nur, dass sie weiterspricht.

»Wir hatten einen Streit, weil er so viele Sachen auf der Treppe hat stehen lassen. Ich habe ihm gesagt, dass man darüber stolpern kann. Es ging hin und her und schließlich war er so wütend, dass er mich gepackt und die Treppe hinuntergeworfen hat.« Sie zieht ihren Mantel aus und schiebt den Ärmel ihrer Bluse hoch. Um ihren Oberarm krallen sich rote Fingerabdrücke.

»Danach hat er sich entschuldigt. Er meinte, ich soll ihn nicht immer so provozieren.« Sie hebt den Blick und sieht mich aus rot unterlaufenen Augen an. »Aber das ist doch nicht richtig, oder? Dass er so etwas macht?«

Ich schlucke. »Nein, das ist nicht richtig, Frau Andretzki. Aber warum kommen Sie damit zu mir? Letzte Woche hatte ich nicht das Gefühl, dass Sie an der Situation etwas ändern möchten.«

Stille.

Schließlich beginnt die Frau wieder zu sprechen: »Und wenn ich doch reden möchte?«

»Am Ausgang der Verhandlung von letzter Woche ändert das nichts mehr. Das Verfahren ist eingestellt. Da lässt sich nichts dran drehen.« Ich sehe, wie Marie Andretzki die Schultern hängen lässt. »Aber Sie könnten ihn noch mal anzeigen. Und wir könnten ihn noch mal anklagen.« Auf einmal sehe ich etwas wie Hoffnung in ihren Augen aufglimmen. Mir kommt eine Idee. »Und vielleicht können wir das sogar ziemlich schnell.«

Ich erkläre Frau Andretzki meinen Plan.

»Dann würde ich Sie jetzt aber mit Wachtmeister Hornung aufs Revier schicken, damit er Ihre Aussage zu den Akten nimmt und die Verletzungen dokumentiert«, komme ich schließlich zu einem Ende. »Und ich melde mich bei Ihnen beiden, sobald ich Genaueres weiß.«

Ich halte den Atem an, während Marie Andretzki überlegt. Die ganze Zeit über hatte sie den Kopf wie eingezogen, aber jetzt senkt sie die Schultern und streckt den Nacken. Sie hebt den Blick und nickt: »Ja. Lassen Sie es uns so versuchen.«

Nachdem ich den wartenden Wachtmeister ins Bild gesetzt habe und die beiden Richtung Polizeiwache aufgebrochen sind, greife ich zum Telefonhörer. Das wird kein leichter Anruf.

»Jablonski. Amtsgericht«, meldet sich der alte Richter, und ich versuche aus seiner knurrigen Stimme herauszuhören, wie die Laune denn heute ist. Doch egal – ich muss das tun, ob ihm nun die Sonne aus dem Hintern scheint oder nicht.

»Guten Tag, Herr Jablonski. Gerade ist Frau Andretzki bei mir aufgetaucht«, falle ich sofort mit der Tür ins Haus. »Sie wurde von ihrem Verlobten die Treppe hinuntergeworfen. Wachtmeister Hornung dokumentiert gerade die Verletzungen.«

»Und was wollen Sie von mir?«, antwortet Jablonski knapp, aber nicht unfreundlich. Nachtragend scheint der Richter nicht zu sein. »Gehen Sie doch mit ihr zum Ermittlungsrichter. Der soll ihre Aussage sichern und dann klagen Sie den Typen einfach noch mal an.«

»Das könnte ich natürlich«, räume ich ein. »Aber dann haben wir, wenn die eigentliche Verhandlung stattfindet, nur eine Aussage vom Hörensagen, falls sie ihre Aussage erneut zurückzieht …« Ich lasse meine Worte sacken.

»Ja, und?« Jablonski stellt sich nur dumm, er weiß genau, was ich meine.

»Nun, wenn wir ihn heute im Schnellverfahren anklagen, dann hätten wir Andretzkis Aussage vor dem Richter, der auch das Urteil sprechen wird.«

»Vor mir.« Sag ich doch. Jablonski hat genau begriffen, worauf ich hinauswill. Was nicht heißt, dass er auch gleich mitmacht: »Sie wissen schon, dass Schnellverfahren nur für bestimmte Fälle vorgesehen sind?«

»Ja, für Fälle, in denen die Aktenlage eindeutig ist – und das ist hier doch wohl ganz klar der Fall«, übertreibe ich. Üblich ist ein Schnellverfahren in so einem Fall durchaus nicht.

Jablonski geht gar nicht darauf ein, sondern kommt mit dem nächsten Einwand um die Ecke. »Ich wollte heute eigentlich nach dem Mittagessen zum Tennis.«

»Morgen ist das Wetter dafür sowieso viel besser«, prognostiziere ich und lehne mich ganz, ganz weit aus dem Fenster: »Dafür haben wir jetzt die perfekte Gelegenheit, den Typen einzubuchten.«

Schweigen in der Leitung. Ich wäre jetzt gerne ein Mäuschen in Jablonskis Büro, um zu sehen, ob er sich angesichts meiner Hartnäckigkeit mit der Faust gegen die Stirn hämmert oder beeindruckt ist von meinem Engagement für die Wahrheit und Gerechtigkeit und so. Ich hoffe auf Letzteres.

»Haben Sie den Typen?«, hakt Jablonski nach. »Wir brauchen den direkt. Wenn ich ihn erst vorladen muss, benötigen wir 24 Stunden Vorlauf.«

»Wir haben ihn«, lüge ich dreist. Also wir werden ihn haben, wenn ich nach diesem Telefonat gleich die Kollegen von der Polizei darauf ansetze. Wenn das nur mal nicht schiefgeht.

»Mein Gott, dann machen wir's halt«, schnaubt Jablonski gottergeben. »Ich setze die Verhandlung auf 15 Uhr an.«

Mein »Danke« hört Jablonski gar nicht mehr, als er den Hörer auf die Station knallt.

Eilig rufe ich Wachtmeister Hornung auf dem Revier an. Seine Kollegen müssen Jochen Gerscher bis 15 Uhr auftreiben, sonst sehe ich ziemlich alt aus. Aber nachdem die Andretzki schon einmal ihre Aussage zurückgezogen hat, will ich ihr so wenig Zeit wie möglich zum Nachdenken geben.

Die Zeit bis zur Verhandlung muss ich nutzen, um meine Gedanken zu strukturieren und mein Vorgehen zu planen. Auch wenn ich wegen des Schnellverfahrens keine Anklageschrift verfassen muss, brauche ich doch eine Strategie, wenn ich will, dass Gerscher seiner gerechten Strafe zugeführt wird – und vielleicht hole ich mir noch einen klitzekleinen Müsliriegel aus dem Snackautomaten.

In diesem Augenblick klingelt wieder mein Handy. Den Blick noch immer auf meine Notizen gerichtet, hebe ich ab. »Ja?«, melde ich mich abgelenkt.

Es ist Niklas. Verdammt, den hatte ich ja komplett vergessen.

»Hallo Evi, sorry, dass ich störe. Ich wollte nur fragen, ob mit der Probe alles geklappt hat.« Knapp und sachlich passt er seinen Ton an meine wenig freundliche Begrüßung an.

Mist. Mist. Mist.

»Sorry! Ich wusste nicht, dass du das bist«, plappere ich los. »Du glaubst nicht, was passiert ist! Die Frau von letzter Woche ist wieder aufgetaucht. Ihr Typ hat sie die Treppe runtergeworfen. Deshalb verurteilen wir ihn jetzt im Schnellverfahren.« Da fällt mir ein, was Niklas eigentlich gefragt hat: »Und ob du's glaubst oder nicht: Ich habe eine Probe! Die wollte ich dir eigentlich vorbeibringen, aber dann kam die Frau dazwischen.« Atemlos halte ich inne und gebe Niklas endlich Raum zum Antworten.

»Das ist ja mal ein produktiver Start in die Woche.« Er wirkt ehrlich beeindruckt. »Ich habe heute gerade mal zwei Blutproben auf Alkohol untersucht.« Er lacht.

»Jeder, wie er kann.«

»Ganz schön vorlaut, Frau Pflaum. Aber es freut mich sehr, dass du den Typen jetzt doch noch drankriegst.« Er hält kurz inne. »Wie wollen wir es dann mit der Probe machen?«

»Ich kann sie dir später vorbeibringen, bevor ich auf Junggesellinnenabschied gehe?«, schlage ich vor.

»Das hört sich gut an. Auch wenn ich dich gerade fragen wollte, ob du heute Abend Lust hast, mit mir essen zu gehen. Aber um bei dir einen Termin für ein Date zu bekommen, muss ich wohl früher aufstehen.«

Date! Er hat »Date« gesagt. Ich lehne mich noch ein Stückchen weiter in meinem Sessel zurück.

»Was nicht ist, kann ja noch werden«, gebe ich mich locker, während ich verführerisch die Beine überschlage, obwohl Niklas das nicht sehen kann. In diesem Moment beginnt der Telefonapparat auf meinem Schreibtisch zu klingeln.

Verdammt.

»Ich muss aufhören. Wenn ich Glück habe, ist das die Polizei, die unseren Beschuldigten gefasst hat. Ich komme später einfach bei dir vorbei«, verabschiede ich mich schweren Herzens.

»Dann drücke ich mal ganz fest die Daumen. Ich freu mich!«

Und ich mich erst.

Tatsächlich haben die Kollegen von Wachtmeister Hornung unseren Beschuldigten auf dem Weg zur Arbeit einkassiert, und so sitze ich fast gelassen um 14.55 Uhr im Sitzungssaal, bereit für alles, was da noch kommen mag.

Der Angeklagte wird in Handschellen vorgeführt. Offenbar hat er versucht, sich der Verhaftung zu widersetzen. Sein Verteidiger ist auch schon da. Die beiden beginnen in ihrer Ecke zu tuscheln.

Jablonski betritt den Saal und ergreift das Wort ohne große Umschweife. »Ich eröffne das Strafverfahren gegen Jochen Gerscher, das hier im Wege des beschleunigten Verfahrens abgehalten wird.« Er wendet sich an Gerscher. »Die Personalien sind uns ja bekannt. Hat sich daran etwas geändert?« Der Angeklagte schüttelt nur erbost den Kopf, woraufhin Jablonski sich mir zuwendet. »Ich gehe davon aus, dass es keine Anklageschrift gibt. Daher würde ich Sie bitten, den Tatvorwurf mündlich zu erheben, damit wir ihn ins Sitzungsprotokoll aufnehmen können.«

Mit Blick auf meine Notizen beginne ich zu sprechen. Ich trage vor, was Marie Andretzki mir vor wenigen Stunden berichtet hat. Ihre Verletzungen, das blauschwarz verfärbte Gesicht stehen mir vor Augen, als hätte sich der Anblick in meine Netzhaut eingebrannt. »Dies ist strafbar als gefährliche Körperverletzung gemäß Paragrafen 223 Absatz 1 und 224 Absatz 1 Nummer 5 StGB«, schließe ich meinen Vortrag.

Ich sehe, dass sich das Gesicht von Gerscher rot verfärbt hat. Als Nächstes wendet sich Jablonski an ihn: »Wollen Sie sich dazu äußern?«

Gerscher schweigt, obwohl ich ihm ansehen kann, dass er am liebsten sehr, sehr viel sagen würde. Stattdessen antwortet sein Anwalt voller Pathos: »Mein Mandant bestreitet den ihm zur Last gelegten Tatvorwurf. Darüber hinaus wird er sich nicht äußern.« Er holt Luft. »Ich muss aber doch noch eine Sache loswerden: Ich begreife ehrlich gesagt nicht, weshalb mein Mandant wie in einem Unrechtsstaat in einer derartigen Nacht-und-Nebel-Aktion vor Gericht gezerrt wird und seine Verfahrensrechte beschnitten werden«, beginnt er sich zu ereifern. »Die Zeugin hat sich doch schon beim letzten Verfahren umentschieden und dieses Schnellverfahren hat allein den Zweck, das zu verhindern.«

»Stimmt ganz genau«, gebe ich trocken zurück. »Genau das will ich verhindern. Ich schlage deshalb vor, dass wir uns die Zeugin am besten einmal anhören.«

Von Wachtmeister Hornung begleitet, kommt Marie Andretzki in den Sitzungssaal. Ich fühle mich eine Woche in die Vergangenheit versetzt, als sie sich auf ihrem Platz niederlässt, die Augen niedergeschlagen. Richter Jablonski offenbar auch, denn sosehr er sich bemüht, einen einfühlsamen Ton anzuschlagen, ist ihm doch eine gewisse Gereiztheit anzumerken. Das zerschlagene Gesicht von Frau Jablonski scheint ihn kaum zu berühren. Vermutlich hat er schon zu oft Vergleichbares gesehen, zu oft ist er bei dem Versuch, Recht zu sprechen, am Widerstand der Opfer gescheitert. Mir tut der Anblick von Frau Andretzki in diesem Augenblick geradezu körperlich weh. Ich frage mich, wann ich so abgestumpft wie der erfahrene Richter sein werde ...

»Nun erzählen Sie mal, was heute Morgen passiert ist«, fordert er Marie Andretzki auf, nachdem alle Formalitäten geklärt sind und sie bestätigt hat, dass sie trotz der Verlobung diesmal nicht von ihrem Zeugnisverweigerungsrecht Gebrauch machen möchte.

Stockend beginnt sie zu erzählen. Wie es zum Streit kam. Wie sich das Ganze immer weiter aufschaukelte. Während der Aussage beobachte ich Jochen Genscher, der offenbar große Probleme hat, an sich zu halten. Und tatsächlich: »Halt doch dein dummes Maul, du Schlampe!«, bricht es auf einmal aus ihm heraus.

Doch so etwas braucht er sich bei Jablonski offenbar nicht erlauben: »Wenn Sie versuchen, auf die Zeugin Einfluss zu nehmen, kann das für Sie Konsequenzen haben. Und wenn Sie sich nicht unter Kontrolle haben, muss ich Sie des Saales verweisen.«

Der schleimige Rechtsanwalt legt beruhigend die Hand auf Gerschers Schulter, dessen Gesicht immer röter wird, während Andretzki in ihrer Aussage fortfährt. Als sie erzählt, wie ihr Verlobter sie schließlich am Oberarm gepackt und die steile Treppe hinuntergeworfen hat, springt Gerscher auf und beginnt zu brüllen: »Jetzt gib doch zu, du blinde Kuh, dass du über den Scheiß auf der Treppe gestolpert bist!«

Jablonski bleibt gar keine Zeit, ihn zur Ordnung zu rufen, denn die Zeugin, die kleine, zierliche Marie Andretzki, kreischt in einer derartigen Lautstärke zurück, dass ich mir die Situation auf der Treppe bildlich vorstellen kann: »Nein! Du hast mich gestoßen! Du warst das!«

»Ja, weil du's nicht anders verdient hast, du blöde Schlampe! Ich wünschte, ich hätte ein bisschen fester geschubst!«, brüllt Gerscher nun wieder. Unsere Köpfe fliegen hin und her wie beim Tischtennis. Ich sehe, wie dem schmierigen Rechtsanwalt die Gesichtszüge entgleisen, und auch Gerscher wird auf einmal ganz blass, als ihm klar wird, was er da gerade gesagt hat.

Stille senkt sich über den Sitzungssaal. Dann ergreift Jablonski das Wort. »Ich denke, wir können die Zeugin entlassen. Wer will ein Rechtsgespräch führen?«

Der Schleimheini steht schon vorne am Richterpult, bevor Jablonski überhaupt zu Ende gesprochen hat. Ich lasse mir Zeit und genieße das süße Gefühl des Triumphes, das in mir aufsteigt wie perlende Kohlensäure in einem Glas Asbach Cola. Vorfreude auf das, was da kommen mag, erfüllt mich, als ich mich im Beratungszimmer in den Sessel fallen lasse. Und tatsächlich: Der Rechtsanwalt versucht allen Ernstes zu dealen. »Ich denke, dass wir hier mit einer Bewährungsstrafe gut fahren. Da sind wir uns doch alle einig«, ergreift er das Wort.

Ich blättere in meinen Unterlagen und warte, ob Jablonski antwortet. Nein. Dann eben ich. »Bei den Verletzungen? Außerdem sehe ich gerade auf dem Auszug des Bundeszentralregisters, dass Herr Gerscher vor ein paar Jahren schon mal eine Geldstrafe wegen Körperverletzung zahlen musste.«

»Das sind doch alles Jugendsünden«, versucht es der Schleimi.

»Und die Frau hat ernsthafte Verletzungen. Außerdem hat Ihr Mandant schon längst gestanden. Von meiner Seite gibt es da kein Entgegenkommen.«

Jablonski schweigt, dann erhebt er sich. »Ich danke Ihnen für Ihre Überlegungen«, sagt er knapp, bevor wir wieder nach draußen in den Sitzungssaal gehen, wo der Auszug aus dem Bundeszentralregister verlesen wird und er sich schließlich an mich und den Verteidiger wendet: »Gibt es noch Zeugen? Irgendwelche Beweisanträge? Ansonsten können wir mit den Plädoyers fortfahren.«

So muss sich ein Marathonläufer fühlen, wenn die Ziellinie langsam in Sicht kommt.

Ich plädiere für eine Haftstrafe von zwölf Monaten ohne Bewährung. Lieber wären mir zwei Jahre gewesen, aber im Schnellverfahren dürfen keine Strafen über zwölf Monate verhängt werden. Das ist schade, aber nehme ich gerne in Kauf, wenn dieser Typ endlich irgendeine Form von Strafe bekommt. »Außerdem stelle ich einen Antrag auf Haftbefehl wegen Verdunklungsgefahr. Der Ausbruch gegenüber der Zeugin hat deutlich gemacht, dass der Angeklagte bereut, die Frau nicht dauerhaft zum Schweigen gebracht zu haben«, beende ich mein Plädoyer mit einem Donnerschlag.

Ich sehe Marie Andretzki, die im hinteren Bereich des Sitzungssaals Platz genommen hat, an, dass sie nicht ganz begreift, was ich da eben beantragt habe und was das für ihre Sicherheit bedeutet. Normalerweise könnte ihr Freund nämlich selbst im Fall einer Verurteilung einfach aus dem Gerichtssaal spazieren und ihr das Leben zur Hölle machen, bis das Urteil rechtskräftig wird und er die Haft antreten muss. Wenn mein Antrag aber durchgeht, sieht die Sache schon ganz anders aus …

Dem Rechtsanwalt ist bei seinem Plädoyer anzumerken, dass er völlig aus dem Konzept ist. Er hatte darauf gebaut, Andretzki als Lügnerin darstellen zu können oder zumindest als überspannte Tussi, die die ganze Situation überdramatisiert hat. Das Geständnis seines Mandanten hat ihn jedoch ziemlich aus der Bahn geworfen, weshalb er nur herumlaviert und versucht, sich hinter hochtrabenden Floskeln zu retten. Dabei wissen wir beide, dass ich ihn bei den Eiern habe.

Und tatsächlich: Als Jablonski nach kurzer Bedenkzeit den Gerichtssaal wieder betritt, verurteilt er Jochen Genscher zu elf Monaten ohne Bewährung und meinem Antrag auf Haftbefehl wird stattgegeben. Ein Wachtmeister tritt auf Gerscher zu und legt ihm Handschellen an, um ihn zum Wagen in die Justizvollzugsanstalt zu bringen.

Ich glaube, dieser Moment wird in meiner beruflichen Laufbahn nur schwer zu toppen sein.

Es ist 17 Uhr, als ich aus dem Gerichtssaal trete. Vorher habe ich mich ganz unprofessionell mehrere Male von Marie Andretzki umarmen lassen und sie ein weiteres Mal an Wachtmeister Hornung verwiesen, der ihr noch einige Anlaufstellen für Gewaltopfer mit auf den Weg geben soll. Ich hoffe, sie hat Menschen, die in der nächsten Zeit für sie da sind. Die rechtliche Seite der Angelegenheit mag ausgestanden sein, aber hier gibt es noch viele Wunden zu heilen – und davon sind die körperlichen vermutlich nicht einmal die schlimmsten.

Ich recke und strecke mich, während ich meinem Büro entgegenlaufe. Ich bin perfekt in der Zeit. Noch fast eine Stunde, um für den Junggesellinnenabschied in meine süßen schwarzen Bundfaltenshorts zu schlüpfen, die die perfekte Mischung aus brav und billig sind und den Teil meines Körpers in Szene setzen, den ich am meisten liebe: meine langen, nicht zu dicken, aber auch auf keinen Fall zu dünnen Beine. Dazu eine hochgeschlossene Bluse im Schulmädchenlook – damit erfülle ich den heutigen Dresscode »sexy«, ohne gleich billig zu wirken. Ich bin ziemlich stolz auf die Wahl meines Outfits. Vor allem wenn ich daran denke, dass ich noch kurz einen Abstecher in die Gerichtsmedizin machen werde.

Als ich mein Büro betrete, klingelt mein Telefon. Es ist Kommissar Kaiser. Hat man hier denn nie seine Ruhe? Hoffentlich möchte er mich nicht zur Schnecke machen, weil ich ihm seinen Lieblingswachtmeister heute so lange vorenthalten habe.

»Was gibt's, Herr Kommissar?«, melde ich mich schon ganz in Feierabendstimmung.

»Wir haben eine Prostituierte und ihren Freier mit Honey und noch ein paar anderen Drogen erwischt«, knarrt er durchs Telefon.

»O nein. Wieder jemand tot?« Das wär's dann wohl mit dem Junggesellinnenabschied.

»Keine Sorge. Nur ein Drogenfund. Ich dachte, Sie wären vielleicht gerne mit dabei?«

Ich bin hin- und hergerissen. »Eigentlich habe ich jetzt einen Termin. Können Sie das in dem Fall nicht ohne mich machen?«

»Sehr gerne«, antwortet Kommissar Kaiser. »Aber vielleicht sollten Sie noch wissen, dass es sich bei dem Typen um Carsten Denglein handelt.«

Auf meinem Gesicht breitet sich ein Grinsen aus.

Volltreffer.

KAPITEL 13

Ich weiß nicht, was ich genau erwartet habe.

Vielleicht einen halb nackten, ans Lenkrad getapten Carsten Denglein mit einem Kugelknebel im Mund und einem Butt-Plug im Arsch, bebend vor Angst und Scham angesichts von sechs SEK-Beamten, die mit den Pistolen im Anschlag feixend um ihn herumstehen?

Ganz sicher nicht gerechnet habe ich mit einem vor Wut schimpfenden und in seiner Arroganz unübertroffenen Malzbaron, der sich geriert wie der nächste Gustl Mollath und schon das Handy in der Hand hat, um bei seinem Lieblingsbuddy von der Staatsanwaltschaft Krach zu schlagen. Von Unrechtsbewusstsein keine Spur.

Denglein legt gerade auf, als ich in der kleinen Seitenstraße hinter der großen Basketballhalle aus meiner Sissi steige. Ein gar nicht mal schlecht gewählter Ort für ein Stelldichein, schnell zu erreichen und dennoch ruhig und schön abgelegen. Allerdings wohl nicht abgelegen genug, um nicht von den Kollegen der Polizei bei einer Routinekontrolle erwischt zu werden. Die haben nämlich ein echtes Näschen dafür, wenn es stinkt. Auch wenn sie noch so jung sind wie die zwei Wachtmeister, die ich in einigen Metern Entfernung vor dem Mälzer stehen sehe. Ob sie sich genauso auf ihren Riecher verlassen hätten, wenn sie gewusst hätten, welcher nervige, renitente Drecksack hier so bestialisch mieft? Denn Carsten Denglein weigert sich partout, mit zur Wache zu kommen.

»Ich habe nichts Verbotenes getan«, dröhnt er mit jener Stimme, mit der er mich bei unserer letzten Begegnung vor nicht einmal acht Stunden runtergemacht hat. Ich bin froh, dass ich mich in sicherer Entfernung zu dem damit verbundenen Spuckeregen befinde. »Die Dienste einer Prostituierten in Anspruch zu nehmen, ist nicht verboten.«

»Das nicht. Drogen schon«, gibt sich die jüngere der beiden Wachtmeister ungerührt.

»Woher soll ich denn wissen, dass das Flittchen so ein Zeug dabeihat?«, wird Denglein noch ein bisschen lauter, auch wenn ich das nicht für möglich gehalten hätte. Er weist mit seiner Hand auf die leicht bekleidete Dame, die sich eingeschüchtert im Schatten dieses Wutbergs herumdrückt und wirkt, als wüsste sie nicht, wohin mit sich. Den Abend hatte sie sich bestimmt auch anders vorgestellt.

In diesem Augenblick fällt Dengleins Blick auf mich und Schaum tritt vor seinen Mund. Nicht nur bildlich gesprochen, sondern im wahrsten Sinne des Wortes. Vermutlich reagieren seine Speicheldrüsen inzwischen auf meinen Anblick mit erhöhter Produktion. Jetzt wendet er sich an mich – zwar nicht lauter als zuvor, aber noch einen Tick feuchter: »Sie schon wieder!« Er keucht. »Versuchen Sie etwa auf Teufel komm raus, mir etwas anzuhängen?«

»Mit Verlaub«, antworte ich grinsend. »Ich bin nicht diejenige, die mit einer Prostituierten und einer Handvoll Drogen im Auto erwischt worden ist.«

Dengleins Gesichtsfarbe wandelt sich jetzt von Scharlachrot in Purpurrot. Er sieht aus, als würde er gleich einen Schlaganfall erleiden. Denglein schnaubt wie ein altersschwaches Walross, während ihm partout keine Antwort einfallen will. In diesem Moment biegt ein schwarzer Mercedes in die Seitenstraße ein. Schon als ich den Wagen des LOStAs erkenne, weiß ich, dass die Sache gelaufen ist. Wenn Vitamin B zum Einsatz kommt, hilft auch die beste Ermittlungsarbeit nichts mehr.

Söllner steht seinem Buddy in Sachen Wut in nichts nach – das sehe ich an der Art und Weise, wie er die Autotür zudonnert und auf uns zustapft –, hat sich jedoch ein kleines bisschen besser im Griff als sein hyperventilierender Duzfreund.

»Mensch, Carsten. Beruhige dich! Alles gut! Die Kollegin aus der Landeshauptstadt weiß noch nicht, wie wir hier die Prioritäten setzen.« Er wirft mir einen scharfen Blick zu und fügt – als wäre das nicht Drohung genug – hinzu: »Aber das werden wir ihr schon noch beibringen.«

Ich bin geneigt zu sagen, dass ich es durchaus nicht für falsch gesetzte Prioritäten halte, der Quelle einer potenziell tödlichen Droge auf die Spur zu kommen, aber Söllner lässt mich gar nicht erst zu Wort kommen. Er redet auf den Mälzer ein wie auf ein wild gewordenes Pferd – und so sieht der mit seinem Schaum vor dem Mund auch aus. »Du kannst ja nichts dafür, dass du in so was reingeraten bist. Die Kollegen nehmen die Dame jetzt mit aufs Revier, und wenn sie noch Fragen haben, dann können sie sich ja an dich wenden.«

Die taffe Wachtmeisterin runzelt angesichts dieses Machtworts deutlich angepisst die Stirn. Den Mumm, sich dem Leitenden Oberstaatsanwalt zu widersetzen, hat sie nicht. Dann muss also doch ich noch mal ran, auch wenn ich weiß, dass ich mich dadurch nur noch tiefer in die Scheiße reite: »Sie wollen auf ein Verhör verzichten? Es geht hier immerhin um mehrere Todesfälle im Kontext dieser Droge.«

»Sie müssen wirklich lernen, den wichtigen Dingen Vorrang zu gewähren, liebe Frau Pflaum«, antwortet Söllner, ohne mir überhaupt den Blick zuzuwenden. »Sie wissen ja gar nicht, ob das Honey aus derselben Quelle stammt. Und letztendlich geht es doch nur um ein paar tote Junkies. Das ist zwar nicht wirklich schön, aber ein bisschen auch deren eigene Schuld.«

Wie schön, dass der LOStA jetzt das Prinzip »selber schuld« anführt, während das bei seinem Bro, der immerhin am helllichten Tag mit einer Prostituierten im Auto erwischt worden ist, so überhaupt nicht gegolten hat. Doch Söllner fährt mir über den Mund, als ich Anstalten mache, zu widersprechen: »Sie sollten besser darauf bedacht sein, die öffentliche Ordnung aufrechtzuerhalten, statt sie ständig zu untergraben.« Er hält kurz inne. »Ich denke, Herr Schneider sollte diesen Fall besser übernehmen. Die Angelegenheit ist wohl doch eine Nummer zu groß für Sie. Fahren Sie zurück in die Behörde und machen Sie alle Unterlagen für eine Übergabe fertig. Dann kann Herr Schneider morgen gleich einsteigen.«

Eine Antwort von mir wartet Söllner nicht ab. »Guten Tag, Frau Pflaum.«

Ich stehe da wie ein begossener Pudel.

Den Weg ins Büro lege ich zurück, ohne dass ich es überhaupt richtig mitbekomme. Mein Hirn ist leer, als ich die Akten und sämtliche Ermittlungsergebnisse der vergangenen Tage zusammentrage und fein säuberlich für Peter in einem Aktenordner abhefte.

Ich würde gerne sagen, dass ich vollkommen gleichgültig bin, ungerührt von der Tatsache, dass ich unehrenhaft abgezogen worden bin von diesem Fall, dessen Lösung so nahe ist, dass ich sie förmlich riechen kann. Doch ich weiß: Das, was sich in diesem Moment nach Gleichgültigkeit anfühlt, ist vielmehr Betäubung. Betäubung, die mir hilft, in diesem Moment zu funktionieren.

Betäubung, unter der Wut, Enttäuschung und Verletztheit brodeln, die eine immense Zerstörungskraft entfalten werden, wenn sie im falschen Moment nach oben kochen.

Also lieber Deckel drauf und weggeschoben, bis sich die rechte Gelegenheit dazu ergibt, darüber nachzudenken. Jetzt habe ich keine Zeit zu grübeln. Durch meine Fleißaufgabe, für Peter alle Materialien zum Fall zusammentragen zu müssen, hat Simonas Junggesellinnenabschied schon längst ohne mich begonnen. Das Abendessen in einem wirklich supersüßen spanischen Restaurant, das die besten Tapas in der ganzen Gegend hat, habe ich bereits verpasst und mein Magen ist mir deshalb äußerst böse.

Der Gruppenchat zum JGA verrät mir, dass der Mädelstrupp inzwischen weitergezogen ist in den Nature Club, um es sich dort bei Sekt, Electric Lemonade und Longdrinks aus Weizengläsern gemütlich zu machen. Aber noch ist es nicht zu spät, um dazuzustoßen. Das wäre doch gelacht, wenn ich mir von dieser selbstherrlichen Männerallianz den Junggesellinnenabschied meiner fünftbesten Freundin verderben lassen würde – davon, dass mir Jana dann so was von den Hintern aufreißen würde, wenn ich jetzt nicht komme, weil ich mich in Selbstmitleid suhlen muss, einmal ganz abgesehen.

Ich schlage den Aktenordner zu und lasse ihn in Peters Büro auf den Schreibtisch krachen.

Das wär's dann wohl gewesen mit meinem Honey-Fall. Die Malzprobe werde ich dennoch noch bei Niklas abgeben – auch wenn sich die vorfreudige Beschwingtheit gelegt hat, mit der ich unserer Begegnung heute Morgen entgegengesehen habe. Weil Niklas kein Arsch wie Peter ist, wird er mich sicher nicht auslachen angesichts dessen, was heute passiert ist und was sich verdammt nach Versagen anfühlt – sosehr ich mir auch immer wieder versuche bewusst zu machen, dass es nicht an mir, sondern am Brett vor dem Kopf meines Vorgesetzten liegt. Peinlich ist es mir trotzdem, dass unsere Zusammenarbeit an dem Fall auf so eine Art ihr Ende findet.

Das Herz wird mir schwer.

Aber auch dieses Gefühl lasse ich nicht zu. Ich schlucke den Kloß, der sich in meinem Hals gebildet hat, weg. Heulen kann ich heute Nacht unter der Dusche.

Sorry. Hat länger gedauert. Fahr in zehn Minuten los und bring dir die Probe, tippe ich eilig ins Handy, während ich mein JGA-Outfit aus der Tasche krame. Mein Anblick, als ich frisch geschminkt und mit Hotpants und Bluse vor dem Spiegel stehe, sind ein billiger Trost nach den Erlebnissen des heutigen Abends – aber immerhin ein Trost. Dafür, dass ich mich innerlich so richtig beschissen fühle, sehe ich wirklich verdammt gut aus.

Es ist schon nach acht, als ich schließlich in den Hof der Gerichtsmedizin rolle, aber in Niklas' Büro brennt noch Licht. Nicht jedoch an der Pforte, wie ich feststellen muss, als ich versuche, das Gebäude zu betreten. Auch als ich klingle, öffnet niemand die Tür.

Ich krame mein Handy aus der Tasche. Meine Nachricht hat Niklas noch nicht gelesen. Vielleicht hört er meinen Anruf?

Ich versuche es einmal. Zweimal. Erfolglos.

Ich wähle die Büronummer, aber auch da geht niemand ran. Ob er schon nach Hause gegangen ist? Das glaube ich nicht. Dann hätte er sich sicherlich bei mir gemeldet. Und Licht würde in seinem Büro auch nicht mehr brennen. *Vermutlich steckt er mal wieder bis zu den Ellbogen in einer Leiche,* denke ich, halb abgestoßen, halb amüsiert und tippe eilig eine weitere Nachricht: Bin leider nicht ins Gebäude gekommen. Ich muss jetzt weiter in den Nature Club. Ruf an, wenn du auf dem Heimweg bist. Dann komme ich kurz raus und gebe dir die Probe. Ich zögere kurz. Dann schicke ich noch ein x hinterher.

So ein Nerd wie Niklas weiß sowieso nicht, was das bedeutet.

Ich brauche fast eine halbe Stunde, um einen Parkplatz zu finden und mich durch die verwinkelten und mit Touristen vollgestopften Gässchen der Altstadt bis zum Club durchzukämpfen. Als ich ihn schließlich betrete – der unverschämte Türsteher hat nicht einmal nach meinem Ausweis gefragt, was mich doch sehr nachdenklich macht, wie »Schulmädchen« mein Schulmädchen-Outfit wirklich ist –, sehe ich auf einen Blick: Die anderen sind bereits rabenvoll und bewegen sich rhythmisch nicht ganz einwandfrei zu *Sexy and I know it* auf der Tanzfläche. Jana lungert auf einer Couch direkt neben dem Tresen, ein großes halb leeres Glas Electric Lemonade in der Hand, das definitiv nicht ihr erstes ist, und himmelt einen der beiden Barkeeper an.

»Guck mich nicht an, Evi! Ich schau so beschissen aus«, stöhnt sie, als sie mich entdeckt, und ich bin mir nicht sicher, ob sie nur nach Komplimenten angelt oder das wirklich ernst meint, denn ich finde, dass Jana ganz hervorragend aussieht. Ihre Haare strahlen heute in einem wundervollen Kupferrot. Ihre Nägel glitzern dazu passend in leuchtendem Grün.

»Was genau meinst du mit ›beschissen‹?«, versuche ich herauszufinden, welche Antwort von mir erwartet wird.

»Ich habe mir vorhin noch die Haare gefärbt und das Zeug zu großzügig draufgeschmiert. Jetzt sieht man überall den Rand. Und Handschuhe habe ich beim Abwaschen auch nicht angezogen. Meine Fingernägel sehen aus, als hätte ich mit bloßen Händen ein Schwein geschlachtet. Ich habe das zwar übermalt, aber man sieht es immer noch!« Empört streckt sie mir ihre grünen Krallen entgegen und ich sehe tatsächlich nur perfekt lackierte Fingernägel. Aber ich tue einfach mal, als wüsste ich, was sie meint. Denn wenn ich ihre Bedenken abtue, wird die betrunkene Jana nur noch hartnäckiger. Dann lieber bestärken und sanft auffangen.

»Das ist ja total ärgerlich!« Ich entscheide mich für meinen einfühlsamsten Tonfall. »Aber vielleicht ist das ja gar nicht so schlecht. Dann stiehlst du Simona nicht die Show!«, wende ich die Taktik »positiver Dreh zum Schluss« an.

Und tatsächlich kommt wieder etwas Leben in Jana – genug, um nun ihrerseits mich und mein Outfit ins Visier zu nehmen: »Wie siehst du denn eigentlich aus? Der Dresscode war ›sexy‹. War das denn so schwer zu begreifen?«

Jetzt bin ich fast ein bisschen beleidigt. Hacken denn heute alle auf mir herum? »Was willst du denn? Das hier ist stilvoll und sexy«, gebe ich empört zurück.

»Du siehst aus wie eine Oberministrantin!«, verdreht Jana die Augen und greift nach ihrer Handtasche. »Weil ich in weiser Voraussicht schon geahnt habe, dass du hier wieder ankommst, als wärst du der Erzbischof persönlich – und weil Katha ständig die unmöglichsten Farben anzieht und so jedes Foto crasht –, habe ich uns einheitliche T-Shirts besorgt!« Den letzten Teil des Satzes hat Jana weniger gesprochen denn gekreischt. Und tatsächlich ist mir bereits aufgefallen, dass meine Schwester und die anderen Mädels, die sich gerade auf der Tanzfläche aneinander reiben, auffallend identisch angezogen sind.

Mein erster Blick auf das, was Jana auf dem versifften Tisch vor mir ausbreitet, zeigt mir ein schlichtes schwarzes T-Shirt mit einem süßen kleinen goldenen Aufdruck »Team Braut«. Auf den zweiten Blick offenbart sich mir ein viel zu tiefer Ausschnitt und eine Art Bingo-Feld, in dem Dinge wie »Brillenträger«, »Typ mit

Piercing« oder »Ryan-Gosling-Doppelgänger« stehen. Ich wundere mich nur so lange, bis ich die pink glänzende Überschrift lese: »Kuss-Challenge«. Na, herzlichen Glückwunsch. Ein Shirt ganz nach Janas Geschmack.

Dennoch stelle ich mich dumm. »Was soll der Scheiß?«

»Wer als Erste ein Bingo hat, wird die erste Brautjungfer«, kreischt Jana. Ihr Down scheint sie komplett hinter sich gelassen zu haben. Die Aussicht, mich in diesen Fummel zu stecken, hat wohl eine belebende Wirkung auf sie.

Ich wusste gar nicht, dass Simona bei ihrer Hochzeit so etwas wie Brautjungfern haben wird. Aber Gelegenheit zum Nachfragen bietet sich mir nicht, denn Jana hat den süßeren der beiden Barkeeper zu sich gewinkt, um die was weiß ich wievielte Electric Lemonade zu ordern. Und so wie er sie anschaut und so wie sie ihn anschaut, wird das Ganze wohl ein längeres Gespräch.

Ich blicke mich im Club um. Auf der Tanzfläche haben Sylvia, Birgit und Simonas Bestie Katha begonnen, so zu tun, als könnten sie twerken. Meine Schwester sieht glücklich aus. Vielleicht hat es ja was gebracht, dass ich Robert den Kopf gewaschen habe. Mal sehen, ob die Wirkung dauerhaft ist. An der Bar küsst Simonas Schwester Nadine gerade den nicht ganz so süßen anderen Barkeeper, der dafür aber sowohl Bart als auch Augenbrauenpiercing hat und damit zwei Kreuzchen bei ihrem Kuss-Bingo garantiert. Ganz schön schlau.

Dann sollte ich mich wohl auch mal umziehen, um wenigstens gute Miene zum bösen Spiel zu machen. Dabei habe ich den Einzigen, den ich schon seit geraumer Zeit küssen will, heute knapp verpasst. Mal wieder. Ich weiß nicht, ob mir das Schicksal damit nicht etwas sagen will. Ein Blick auf mein Handy verrät mir, dass mein Lieblingsleichenfledderer meine Nachrichten immer noch nicht gelesen hat. Da kann ich meine supersüße Bluse hier ja problemlos gegen das geschmackloseste Shirt aller Zeiten eintauschen.

Als ich aus der Klokabine trete und mich im Toilettenspiegel betrachte, stöhne ich entsetzt auf. Optimistisch, wie Jana ist, hat sie für mich S gekauft, weshalb mir das klitzekleine Shirt ständig aus den Shorts rutscht und meinen käsweißen Bauch enthüllt. Der Ausschnitt ist gleichzeitig so tief, dass ich den Stoff immer wieder hochziehen muss, damit man meinen BH nicht sieht, der zwar nicht der hässlichste in meiner Sammlung ist, aber durchaus nicht dafür geeignet, verführerisch unter einem viel zu kleinen Top hervorzublitzen.

»Evi, bist du das?«, fragt da die Stimme von Simona aus einer der Kabinen.

»Simona? Ja, ich bin's. Wie hast du mich erkannt?«, antworte ich überrascht.

»Du hast so geschnaubt«, kommt es zurück.

Ich bin ein bisschen irritiert. »Ich schnaube doch nicht!«

»Natürlich! Du schnaubst ständig, wenn dir was nicht passt!«, erklärt mir die Braut in spe lachend.

Ich möchte empört aufschnauben und halte mich im letzten Moment zurück, was sich ein bisschen anfühlt, als würde ich gleich ersticken. Verdammt, offenbar laufe ich seit Jahren als personifizierte Dampflok durch die Gegend und alle haben es gemerkt – nur nicht ich. Eilig versuche ich, das Thema von mir abzulenken: »Was machst du dadrin? Versteckst du dich vor den anderen?«

»Ne. Ich brauch nen Tampon. Hier will ich meine Menstasse nicht abspülen«, gibt Simona zurück und ist damit genau an die Richtige geraten. Meine Handtasche könnte jeder Drogerie Konkurrenz machen und enthält neben Pflastern, Sicherheitsnadeln, Feuchttüchern, antibakteriellem Gel und Desinfektionsspray natürlich auch Tampons. Manchmal, wenn ich in meine Handtasche blicke, frage ich mich, ob ich nicht doch das Hamster-Gen meiner Mutter geerbt habe ...

Ich strecke meine Hand mit dem Tampon unter der Klotür durch. Im selben Augenblick, in dem Simona sich den Tampon aus meinen Fingern schnappt, drückt sie mir ein in Toilettenpapier gewickeltes Päckchen in die Hand.

»Was ist das?«, frage ich naiv und weiß die Antwort schon, bevor ich überhaupt fertig gesprochen habe. »Boah, du Sau! Ist das etwa deine Menstasse?«

»Ja«, kommt es unter Plastikrascheln zurück. »Kannst du die für mich einpacken?«

»Ei, ne du!«

»Was bist du denn für eine Feministin? Sollen Frauen nur im Verborgenen bluten? Und wenn doch, dann nur schön blau wie in der Werbung und auf keinen Fall ekelhaft blutig rot?«

Ich lache ungläubig auf angesichts dieser hinterhältigen Argumentation. »Es macht mich nicht zu einer schlechten Feministin, nur weil ich keinen Bock habe, das siffige Ding in meiner Handtasche herumzutragen.«

»Ach komm, Evi«, verlegt sich Simona jetzt aufs Bitten, als sie aus der Kabine tritt, um sich die Hände zu waschen. »Ich bin die Braut und du musst mir heute alle Wünsche erfüllen!«

»Ich dachte, das gilt nur an deinem Hochzeitstag.«

»Da auch.«

»Hört sich nach einem mega Deal an«, verdrehe ich die Augen und stopfe das Päckchen zusammen mit meiner süßen Bluse, die ich vermutlich nie mehr tragen kann, ohne an Simonas Menstruationsblut zu denken, in meine Handtasche.

Wieder im Club gehe ich an die Bar, um mir ein Cola-Weizen zu holen. Aufgepasst: keinen Longdrink aus dem Weizenglas, sondern echtes Weizen. Vom Schnaps lasse ich die nächsten Monate die Finger. Oder Wochen. Auf jeden Fall bis nächsten Freitag. Dabei nutze ich die Gelegenheit, um mit einem keuschen Küsschen auf die strubbeligen Wangen des weniger heißen Barkeepers zwei Kreuze in meinem Kuss-Bingo zu sammeln. Es soll ja nicht so aussehen, als würde ich mich dem Spiel komplett verweigern. Simona und Nadine haben sich Birgit und Sylvia angeschlossen und schütteln auf der Tanzfläche weiterhin ihre Hintern. Ich werde mich zu ihnen gesellen, wenn der DJ zu einem Musikstil übergeht, für den weniger Schütteln und Wackeln, sondern Hüpfen und Springen und vielleicht ein klitzekleines bisschen Herumschubsen erforderlich sind.

Der heißere der beiden Barkeeper scheint vollständig vergessen zu haben, was denn sein eigentlicher Job ist. Während sich an der Theke inzwischen die Durstigen drängen, schäkert er weiter mit Jana, die ihm gerade einen Augenaufschlag der Marke Jana-Spezial schenkt, dem kein fühlendes Wesen widerstehen kann – weder Männlein noch Weiblein.

Katha ist auf dem Sofa neben Jana eingeschlafen. Kein Wunder. Als Altenpflegerin muss sie jeden Tag um fünf Uhr für ihre Frühschicht aufstehen. Vermutlich wäre sie jetzt schon seit drei Stunden im Bett – und drei Longdrinks aus dem Weizenglas und eine nicht mehr feststellbare Menge an Jägershots haben das Projekt »Wach bleiben zumindest bis Mitternacht« für sie faktisch unmöglich gemacht. Doch wenn ich mir die Kreuze auf ihrem Shirt so anschaue, dann hat sie wenigstens ihren Spaß gehabt. Ich frage mich nur, wo sie einen Typen mit Hut gefunden hat. Wir sind hier schließlich nicht in Berlin.

Unentschlossen, ob ich mich neben sie setzen soll, in der Gefahr, ebenfalls einzuschlafen und zu späterer Stunde von Jana und Co. dekoriert zu werden, oder mich lieber den Tänzerinnen anschließe, die weiterhin alles schütteln, was geschüttelt werden kann, hole ich ein weiteres Mal mein Handy heraus und erschrecke freudig: zwei Anrufe in Abwesenheit. Außerdem eine Nachricht von Niklas.

Ich war im Sezierraum und hab mein Handy überhört. Tut mir total leid, dass du umsonst vorbeigekommen bist. Ich erreiche dich nicht, aber ich fahr trotzdem mal zu dir. Vielleicht finde ich dich ja im Club. x

Er hat ein x zurückgeschrieben.

Einfach zufällig ein x zu schicken, ist zwar nicht unmöglich, aber eher unwahrscheinlich. Das heißt, er weiß, was es bedeutet. Ich spüre, wie mein komplettes Blut zu meinem Herzen strömt und mir kalt und schwindelig wird und im nächsten Moment wieder so heiß, dass ich mir am liebsten mein Minishirt vom Leib reißen würde.

Oder er hat keine Ahnung, was das x bedeutet, und hat nur wie ein sehr anpassungsfähiger Alien oder eine schlaue KI nachgemacht, was ich ihm geschrieben habe, versuche ich mich zu beruhigen.

Was wiederum sehr traurig wäre …

Auf jeden Fall hat er die Nachricht vor fünfzehn Minuten geschrieben, was heißt, dass er sehr bald hier sein wird. Und den Anblick meiner Freundinnen, die einen Typen entdeckt haben, der tatsächlich als Ryan-Gosling-Double durchgehen würde, und ihn wie die Hyänen umkreisen, möchte ich ihm lieber ersparen.

Mein Blick fällt auf die sanft schnarchende Katha. Die Arme. Mit dem Ryan-Gosling-Kreuz wäre ihr der Sieg sicher gewesen.

Ich trete nach draußen. Es war in den letzten Tagen schon zu erahnen, jetzt ist es klar: Der Herbst ist da. Die Kälte beißt mir regelrecht in die nackten Arme, die ich um mich schlinge mit dem Ziel, mich wenigstens ein bisschen zu wärmen. Ich weiß nicht, ob ich vor Kälte oder vor Nervosität beginne, auf den Zehenspitzen zu wippen. Ich brenne darauf, Niklas ausführlich von meiner ermittlerischen Meisterleistung heute Morgen in der Mälzerei zu erzählen. Vielleicht werde ich das Ganze noch etwas ausschmücken und gefährlicher darstellen, als es eigentlich war, um einen reichen Vorrat an Bewunderung anzuhäufen, von dem ich dann wieder zehren werde, wenn ich ihm gestehe, dass ich vom Fall abgezogen worden bin und unsere *Ein Fall für zwei*-reife Zusammenarbeit damit ein jähes Ende erfährt …

»Du sollst doch besser auf dich aufpassen. In dem Outfit holst du dir den Tod«, erklingt da, ganz nah an meinem Ort, jene Stimme, die mich alles vergessen lässt, was mir gerade noch auf der Seele gebrannt hat.

Ich muss grinsen, aber ich wende mich nicht um, sondern warte darauf, dass er seine schönen Hände auf meine Taille legt und langsam zu sich herumdreht. Niklas grinst mindestens so breit wie ich. »Wobei ich zugeben muss, dass du sehr … interessant aussiehst.«

Ich schnaube.

Verdammt. Ich schnaube tatsächlich ständig. Warum ist mir das vorher noch nicht aufgefallen?

Doch ich habe keine Zeit, darüber nachzudenken, denn im Licht der Straßenlaternen sind Niklas' Augen heute nicht goldfischteichgrün, sondern leuchten wie eine Wiese voll Sommerklee.

Fast bin ich geneigt, meinem unheimlich poetischen Vergleich noch ein bisschen weiter nachzuhängen, da wird mir bewusst, dass ein halb abgebrochenes Schnauben als Antwort möglicherweise nicht ausreicht. »Ich hatte ein ganz wundervolles Outfit, aber das musste ich leider ausziehen«, gebe ich mich zerknirscht.

Niklas nimmt mein knappes Shirt genau in Augenschein, bevor er mit einem Grinsen angesichts des Bingoplans auf meiner Brust antwortet: »Und du hast heute wohl noch einiges zu erledigen.« Seine Hände liegen noch immer auf meiner Taille, genau an der Stelle, an der das zu kleine Shirt einen Streifen Haut freigibt, und mit einem Mal ist mir überhaupt nicht mehr kalt. Vor allem, weil ich offenbar ein winziges Stück auf ihn zugetreten bin, halb gezogen, halb hingesunken. »Vielleicht kann ich dir ja helfen?«, schlägt Niklas da vor.

Ich senke den Blick auf mein Shirt, dann blicke ich wieder in seine lachenden grünen Augen, um die sich feine Lachfältchen kräuseln. »Bist du etwa heimlich gepierct?« Ich grinse ihn an. »Denn wenn du denkst, du könntest als Ryan-Gosling-Double durchgehen, dann muss ich dich leider enttäuschen.«

Niklas löst wortlos die Hände von meiner Taille. Er nimmt den Rucksack von seinen Schultern und beginnt in den dunklen Tiefen zu kramen. Schließlich zieht er ein Brillenetui heraus.

»Du weißt schon, dass ich Brillenträger bin?«, erklärt er, während er die Clark-Kent-Gedächtnis-Brille aus dem Etui nimmt und aufsetzt.

Ich spüre, wie mein Herz einen Moment aussetzt, als Niklas wieder auf mich zutritt, die Hände auf meine Taille legt und genau das tut, worauf ich schon so lange gewartet habe.

Niklas' Kuss schmeckt nach nichts, was ich kenne oder in irgendeiner Form vergleichen könnte, sondern genau so, wie Niklas riecht, nämlich unfassbar vertraut und verlockend fremd zugleich. Seine Hände fahren über meine nackten Armen, meinen Hals, meine Wangen, in mein Haar – genauso zärtlich, wie ich es mir viel zu oft schon vorgestellt habe.

Nur seine Lippen.

Seine Lippen fühlen sich noch viel besser an als alles, was ich mir je hätte erträumen können.

»Hey! Evi! Was machst du denn da? Sista before Mister!«

Es hat lange gedauert, bis Jana mein Fehlen bemerkt hat. Lange genug für Niklas und mich, um uns die Lippen wund zu knutschen wie zwei Fünfzehnjährige und zwischendurch über all das zu sprechen, was mir heute widerfahren ist. Und tatsächlich hat Niklas auf genau die Art und Weise auf meine Erzählung reagiert, wie ich es im Augenblick brauche: mit Begeisterung angesichts meines Malzprobendiebstahls und echtem Unwillen angesichts des »Durchgreifens« meines Aggro-Bosses. Vor allem hat er mich mit einem Gedanken beruhigt, auf den ich auch selbst hätte kommen können: »Wenn deine Probe mit dem Malz aus den anderen Honey-Funden übereinstimmt – einschließlich dem von heute bei der Prostituierten –, dann kann Söllner gar nicht anders, als zuzugeben, dass du richtiggelegen hast.« Woraufhin ich ihn mit noch ein bisschen mehr Enthusiasmus geküsst habe, wenn das überhaupt möglich ist.

»Was hast du denn an dem Konzept Junggesellinnenabschied nicht verstanden, Evi?«, baut Jana sich jetzt mit verschränkten Armen so neben mir auf, dass ich sie nicht länger ignorieren kann. Widerstrebend lösen ich und Niklas uns voneinander.

»Heute geht alles um Simona und nicht um irgendwelche Typen«, fährt Jana fort und wackelt vorwurfsvoll mit den Augenbrauen. Ich verzichte großzügig auf den Hinweis, dass sie es war, die gerade eine halbe Stunde hemmungslos mit dem Barkeeper geflirtet hat, während Simona auf der Toilette verzweifelt nach einem Tampon gesucht hat. »Die Einzige, die heute vielleicht herummacht, bin ich mit dem Stripper«, grinst Jana dreist und lässt kurz ihre strenge Maske fallen, um Niklas zuzuzwinkern, als wollte sie sagen: *Sorry für die Aufregung, aber mit Evi muss man immer ein bisschen strenger sein. Du weißt ja, wie sie ist.*

Niklas' Lippen kräuseln sich halb verwundert, halb amüsiert und er fasst nach meiner Hand, als Jana wieder in den Strengmodus schaltet und weiterschimpft, während sie mit einem Tütchen in der Hand wedelt. »Außerdem habe ich uns richtig geilen Scheiß besorgt. Damit heben wir heute Abend noch so richtig ab.«

Jetzt bin ich doch ein bisschen irritiert. Mit sechzehn oder siebzehn haben Jana und ich zwar ab und zu gekifft – auf dem Balkon ihres Kinderzimmers, während der Drogenspürhund des Nachbarn in seinem Zwinger vor sich hin dämmerte und nicht die geringsten Anstalten machte, anzuschlagen (offenbar unterscheiden auch Polizeihunde streng nach Dienst und Freizeit), aber härtere Drogen haben wir beide noch nie genommen, wenn man sporadisches Nagellackschnüffeln nicht als »härtere Droge« zählt.

»Was ist denn das für ein Zeug?«, frage ich deshalb misstrauisch. »Woher hast du das?«

»Vom Bockbieranstich letzte Woche«, Jana verdreht angesichts meiner Nachfrage die Augen. »Jetzt sei doch mal nicht so ein Angsthase. Das soll mega sein. Nicht gefährlicher als Gras, aber knallt mehr. Der Typ, der es mir gegeben hat, nimmt es selber. So ein süßer Typ mit gelb-blauen Haaren.« Jana blickt verträumt in die Ferne. »Der hätte mir eigentlich auch ganz gut gefallen, aber dann war Peter irgendwie schneller.«

Angesichts dieser Beschreibung beginnen bei mir alle Alarmglocken zu läuten. Ich laufe auf Jana zu und reiße ihr den Beutel aus der Hand. Sie ist zu betrunken, als dass sie sich dagegen wehren könnte.

»Darauf passe ich jetzt auf«, erkläre ich ihr. »Und den Typen schlägst du dir besser aus dem Kopf.« Ich halte kurz inne. »Der liegt nämlich seit ein paar Tagen bei Niklas im Kühlraum.«

Ich sehe förmlich, wie diese Information in Janas betrunkenem Gehirn ankommt, verarbeitet und verstanden wird. Während ihr im Zeitlupentempo die Gesichtszüge entgleisen, wende ich mich Niklas zu, auf dessen Gesicht sich dieselbe Mischung aus Schreck, Aufregung und Neugier abzeichnet, die gerade in meinen Zehenspitzen kribbelt. Ich krame die Malzprobe aus der Handtasche und drücke sie ihm gemeinsam mit dem Plastikbeutelchen in die Hand.

»Ich glaube, du hast morgen früh einiges zu tun.«

KAPITEL 14

Am nächsten Morgen wache ich erst auf, als die Sonne schon hoch am Himmel steht. Den Wecker habe ich wohlweislich nicht gestellt. Nachdem Niklas sich brav verabschiedet hatte, um uns bei unseren weiteren Junggesellinnenabschiedsaktivitäten nicht im Weg zu stehen, sind wir, als der Club um zwei Uhr dichtgemacht hat, weitergezogen in den Gestiefelten Kater – auf den ausdrücklichen Wunsch der Braut hin. Die wollte nämlich noch lange nicht nach Hause und lieber wie in Schulzeiten in dem abgefuckten Loch Kalte Ente trinken.

Katha haben wir wie einen nassen Sack einfach mit in die Kneipe geschleppt, weil wir sie nicht wach gekriegt haben und auch nicht bis zu unserer Rückfahrt in einer Seitengasse liegen lassen wollten. Der ungerührte Blick der Wirtin verriet uns, dass die mitgeführte Alkoholleiche für sie kein ungewöhnlicher Anblick an einem Montagabend um inzwischen drei viertel drei war. So schlummerte Katha selig in der Ecke unter einem pinkfarbenen Hirschgeweih weiter und verpasste nicht nur die zwölfte Runde Shots, diesmal Marke Steigerwaldfeuer, sondern auch Simonas phänomenale Showtanzeinlage, als sie uns vormachte, wie sie sich ihren Hochzeitstanz mit dem glücklichen Bräutigam vorstellt. Wohlgemerkt vorgeführt *auf* dem zerkratzten Ecktisch des Gestiefelten Katers.

Aufgewacht ist Katha erst wieder nach einer glücklicherweise von keinerlei Zwischenfällen unterbrochenen Fahrt nach Schweinsbrunn in der völlig überladenen Sissi, als sie der frische Brezengeruch aus Cinzanos Backstube in der Nase kitzelte. Nachdem die Wirtin um vier

Uhr die Tür hinter uns abgesperrt hatte, stand den inzwischen stark alkoholisierten Damen der Sinn nämlich weder nach McDonald's noch nach Döner, also entschieden wir uns für das beste Katerpräventionsmittel, das der liebe Gott erfunden hat: Salzbrezen. Richtig gemacht, nämlich ordentlich gesalzen, enthält eine Salzbreze so viele Elektrolyte, dass man am nächsten Morgen aus dem Bett springt wie nach fünf Asbach Cola statt nach fünfzehn. Nur den Brand, den verstärken Salzbrezen, weshalb man zu seiner Salzbreze reichlich trinken sollte – allerdings vielleicht nicht Asti Cinzano, mit dem meine Mitstreiterinnen um fünf Uhr früh zum gefühlt 500. Mal an diesem Abend anstießen, während ich und die im Halbschlaf an ihrer Breze mümmelnde Katha uns brav zurückhielten.

Wobei ich streng genommen weder Wasser noch Elektrolyte nötig hatte, denn ich war den kompletten Abend lang so gut wie nüchtern geblieben. So viele – und so üble – Abstürze, wie ich in der letzten Zeit in meiner neuen alten Heimat erlebt habe, sind mir in all den Jahren in München nicht untergekommen. Wenn ich also dem Schweinsbrunner Schützenvereinsvorstand nicht sein Abonnement auf den Festrausch abspenstig machen will, muss ich alkoholtechnisch in nächster Zeit ein bisschen langsam tun. Vor allem weil es ja meist gar nicht auffällt, wenn ich nüchtern bin. Während andere trinken, um Hemmungen abzulegen, trinke ich allenfalls, um ein Alibi dafür zu haben, meine peinlichen Seiten ungehemmt ausleben zu können. Aber wenn ich ehrlich bin, kann ich das problemlos auch ohne.

Als ich um halb sechs das Damenkränzchen von Cinzano und seinen Brezen losgeeist hatte, stieg Katha doch tatsächlich gleich in ihr Caritas-Wägelchen, um zur Frühschicht zu düsen, während ich mich daranmachte, die anderen nach und nach zu Hause abzusetzen. Kurze Zeit später war auch das erledigt, wobei ich Sylvia sogar direkt in die treu sorgenden Hände ihres wartenden Göttergattens übergeben habe. Aus dem Überschwang, mit dem sie ihn begrüßte, schließe ich, dass sie das Kriegsbeil zumindest vorübergehend begraben haben. Ein Dankeschön hätte ich mir für meine fundierten Beziehungstipps ja schon erwartet. Aber vielleicht muss ich bescheiden und einfach dankbar dafür sein, dass Sylvia heute Abend kein einziges Mal gegen mich gestichelt hat. Ihre Ausgeglichenheit ist auch meine ...

Es war fast sechs Uhr, als ich schließlich – schnell noch geduscht, natürlich! – ins Bett schlüpfte und grinsend über eine letzte Nachricht auf meinem Handy einschlief:

Gute Nacht, Schnapsdrossel.

Von wegen.

Nun ist es also halb elf, als ich zwar unverkatert, aber alles andere als erfrischt in die Küche gestapft komme, wo meine Eltern sitzen und Leberkäs ohne alles essen. Denn während meine Eltern vom Konzept Frühstück nicht viel halten (für alle anderen sicherlich total sinnvoll, für sie allerdings eher nichts) und Mittagessen ausfallen lassen von wegen offiziell kein Zeit und inoffiziell schlanke Linie, ist für sie gegen einen herzhaften Frühschoppen mit einem fleischigen Centerpiece und einem alkoholfreien Weizen als Begleitung nichts einzuwenden. Da schneide ich mir doch gleich mal eine Scheibe davon ab, auch wenn mein Vater mich zwischen zwei Bissen missmutig anknurrt, er habe mich gar nicht eingeplant. Der Futterneid ist stark in unserer Familie.

»Musst du net auf Arbeit?«, versucht er schließlich anders, mich vom Esstisch zu vertreiben.

Genüsslich quetsche ich reichlich Ketchup auf meinen Teller, während ich ihm antworte. »Ja schon. Aber ich hab doch keine fixen Arbeitszeiten. Wenn ich mein Zeug schaff, ist alles gut.«

Mein Vater nickt vage. Für einen Mann, dessen erklärtes Tagesziel ist, sein komplettes Arbeitspensum am Vormittag zu erledigen, bleibt es offensichtlich wenig nachvollziehbar, dass ich um elf noch immer nicht am Schreibtisch sitze.

»Außerdem durfte ich einen Fall abgeben.« Aufgepasst: *Ich durfte* – ich weiß, wie man seinen Eltern Hiobsbotschaften so übermittelt, dass sie sie gar nicht erst wahrnehmen. »Dadurch ist bei mir gerade alles ein bisschen entspannter.«

Meine Mutter nickt freudig. »Das ist ja hervorragend.« Hab ich's nicht gesagt? Sie hat meine Degradierung tatsächlich überhaupt nicht begriffen. »Sag mal, Evi, würd es dich denn dann stören, wenn du heut auch schon früher von der Arbeit kommst?«, fragt sie hoffnungsvoll. »Ich fahr heut mit den Landfrauen nach Rothenburg und der Babba muss am Nachmittag in Brischdi dem Bruder von der Müllers Renata beim Umräumen helfen, weil der ihr Mann nach dem Schlaganfall a Pflegebett kriegt und des sonst net ins Zimmer passt.«

Ich lausche irritiert. Liegt es an mir oder an meiner Mutter, dass ich so gar nicht begreife, worauf die Unterhaltung hinausläuft? Soll ich etwa auch beim Umräumen helfen?

Doch nein: »Und ich brauch irgendjemanden, der am Nachmittag a wengla auf die Omma schaut. Ihr geht's immer noch net gut. Dauernd is ihr schlecht. Wir haben für morgen einen Termin beim Doktor, aber heut wär's gut, wenn einer für sie da is.«

Gut. Jetzt hab auch ich begriffen, worum es geht. Und tatsächlich ist mir die Aussicht, heute nicht bis zum bitteren Ende im Büro bleiben zu müssen, gar nicht unrecht.

»Kein Problem, dann schau ich, dass ich um fünf da bin«, antworte ich. »Reicht das, Babba?«, wende ich mich an meinen Vater.

Der hat meine Unaufmerksamkeit genutzt, um sich die letzte Leberkässcheibe zu schnappen. Wann ist das eigentlich geschehen, dass meine Eltern aufgehört haben, das Wohl ihres Kindes über ihr eigenes zu stellen? Ich bin schwer getroffen. Und ein bisschen beleidigt. Mein Vater kriegt meinen Unmut nicht mit oder ignoriert ihn und nuschelt zwischen zwei Bissen: »Ja, das müsst reichen.«

Dann mache ich mich wohl besser mal auf zu meinem mehr als kurzen Arbeitstag. Leberkäs, der mich hier noch halten könnte, ist ja schließlich auch keiner mehr da.

Es ist sage und schreibe kurz nach zwölf Uhr, als ich schließlich in der Behörde aufschlage. Peter ist noch nicht los zum Mittagessen, sodass ich kurz gute Miene zum bösen Spiel machen kann.

»Servus Beder, hast du alles gefunden, was du brauchst?«, stecke ich den Kopf durch die Tür.

Er wirkt tief in die Akten versunken, hebt aber den Kopf, als ich ihn anspreche: »Yeap, alles gut«, antwortet er. Dann zieht das petertypische Grinsen über sein Gesicht: »Ich hab dir doch gesagt, du solltest dich lieber nicht mit dem Chef anlegen.«

Mir würde so einiges einfallen, was ich darauf antworten könnte – einiges mehr, anderes weniger druckreif. Aber weil ich ein großes Mädchen bin, halte ich einfach meinen Mund. Andererseits kann ich die Tür nicht einfach hinter mir zuknallen. Ich will mir nicht den Vorwurf machen müssen, Peter wichtige Informationen vorenthalten zu haben.

»Ich hab gestern doch noch eine Malzprobe beim Denglein besorgen können und gleich an den Rosenbeet übergeben. Außerdem hatte Jana gestern auf dem Junggesellinnenabschied ... also mir sind gestern Drogen in die Hände gefallen, die offenbar aus der Hand des Toten vom letzten Freitag stammen. Die habe ich ihm auch gleich mitgegeben«, erkläre ich Peter so nüchtern wie möglich.

»Drogen? Auf dem Junggesellinnenabschied von der Simona Ehrlinger?«, Peter zeigt sich mal wieder bestens informiert. »Na, da habt ihr's wohl krachen lassen!« Hat er überhaupt begriffen, was ich ihm gesagt habe? »Danke für die Info, aber du solltest dich net so in den Denglein verbeißen. Ich hab die Polizei jetzt angewiesen, die komplette Drogenszene mal auf den Kopf zu stellen. Ein paar Hausdurchsuchungen. Bissla aufmischen. Da muss man Härte zeigen.«

»Und was willst du da durchsuchen?« Ich verkneife mir ein Augenrollen. »Wenn das ernst zu nehmende Verdachtsfälle wären, dann hätte der Kaiser das schon längst gemacht.«

»Darum geht's auch nicht.« Peter lehnt sich in seinem Stuhl zurück und verschränkt die Arme hinter seinem Kopf, wobei sein Hemd aus der Hose rutscht und mir den Blick freigibt auf Peters für sein blondes Kopfhaar überraschend schwarz behaarten Schwabbelbauch. »Ich will die ein bisschen ärgern und ihnen Angst machen«, fährt Peter fort. »Die sollen sehen, dass so was wie mit dem Honey-Zeug in meiner Stadt nicht geht und sich verpissen.«

»In deiner Stadt?«, wiederhole ich skeptisch. »Bist du etwa der Sheriff hier? Und wo sollen die dann hin? Ich wusste ja nicht, dass die StA hier neuerdings nach dem Sankt-Florian-Prinzip agiert.«

»Was willst du? Klugscheißern?« Peters Gesicht läuft rot an. »Denkst du allen Ernstes, ich lasse mir von dir reinreden, wo du es doch in deinen paar Tagen hier von vorne bis hinten verkackt hast?«

»Nein, ich wollte dich nur informieren, dass da noch wichtige Laborergebnisse ausstehen«, sage ich. Ich habe die Schnauze voll und wende mich zum Gehen.

»Gut. Registriert. Hat mich nicht interessiert«, dreht sich Peter wieder zu seinem PC. Ich hatte ganz vergessen, was für ein verdammter Penner Peter manchmal sein kann. Ich zeige ihm durch die

Tür, die ich hinter mir zugezogen habe, hindurch den Mittelfinger. Ist kindisch. Bringt gar nichts. Aber ein klitzekleines bisschen besser fühle ich mich dadurch schon.

Mein Telefon klingelt, als ich mein Büro betrete. Es ist Peters Nummer. Will er sich etwa entschuldigen?

»Übrigens hat Söllner gesagt, dass du die TKÜ-Liste durchgehen sollst. Wurde offenbar schon länger nicht gemacht«, dringt es voller Schadenfreude an mein Ohr. Peter hält kurz inne, vermutlich um seine Worte schön einsickern zu lassen. »Und weil ich aktuell so eingespannt bin durch deinen Fall, sollst du bitte meine TKÜ-Sachen auch gleich mit in Angriff nehmen.« Nicht. Im. Ernst. »Danke, Kollegin«, sagt er noch und legt auf.

So ein verdammter Mist.

Ich spüre, wie ich Sodbrennen bekomme.

Tatsächlich liegt auf meinem Schreibtisch eine lange Liste mit allem, was in den letzten Monaten an Telekommunikationsüberwachung, dafür steht die Abkürzung TKÜ nämlich, angeordnet worden ist. Wenn vom Gericht – auf Antrag der Staatsanwaltschaft – eine TKÜ angeordnet wurde, können unter anderem Funkzellenabfragen vorgenommen werden, um anhand der Handydaten zu sehen, ob eine bestimmte Person zu einem bestimmen Zeitpunkt in einer bestimmten Gegend unterwegs war. Weil aber über jeden Handymasten ganz viele Telefonsignale erfasst werden, liefert so eine Funkzellenabfrage auch ganz viele Daten zu ganz vielen Menschen, die mit der Sache so ganz und gar nichts zu tun haben. Und deshalb muss irgendwann entschieden werden, ob und welche Daten denn inzwischen gelöscht werden können oder sollten und wer vielleicht von der Polizei informiert werden muss, dass Daten von ihm erfasst worden sind.

Das hört sich ziemlich kompliziert und langweilig an, aber in Wirklichkeit ist das Ganze noch viel komplizierter und gleichzeitig noch viel langweiliger, sodass mir schon eine halbe Stunde, nachdem ich mich resigniert auf meinen Stuhl habe sinken lassen und mit der Arbeit begonnen habe, die Augen vor Müdigkeit tränen. Dabei habe ich gerade mal drei lächerliche Posten auf meiner schier endlosen Liste abgearbeitet. Ich brauche Aufmunterung. Ich brauche sie jetzt. Außerdem bin ich neugierig darauf, was Niklas in Sachen Malzprobe bereits herausgefunden hat. Was die Honey-Probe angeht, hege ich keine allzu hohen Erwartungen. Wenn sie mit den anderen kontaminierten Honey-Funden übereinstimmt, dann bestätigt sie uns im Grunde nur das, was wir wissen, nämlich dass der Tote vom Freitag mit dem Zeug in Kontakt war. Aber selbst so eine Kleinigkeit sicher zu wissen, würde meine Stimmung jetzt schon gewaltig heben.

Ich greife zum Hörer. Niklas meldet sich nach dem ersten Klingeln. »Guten Morgen, Evi. Na, hast du dein Bingo noch vollgekriegt?«, klingt seine Stimme durch den Hörer, und ich merke, wie meine Laune sich innerhalb von Sekundenbruchteilen aus dem Keller auf die Sonnenterrasse bewegt.

Ich muss unwillkürlich grinsen. »Leider nicht. Ich habe einfach keinen Mann mit Hut auftreiben können.«

»Tut es eine Mütze auch? Dann stelle ich mich gerne zur Verfügung«, gibt Niklas zurück.

Eine warme Welle der Vorfreude breitet sich in meinem Bauch aus. Warum habe ich ihn nicht gleich angerufen?

»Du kannst mir auf andere Weise behilflich sein«, lenke ich das Gespräch schweren Herzens in professionellere Bahnen. »Hast du denn schon irgendwelche Ergebnisse in Sachen Malzprobe?«

»Leider nicht«, antwortet Niklas. Aufrichtiges Bedauern klingt aus einer Stimme. »Heute Morgen gab's 'ne Massenkarambolage auf dem Frankenschnellweg mit vier Toten. Wir müssen noch herausfinden, woran es lag. Ein Lkw-Fahrer könnte einen Herzinfarkt gehabt haben. Ich muss jetzt auch gleich wieder runter in den

Keller«, erklärt er, um dann hoffnungsvoll zu fragen: »Hat dein Chef dich etwa doch nicht von dem Fall abgezogen?«

»Doch, leider schon«, gebe ich zurück. »Ich habe hier nur die langweiligste Aufgabe aller Zeiten aufgebrummt bekommen und suche nach Ablenkung.« Ich seufze. »Am liebsten würde ich allein zu dieser verdammten Mälzerei fahren und weiter nach Beweisen suchen. Einfach mal schnell einsteigen. Ich weiß, dass da was dran ist.«

»Hab noch ein bisschen Geduld«, versucht Niklas mich zu beruhigen. »Überstürzen bringt jetzt nichts.«

»Das ist schwer, wenn deine Strafarbeit so unerträglich langweilig ist, dass du dabei fast einschläfst«, jammere ich, während ich durch meine Liste blättere. Es sind tatsächlich noch mehr Seiten, als ich ursprünglich gedacht habe.

So ein verdammter Mist.

Mein Blick fällt auf meine Fingernägel, während mir die Blätter durch die Finger gleiten. Keine Ahnung, was ich gestern damit angestellt habe, aber sie sehen ungepflegt aus wie die eines Grundschülers. Vielleicht sollte ich, statt zu arbeiten, ein bisschen zur Maniküre gehen? Neidisch denke ich an Janas grüne Glitzerfinger von gestern Abend zurück. Die sahen wirklich wundervoll aus und von den verfärbten Fingernägeln, die Jana meinte zu haben, hat man absolut gar nichts ...

Fingernägel!

Fingernägel dick voll mit Nagellack.

»Niklas! Bist du noch dran?«, rufe ich in den Hörer.

»Ja«, kommt es lachend zurück. »Auch wenn ich einen Moment nicht sicher war, ob du nicht weggedämmert bist.«

»Entschuldigung! Mir ist gerade etwas eingefallen!«, antworte ich fast ein bisschen atemlos vor Aufregung. »Liegt die Leiche der Prostituierten immer noch bei dir?«

»Also nicht im wortwörtlichen Sinn, aber ja: in meinem Kühlraum schon. Apropos: Vielleicht hast du die Mail von heute Vormittag schon gesehen? Die Angehörigen würden sie gerne beerdigen und haben nachgefragt, wann der Leichnam denn freigegeben wird.«

»Das muss noch warten«, rufe ich aus. »Hast du schon mal unter den Fingernägeln nachgeschaut?«

»Unter den Fingernägeln?« Niklas' Stimme klingt nachdenklich. Und aufgeregt. Er hat sofort begriffen, worauf ich hinauswill. »Wegen der Einstichstelle, die ich partout nicht finden konnte?«

»Ja!«

»Verdammt, warum bin ich da nicht draufgekommen?« Niklas hört sich an, als würde er sich am liebsten selbst in den Hintern beißen, wenn das anatomisch denn möglich wäre. »Eine großartige Idee. Das muss ich sofort nachschauen. Ich melde mich«, sagt er noch und hat im nächsten Moment schon aufgelegt.

Huch.

Ich habe es schon mal gesagt und ich sage es wieder: Die Sexy-Gerichtsmediziner-packt-an-Nummer finde ich wirklich ziemlich heiß. Nur ich sitze wieder da und starre auf die TKÜ-Liste des Grauens, die mich, wenn ich in diesem Tempo weitermache, noch Wochen begleiten wird. Scheiß drauf, ich greife erneut zum Hörer. Vielleicht hat sich ja in Sachen Fingerabdrücke schon etwas ergeben.

Doch falsch gehofft. Weder Kommissar Kaiser noch Wachtmeister Hornung sind an ihrem Platz – vermutlich sind sie ganz und gar für Peters Wahnsinnsrazzia eingespannt. Was das bringen soll, frage ich mich schon. Am Ende weckt er dadurch nur schlafende Hunde und das Ganze fliegt uns komplett um die Ohren. Wie gut, dass ich nicht mehr in vorderster Front unterwegs bin.

Ich lege auf und lasse den Blick durch mein Büro schweifen, wobei ich tunlichst darauf achtgebe, die TKÜ-Liste vor mir zu ignorieren. Was könnte ich stattdessen tun? Zur Antwort knurrt mein Bauch. Tatsächlich! Ich habe Hunger – obwohl ich noch immer Leberkäse aufstoße. Doch die Müdigkeit fordert ihren Tribut, und was könnte jetzt besser helfen als ein leckerer XXL-Schokomüsliriegel? Dass ich in den Untiefen meiner Jackentasche noch ein Zwei-Euro-Stück entdecke, fasse ich mal als Wink des Schicksals auf.

Ich stapfe die Flure entlang zum Snackautomaten, der natürlich mal wieder zickt und meinen Riegel nicht hergeben will. Aber da hat er sich heute mit der Falschen angelegt. Ich lege meine ganze Wut und – was sich paradox anhört, aber dennoch funktioniert – meine ganze emotionale Erschöpfung in den Tritt und prompt purzelt mein kleiner Retter aus Schoki, Rosinen und Keks ins Ausgabefach.

Geht doch!

Da sag noch mal einer, Gewalt sei keine Lösung!

Ich laufe knuspernd zurück in mein Büro, als mich, während ich an der Pforte vorbeilaufe, ein Justizwachtmeister anspricht: »Frau Pflaum?«

»Ja, das bin ich. Worum geht es?«

Der Mann tritt aus seinem Plexiglaskasten. »Gestern Abend war ich bis fast zehn Uhr da, weil die Verhandlung im großen Sitzungssaal so lange gedauert hat. Und da kam abends gegen neun noch ein Mann an die Pforte, der hat nach Ihnen gefragt«, erklärt mir der bärtige Beamte.

Für einen Augenblick bleibt mir das Herz stehen. Hat mir etwa, nachdem erst Marie Andretzki in die Behörde gekommen ist, um sich von mir Hilfe zu holen, nun ihr gewaltbereiter Verlobter aufgelauert? Mein Herzschlag normalisiert sich wieder, als mir einfällt, dass wir den Chorknaben gleich in Untersuchungshaft verräumt haben.

»Wer war es denn? Hat er einen Namen genannt?«, frage ich.

»Den wollte er leider nicht sagen«, gibt der Justizwachtmeister zurück.

Hm. Sehr komisch. »Und eine Nachricht? Hat er da etwas hinterlassen?«

»Das habe ich ihm auch vorgeschlagen, aber das wollte er auch nicht«, erklärt er. »Er hat gesagt, er meldet sich noch mal, aber ich dachte, ich sage Ihnen Bescheid, wenn ich Sie schon sehe.«

»Das ist gut. Vielen Dank«, nicke ich, bereit zum Gehen. Doch aus einer Eingebung heraus wende ich mich abermals um: »Wie sah er denn aus?«

»Unauffällig jedenfalls nicht mit seinen bunten Haaren«, antwortet der Bärtige.

Ich bin mit einem Mal ganz Ohr. »Grün und rot?«, frage ich aufgeregt nach.

Der Mann ist überrascht. »Ja, genau.«

»Nummer hat er auch nicht dagelassen?«

»Leider nicht.« Der Justizwachtmeister scheint bei all den Nachfragen inzwischen fast zu bereuen, dass er mich angesprochen hat. »Er wirkte ziemlich fahrig und wollte auch gleich wieder weg, nachdem ich in ihrem Büro durchgeklingelt hatte und ihm gesagt habe, dass Sie weg sind. Keine Ahnung, was der Typ erwartet hatte, um die Uhrzeit.« Der Bärtige wirkt ehrlich empört.

Ich danke ihm und wende mich zum Gehen. Verdammt. Der Freund des Toten vom Freitag war da, um mit mir zu sprechen. Und ohne guten Grund ist der Honey-Typ ganz sicher nicht zu mir ins Gericht gekommen. Ob ich bei der Polizei anrufen soll, damit sie in der Aufnahmeeinrichtung nach ihm suchen? Allerdings wird sich seine Kooperation in Grenzen halten, wenn er von ein paar Beamten dort abgeholt wird. Vermutlich muss ich jetzt einfach geduldig sein.

Wieder mal.

Zurück am Schreibtisch packt mich (dem Schokoriegel sei Dank) ein unvorhergesehener Motivationsflash, sodass ich eineinhalb Stunden fokussiert durcharbeite und fast bis zum Ende – nein, nicht der Liste, sondern der ersten Seite meiner Liste – komme.

Obwohl ich merke, dass mein Konzentrationsvermögen rasend schwindet, will ich gerade die letzte Zeile auf Seite eins in Angriff nehmen, als mein Handy klingelt. Es ist mein Vater.

»Hallo, Evi. Kannst du vielleicht auch a bissla eher heimkommen? So um vier, halb fünf?«, fragt er ohne große Einleitung. »Ich würd gern a wengla früher losfahrn.«

Mein Blick fällt auf die Uhr: halb vier – und mit einem Mal ist das letzte bisschen Motivation, hier im Büro heute noch irgendetwas zu erledigen, wie weggeblasen. »Kannst dich schon mal fertig machen, Babba«, antworte ich nur. »Ich komm heim.«

Ich mache mir nicht einmal die Mühe, noch den letzten Posten auf der ersten Seite abzuarbeiten. Ich weiß, Zukunfts-Evi wird mich dafür hassen, aber vier Stunden Schlaf sind einfach nicht genug, um wirklich produktiv durch einen Arbeitstag zu kommen.

Ich hänge mir meine Handtasche über die Schulter und laufe gerade an Peters Büro vorbei, als ein lautstarker Fluch, den ich hier nicht wiederholen möchte, an mein Ohr dringt, gefolgt vom Aufknallen eines Hörers, dann ein wütendes Schnauben.

Sosehr ich mich auch nach zu Hause sehne – meine Neugier schlägt wieder zu. Ich bleibe kurz stehen, um meinen Kopf durch den Spalt von Peters Tür zu schieben: »Alles okay bei dir?«, frage ich scheinheilig – genauso wie er es auch bei mir machen würde.

»Nix ist okay. Wir haben eine neue Leiche«, blafft Peter mich an.

»Honey?«, hake ich nach.

»Sie ist giftgrün«, gibt Peter kurz angebunden zurück.

Verdammt.

Am liebsten würde ich gehen und Peter mit der Sache allein lassen, aber dafür – nennt mich ruhig Streber – bin ich einfach zu pflichtbewusst. Ich drücke die Tür weiter auf.

»Der Justizwachtmeister von der Pforte hat mir vorhin gesagt, dass einer der beiden Männer, die letzte Woche mit Honey aufgegriffen wurden und von denen einer jetzt tot ist, gestern Abend hier aufgetaucht ist, um mit mir zu sprechen«, erkläre ich Peter. Vielleicht ist das ja eine Information, die ihm in seinen Ermittlungen weiterhilft.

»Deine drogensüchtigen Asylanten sind mir so was von egal«, fährt Peter mich da an. »Nerv mich nicht mit so unwichtigem Scheiß!«

Ui. Da ist aber jemand ganz und gar nicht ausgeglichen. Nun gut.

»Na dann zeigst du den Leuten da draußen am besten Mal, dass das in deiner Stadt nicht geht.« Und während ich die Tür hinter mir zuziehe, füge ich hinzu: »Yee-haw, Sheriff!«

Der Oma geht es tatsächlich nicht gut, als ich keine 25 Minuten später in den Hof einbiege, während mein Vater im fliegenden Wechsel aus der Einfahrt rollt und mir vom Sitz seines Dreckautos im Davonfahren zuwinkt. Fast teilnahmslos sitzt sie in eine dicke Decke gewickelt auf dem Feierabendbänkchen vor ihrem Haus in der Herbstsonne und starrt vor sich hin. Als ich sie begrüße, kommt gerade mal ein mildes Nicken von ihr zurück. Es wird wirklich allerhöchste Zeit, dass wir mit ihr mal zum Arzt gehen. Wenn die Oma einen nicht ständig ausfragt, dann stimmt mit ihr definitiv irgendetwas nicht.

Drei Stunden später sind wir inzwischen nach drinnen gegangen, ihr Zustand bleibt aber unverändert. Auf dem mit einem Wachstuch bedeckten Tisch in Omas Küche hat mir mein Vater einen detaillierten Plan für den Rest des Tages hinterlassen. Offenbar haben er und meine Mutter vor, erst kurz vor Mitternacht wieder nach Hause zu kommen. Keine Ahnung, wieso das so lang dauert, ein Pflegebett durch die Gegend zu schieben. Vermutlich muss das mit einer ausgedehnten Brotzeit gefeiert werden. Was für ein Leben! Wie gut, wenn man eine Single-Tochter im Haus hat, die sich um alles kümmern kann.

Also habe ich in der Zwischenzeit mit der Oma zu Abend gegessen – um halb fünf, wie es sich eben gehört, wenn man um elf Uhr schon zu Mittag isst –, habe ihr beim Umziehen geholfen, sie vor dem Fernseher für die *Abendschau* im Bayerischen Rundfunk platziert, in der Zwischenzeit im Bad ihre Zähne geputzt und mich schließlich für *Dahoam is Dahoam* neben sie gesetzt. Ihre kleine Gestalt verschwindet fast unter der Decke, mit der ich sie zugedeckt habe. Kein Wunder bei den Winzmengen, die sie aktuell zu sich nimmt. Nicht einmal ein halbes Leberwurstbrot hat sie heute Abend gegessen. Davon wird doch kein Mensch satt. Aber der Oma ist ständig schlecht und der Bauch zwickt, jammert sie. Mal sehen, was der Arzt morgen sagt. Vielleicht kann der ja irgendetwas feststellen, was nicht einfach nur »Alterserscheinung« ist und in irgendeiner Form behandelt werden kann.

Mir fallen gerade die Augen zu, während der Pfarrer von Lansing mal wieder auf total einfühlsame und gewitzte Art und Weise alles zu einem guten Ende führt. Da klingelt mein Handy. Es ist Niklas.

Ich unterdrücke ein Gähnen, als ich mich melde.

»Hallo, Evi. Hast du schon geschlafen?«, fragt Niklas voll schlechtem Gewissen.

»Nein, nein, alles gut. Ich war nur kurz eingenickt«, gebe ich schnell zurück. Um gerade einmal halb acht ist mir das schon ein bisschen peinlich.

»Sorry, ich bin nicht früher dazu gekommen. Nachdem ich mit den Unfallopfern fertig war, habe ich die Probe ausgewertet und außerdem die Fingernägel von der Prostituierten angeschaut.«

»Und?«, frage ich – mit einem Mal hellwach. Niklas' Stimme klingt so aufgewühlt, dass ich die Antwort im Grunde schon weiß, bevor er sie überhaupt ausspricht.

»Bingo!«, sagt er. »Beide Male. Tatsächlich war unter den Fingernägeln eine Einstichstelle, die ich durch den farbigen Lack übersehen habe. Meine Kollegen haben mich richtiggehend ausgelacht. Offenbar kam das mal in einer alten *Columbo*-Folge vor. Ich fühle mich wie ein blutiger Anfänger.« Niklas seufzt. Ich fühle mit ihm. Auf Dinge gestoßen zu werden, die man eigentlich hätte wissen müssen, fühlt sich nie gut an. Doch er scheint sich in Sachen Selbstvorwürfen besser im Griff zu haben als ich, denn er reißt sich zusammen und fährt fort: »Aber noch viel besser: Das Malz aus der Mälzerei stimmt mit dem überein, das ich bei den diversen Abstrichen und im Blut der Toten gefunden habe – und übrigens auch in dem Stoff, den deine Freundin Jana gekauft hat. Das bedeutet ...«

»Das bedeutet, dass das Honey aus Dengleins Mälzerei kommt und dass er der Mann hinter dem Zeug ist, das gerade in der Stadt kursiert«, bringe ich seinen Satz zu Ende und springe vor Freude auf, woraufhin meine Oma in ihrem Sessel erschrocken aufrumpelt.

»Ach Evi, ich hab ganz vergessen, dass du auch da bist«, sagt sie. »Ich müsst mal kurz auf Klo. Mir ist net gut.«

»Gleich, gleich, Oma«, beschwichtige ich sie und wende mich wieder an Niklas. »Hast du mit Peter gesprochen? Was sagt er?«

»Ich habe ihn angerufen. Aber er wirkt ziemlich überfordert. Er meinte, er schaut sich das Ganze an, wenn er Zeit dafür hat.« Niklas schnaubt. »Bei ihm ist nämlich ziemlich die Kacke am Dampfen. Ich weiß nicht, ob du es schon weißt …«

»Es ist noch eine Leiche gefunden worden«, unterbreche ich Niklas ein weiteres Mal. In meinen Adern pumpt das Adrenalin.

»Evi, mir geht's gar net gut. Wenn du mir kurz aufstehen hilfst, lauf ich allein zum Klo«, wendet sich in diesem Moment die Oma erneut an mich. Hätte sie nicht noch fünf Minuten schlafen können? Ich schlage ihre Decke zurück und helfe ihr aufzustehen. Dabei halte ich ihr den Arm hin, damit sie sich bei mir einhaken kann, während ich mir mit der anderen Hand weiter das Handy ans Ohr halte.

»Hast du die neue Leiche schon untersucht?«, frage ich Niklas und tapse währenddessen mit der Oma Richtung Bad.

»Bin gerade dabei. Auf den ersten Blick sieht es nach einem ganz ›normalen‹ Honey-Unfall aus. Der Typ hat sich eine Überdosis aufs Zahnfleisch geschmiert und ist daran gestorben. Aber irgendwas macht mich misstrauisch. So grob reibt sich das keiner selbst drauf. Und ob wieder Malz im Spiel war, muss ich auch noch prüfen.« Niklas hält kurz inne, als ließe ihn ein Aspekt seiner Untersuchung einfach nicht los. »Weißt du schon, wer es ist?«, fragt er schließlich.

Meine Nackenhaare stellen sich auf. »Nein. Wer denn?« Ein böser Verdacht steigt in mir auf.

»Du kennst ihn. Es ist der andere von den beiden Typen, die letzte Woche mit Honey festgenommen wurden«, erklärt Niklas.

»Verdammt! Ich hab's geahnt. Der wollte gestern mit mir reden. Er ist zum Gericht gekommen und hat an der Pforte nach mir gefragt. Aber ich war schon auf dem Weg zum Junggesellinnenabschied.«

Ich zögere. »Bist du bei ihm? Kann ich ihn sehen?« Die Oma und ich sind inzwischen nur noch fünf Meter vom Bad entfernt. Aber so langsam, wie sich die Oma fortbewegt, könnten es auch fünfzig sein. Ich habe alle Zeit der Welt für eine kleine mobile Leichenschau.

»Bilder darf ich dir keine schicken, aber wenn wir auf Videotelefonat schalten, kann ich ihn dir kurz zeigen«, antwortet Niklas, und keine fünf Sekunden später erscheint Niklas auf meinem Handybildschirm, dessen Anblick mein Herz unangemessenerweise schneller schlagen lässt, auch wenn hinter ihm auf einer weißen Pritsche ganz unromantisch eine Gestalt liegt, die vollständig von einem weißen Tuch verdeckt ist. Niklas schaltet auf Frontkamera und schlägt das Tuch zurück, sodass ich in ein bleiches, mit zartem grünem Flaum überzogenes Gesicht starre. Die bunten Haare sind ebenfalls unter einem weißen Tuch verdeckt. Der junge Mann sieht gar nicht mehr aus wie er selbst. Dennoch kommt mir dieser Anblick irgendwie bekannt vor.

»Ich hab diesen Typ gesehen«, entfährt es mir.

»Natürlich hast du das«, antwortet Niklas. »Ich war doch dabei. Auf der Polizeiwache letzte Woche.«

»Nein, nein«, gebe ich nachdenklich zurück. »Ich kenne dieses Gesicht. Dieses Gesicht vor einem genauso weißen Hintergrund wie jetzt bei dir.«

Ich komm nicht drauf.

Ich komm einfach nicht …

Die Oma tibbelt an meinem Arm in Minischritten vorwärts, in meinem Gehirn rasen derweil die Gedanken, Nervenimpulse nehmen unzählige Kurven, treffen die richtigen Zellen und dann:

Ich hab's.

»Den Mann hab ich in der Mälzerei gesehen«, rufe ich aus. »Gestern. Als ich mir die Probe geholt habe. Da war der Typ da!

Ich habe ihn mit seiner weißen Haube und dem Laborkittel gestern nicht erkannt. Aber das war er!«

»Bist du dir ganz sicher?« Niklas wählt seine Worte mit Bedacht. Es ist offensichtlich, dass es ihm widerstrebt, mir widersprechen zu müssen. »Der Mann ist ein Asylbewerber. Er hat keine Arbeitserlaubnis. Das kann unmöglich er gewesen sein.«

»Doch!«, gebe ich zurück. »Ich bin mir hundertprozentig sicher. Das war der Mann, den ich gestern gesehen habe! Ich muss unbedingt …«

In diesem Moment beginnt es neben mir zu würgen. Die Oma krümmt sich zusammen und spuckt einen langen braunen Strahl mitten in den Flur. Auf die Wände. Ein bisschen auch auf mich.

»Fuck, ich muss auflegen. Ich meld mich später noch mal. Meine Oma hat hier gerade alles vollgekotzt. Und das sieht aus wie …«

Scheiße.

KAPITEL 15

Das kann nicht sein. Nicht alles, was man mit eigenen Augen zu sehen glaubt, ist auch wirklich wahr.

Das beste Beispiel ist wohl meine Mutter, die mich vor über fünfzehn Jahren mit Verdacht auf Magenschleimhautablösung ins Krankenhaus fahren wollte, dabei hatten Jana und ich nur ausprobiert, ob man sich mit zwei Tage in Wodka eingelegten Gummibärchen auch betrinken kann.

Man kann.

Und wenn man sich dann übergibt, dann schaut der Schlabber, den man neben sein Bett spuckt, tatsächlich ziemlich magenschleimhautartig aus.

Andererseits: Irgendein weiser Mensch hat einmal gesagt: Wenn etwas aussieht wie Scheiße und sich anfühlt wie Scheiße und riecht wie Scheiße – dann ist es vermutlich auch Scheiße (vielleicht war der Gegenstand der Argumentation auch ein anderer, aber ihr wisst, was ich meine). Und das, was hier im Alten Stall den Boden sprenkelt, das riecht und sieht auf jeden Fall so aus wie Kacke. Angefasst habe ich es noch nicht.

Stattdessen helfe ich der weiterhin ungewöhnlich stillen Oma, sich auf einem kleinen Hocker hinzusetzen. Mein Hirn rattert. Mir wird bewusst, dass ich gerade das Gespräch mit dem Menschen unterbrochen habe, der mir in diesem Augenblick am ehesten hätte weiterhelfen können. Ein Gerichtsmediziner ist und bleibt in erster Linie doch Mediziner, oder? Auch wenn Niklas sicherlich noch keine Leiche Scheiße hat kotzen sehen. Ich drücke eilig auf Wählen, doch selbst beim zehnten Tuten geht der Gerichtsmediziner meines Vertrauens nicht ran. Vermutlich hat er sich wieder mit voller Aufmerksamkeit auf seine grüne Leiche gestürzt.

Wen soll ich stattdessen anrufen? Den Notarzt bestimmt nicht. Schließlich liest man ständig von überdrehten Hypochondern, die die Leitungen und Kapazitäten blockieren, während echte Notfälle auf der Strecke bleiben. Ich könnte unseren Hausarzt um Hilfe fragen – aber der kommt dann frühestens in ein paar Stunden vorbei. Ich muss doch noch irgendjemanden mit medizinischem Hintergrund im Bekanntenkreis haben, der …

Katha!

Ich werde Katha anrufen. Die hat nicht nur zumindest ansatzweise etwas gelernt, das mit Medizin zu tun hat, sie hat auch von Berufs wegen ständig mit alten Menschen zu tun. Da wird sie mir doch bestimmt sagen können, was die Oma hat – und vor allem, was ich tun kann!

Es tutet sechsmal, siebenmal, achtmal, sodass ich fast schon auflegen will, als Katha sich schließlich meldet. Ihre Stimme ist müde – und verdammt aggressiv: »Was is los, Evi? Ich war gerade eingeschlafen!«

Ui. Ich blicke auf die Uhr. Es ist kurz nach acht. Ich erinnere mich zurück, dass ich vor gar nicht mal so langer Zeit selbst von einem Anruf aus dem Halbschlaf gerissen worden bin. Aber meine Müdigkeit ist wie weggeblasen, verdrängt von dem Adrenalin, das mir jetzt angesichts meiner blassen, flach atmenden Oma durch die Adern pumpt.

»Sorry, Katha! Ich wusste nicht, an wen ich mich wenden soll. Der Omma geht es schon eine ganze Weile nicht gut. Bauchweh, schlecht war ihr. Und jetzt hat sie gebrochen.« Ich halte kurz inne.

»Und ehrlich gesagt sieht das, was da rausgekommen ist, ziemlich nach Kacke aus.«

Kathas Antwort kommt blitzschnell und ungerührt. »Deine Omma wird 'nen Darmverschluss haben. Ruf die 112.«

Einerseits bin ich begeistert, dass Katha so schnell eine Ferndiagnose aus dem Ärmel schütteln kann, andererseits behagen mir die Schlussfolgerungen, die sie daraus zieht, ganz und gar nicht. Notarzt? Wirklich?

»Bist du dir sicher? Sie hatte keinen Unfall, sie blutet nicht, sie atmet. Ist das nicht ein bisschen übertrieben?«

Katha schnaubt. Mit Widerspruch kommt sie in ihrem Stadium der Müdigkeit gar nicht gut klar. »Na, wie ist sie denn beieinander? Ist sie ansprechbar?«

Ich mache die Probe aufs Exempel: »Ey, Omma, alles gut? Hörst du mich?«

Die Oma nickt langsam mit dem Kopf und brummt ein kleines »Hm« zur Bestätigung.

Ich wende mich wieder an Katha. »Na ja, ganz weg ist sie nicht, aber so richtig da auch nicht«, räume ich ein.

»Dann ruf die 112«, gibt Katha knapp zurück. »Sonst nibbelt sie dir ab. Ich muss jetzt schlafen. Ruf mich nicht mehr an.« Katha legt auf. Was für ein Glück, so eine einfühlsame Altenpflegerin im Freundeskreis zu haben.

Ich atme tief durch und wähle schließlich den Notruf. Anders als erwartet schnauzt mich tatsächlich niemand an, dass ich wegen so einer Lappalie anrufe, sondern ich erhalte die Info: »Wir sind in fünf Minuten da.«

Nachdem ich aufgelegt habe, stehe ich einen Augenblick wie gelähmt, dann kommt Leben in mich. Braucht die Oma nicht ihr Krankenkassenkärtchen? Und wie sieht es hier eigentlich aus? Wenn die Sanitäter kommen, müssen sie direkt durch die Kackekotze stapfen. Ich weiß, ich sollte jetzt eigentlich neben der Oma sitzen und ihr das knochige Händchen halten, aber ich habe Hummeln im Hintern. Eilig fülle ich einen Eimer mit Wasser und beginne, mit Schrubber und Lappen das Gröbste zusammenzuwischen.

Ich wasche gerade zum dritten Mal unter Würgen den Lappen in dem immer brauner werdenden Wischwasser aus, als ich mich ein Stückchen zu weit nach vorne beuge und mein Handy langsam, langsam aus der der Hosentasche rutscht. Ich will noch danach greifen, doch an meinen Händen hängen Bröckchen, ich schüttle sie ab, ganz schnell, doch schon ist mein Handy in die braune Brühe geplumpst.

Ach. Du. Scheiße. Im wahrsten Sinne des Wortes.

Das hat mir an diesem Tag wirklich noch gefehlt.

Eilig fische ich den besten Freund des Menschen aus dem Schlonz und spüle ihn im Bad unter klarem Wasser ab. Der Bildschirm ist schwarz. Mir fällt ein, dass ich mal gelesen habe, dass man ein nasses Handy unter keinen Umständen einschalten, sondern erst gründlich trocknen muss. Also baue ich das Gerät eilig auseinander und lege die Einzelteile auf den Heizkörper im Bad, während die Oma mit geschlossenen Augen auf dem Schemel vor der Badezimmertür sitzt und aussieht wie das Leiden Christi. Wann kommt denn endlich der Krankenwagen?

Ich bin gerade dabei, mir die Hände mehrmals gründlich mit Seife zu waschen, als es an der Haustür klingelt.

Der Notdienst ist da. Ich seufze auf. Wenn das mal nur gut geht.

Die Oma soll ins Kreiskrankenhaus, keine zwei Kilometer von Schweinsbrunn entfernt, gebracht werden. Sosehr mein sensationslüsternes Herz, das trotz der lebensbedrohlichen Situation meiner Oma in meiner Brust schlägt, das Angebot der Sanitäter annehmen und im Krankenwagen mitfahren würde, beschließe ich doch, mit dem Auto hinterdreinzufahren.

Auf diese Art und Weise kann ich noch einmal schnell durchwischen (selbst wenn ich seiner Mutter höchstpersönlich im Krankenhaus das Leben rette, wäre mein Vater immer noch stinksauer über den Dreck, den ich nicht weggeputzt habe), mich schnell umziehen bei meinen Eltern melden, damit sie sich nicht wundern, wo die Oma und ich wohl abgeblieben sind, falls sie nach Hause kommen, bevor ich wieder daheim bin.

Eine Nachricht auf dem Handy schreiben kann ich aus bekannten Gründen nicht, und als ich versuche, die beiden vom Festnetz aus anzurufen, ist das Handy meiner Mutter ausgeschaltet – wie üblich, wenn sie unterwegs ist und Angst davor hat, von irgendwelchen »Handyabzockern« horrende Kosten für mobile Daten aufgebrummt zu bekommen. In Sachen Handygebühren ist sie Anfang der 2000er-Jahre stehen geblieben. Das Handy meines Vaters ist an, brummt aber, *Summer of 69* bimmelnd, in der Krimskramsschublade, wo das Gerät auch 95 Prozent seiner Zeit herumliegt, weshalb mein Vater auch nie erreichbar ist, wenn man ihn wirklich braucht. Nun gut. Dann schreibe ich eben einen Zettel.

Als ich fünfzehn Minuten später im Kreiskrankenhaus ankomme, kann ich nicht viel machen. Die Oma wird gerade untersucht, deshalb lasse ich mich im Wartebereich der Notaufnahme auf eine der Sitzbänke fallen und nutze die Zeit, um zur Ruhe zu kommen und über all das nachzudenken, was ich heute Abend von Niklas erfahren habe.

Die Abstriche, die Blutproben der Toten und auch das Honey selbst, das Jana für uns gekauft hat, waren kontaminiert mit Malz, das aus dem Betrieb von Carsten Denglein stammt. Das kann kein Zufall mehr sein. Wahrscheinlich sitzt der Typ auf einem illegalen

Honey-Labor. Nachdem der Bierkonsum in den letzten Jahren im steten Sinkflug begriffen ist, hat der geschäftstüchtige Mälzer sich vermutlich ein neues Geschäftsfeld erschließen wollen und irgendwelches Zeug zusammengepanscht, das hochgradig gefährlich ist. Gleich morgen früh beantrage ich eine Durchsuchung und dann nehmen wir den Laden hoch. Wobei, genauer gesagt muss ich Peter dazu überreden, eine Durchsuchung zu beantragen – aber angesichts der Faktenlage wird er sich bestimmt nicht mehr querstellen, da kann Denglein noch so sehr Stunk bei Söllner machen. Vor allem wenn erst einmal das Honey untersucht ist, das gestern bei Dengleins Begleiterin gefunden wurde. Ich würde die Hand dafür ins Feuer legen, dass die das Zeug von ihm hatte und es entsprechend genauso mit Malz verunreinigt war.

Wobei besonders beunruhigend ist, dass das Ganze immer weniger einfach nur nach Unfällen mit falsch dosierten Drogen aussieht. Dem ersten Opfer wurde das Zeug gezielt gespritzt – in der Hoffnung, dass niemandem die Einstichstelle auffällt. Und der Typ, die Leiche von heute Mittag: Er war bei mir, um mit mir zu sprechen. Er wusste irgendetwas und wollte auspacken. Dazu passt, was Niklas sich noch nicht wirklich auszusprechen getraut hat: dass er das Zeug, das ihn umgebracht hat, möglicherweise gar nicht freiwillig genommen hat, sondern wie die Prostituierte ermordet wurde.

Und wie passt die Tatsache, dass er eigentlich als Asylsuchender geführt wird, ich ihn aber in Dengleins Labor gesehen habe, dazu? Am liebsten würde ich sofort mit Peter, Kommissar Kaiser oder irgendjemandem mit Entscheidungsbefugnis sprechen – doch selbst wenn ich mein Handy hier hätte, wenn ich jemanden an die Leitung bekäme: Wer weiß, ob heute noch etwas passieren würde, wenn ich nicht nachweisen kann, dass ganz konkret Gefahr in Verzug ist.

Wenn es nicht total verrückt wäre, würde ich am liebsten selbst heute Nacht bei der Mälzerei anklopfen. Wer weiß, wie viele Menschen dort noch sind, die Denglein am liebsten zum Schweigen bringen würde? Doch sosehr es mich juckt – so eine Aktion wäre völlig verrückt. Aber mit Niklas, mit dem würde ich mich gerne noch einmal über den Fall unterhalten. Hoffentlich ist das Handy wieder trocken, wenn ich nach Hause komme …

Ich weiß nicht, wie viel Zeit vergangen ist, als schließlich eine Ärztin auf mich zutritt. Offenbar hat die Schneiders Gundel von der Aufnahme mich als die Enkelin von der Oma ausgewiesen, weshalb sie mir ohne Umschweife detaillierte Auskunft über deren Zustand gibt. Dass ich Staatsanwältin bin, sage ich jetzt lieber nicht, denn wenn die Leute das hören, ist es mit dem Entgegenkommen in den Grauzonen des Rechts immer schnell vorbei und kein Handwerker bietet dir mehr an, irgendetwas »ohne Rechnung« zu regeln.

Die Ärztin erzählt, dass ein Ultraschall gemacht wurde, bei dem sie tatsächlich einen Darmverschluss festgestellt habe. Die Oma soll jetzt sofort notoperiert werden. Wenn alles gut läuft, kann die Verstopfung ohne größere Verletzungen gelöst werden, ansonsten muss ein Stück Darm entfernt und im schlimmsten Fall sogar ein künstlicher Darmausgang gelegt werden.

Die Dame ist freundlich, sieht aber anscheinend keine Notwendigkeit, mich in irgendeiner Weise zu schonen: »Wir müssen schauen, wie Ihre Großmutter das von der Konstitution aushält – von den anderen Dingen, die noch schiefgehen können, mal ganz abgesehen. Stuhlgang kann beim Erbrechen in ihre Lunge geraten sein, was dann wieder für eine Lungenentzündung sorgen würde, aber wir gehen jetzt einfach Schritt für Schritt vor. Machen können Sie zum jetzigen Zeitpunkt nichts.«

Ich verstehe den letzten Satz als dezenten Hinweis, nach Hause zu gehen, und bin hin- und hergerissen. Einerseits mache ich mir

Sorgen um die Oma und habe die etwas irrationale Hoffnung, dass sie vielleicht meine Anwesenheit spürt und daraus in irgendeiner Weise Kraft ziehen kann. Andererseits brennt es mir unter den Nägeln, nach Hause zu kommen und in Sachen Honey aktiv zu werden – und wenn das nur bedeutet, dass ich mich noch einmal mit Niklas austausche und erfahre, wie sicher er sich inzwischen ist, dass der Tote von heute Mittag das Zeug nicht freiwillig genommen hat.

Also bedanke ich mich bei der freundlichen Ärztin und trete aus dem Krankenhaus in die rabenschwarze Dunkelheit. Es ist nach 23 Uhr, als ich kurz darauf zu Hause ankomme. Die Müdigkeit von heute Nachmittag ist weiter wie weggeblasen. Das Adrenalin, das durch meine Adern pulsiert, ist noch lange nicht abgebaut. Ich laufe durch den Alten Stall in das kleine Bad der Oma. Vielleicht ist das Handy inzwischen ja schon trocken?

Obwohl ich Angst habe, es durch meine Übereile vollends kaputt zu machen, bin ich zu ungeduldig, um noch länger zu warten. Außerdem wird sich Niklas sicherlich wundern, wenn ich nach dem abrupten Gesprächsabbruch gar nichts von mir hören lasse.

Ich schalte das Handy ein und halte den Atem an, während es sich hochfährt. Zwei Sekunden, fünf Sekunden, zehn Sekunden rotiert das Handylogo auf dem Bildschirm. Nichts blitzt und zischt, nichts fängt Feuer oder knallt, was ich als gutes Zeichen deute. Doch erst als sich wieder mein normaler Startbildschirm zeigt, wage ich zu atmen. Es hat funktioniert!

Niklas hat tatsächlich versucht, mich zurückzurufen. Das Handy zeigt nicht einen, nicht zwei, nicht drei, sondern sieben verpasste Anrufe an. Und die jetzt eingehenden Nachrichten verraten mir, dass Niklas sich nicht nur gewundert, sondern tatsächlich Sorgen gemacht hat – was richtig süß wäre, wären da nicht die verhängnisvollen Schlussfolgerungen, die er daraus gezogen hat.

Die erste Nachricht lautet noch ziemlich entspannt:

Sorry. Ich habe deinen Anruf nicht gehört. Ich habe den Typ weiter untersucht und habe noch einiges an Spuren von Gewalteinwirkung entdeckt. Der hat das Zeug so was von nicht freiwillig genommen. Und Malzspuren habe ich auch wieder entdeckt. Außerdem habe ich inzwischen auch das Honey überprüft, das von der Prostituierten kam, mit der Denglein unterwegs war. Auch da war Malz mit drin. Ruf mich an, wenn du Zeit hast.

Eine Stunde später scheint Niklas doch nervöser zu werden – wenn auch nicht offensichtlich:

Bin jetzt fertig für heute. Alles gut bei dir, Evi? Wie geht es deiner Oma?

Eindeutig nervös ist er erst eine Weile später:

Ich möchte dich nicht als handysüchtig bezeichnen, aber es passt gar nicht zu dir, dass du dich nicht meldest, nachdem unser Gespräch so abrupt abgebrochen wurde. Alles gut?

Bis sich die Sorge in Form einer abstrusen Idee zu manifestieren beginnt:

Bitte sag mir, dass du nicht versuchst, allein in die Mälzerei zu gehen. Das ist eine Riesendummheit!

Die letzte Nachricht lautet folgendermaßen:

Evi, ich hoffe, du bist nicht so verrückt, allein loszuziehen. Ich fahre jetzt sicherheitshalber zur Mälzerei. Ruf mich an, wenn du das liest.

So. Ein. Mist.

Dass Niklas diese Schlussfolgerungen ziehen würde, wenn ich – ich blicke auf die Uhr – keine vier Stunden nicht erreichbar wäre, wäre mir ja im Traum nicht eingefallen. Wobei: Habe ich vorhin nicht selbst darüber nachgedacht, noch einmal zur Mälzerei zu fahren und Stunk zu machen? Wenn ich mich recht erinnere, habe ich diesen dämlichen Plan sogar Niklas gegenüber ausdrücklich geäußert. So komplett an den Haaren herbeigezogen ist seine Befürchtung dann doch wieder nicht ... Auch wenn ich verrückt finde, dass er mir so eine Aktion tatsächlich zutraut.

Eilig rufe ich Niklas zurück, doch es tutet nur, schließlich ertönt das Besetztzeichen. Ich wähle erneut – dasselbe Spiel. Da hilft wohl nichts: Ich muss zur Mälzerei und Niklas von meiner Rettung abhalten. Vorher sollte ich aber besser Peter Bescheid sagen, schließlich ist es nicht schlecht, wenn irgendeiner in der Außenwelt Bescheid weiß, dass ich mich in die Höhle des Löwen begeben habe. Ich wähle Peters Nummer und lasse klingeln, fünf Mal, zehn Mal, bis sich schließlich die Mailbox einschaltet und ich ihm eine Nachricht aufs Band spreche – auch wenn ich weiß, dass ich dadurch eine Art »Der Herr, der schickt den Jockel aus«-Situation schaffe, bei der wir schließlich alle drei bei was weiß ich wie viel Grad in der Mälzerei gedörrt werden.

Ich checke kurz mein Outfit: schwarze Hose, schwarzer Pulli, nur die bunt gemusterten Socken passen nicht so recht ins Einbrecherschema, aber mit Turnschuhen fällt das niemandem auf. Aus der Krimskramsschublade ziehe ich noch eine alte Skimaske, von denen wir zehn Stück haben, obwohl niemand von uns Ski fährt, weil wir jedes Mal, wenn wir Gokart fahren gehen, unsere Mützen vergessen und neue kaufen müssen.

Bevor ich erneut ins Auto springe, schnappe ich mir noch schnell meine Handtasche, die wie üblich vollgestopft ist mit allen möglichen Sachen, die man zu den verschiedensten Gelegenheiten benötigt. Wer weiß, was ich heute Nacht brauche? Vielleicht eine Dose Desinfektionsspray, um Laserstrahlen sichtbar zu machen, durch die ich mich wie eine Katze hindurchwinden muss?

Ich hoffe mal nicht.

Als ich mich meinem Ziel nähere, beschließe ich, Sissi in einer kleinen Seitenstraße stehen zu lassen. Es soll ja niemand gleich sehen, dass ich der Mälzerei einen kleinen Besuch abstatten möchte – so viel Einbrecherprofi bin ich schon.

Wenn ich mich recht erinnere, gab es links vom Eingangsbereich ein kleines Fenster, das bei meinem letzten Besuch sogar gekippt war. Vielleicht ist das die perfekte Gelegenheit, um ins Gebäude zu gelangen – sofern ich es schaffe, die Überwachungskamera zu umgehen. Tatsächlich zeigt mir ein schneller Blick, als ich mich im Schatten an der Hauswand entlangdrücke, dass das Fenster wirklich gekippt ist und ich mich im toten Winkel anschleichen und der Kamera von hinten nähern kann. Wenn ich das Fenster allerdings knacken und mich dadurch in das Gebäude quetschen will, muss ich die Kameralinse irgendwie abdecken.

Ich beginne, in meiner Handtasche zu kramen. Ob ein Taschentuch helfen könnte? Ich schüttle den Kopf. Vermutlich würde es sofort wieder von der Linse flattern. Und wenn ich meine Socken ausziehe und über das Objektiv stülpe? Jetzt bereue ich doch, dass ich mir nicht die Mühe gemacht habe, die bunten Socken mit pink-grün-gelbem Melonenmuster gegen schwarze Strümpfe zu wechseln – das bunte Muster macht meine Socken für eine derartige Zweckentfremdung denkbar ungeeignet.

Ich krame weiter in meiner Handtasche. Auf einmal fällt mir ein Päckchen aus Klopapier in die Hand. Was mag das wohl sein? Ich wickle es auf und blicke angewidert auf Simonas Menstasse, die zwar nicht mehr so schlonzig ist wie gestern Nacht, aber immer noch nicht richtig sauber aussieht. Andererseits kommt mir bei diesem Anblick eine Idee ... Ich versuche die Größe des Objektivs mit den Augen einzuschätzen. Das könnte wirklich hinhauen.

Ich drücke mich weiter an der Wand entlang, immer noch im toten Winkel. Wenn ich mich bis auf die Zehenspitzen stelle und ganz lang mache, gelingt es mir vielleicht, die Menstasse über das Objektiv zu stülpen ...

Gedacht, getan – und es funktioniert wirklich.

Eilig stecke ich meinen Arm durch das gekippte Fenster und drücke den Griff in die Waagrechte, um es zu öffnen. Es klappt! Ich fühle mich wie Catwoman, als ich mich durch das Fenster schlängle und mich in einer kleinen Abstellkammer wiederfinde. Jetzt darf nur die Tür nicht abgesperrt sein, sonst war das alles verlorene Liebesmüh. Ich drücke den Griff nach unten und die Tür geht auf. Ein der gefährlichen Situation durchaus nicht angemessenes Glücksgefühl überschwemmt mich. Nur nicht unvorsichtig werden!

Ich blicke den Gang entlang, der anders als bei meinen anderen Besuchen nicht hell erleuchtet ist, sondern in schummrigem Halbdunkel vor mir liegt.

Eine kleine Stimme in meinem Hinterkopf flüstert, was für eine absolut bescheuerte Schnapsidee es war, hierherzukommen und einzubrechen. Was, wenn Niklas sofort wieder gegangen ist? Wenn er im Gegensatz zu mir erkannt hat, wie dämlich diese ganze Aktion ist? Andererseits sagt mein Bauchgefühl mir etwas anderes, nämlich dass ich genau richtigliege.

Selbst mein Atmen hört sich schrecklich laut an, als ich den Gang entlanghusche in der Hoffnung auf irgendwelche Hinweise, wo Niklas sich aktuell befinden könnte. Durch die Nummerierung auf dem Fußboden habe ich wenigstens keine Angst mehr, die Orientierung zu verlieren.

Ich weiß nicht, wie lange ich bereits die immer gleichen Gänge entlanggeschlichen bin – es könnten Minuten, aber auch Stunden gewesen sein –, als ich plötzlich das Gefühl habe, dass sich das Licht verändert. Tatsächlich, weiter vorne im Gang sehe ich einen Lichtschein, der durch einen Türspalt hindurch die schummrige Dunkelheit erhellt. Ich versuche, noch ein bisschen leiser zu atmen, noch ein bisschen sanfter aufzutreten, als ich mich dem Raum nähere. Sacht drücke ich gegen die Tür, um den Spalt zu vergrößern und mir einen Überblick zu verschaffen.

Bei dem Raum handelt es sich um ein Labor, ähnlich wie das, in dem ich neulich die Malzprobe stibitzt habe. An den schneeweißen Wänden ziehen sich ebenso weiße Arbeitsflächen entlang, auf denen sich Inkubatoren, Reagenzgläser, Kolben, Pipetten und was man sonst noch so alles in einem Labor benötigt, aneinanderreihen. In Petrischalen angesetztes Malz zeigt sich in den verschiedensten Zuständen und Verfärbungen. Der Geruch ist seltsam vertraut und gleichzeitig unangenehm, faulig. Doch davon lasse ich mich nicht weiter stören, denn in der Mitte des Raumes, an einen Stuhl gefesselt, schräg mit dem Rücken zu mir sitzt Dr. Niklas Rosenbeet.

Obwohl es mir lieber gewesen wäre, dass ich mich hier total geirrt habe und mich mit meinem peinlichen Einbruch komplett zum Affen mache, weil Niklas die Mälzerei gar nicht erst betreten hat, bin ich doch unfassbar erleichtert, als ich ihn nun – lebend und nicht etwa tot und mit grünem Flaum überzogen – vor mir sitzen sehe. Am liebsten würde ich laut aufatmen, aber ich beschränke mich darauf, einfach wieder mit dem Atmen zu beginnen. Ich lasse meinen Blick sicherheitshalber ein weiteres Mal durch den Raum schweifen, bevor ich die Tür so weit aufdrücke, dass ich eintreten kann.

Ich bilde mir zwar ein, auf leisen Sohlen zu schleichen, doch ich habe noch nicht einmal die halbe Strecke durch den Raum zurückgelegt, da fährt Niklas' Kopf zu mir herum. Beim Anblick seines Gesichts fahre ich erschrocken zusammen, irgendjemand hat ihn übel zugerichtet. Das rechte Auge ist geschwollen, die Wangenknochen leuchten in allen Lila- und Blautönen. Ui. Das hat sicher wehgetan.

»Evi«, ruft er – und fügt im selben Augenblick wie ich dazu: »Da bist du ja!«

»Verhext«, entfährt es mir. Wir lachen beide kurz auf – und sprechen gleichzeitig weiter: »Ich bin gekommen, um dich zu befreien.«

Mein dämliches Grinsen passt so gar nicht zu dieser Situation, die ich so nicht mal in meinen wildesten Albträumen in Erwägung gezogen hätte. »*Du* wolltest *mich* befreien?«, frage ich nur.

»Natürlich.« Ich sehe Niklas die Peinlichkeit darüber an, dass seine Worte und seine aktuelle Lage so ganz und gar nicht zueinanderpassen. Aber er scheint die Situation mit Humor zu nehmen. Im blau-lila Farbverlauf auf seiner Wange meine ich ein Grübchen aufblitzen zu sehen, aber sofort verzieht sich sein Gesicht vor Schmerz.

»Wie bist du nur auf die bescheuerte Idee gekommen, dass ich hier sein könnte?«, frage ich ihn.

»Normalerweise bist du ständig online – aber dann legst du, nachdem du herausbekommen hast, dass das jüngste Mordopfer hier gearbeitet hat und zu dir Kontakt aufnehmen wollte, einfach auf und bist nicht mehr erreichbar.« Niklas zuckt mit den Schultern, soweit ihm das auf den Stuhl gefesselt überhaupt möglich ist.

Offenbar tut ihm wenigstens dabei nichts weh. »Außerdem hattest du angekündigt, hier einzusteigen.«

»Das hätte ich doch nie getan.« Ich verziehe das Gesicht zu einer Grimasse, die hoffentlich nicht nur bescheuert aussieht, sondern auch entschuldigend und so kleinlaut, wie ich mich fühle. »Ich habe nur manchmal eine verdammt große Klappe.«

»Es war nicht deine Schuld. Der Depp des Tages bin schon ich.« Niklas versucht sich erneut an einem schiefen Grinsen.

In diesem Moment fällt mir auf, dass die Labortür noch immer offen steht. Da quatschen wir hier, während uns vom Flur aus jeder hören kann. Eilig lege ich die Schritte zur Tür zurück.

»Nein, Evi, nicht«, ruft Niklas noch, als ich die Tür zudrücke, und ich begreife sofort, weshalb das keine gute Idee gewesen ist. Statt auf einen Griff blicke ich auf einen Türknauf herab, der sich keinen Millimeter drehen lässt. Das Labor lässt sich ohne Schlüssel von innen nicht öffnen. Verdammt. Wir sind eingeschlossen.

Ich drehe mich um zu Niklas. »Na, den ›Depp des Tages‹-Titel können wir zwei uns teilen«, versuche ich mich in Galgenhumor und halte kurz inne, um uns nicht mit weiteren überstürzten Handlungen noch tiefer in die Scheiße zu reiten. Ich werde dieses Problem lösen. Ich weiß zwar noch nicht wie. Aber, wie die Oma immer so schön zu sagen pflegt: »Wird scho wern, ist schon immer wieder worn.«

Doch warum kompliziert, wenn es auch einfach geht? Ich greife in meine Handtasche und ziehe mein Handy heraus. Aber das macht keinen Mucks. Die Kackabrühe scheint ihm im Nachhinein doch den Garaus gemacht zu haben. Verdammte Scheiße! Ich schließe die Augen und atme ein und ganz langsam wieder aus. Bis mir eine andere Idee kommt, was wir tun könnten, kann ich in der Zwischenzeit wenigstens Niklas befreien. Ich krame weiter in meiner Tasche und stoße tatsächlich auf ein Reise-Nagelpflegeset, dessen Feile schon mancher Freundin den ein oder anderen eingerissenen Fingernagel gerettet hat. Jetzt brauche ich sie, um die dicken Seile um Niklas' Hand- und Fußgelenke durchzusäbeln. Das wird zwar eine Weile dauern, aber Zeit scheinen wir ja jetzt sowieso in Hülle und Fülle zu haben.

»Sorry für die Tür«, hebe ich an, als ich beginne, mich an Niklas' Füßen zu schaffen zu machen.

»Sorry, dass du überhaupt hier sein musst«, gibt er mit einem schiefen Lächeln zurück. »Danke, dass du mich rettest.«

»Danke, dass du mich retten wolltest«, lächle ich zu Niklas hoch. In all dem Blau und Lila sehen seine Augen noch ein bisschen grüner aus. Ich kann gar nicht glauben, dass ich diesen wunderschönen Mann gestern geküsst habe. Und wie. Beim Gedanken daran schlägt mein Herz wieder ein bisschen schneller. Wenn ich hier und heute sterbe, dann zumindest glücklich. Das kann auch nicht jeder von sich behaupten.

»Wo warst du eigentlich, wenn du nicht hier warst?«, fragt Niklas.

Ich seufze. »Meine Oma hat einen Darmverschluss, gerade wird sie operiert. Als wir beide telefoniert haben, hat sie alles vollgebrochen. Und als ich die Bescherung aufgewischt habe, ist mir das Handy in den Putzeimer gefallen«, erkläre ich, während ich mit der Feile weiter das dicke Seil zerfasere.

»Wie bist du eigentlich hier reingekommen?«, will ich nun meinerseits wissen. »Bist du auch übers Fenster eingestiegen?«

Niklas lässt sich Zeit mit der Antwort. Sie ist ihm wohl peinlich. »Ich hab einfach geklingelt und nach dir gefragt.«

»Du hast geklingelt und gefragt?« Fassungslos halte ich inne. »Spinnst du? Das hier sind Verbrecher! Die machen Gulasch aus einem wie dir. Oder Röstmalz.«

Fast bereue ich meine vorlaute Antwort ein bisschen – schließlich kenne ich Niklas noch nicht so lange und ich möchte im Grunde meines Prinzessinnenherzens, das immer wieder vergisst, dass es zu einer aufgeklärten Feministin gehört, dass Niklas mich als anschmiegsames, feinfühliges und sensibles Wesen wahrnimmt. Aber über kurz oder lang wird er mich sowieso besser kennenlernen – da können wir auch gleich damit anfangen. Vor allem weil Niklas kein Problem mit meinen klaren Worten zu haben scheint, auch wenn er sich herauszureden versucht: »Na ja, ich dachte, der wird mir schon nichts tun. Der hat ja auch was zu verlieren.«

»Was denn?« Ich lasse nicht locker. »Wie du selbst herausgefunden hast, hat der Typ sehr wahrscheinlich mindestens zwei, wenn nicht gar drei Leute auf dem Gewissen. Da kommt es auf einen mehr oder weniger auch nicht an. Mit den Feinheiten der kriminellen Seele hast du's wirklich nicht so, oder?«

Zu meiner Freude grinst Niklas angesichts dieses weiteren Disses nur. »Deine kriminellen Neigungen haben dich in dieselbe Lage gebracht wie meine Dummheit. Ich würde sagen: Gleichstand.« Dann ändert sich sein Ton: »Ich hab mir einfach Sorgen um dich gemacht.«

Ich spüre, wie sich mein Herz zusammenzieht, dieses vermaledeite kleine Prinzessinnenmiststück. »Das ist unfassbar süß«, seufze ich – gebe dem Ganzen aber einen ironischen Ton, damit er nicht denkt, dass er mich mit diesen Worten so was von hat – was natürlich gelogen ist, weil er mich schon vom ersten Augenblick an bei unserer Begegnung auf dem Flur des Gerichts hatte.

»Vor allem war es unfassbar bescheuert.« Niklas verdreht die Augen über seine eigene Dummheit und hat die romantische Schwärmerei, in die er mich versetzt hat, gar nicht bemerkt. »Erst wurde ich noch freundlich begrüßt. Dann haben sie mir das Handy abgenommen und mich hier eingesperrt. Da habe ich schon geahnt, dass etwas faul ist. Die drei Typen, die dann aufgetaucht sind, mich verprügelt und an den Stuhl gebunden haben, haben mir diesen vagen Verdacht dann bestätigt.«

Inzwischen sind Niklas' Füße frei und ich habe mich darangemacht, das Seil an seinen Handgelenken zu bearbeiten. Erst jetzt fällt mir auf, wie blutig und zerschlagen seine Fingerknöchel sind. Kampflos scheint Niklas sich zumindest nicht ergeben zu haben.

In diesem Moment beginnt ein Lautsprecher zu knacken: »Guten Abend, Frau Pflaum«, dringt die blecherne Stimme von Carsten Denglein höchstpersönlich an mein Ohr. »Sie sind auch endlich da. Ich habe mir schon gedacht, dass es nur noch eine Frage der Zeit ist, bis Sie auftauchen, um Ihren wenig erfolgreichen Retter Ihrerseits zu retten.« Denglein beginnt, über seinen eigenen missratenen Witz zu lachen, allerdings kein waschechtes Schurkenlachen, wie es dieser »Showdown in der Schurkenhöhle«-Situation angemessen wäre, sondern ein donnerndes Bierzeltlachen, bei dem ich gleich wieder Sodbrennen kriege. Zu einer Antwort lasse ich mich jedoch nicht herab.

Denglein fährt fort, als er merkt, dass von meiner Seite mit keiner tränenreichen, verängstigten Reaktion zu rechnen ist. »Sie kleben penetrant wie ein Stück Klopapier an meiner Schuhsohle und es wird höchste Zeit, dass ich Sie endlich loswerde.«

Angesichts dieser wenig verhohlenen Drohung sollte ich vielleicht doch lieber sprechen und meinen Punkt klarmachen. »Ihnen ist schon klar, dass man mich vermissen wird? Es gibt Leute, die wissen, dass ich hier bei Ihnen bin.«

»Dann lassen wir es doch darauf ankommen«, zeigt Denglein sich von meinen Worten ungerührt. »Ich habe nichts mehr zu verlieren. Und ich wollte schon immer mal ausprobieren, was passiert, wenn jemand aus Versehen in die Rösttrommel für das Karamellmalz gerät. Zum Beispiel eine in Ungnade gefallene Staatsanwältin, die auf eigene Faust ermittelt ... Wenn mir Söllner weiter den Rücken frei hält, komme ich damit irgendwie durch – wenn aber nicht, kommt es auf einen Mord mehr oder weniger auch nicht an. Ob ich dann zu dreimal oder viermal Lebenslänglich verurteilt werde, ist mir egal.« Erneutes Lachen, das langsam schon ein bisschen mehr an ein echtes kinotaugliches Schurkenlachen heranreicht.

»Sie schauen zu viel amerikanische Serien, Herr Denglein«, werfe ich ein. »Dieses Strafmaß gibt es bei uns gar nicht.« Ich kann einfach nicht aus meiner Haut – selbst gegenüber einem größenwahnsinnigen Bierbrauer Schrägstrich Drogenbaron, von dem in diesem Augenblick mein Überleben abhängt. »Lebenslänglich ist bei uns im Schnitt erst mal nur um die neunzehn Jahre.«

»Wissen Sie mal wieder alles besser, Frau Pflaum?« Denglein hört sich mit einem Mal gar nicht mehr belustigt an, sondern vor allem mächtig angepisst. »Ihre große Klappe wird Ihnen noch vergehen. Ich ...« Der Mälzer unterbricht sich selbst: »Oh, ich sehe gerade: Wir kriegen Besuch. Das wird vermutlich Ihre lang ersehnte Rettung sein.«

Jetzt lacht Denglein wieder, diesmal schriller und nun doch ziemlich psychopathisch. Mir stellen sich die Nackenhaare auf. Dann knackt der Lautsprecher. Schließlich Stille. Hat der durchgeknallte Mälzer tatsächlich vor, noch jemanden in die Falle zu locken? Mal im Ernst: Was will er denn mit all den Leichen anfangen? Da braucht er ja einen Versandhandel für dekorative Dörrleichen, um uns halbwegs unauffällig loszuwerden. Anderseits traue ich ihm bei diesem nun doch sehr durchgeknallten Lachen nicht mehr so wirklich vernunftgesteuerte Entscheidungen zu.

Um mich abzulenken, wende ich mich wieder dem Seil um Niklas' Handgelenken zu. Langsam habe ich den Dreh raus und komme viel besser voran als noch bei den Füßen. »So, gleich hab ich's«, verkünde ich.

»Feile nur so weit, dass die Stricke noch ein kleines bisschen zusammengehalten werden«, sagt Niklas da. »Vielleicht verschafft uns das später einen Vorteil, wenn es so aussieht, als wäre ich noch gefesselt.«

»Na, wie du meinst, Rambo«, gebe ich zurück. »Aber beschwer dich nicht, wenn du später im Kampfgetöse mitsamt deinem Stuhl auf der Nase landest.« So verzweifelt unsere Lage ist – ich bin immer noch davon überzeugt, dass hier noch irgendwie, irgendwas geschehen wird, dass wir diesem größenwahnsinnigen Malzbaron nicht länger ausgeliefert sein werden. Und mal ehrlich: Im Grunde können wir zwei ziemlich zufrieden sein. Wir haben den Fall gelöst. Ich habe richtiggelegen mit meinen Vermutungen. Es gibt nur wenige Menschen, die so glücklich sterben, wie ich sterben würde, wenn ich jetzt stürbe, was ich zwar nicht hoffe, aber immerhin eine Möglichkeit ist, wenn auch nur eine kleine, wie ich mir einzureden versuche.

Ich seufze tief.

Möglicherweise bin ich doch nicht so zuversichtlich. Vielleicht habe ich ein klitzekleines bisschen Angst. Es besteht die Möglichkeit, dass ich gleich in Panik gerate.

Niklas stupst mich mit seinem Knie an, als ich die Feile mit zitternden Händen wieder in meiner Handtasche verstecke. Als Waffe taugt das stumpfe Ding leider nicht. Niklas' Arme sind – wenn auch nur locker – weiterhin auf seinem Rücken gefesselt. »Wir schaffen das«, sagt er und schickt mir den aufmunterndsten Blick zu, den er in einem Augenblick wie diesem noch im Repertoire hat. So richtig überzeugend ist er nicht, aber wenigstens höre ich auf zu hyperventilieren.

In diesem Augenblick öffnet sich die Tür des Labors mit einem Schlag. *Denglein*, denke ich erst. Doch falsch gedacht. Im Türrahmen grinst Peter wie die personifizierte Selbstgefälligkeit.

»Da seid ihr ja, ihr Opfer. Evi, du bist inzwischen so ein Stadtkind. Wie kann man nur so bescheuert sein, in so eine doofe Situation zu geraten?«, fragt Peter, und die Erleichterung, die ich bei seinem Anblick im ersten Augenblick empfunden habe, weicht leichter Angepisstheit, weshalb ich die Gelegenheit zu einer Erwiderung ungenutzt vorüberziehen lasse. »Keine Ahnung, was ihr angestellt habt, um hier zu landen, aber da gehört wirklich eine riesige Portion Dummheit dazu. Der Wachmann hat mich in einen Warteraum geführt und dort allein gelassen, und zack bin ich los und keine fünf Minuten später hab ich euch gefunden. Wenn das mal net effizient ist«, lobt sich Peter selbst.

»Beder, bist du dir sicher, dass das keine Falle ist?«, frage ich, bange Blicke in Richtung Tür werfend.

»Mimimimi, heul nicht rum. Der Denglein ist so dumm, der lockt doch einen wie mich nicht in die Falle«, wirft Peter sich in die Brust, nur um erschrocken zusammenzufahren, als im nächsten Augenblick direkt hinter ihm Carsten Denglein im Türrahmen erscheint.

»Oh, das war jetzt aber gar nicht nett, Herr Schneider.«

Peter weicht stolpernd zurück. Seine Gesichtszüge sind ihm in Lichtgeschwindigkeit entglitten. Wäre die Situation nicht derartig am Arsch, würde ich vielleicht fast so etwas wie Schadenfreude empfinden.

Denglein greift in seine Tasche und zieht eine Pistole hervor. Sein Blick ist jetzt wie seine Stimme: erschreckend psychopathisch. »Gehe ich recht in der Annahme, dass Sie die Verstärkung sind, von der Frau Pflaum gesprochen hat?« Er lacht abfällig auf. »Und sicherlich haben Sie niemanden sonst informiert, dass Sie hier zu mir kommen?« Peter steht still, doch sein Schweigen spricht Bände. Ein verrücktes Grinsekatzengrinsen breitet sich über Dengleins Gesicht. »Sehr schön, dann können wir den

Sack ja jetzt zumachen, wenn alle Mitwisser hier versammelt sind.«

Denglein zögert keinen Augenblick. Er spielt nicht, triezt nicht, sondern legt ungerührt auf Peter an und drückt ab. Der laute Knall hallt von den kahlen Wänden des Labors wider, dass ich mir intuitiv die Ohren zuhalte. Peter fällt um wie eine Jahrmarktfigur und fast lache ich los, weil die Situation so grotesk ist, dass ich sie nicht begreifen kann. Verdammt, in was für einem Albtraum bin ich hier auf einmal gelandet?

»Und jetzt!« Denglein wendet sich mir zu. »Jetzt ist auch endlich Schluss mit der renitenten Klugscheißerin«, sagt er, und ich spüre, wie mein Herz zu Boden sackt.

Ich weiß nicht, ob es daran liegt, dass in gefährlichen Situationen das Gehirn viel schneller arbeitet als sonst oder dass man in den letzten Minuten seines Lebens alles noch einmal ganz langsam an sich vorüberziehen sieht. Auf jeden Fall nehme ich alles, was in diesen Augenblicken geschieht, wie in Zeitlupe wahr.

Wie Denglein den Arm hebt und auf mich anlegt.

Wie sein Finger sich krümmt.

Wie Niklas sich in diesem Augenblick von seinem Stuhl losreißt und diesen in Richtung Mälzer wirft, der dennoch abdrückt.

Wie Niklas sich vor mich wirft.

Und wie ich mit einem Mal nur noch Schwarz sehe.

KAPITEL 16

Das Licht ist grell. Zu grell nach dem Dunkel, das mich bisher umgeben hat. Außerdem flackert es. Diese verdammte Neonröhre sollte wirklich mal ausgetauscht werden. Wie gut, dass ich nicht unter Migräne leide, sonst wäre das hier wirklich tödlich.

Apropos tödlich: Ich bin natürlich nicht gestorben. Möglicherweise bin ich mit meiner Neigung zum Überdramatisieren bei der Beschreibung der Ereignisse ein wenig übers Ziel hinausgeschossen, vielleicht war auch meine Wortwahl etwas ungenau, was mir als Juristin besonders peinlich ist, weil wir uns doch immer sehr viel auf unsere klaren und eindeutigen Formulierungen einbilden.

Das Schwarz, das ich plötzlich vor Augen hatte, war natürlich nicht die Finsternis des Todes, und – es ist mir fast ein bisschen peinlich, es zuzugeben – es war nicht einmal das Dunkel einer Ohnmacht, sondern mir wurde schlicht die Sicht verdeckt durch Niklas' schwarzen und – das muss zu meiner Verteidigung gesagt werden – wirklich ganz und gar nicht verwaschenen Pulli.

Tatsächlich hat uns sein actionfilmreifer Move nur kurz den Arsch gerettet. Zwar war es ihm gelungen, mit seinem Stuhlwurf Denglein derart ins Straucheln zu bringen, dass er selbst auf dem Hintern landete. Aber nur Sekunden später war der schon wieder dabei, sich aufzurappeln und nach der Pistole zu greifen, die er beim Aufprall fallen gelassen hatte. Wie gut, dass ich in der siebten Klasse einen Selbstverteidigungskurs besucht und damit auch so einige Badass-Tricks in der Hinterhand habe. Für Denglein gab's von mir also Zeige- und Mittelfinger in die Augenhöhle und einen gezielten Tritt ins Gemächt, und dann war's auch schon vorbei mit seinem Widerstand. Mit der Waffe in der Hand, die ich Denglein abgenommen hatte, wartete ich dann auf den aus den einschlägigen Actionfilmen bekannten Ansturm von Wachmännern und Handlangern, aber offenbar hatten Dengleins Schergen keine Lust, den Kopf für ihren Chef hinzuhalten.

So konnten wir also ungestört über einen der Festnetzapparate die Polizei rufen und auf ihr Kommen warten (Peter, dieser Vollhorst, war doch tatsächlich losgezogen, ohne irgendwo Bescheid zu sagen; das heißt, Denglein hätte uns problemlos zu Malz verarbeiten können), während wir mit großer Erleichterung feststellten, dass auch Peter durchaus nicht tot war. Er hatte nicht etwa überlebt, weil die Kugel an seinem silbernen Hemdknopf abgeprallt oder in einem Bündel Liebesbriefe an seiner Brust stecken geblieben war, sondern weil der Versager Denglein, der offenbar so mies schießt, wie er neue Drogen entwickelt, ihn nicht einmal getroffen hatte. Peter war schlicht und einfach vor Angst ohnmächtig geworden, als der Malzbaron auf ihn anlegte, pisste sich dabei sogar noch in die Hose und schlug sich im Fallen den Kopf auf.

Wegen dieser Platzwunde am Hinterkopf und einer angeblichen Gehirnerschütterung lässt Peter sich nun schon seit einer Woche im Kreiskrankenhaus behandeln. Ich vermute mal, dass er das Ganze nur so rauszieht, um sein Einnässen etwas weniger peinlich zu machen. Soll er es gerne versuchen, ich habe schon allen Kollegen davon erzählt.

Aber nicht Peter, den alten Angeber, besuche ich, während ich jetzt unter flackernden Neonleuchten, die nach dem herbstlichen Dunkel der Dämmerung draußen wirklich fies ins Auge beißen, sterile Krankenhausflure entlanglaufe, sondern die Oma, die ihre

Bauch-OP ganz hervorragend überstanden hat. Offenbar konnte der Darmverschluss mit ein bisschen Schnippeln und Ruckeln und ganz ohne künstlichen Darmausgang behoben werden, sodass die Oma jetzt wieder zur alten Form aufläuft und so gar nichts mehr mit dem Häuflein Elend zu tun hat, das ich vor einer Woche in den OP habe rollen sehen.

Aus diesem Grund klappern in meiner Tasche auch zwei große Gläser Hausmacher-Presssack, weil das Krankenhausessen der Oma nicht ganz so gut mundet oder, um es mit ihren eigenen Worten auszudrücken, »den Fraß doch kein Mensch essen kann«.

Meine Laune kann ich indes nur als beschwingt bezeichnen. In einem Hollywoodfilm wäre ich für meine Eigenmächtigkeit vom Dienst suspendiert worden, doch statt zu zetern und zu klagen, waren Niklas' und meine Vorgesetzten voll des Lobes für unser Engagement. Ja: mein Vorgesetzter – ich spreche von Söllner. Ist das denn zu fassen? Genau genommen überschlug er sich fast vor Begeisterung, als klar geworden war, was das denn genau war, das wir da aufgedeckt hatten.

Der Vollständigkeit halber will ich es hier noch einmal zusammenfassen. Einen Teil davon wussten – oder ahnten – wir ja schon, für andere Aspekte gab es Zeugen, Beweisunterlagen, manches mussten wir uns selbst zusammenreimen und einen großen Teil hat Denglein uns – beziehungsweise Kommissar Kaiser – selbst erzählt, der wohl hofft, nachdem er als Bürgermeister nicht mehr Karriere machen kann, wenigstens als kriminelles Mastermind in die Annalen der Stadt einzugehen.

Tatsächlich haben Denglein die gesunkenen Bierumsätze der vergangenen Jahre dazu bewogen, sich anderweitig zu orientieren und dabei nicht etwa auf Craft Beer oder Braulimonade zu setzen, sondern auf das angeblich super leicht zu synthetisierende Honey, das so was von im Kommen sein sollte.

Allerdings neigt der Malzbaron wohl etwas zum Plaudern und prahlte vor der Prostituierten in der Jeckstraße von seiner todsicheren Geschäftsidee. Die nahm das nach einer Weile offenbar zum Anlass, ihn zu erpressen, und erhielt ziemlich schnell die Quittung. Auf die Idee gebracht für seinen perfiden Mord hatte den Mälzer tatsächlich die alte *Columbo*-Folge, die auch Niklas' Kollegen kannten und bei der eine Einstichstelle unter den Fingernägeln mit Nagellack übermalt wird. Ich habe Niklas getröstet, dass das einfach das Pech der Nachgeborenen ist, aber er hat sich vorgenommen, ab sofort täglich mindestens eine Stunde Sat.1 Gold zu schauen. Mal sehen, wie lange er das durchhält.

Ob der malzbedingte Grünstich der Leichen von dem Malz im Honey kam oder davon, dass alle drei Leichen kurz vor ihrem Tod mit Malzstaub in Berührung gekommen waren – die zwei jungen Männer in der Mälzerei direkt, die Prostituierte über Denglein –, hat Niklas nicht abschließend klären können. Aus naheliegenden Gründen hat sich kein Freiwilliger gefunden, um das Ganze wissenschaftlich überprüfbar zu machen.

Mit dieser Nebenwirkung hatte Denglein auf jeden Fall nicht gerechnet und ich muss sagen, dass die Verunreinigungen kein gutes Licht auf die Sauberkeit seiner Produktionsbedingungen werfen – aber ich denke, darüber ärgert sich der Mälzer selbst am meisten, hätte es doch sonst noch viel länger gedauert, um ihm auf die Spur zu kommen.

Der erste tote Asylbewerber war dann wohl tatsächlich ein Unfall. Er hatte eine Dosis von dem »heißen Scheiß« aus dem Labor mitgehen lassen – zum Verkaufen und um selbst ein bisschen Spaß zu haben. Blöd nur, dass das Zeug so schwer zu dosieren war …

Sein Kumpel begann dann wohl langsam, eins und eins zusammenzuzählen. Sein Unglück war, dass er offenbar schwankte zwischen Denglein verpfeifen und ihn erpressen. Anscheinend ging er, nachdem er mich im Gericht nicht mehr angetroffen hatte, direkt zu ihm und setzte ihm die Pistole auf die Brust. Der machte auch mit ihm kurzen Prozess – überwältigte ihn und schmierte ihm das Zeug eiskalt in die Nase und aufs Zahnfleisch. Das wäre gar nicht mal so dumm gewesen, hätten nicht die Druckstellen und die blauen Flecke vom Kampf mit Denglein auf der Haut des Toten Niklas misstrauisch gemacht.

Übrigens handelte es sich bei beiden tatsächlich um Asylbewerber – wie ungefähr bei einem Drittel von Dengleins Belegschaft. Weil der Rest vor allem aus anerkannten Geflüchteten besteht, befand Denglein, dass »das sowieso keinem auffällt« – wer interessiere sich schon für Asylbewerber? Außerdem ging er davon aus, dass seine illegalen Mitarbeiter dann schon aus Eigeninteresse die Klappe halten würden – womit der Malzbaron ja zumindest eine Zeit lang recht behalten hat.

Nun rächt es sich für Denglein jedoch, dass er aus irgendwelchen für mich trotz Jurastudiums nicht nachvollziehbaren fiskalischen Gründen Frau Abebe nicht nur zu seiner Assistentin, sondern auch zur Hauptanteilseignerin an der Mälzerei gemacht hat. Während Denglein nun also hinter schwedischen Gardinen auf seinen Prozess wartet, hat Frau Abebe – die übrigens völlig rechtmäßig in der Mälzerei angestellt war und glaubwürdig beteuern konnte, nichts von den Nebengeschäften ihres Chefs gewusst zu haben – die Leitung übernommen und ist dabei, gründlich auszumisten. Muss dabei noch erwähnt werden, dass die Pläne, die Produktion aufs Naturschutzgebiet auszuweiten, auf Eis gelegt wurden? Die Umweltschützer sind happy, die Bauern ebenso und Söllner, das alte Fähnchen im Wind, bereut vermutlich aktuell jede Gelegenheit, bei der er sich auf die Seite seines alten Buddys geschlagen hat.

Weil das in einigen Fällen vor allem zu meinen Lasten ging, hat er damit begonnen, Wiedergutmachung zu leisten, und zwar zuallererst, indem er mir die TKÜ-Listen wieder abgenommen und einem Kollegen übergeben hat, der nach einer schweren Gehirnerschütterung dieser Tage wieder ins Büro kommen soll und eine leichte, monotone Tätigkeit benötigt, die ihn nicht allzu sehr fordert. Schließlich werde ich mit der Aufarbeitung dieses Bierkomplotts in den nächsten Wochen genug zu tun haben. Ich freue mich auf jeden Fall schon auf Peters Gesichtsausdruck, wenn er die Listen auf seinem Schreibtisch entdeckt. Ich habe ihm wohlweislich noch nichts von seinem Glück erzählt, um mir die Vorfreude nicht zu verderben.

War's das?

Nein!

Sylvia hat mir gestern beim ersten Glühwein des Jahres gestanden, dass sie und Robert beschlossen haben, ihre neu entdeckte Liebe mit einem dritten Kind zu krönen. Ich habe nicht widersprochen, weil das das beste Mittel wäre, um meine sture Schwester in einem Plan zu bestärken. Stattdessen baue ich darauf, dass sie selbst merkt, dass ein weiteres Kind nicht unbedingt die Rettung für eine kriselnde Ehe ist, bevor der Schwangerschaftstest die berühmt-berüchtigten zwei Streifen anzeigt. Auf jeden Fall werde ich meinen Eltern ans Herz legen, den beiden Lotta-Luisa und Georg-Linus so selten wie möglich abzunehmen. Erstens weil Sylvia und Robert dann noch einmal bewusst wird, wie schwer so ein Leben schon mit zwei Kindern ist, und um ihnen auch so wenig Gelegenheiten zum Schnackseln wie nur möglich zu geben.

Auch sonst hat der beginnende Herbst für neue romantische Verwicklungen gesorgt. *Wer jetzt kein Haus hat, baut sich keines mehr, wer jetzt allein ist, wird es lange bleiben* ... und so, um es mit Rilke zu sagen. Auf jeden Fall habe ich heute Morgen zu meiner großen Überraschung und Freude bei meiner Ankunft im Gericht Kommissarin Starklauf und Wachtmeister Hornung im Auto knutschen sehen. Die Freude, Peter das aufs Brot zu schmieren, wurde mir bisher leider nicht vergönnt – vor allem weil ich nicht einmal sicher bin, ob er sich darüber ärgern würde, denn aktuell wird er von vorne bis hinten von Jana betüddelt. Das ist auch der einzige Wermutstropfen in meinem Happy End. Ich hoffe, dass sich dieser neu entdeckte Helferkomplex meiner Freundin so schnell wieder legt, wie er gekommen ist. Sonst muss ich wirklich ein ernstes Wörtchen mit ihr reden.

Meine Mutter hat indes die letzten Tage genutzt und ist beim Ausräumen der Einliegerwohnung zügig vorangekommen, bis sie vorgestern auf die Kisten mit unseren Kindheitserinnerungen gestoßen ist und einen Aufräumstopp ausgerufen hat. Die Babyklamotten, Kindergartenfotos, die Barbiekleider, Polly Pockets und Baby-Born-Sets bedürfen einer gründlichen Sichtung, bevor über ihr weiteres Verbleiben entschieden werden kann, weshalb ich wiederum also weiter in meinem Kinderzimmer verbleibe.

Aus diesem Grund hatten Niklas und ich vergangene Woche also zum ersten Mal Sex in dem Bett, in dem ich unter demselben wohlwollenden Blick Leonardo DiCaprios schon vor fast zwanzig Jahren meine Unschuld verloren habe, während meine Eltern auf dem Schützenfest zu *Resi, I hol dich mit meim Traktor ab* Cha-Cha-Cha tanzten. Wer mehr Details möchte, dem lege ich die Lektüre von *Julia*-Heftromanen ans Herz, in der Regel geht es ab Seite 70 ans Eingemachte. Ich selbst bin eine Lady und schweige und genieße. Nur so viel sei verraten: Ich wusste doch, dass Niklas mit diesen Händen noch ganz andere Dinge anzustellen weiß, als Leichen aufzuschneiden.

Und natürlich ist mir bewusst, dass in unserer hoffentlich gemeinsamen Zukunft nicht immer eitel Sonnenschein herrschen wird. Jeder, der *Speed* geschaut hat, weiß doch, dass Beziehungen, die auf extremen Erfahrungen beruhen, nicht von Dauer sind. Außerdem waren wir vorgestern zusammen in der Stadt unterwegs und Niklas hat doch allen Ernstes ein »großes Bier« bestellt, als er ein Seidla – für alle Nichtfranken: eine Halbe – wollte. Ich habe ihn freundlich auf seinen Irrtum hingewiesen und bin sonst darüber hinweggegangen, aber vielleicht wird das ja mal unsere nicht zugedrehte Zahnpastatube, unsere hochgeklappte Klobrille, die unserem Glück das Genick bricht.

Bis dahin genieße ich, egal was das zwischen Niklas und mir auch sein mag. Deshalb ist der Leichenfledderer meines Herzens heute auch bei meinem Besuch bei der Oma mit dabei. Ich stelle ihn offiziell als meinen Freund vor und er lässt sich ausfragen (»Nein, das ist ein normales blaues Auge, ich schminke mich nicht«), schüttelt Kissen auf, schenkt Wasser ein und schaltet den Fernseher um, weil die Oma die Fernbedienung nicht begreift, obwohl das schon die Deppenvariante mit nur vier Knöpfen ist. Er ist so perfekt, dass es mir fast ein bisschen peinlich ist. Nur als meine Oma ihm ihren Bauchschnitt zeigen will, weil er ja auch ein Doktor ist, interveniere ich.

Als wir gehen, hält die Oma mich zurück, während sie Niklas zur Tür hinauswinkt.

»Der is aber a Süßer«, sagt sie.

Ich kann mir ein dämliches Grinsen nicht verkneifen. »Ja, find ich auch.« Gleich kommt ein Aber. Bei der Oma kommt immer ein Aber.

»Aber«, setzt sie an. Hab ich's nicht gesagt? »Der hört sich an wie ein Preuß. Aus der Gegend is der net, oder?«

»Ne, is er nicht. Aber das geht dich gar nix an«, gebe ich schnippisch zurück.

»Evangelina Maria Pflaum! Freilich geht mich des was an«, insistiert die Oma. Fast vermisse ich die schlaffe Gestalt, die letzte

Woche noch alles mit sich hat machen lassen. »So lange du dei Füß unter meinem Tisch stellst …«

»Dann sind's immer noch meine Füß, Omma«, unterbreche ich sie und füge hinzu: »Und dem Babba sei Tisch.«

Ohne eine Antwort zu erwarten, gehe ich durch die Tür und ziehe sie hinter mir zu, während die Oma hinter mir zetert. Ich habe ihr übrigens nicht erzählt, wie ich ihr Kraft geschickt habe, als sie auf dem OP-Tisch gelegen hat, sonst erpresst sie mich nur emotional damit, wenn sie weiß, dass sie mir nicht egal ist. Sie wird sich schon fangen. Das ist nicht der erste Schlag, den sie in ihrem langen Leben aushalten muss.

»Evangelina Pflaum?« Vor mir steht Niklas und grinst ungläubig und amüsiert auf mich herab. »Im Ernst?« Er legt die Hände auf meine Taille und ich spüre, wie in meinem Körper alles zu kribbeln beginnt. Ich hatte gedacht, ich würde mich mit der Zeit daran gewöhnen, was Niklas' Berührungen mit mir machen, aber jetzt, da ich weiß, wo jede noch so zarte Berührung hinführen kann, schlägt mein Herz angesichts des sanften Drucks seiner Hände an meiner Taille fast noch ein bisschen schneller.

»Was weiß ich sonst noch nicht über dich?« Aus Niklas' Augen, die heute grün sind wie nasses Moos, blitzt der Schalk, während er eine Augenbraue abwartend hochzieht.

Ich stelle mich auf die Zehenspitzen. »Lass dich überraschen«, gebe ich zurück. Und dann küsse ich ihn.

ENDE

ZU GUTER LETZT …

Schreiben macht unfassbar Spaß, recherchieren nicht ganz so sehr. Deshalb bin ich meinem Mann Thomas unglaublich dankbar, der mir sämtliche Fragen zu seiner Arbeit als Jurist, als Staatsanwalt und Richter über viele Monate hinweg mit großer Geduld für meine Sonderwünsche und Plottwists beantwortet und auch kurz vor Drucklegung alles noch einmal auf den juristisch neuesten Stand gebracht hat. Ihm ist es zu verdanken, dass ich die Verhandlungen, die Abläufe und Gespräche bei Gericht so authentisch wie nur möglich gestalten konnte – wobei ich mir natürlich immer wieder allerlei künstlerische Freiheiten herausgenommen habe. Wenn euch also bestimmte Dinge doch sehr irritierend vorkommen, dann liegt es an meinem schillernden Vorstellungsvermögen. Und solche klugscheißenden Faulenzer wie Peter und Chefs wie Söllner gibt es in der Justiz natürlich nicht …

Danke auch an Martin, der mir als Bierbrauer meine zahlreichen Fragen in Sachen Malzherstellung fachmännisch beantwortet und mich mit der Info überrascht hat, dass es so etwas wie meinen völlig willkürlich ausgedachten »Malznebel« tatsächlich gibt, wenn auch unter anderem Namen. Stellenweise habe ich aber doch meiner Fantasie freien Lauf gelassen – die komplett ausgedachte, mit Malz wechselwirkende Droge Honey ist nur der offensichtlichste Fall. Ich hoffe, Bierbrauer und Drogenköche schlagen in diesem Fall nicht die Hände über dem Kopf zusammen – und wenn sie es doch tun, dann vor Begeisterung.

Doch das ist nicht der einzige Bereich, in dem ich mich ein bisschen von der Realität entfernt habe. Wer Bamberg kennt und liebt, weiß natürlich, dass es der Live Club in der Sandstraße ist, wo man sich mit Electric Lemonade abschießt, dass man den Mahr nicht »Maar« schreibt und dass die Kalte Ente ausschenkende Wirtin in der Schwarzen Katz zu finden war und schon längst nicht mehr unter uns weilt.

Dasselbe gilt für meine Heimatorte, die für Schweinsbrunn Pate gestanden haben. Geschlachtet wurde bei uns auf dem Hof zuletzt, als ich so klein war, dass ich im Holzkorb sitzen und darin Osterhase spielen konnte. Meinen Lieblingsbäcker und seine großartigen Brezen gibt es nicht mehr, die Außenbar in dem Ort, in dem ich heute wohne, gehört seit letztem Jahr der Vergangenheit an, dafür wird die Kerwa noch ein bisschen härter gefeiert, nämlich bis zur Kerwasbeerdigung am Freitag …

Tragt mir diese Freiheiten nicht nach – ich wollte dick auftragen und auch manche längst vergessenen Zeiten wieder aufleben lassen. Und so sind auch die Figuren und Konstellationen, die in *Das Bierkomplott* auftauchen, zwar inspiriert von meiner Familie, meinen Freunden, den Menschen um mich herum – wirklich existieren tut nichts davon. Ihr dürft selbst entscheiden, ob ihr darüber nun enttäuscht oder erleichtert sein möchtet …

Ich bin auf jeden Fall fast ein bisschen traurig, dass der Schreibprozess jetzt zu Ende geht. Es gibt nichts Schöneres, als abends im Bett noch die letzten Dialogideen ins Notizbuch zu kritzeln. Vor allem aber bin ich den Menschen dankbar, die dieses Buch überhaupt erst möglich gemacht haben:

Meiner Schwester Eva, der allerersten Leserin (»Wann ist denn wieder ein Kapitel fertig?«) – sowie meiner Familie und meinen Freundinnen, insbesondere den ehemaligen Kerwasmadla, die sich in so manch einer Situation in diesem Buch wiederfinden werden;

Thomas und Laura von Landwehr & Cie., die sich als erste, nicht mit mir verwandte Personen für Evi begeistert und diese Begeisterung so engagiert und erfolgreich weitergetragen haben;

Sita und Ulrike vom Gutkind Verlag, die sich instantly und Herz über Kopf in Niklas Rosenbeet verliebt und dieses Buch so einfühlsam begleitet haben. (Auch wenn Sita manche Beschreibungen im Buch doch ziemlich eklig fand. Falls euch manche Stellen also immer noch zu bäh sind: An Sita liegt es auf keinen Fall!)

Und zuletzt und am wichtigsten:

Von Herzen Dankeschön an meinen Mann Thomas und meine beiden Töchter für ihre liebevolle Unterstützung, auch wenn meine Mädels die Diskussionen am Essenstisch über manche Figurenmotivation doch ein bisschen verwirrt haben:

»Ach, ich weiß nicht, warum er sich in der Situation so verhält.«

»Aber Mama, hast du das Buch nicht selber geschrieben?«